本书为国家哲学社会科学基金项目《形式主义诗学视野下什克洛夫斯基散文创作研究》（项目编号：13BWW036）的结项成果

本书出版受哈尔滨师范大学外国语言文学一级学科资助

什克洛夫斯基
形式主义小说创作研究

ВИКТОР
БОРИСОВИЧ
ШКЛОВСКИЙ

赵晓彬　等著

中国社会科学出版社

图书在版编目(CIP)数据

什克洛夫斯基形式主义小说创作研究/赵晓彬等著. —北京：中国社会科学出版社，2021.5
ISBN 978-7-5203-8234-2

Ⅰ.①什…　Ⅱ.①赵…　Ⅲ.①什克洛夫斯基—小说研究　Ⅳ.①I512.074

中国版本图书馆 CIP 数据核字(2021)第 062654 号

出 版 人	赵剑英
责任编辑	郭晓鸿
特约编辑	杜若佳
责任校对	师敏革
责任印制	戴　宽

出　　版	中国社会科学出版社
社　　址	北京鼓楼西大街甲 158 号
邮　　编	100720
网　　址	http://www.csspw.cn
发 行 部	010-84083685
门 市 部	010-84029450
经　　销	新华书店及其他书店
印　　刷	北京明恒达印务有限公司
装　　订	廊坊市广阳区广增装订厂
版　　次	2021 年 5 月第 1 版
印　　次	2021 年 5 月第 1 次印刷
开　　本	710×1000　1/16
印　　张	21.75
插　　页	2
字　　数	313 千字
定　　价	118.00 元

凡购买中国社会科学出版社图书，如有质量问题请与本社营销中心联系调换
电话：010-84083683
版权所有　侵权必究

目　录

序 …………………………………………………………………（1）

绪论 ………………………………………………………………（1）

第一章　什克洛夫斯基的语文体小说 ………………………（19）
 第一节　什克洛夫斯基散文创作渊源 ………………………（21）
  一　什克洛夫斯基文学创作的理论背景 …………………（23）
  二　什克洛夫斯基对斯特恩的戏仿 ………………………（25）
  三　什克洛夫斯基对罗赞诺夫的接受 ……………………（30）
 第二节　作为语文学者的散文作家 …………………………（35）
  一　作为理论家的散文创作 ………………………………（35）
  二　作为文学家的理论探索 ………………………………（44）
 第三节　什克洛夫斯基散文的杂糅性 ………………………（50）
  一　《感伤的旅行》：包罗万象的回忆录 …………………（52）
  二　《动物园》：颠覆传统的书信集 ………………………（56）
  三　《马步》：类型奇特的散文集 …………………………（60）

第二章　什克洛夫斯基的传记体小说 ………………………（65）
 第一节　一位鲜为人知的传记作家 …………………………（66）
  一　传记文学的概念界定 …………………………………（66）

二　同时代关于传记文学的大讨论 …………………………（71）
　　三　什克洛夫斯基传记文学创作的缘起 …………………（76）
　　四　什克洛夫斯基与迪尼亚诺夫 …………………………（77）
第二节　什克洛夫斯基自传回忆录中的三座"工厂" ………（84）
　　一　生活传记与文学传记 …………………………………（86）
　　二　创作动因与文学命运 …………………………………（97）
　　三　回溯历史与创造个性 …………………………………（100）
　　四　《第三工厂》与传记性母题 ……………………………（103）
第三节　什克洛夫斯基笔下的《马可·波罗传》………………（110）
　　一　时代需求与创作旨趣的结合 …………………………（111）
　　二　个人遭遇与东方书写的交织 …………………………（115）
　　三　个人传记与人类历史的组接 …………………………（121）
　　四　丝绸之路与人类发展道路的解读 ……………………（127）
第四节　什克洛夫斯基笔下的《列夫·托尔斯泰传》…………（134）
　　一　什克洛夫斯基与艾亨鲍姆 ……………………………（135）
　　二　一部关于伟大作家精神漫游史的追溯 ………………（138）
　　三　一部关于"最伟大的人的最伟大的悲剧"的传记小说 …（147）
　　四　"灵活自由的叙事"：一部分析型传记 ………………（153）

第三章　什克洛夫斯基小说的陌生化叙事风格 ………………（159）
第一节　《感伤的旅行》：故事体小说风格 ……………………（160）
　　一　叙事的口语化 …………………………………………（162）
　　二　叙事的去情节化 ………………………………………（167）
　　三　叙事的疯癫化 …………………………………………（172）
　　四　叙事的动态化 …………………………………………（182）
　　五　叙事的延宕化 …………………………………………（196）
第二节　《动物园》：元小说风格 ………………………………（204）
　　一　讲述或是叙事 …………………………………………（207）

二　为讲述而讲述 …………………………………………（211）
　　三　为加密而制动 …………………………………………（215）
　　四　为解密而裸露 …………………………………………（223）
第三节　《第三工厂》:隐喻性小说风格 ………………………（231）
　　一　语义的转移 ……………………………………………（233）
　　二　蒙太奇手法 ……………………………………………（241）
　　三　假定性手法 ……………………………………………（249）

第四章　什克洛夫斯基散文创作的文学史意义 ………………（258）
第一节　什克洛夫斯基与"谢拉皮翁兄弟" ……………………（259）
　　一　革新与自由:共同的创作诉求 ………………………（260）
　　二　什克洛夫斯基的小说理论与"谢拉皮翁兄弟"的小说实验 ……（263）
第二节　什克洛夫斯基与金兹堡 ………………………………（271）
　　一　师长与追随者 …………………………………………（272）
　　二　继承与超越 ……………………………………………（275）
第三节　什克洛夫斯基与纳博科夫 ……………………………（278）
　　一　什克洛夫斯基与纳博科夫在柏林 ……………………（278）
　　二　什克洛夫斯基与纳博科夫的创作渊源 ………………（282）
　　三　《柏林指南》与《动物园》的对话关系 …………………（285）
第四节　什克洛夫斯基与普拉东诺夫 …………………………（290）
　　一　沃罗涅日:什克洛夫斯基与普拉东诺夫生平关系的缘起 …（291）
　　二　什克洛夫斯基关于普拉东诺夫的形象"定位" ………（294）
　　三　普拉东诺夫对什克洛夫斯基的戏仿与批评 …………（297）
　　四　普拉东诺夫与什克洛夫斯基笔下人物的呼应 ………（302）

结语 ……………………………………………………………（306）

参考文献 ………………………………………………………（311）

后记 ……………………………………………………………（333）

序

张 冰

承晓彬教授不弃，要我为她即将出版的新著《什克洛夫斯基形式主义小说创作研究》作序，我自然欣然允诺。的确，从2013年至今的7年中，晓彬教授带领她的研究生团队，集中力量办大事，在什克洛夫斯基研究领域里取得了骄人的成绩，令人艳羡不已。他们取得的成绩即便我这个旁观者也能说出个大概，比方说围绕什克洛夫斯基研究，争取了一个国家社科项目（这本身就很难得），发表了十多篇核心期刊论文，翻译并出版了3部什克洛夫斯基的专著，在社会和学术界赢得广泛好评。

说来惭愧，我在走向治学道路之初，也曾深中什克洛夫斯基魅力"之毒"。当年，就是什克洛夫斯基的一篇《情节布局手法与一般风格手法的关联》这个肥饵，吊足了我这条游鱼的胃口。从那以后有一段时间甚至到了非什克洛夫斯基不读的地步，可见"中毒"之深。我在充当什克洛夫斯基"粉丝"的时候几乎到了目中无人的境界。我的旧作《什克洛夫斯基评传》（载《西方著名美学家评传》，下卷，安徽教育出版社1991年版），便是在当时阅读什克洛夫斯基早期著作的基础上，根据印象写出的一篇人物肖像。实话说，直到今天，我在动笔涉及什克洛夫斯基时，仍然无力摆脱当时的精神氛围或引力场。如今，我早已走出蛊惑我的什克洛夫斯基"怪圈"，但我仍然不能否认其早期著作焕发出来的无穷吸引力。在这样的魅力面前，我始终都只有俯首称臣。我至今认为什克洛夫斯基早期著作，灵气勃发，思维隽永，风格独具，文思超拔，涉笔成趣，文采斐然，可以推测，其作者在写作之时，身心处于完全自由的心境，没有受到任何外力的挤压和胁迫，是精神完全松弛状态下的自然抒发，因而有苏东坡式的文思泉涌，不择地而出之势。什克洛夫斯基的风格，兴许也部分地受到其前人瓦西里·洛扎诺夫、列夫·舍斯托夫的影响，用一种文采斐然的口语体，融合了叙事、抒情、议论、描写等诸多因素于一体。其早期名著《马步》多采用寓言方式讲解深奥的学理，却能收到深入浅出、言简意深之效。作为"陌生化"的首倡者，什克洛夫斯基自己行文中，就不乏"陌生化"的笔情墨趣。其《感伤的旅行》袭用前人的旧书名，却别出机杼，剑走偏锋，出其不意攻其不备，令人一读之下，便有"中弹"之感。我印象最深的是作者把一些令人惊悚的恐怖意象，安置在普通的日常生活场景下，真的使人有陌生、奇特、新奇而又恐怖的"被俘虏"感。真正体现了"陌生化说"把相距遥远的物象并置于一处从而使人惊悚的效应。我固执地认为要想对什克洛夫斯基陌生化说有真切的理解，不读他早期的著作，终究有隔阂。

我想，当年什克洛夫斯基"登高一呼"，便风响影从，应者云集，除了他为文坛带来的文艺学新思想自身所具有的魅力外，其个人的超强吸引力和魅力，也是历史进程中一个不容忽视的重要因素。这么说绝非夸张之词。这个被什克洛夫斯基以超强的个人魅力召唤到文艺学现场中来的流派，一举颠覆了旧的文艺观，而刷新了整个20世纪世界各国的文艺学。它所带来的革命性变革的痕迹，时至今日，仍斑斑可见。在俄国形式主义运动的发展史上，每处节点上都闪动着什克洛夫斯基的身影：1913年的最后一天到1914年的第一天晚上，当年还不过是一个在校大学生的什克洛夫斯基在"狼狗"艺术家咖啡馆所做的演讲，不啻为俄国形式主义呱呱落地的第一声啼哭。那也是什克洛夫斯基的成名日。他的一夜成名就系于此。从那以后，什克洛夫斯基和俄国形式主义运动，便成为可以相互替换的同义词。从那以后，什克洛夫斯基就成为这个文艺学运动的灵魂人物，这个运动的顽强生命力，宗旨和初心，就全面而又深刻地体现在什克洛夫斯基身上。说明什克洛夫斯基的人格魅力具有攻城拔寨之威力的最佳例证，可以以艾亨鲍姆为例。1918年以前，作为一个采用哲学方法从事文艺学研究的青年学者，艾亨鲍姆已经在文坛小有名气。此前，他应该不止一次听过什克洛夫斯基和未来派在群众集会上的鼓动和宣传演讲。他们为了达到使听众震惊的效果，不惜身穿奇装异服，举止怪异，言语粗鲁，无理取闹。在这种场合下，台下一般都是嘘声一片，满堂喝倒彩声。某次在看过类似表演后，艾亨鲍姆在日记中不由地咤叱道："不啻为疯子的呓语"。一切的一切都发生在1918年这一年。事情的转变就发生在艾亨鲍姆和什克洛夫斯基初次相识之际。也不知什克洛夫斯基对艾亨鲍姆施了"什么魔法"，居然使这位年资比其稍长、对其主张一直持不理解和抵触情绪的艾亨鲍姆，幡然醒悟，摇身一变而成为"奥波亚兹"的"三巨头"之一，而且，作为"投名状"，艾亨鲍姆还献上了他的名文《果戈理的"外套"是如何写成的》。此后，在整个俄国形式主义运动危机时期，在什克洛夫斯基短期出国期间，艾亨鲍姆甚至作为奥波亚兹发言人，出面应对来自各个方面的抨击并进行自我辩护。按照艾亨鲍姆的说法，什克洛夫斯基的生命完全都由文学这种细胞所组成。当然，这个运动后来取得那么大的声势，产生了那么巨大的影响力，和同样具有非凡人格魅力的奥波亚兹的另外两位代表人物——艾亨鲍姆和尤·特尼亚诺夫——也大有关系。两人都口才绝佳，粉丝众多。当年讲课时，教室里都挤不下。讲课时从始至终听众响应热烈，掌声不断。在俄国形式主义运动的极盛时期，用另一位以研究俄国形式主义为职志的俄裔美籍教授维·厄利希的说法，俄国凡有港口的地方，都必定有一个奥波亚兹分子。总之，什克洛夫斯基的名字，差不多已经成为俄国形式主义运动的代名词和化身，两者是二而一、一而二的关系。

厄利希指出：尽管说"俄国形式主义的主体部分乃是维克多·什克洛夫斯基个人脑力劳动的产物"的说法不无过甚其词之嫌，但"不承认什克洛夫斯基在俄国文学研究界在组织和表述形式主义方法论酵母方面所发挥的极其重大的作用，同样也是错误的和不公正的。在奥波亚兹诞生后的最初岁月里，什克洛夫斯基通过他发表的众多文章和演讲，对这一运动的方法论立场和批评策略所产生的影响，要大于这一运动的其他代表人物。"①什克洛夫斯基以其对于新文艺学的理论建树，当之无愧地成为奥波亚兹当然的"主席"。20年代末，当特尼亚诺夫和雅各布逊私下酝酿成立"新奥波亚兹"时，也许诺其以奥波亚兹当然的"主席"之职。因此，说什克洛夫斯基是俄国形式主义运动的"灵魂"，绝非一种夸张修辞格。

年少成名的什克洛夫斯基，在那个血火动乱的时代，也曾拥有过一种动荡的青春。1914年第一次世界大战爆发后，一个有着那样一种性格的什克洛夫斯基，可以想见是不会自甘寂寞的。他以志愿兵的身份走上前线，还曾担任临时政府派遣到前线的政委助理。在前线，当阵线行将溃退之际，什克洛夫斯基高举战旗，跳出战壕，率领一个团的士兵投入进攻，从而扭转战局，转败为胜，但他自己腹部受了贯通伤。战后他因功而由科尔尼洛夫亲自为他颁发四级格奥尔基铁十字勋章。1918年，他又因参与社会革命党人的密谋活动而被追捕。为了逃避追捕他逃到基辅，在那里参加了破产了的试图推翻盖特曼斯科罗帕兹基政权的行动。为了履行他为一位女性熟人许下的诺言，送一笔巨款到彼得格勒，他又偷偷潜回莫斯科，但在火车上，他被一位曾经盯过他梢的契卡认出，因而不得不从行进中的列车上逃跑，步行回到首都。这次，他找到高尔基——他的忘年交和好朋友——后者为了他的案子，亲自找了斯维尔德洛夫。斯维尔德洛夫用联共（布）中央专用公文纸书写了一份命令，下令中止对什克洛夫斯基的追捕。同年，什克洛夫斯基决定终止一切政治活动。1919年初，他回到彼得格勒，并受高尔基之邀，参与了"世界文学"出版社文学理论讲习班所属艺术翻译讲习班的教学工作，而这个讲习班就是后来在苏联文坛享有盛名的"谢拉皮翁兄弟"，而什克洛夫斯基也成为这个闻名遐迩的文学团体的助产士之一。

---

① ［美］V. 厄利希：《俄国形式主义：历史与学说》，张冰译，商务印书馆2017年版，第92页。

1920年，什克洛夫斯基因与人决斗之事而离开彼得格勒，出发寻找到乌克兰寻求温饱的妻子。其间，他曾先后参加多个红军部队作战，足迹遍及亚历山大洛夫卡、赫尔松和卡霍夫卡。1922年，对社会革命党人的逮捕行动再次展开，什克洛夫斯基为了逃避抓捕，通过结冰的芬兰湾潜往芬兰。此后，从1922年4月到1923年全年，他短期生活在德国的柏林。在此期间他出版了他的早期名著《马步》《动物园，或非关爱情的书简》《感伤的旅行》。1922年末，什克洛夫斯基通过他的《动物园》一书的最后，向苏维埃政权发出了一份公开信，表示投诚，请求允许他回归苏联。从此结束了他颠沛流离的逃亡生涯，而专心致志地研究他的"散文论"。

　　其实，这些年中，什克洛夫斯基的学术研究——散文理论——始终都未曾中断。即使是逃亡途中，他也孜孜不倦地勤于著述，有时候甚至躲在疯人院里，在躲避追捕者时仍笔耕不辍。按照什克洛夫斯基的自述，奥波亚兹的活动开始于第一次世界大战爆发的同一年，这也就意味着，一种新的文艺学理论，是伴随着烈火硝烟一起来到这个世界的。有一次，什克洛夫斯基在实验雷管时，心里仍惦记琢磨散文的原理，结果雷管在手里爆炸了。幸好威力不大，但他也在战地医院里躺了好长时间。战友们都说什克洛夫斯基"爆炸"了。1920年10月，什克洛夫斯基被遴选为彼得格勒俄罗斯艺术史研究院教授。从1921年到1922年初，什克洛夫斯基在彼得格勒的《彼得堡》《艺术之家》《书之角》杂志发表文章，出版专著《革命与前线》（后被纳入《感伤的旅行》），参加谢拉皮翁兄弟团体的集体讨论。无论什克洛夫斯基所执持的信念对与错，有一点是无可否认的，即他差不多是以一个宗教信徒般的狂热，投身于新文艺学理论的建设的。有鉴于此，其早期文章中与今天国际学术界通行的论文规范多有不符之处（如引文不确、出处不祥等），也就有了合理的解释。笔者冒昧地以为，诸如此类的"毛病"，都是可以原谅的。因为我们看到一点新思想都没有但却绝对符合所有论文规范的所谓"论文"满天飞，然而，那些真正在学术史上开天辟地、开启一个新时代新纪元的文章，往往并不那么中规中矩，修短有度。

明乎此，也就不难理解，身为名人的什克洛夫斯基在那个能在一定限度内容忍极端的年代，是怎样如鱼得水，左右逢源呀。受象征派理论的影响，那时的什克洛夫斯基们，难免不有时把生活当作自己从事"行为艺术"的舞台：艺术生活化，生活艺术化，这正是那个以"建设新生活"为艺术最高宗旨的时代的突出特点。在这种条件下，作为具有鲜明个性的什克洛夫斯基，和作为一个作家的什克洛夫斯基，常常会发生身份混淆的现象。一定意义上什克洛夫斯基文风，不多不少正是他人格的写照。他有一句名言，即不是我们在写书，而是时代在借助我们的笔书写自己。在这个两军对垒，阵线分明、壁垒森严的战场上，什克洛夫斯基独能游刃有余地自由游走于对立的两极之间，同时受到对立双方的青睐和重视。过去，我曾经以为1930年发表《一个科学错误的纪念碑》之后的什克洛夫斯基，江郎才尽，从此被贬入另册，销声匿迹，三缄其口，和曾经轰动一时震动天下的俄国形式主义一样，"泥牛入海无消息"了呢。近来，读了新近出版的俄文版《什克洛夫斯基评传》，才知道自己走入了怎样一个误区。也许我们对什克洛夫斯基的"误读"还不仅以此为限。其实30年代以后的什克洛夫斯基，在宣布放弃先前的观点立场之后，却不其然地获得了"天马行空"般的"轻松"和"裕如"。历史为什克洛夫斯基关闭了一扇门，却另外打开了十扇门。不能坚持过去一直坚持的理论主张的什克洛夫斯基，走上了把形式主义和马克思主义社会学结合起来的形式社会学探索之路。这种探索无论成功与否，但作者"悟已往之不谏，知来者犹可追"的补错态度，十分可取，无疑为他赢得了好感。

许多人都说，什克洛夫斯基能在那样一个极左的时代毫发无损地活下来，堪称奇迹。在那样一个风云奇诡、险象丛生的时代，而他却独能游刃有余，左右逢源、八面玲珑。除了40年代初批判世界主义时稍稍受到些波及外，他的后半辈子基本上风平浪静，人生之路一平如砥。他仍然忙于紧张的创作，继续写作散文论即小说论著作，写电影剧本，在高尔基世界文学研究所讲课。还曾得过社会主义劳动英雄奖章。可以说一辈子顺风顺水。与此同时，他作为文化名人，自己也被其他文人作为人物原型写进各类作品中。同样也是著名作家的布尔加科夫笔下的米·谢·什波良斯基（《白卫军》），即以什克洛夫斯基为原型。我们从这一人物形象身上，不难发现什克洛夫斯基的某些性格特征。当时，以什克洛夫斯基为原型的文学作品，还有奥·德·福尔什《疯人船》中的茹卡涅茨；瓦·阿·卡维林《爱闹事的人或瓦西里岛之夜》中的涅克雷洛夫；瓦·尼·伊万诺夫《鸟》中的安德列伊申；阿·帕·普拉东诺夫《地槽》中的谢尔比诺夫。

如今，历史似乎已经走过了一个轮回：当年被当作过街老鼠而人人喊打的俄国形式主义，"好风凭借力"地"青云直上"，再次成为学界新宠。经过岁月的磨洗（而岁月是最公正的法官），奥波亚兹"三巨头"留下的著作，已经成为他们留给后代的一笔丰厚的遗产和20世纪文学经典。当然，对待这笔遗产，全盘接受不加批判也是不可取的，但其合理的部分、符合"科学"精神的部分，却依然需要我们认真梳理，从而达到去粗取精，吸取精华去其糟粕的目的。而这正是今天我们的文学研究者大有可为的地方。晓彬教授及其团队所做的工作，即有类于此：他们采用科学的诗学方法，从什克洛夫斯基留下的一堆堆的话语山岳中，爬梳、整理出一种科学的体系与合理的诗学架构、逻辑框架，也许这一逻辑架构就连身为作者的什克洛夫斯基自己也未曾意识到，但却能够合理地阐释和说明什克洛夫斯基特有的风格特征。这样的工作是十分必要的，无疑有助于我们深入理解什克洛夫斯基理论体系。当然，这样的阐释固然有其存在的权利，但也不具有排他性，而是欢迎别人对什克洛夫斯基的诗学做出更有价值的理论概括和学理解读。这也是真正的科学探索者应当采取的态度。

希望晓彬团队百尺竿头更进一步，在学术研究的道路上走得更远。

2020年9月5日于京师园

绪　论

维克多·鲍利索维奇·什克洛夫斯基（Виктор Борисович Шкловский，1893—1984），是20世纪俄国著名的文艺理论家、批评家，俄国形式主义学派的标志性人物之一。他在20世纪初提出的"陌生化"（остранение，又译"奇异化"）概念，在文艺理论界一度引起强烈反响，却在30年代苏联文艺学界受到质疑和批评，后来因被西方学界广为接受、传播甚至推崇，80年代以来再次回到学界视野。德国戏剧理论家布莱希特在其之后提出的"间离性"或"间离效果"（defamiliarization effect）概念，就是受到什克洛夫斯基"陌生化"概念启发而产生的，而同样受其影响的西方文艺理论也是屡见不鲜。值得注意的是，什克洛夫斯基不仅是一位杰出的文艺理论家，还是一位卓越的作家，他一生创作了诸如小说、回忆录、传记等数量可观、样式丰富、颇有文学价值的艺术散文（художественная проза）。这种艺术散文，体裁新奇、赫然，叙述方式表现为碎片化，打破了以往小说、回忆录、传记等传统文学的书写范式。这种小说具有明显的散文倾向，而其回忆录、传记等散文又具有特定的小说意向。同时，什克洛夫斯基几乎所有的艺术散文都兼有说理、文艺评论等语文学品格，这种文艺作品在俄国被称为"语文体小说"（филологический роман，或 филологическая проза），抑或西方所谓的"元小说"（metafiction；俄文为матароман，或метапроза）。诚然，"元小说"是一个更为复杂的概念。

什克洛夫斯基出生在彼得堡的一个知识分子家庭。父亲鲍里斯·弗拉基米洛维奇·什克洛夫斯基是一位中学数学教师；叔叔伊萨克·弗拉基米罗维奇·什克洛夫斯基（1864—1935）是著名的政论家、批评家和民族志学家。什克洛夫斯基的哥哥弗拉基米尔·鲍里索维奇·什克洛夫斯基（1889—1937）是彼得堡神学院的教师，也是一位语文学家、但丁语翻译家，由于参加东正教兄弟会彼得格勒协会而遭到枪杀；弟弟则是一名社会革命党人，早在1918年就被枪杀；姐姐于1919年死于彼得格勒。从家境上看，什克洛夫斯基受到过良好的家庭教育，但兄弟姐妹均在革命年代早逝。

什克洛夫斯基在回忆录中多次谈及自己中学学业极差，后来勉强从一所"制度宽松但却是最差的学校"毕业，但很早就表现出在文艺理论方面的天赋，且在一个名为《春天》的杂志发表过处女作。什克洛夫斯基从小就喜爱俄罗斯文学，中学毕业后，进入彼得堡大学历史语言学系学习，听过一些著名学者，如苏联东方学家克拉奇科夫斯基（1883—1951）、俄国及波兰语言学家库尔德内（1845—1929）等人的课程，并深受这些学者的影响。

什克洛夫斯基一生经历了苏俄革命战争风云，也经历了20世纪俄国文艺学思潮争斗流变、创作方法及风格等从"多元化"到"一元化"再到"多元化"的曲折发展过程。

早在1914年前20年，风华正茂的什克洛夫斯基积极参与文学活动与社会政治生活。他很早就对艺术有着浓厚的兴趣，从中学时期就尝试进行文学创作。1913年12月，他在咖啡馆"流浪狗"（Бродячая собака）作了题为《未来派在语言历史上的地位》的报告并引起轰动。他最初是以未来主义理论家身份出现在文坛的。1914年，他出版了第一部学术探索小册子《词语的复活》（Воскрешение слова），旨在为未来主义做辩护，书中认为文学艺术有自己的内在发展规律。这本小册子也是什克洛夫斯基文艺理论的起点，其形式主义文艺主张初见端倪。不久后，第一次世界大战爆发，他作为志愿兵参战，并更换过若干个战斗岗位，于1915年回到彼得格勒，在装甲车学校供职。这期间，他同一些志同道合的语文学者，如雅库宾斯基、波利瓦诺夫、勃洛克、雅各布森等人结识，并于1916年成立"诗歌语言研究会",简称诗语会或"奥波亚兹"(ОПОЯЗ),开始从语言学角度研究文学。1917年,什克洛夫斯基发表了影响深远的《作为手法的艺术》(Искусство как приём,又译《艺术即手法》),该文后来被公认为俄国形式主义宣言,文中创造性地提出了"陌生化"这一概念。1918年初,什克洛夫斯基回到彼得堡,在冬宫的艺术—历史委员会工作,参与了反布尔什维克的政治阴谋,并成为社会革命党人。此后,他去了基辅,任职于汽车装甲营,并参与了颠覆乌克兰盖特曼政权的活动并以失败告终。由于政治上不成熟给他带来很多困扰,他决定不再参加政治活动。1919年初,他返回彼得格勒,开始在艺术学院讲授文学理论,同时参加彼得格勒的文学团体"谢拉皮翁兄弟"(Серапионовы братья,1919—1929),在文学创作理念上给予其中一些成员很大的影响,成为该团体文学创作上的精神导师之一。

1922年初,有逃亡海外的社会革命党人在柏林出版回忆录,旧案重提,什克洛夫斯基恐受牵连,为了避免被捕,于3月24日从彼得格勒穿越冰面逃亡芬兰,辗转抵达德国柏林。但很快他就对流亡生活感到失望,又于1923年末写信给苏维埃政府申请返回俄国。回国后,他生活在莫斯科,成为"列夫"(ЛЕФ)文学团体的成员,也一度同未来主义者——赫列勃尼科夫、马雅可夫斯基、克鲁乔内赫、布里克等人走得很近,但他的文学思想和美学观点很快受到"拉普"(РАПП,俄国无产阶级作家协会)的指责。在这一时期,他创作了《罗赞诺夫》(Розанов,1921)、《情节的展开》(Развёртывание сюжета,1921)、《马步》(Ход коня,1923)、《文学与电影》(Литература и кинематограф,1923)、《感伤的旅行》(Сентиментальное путешествие,1923)、《动物园,或不谈爱情的信札,或第三个爱洛伊丝》(Zoo. Или письма не о любви,1923)、《芥子气》(与弗谢·伊万诺夫合著,Иприт,1925)、《散文理论》(О теории прозы,1925)、《第三工厂》(Третья Фабрика,1926)、《汉堡计分法》(Гамбургский счёт,1928)等大量文学理论及介于小说和理论之间的艺术散文。这些文学创作奠定了他在文艺学界，尤其是理论界不可撼动的地位，由此被视为俄国形式主义学派的精神领袖，还与迪尼亚诺夫、艾亨鲍姆并列被称为文学革命的"三套马车"。

20世纪20年代后期，什克洛夫斯基及其形式主义学派开始被文艺学界质疑和批判。20世纪30年代以后，什克洛夫斯基本人也愈来愈认识到形式主义理论的不合时宜性，被迫转到文学本体研究之外的社会历史研究及文学批评，并着手创作历史小说和人物传记。他在这一时期的作品有：《莫斯科居民马特维·科马罗夫》（Матвей Комаров, житель города Москвы, 1929）、《马可·波罗传》（Марко Поло, 1936）、《费多托夫大尉》（Капитан Федотов, 1936）、《关于普希金小说的札记》（Заметки о прозе Пушкина, 1937）、《记事簿》（Дневник, 1939）、《革命与前线》（Революция и фронт, 1940）、《米宁和波扎尔斯基》（Минин и Пожарский, 1940）、《相遇》（Встречи, 1944）、《关于俄国经典作家小说的札记》（Заметки о прозе русских классиков, 1955）、《画家费多托夫的故事》（Повесть о художнике Федотове, 1956）等。当然，在这些创作中也有承继之前的文学本体研究，如《关于俄国经典作家小说的札记》就是一部研究俄国经典作家创作诗学的文集。

50年代中期直至去世前，随着苏联社会发生翻天覆地的变化，俄国文艺学界也开始对形式主义学派重新评价。当时苏联文艺学界认为：形式主义学派在基本的价值观上是错误的，但具体研究方法和成果具有创新性。不过，什克洛夫斯基依然迫于外界压力而一度转向电影学或电影诗学研究，他的《爱森斯坦传》（Эйзенштейн, 1973）一书获1979年苏联国家奖。当然，他的主要精力还体现在理论研究和文学创作上并且日臻成熟，这一时期著作有：《赞成与反对：陀思妥耶夫斯基札记》（За и против. Заметки о Достоевском, 1957）、《历史小说和故事》（Исторические повести и рассказы, 1958）、《艺术散文·思考与分析》（Художественная проза. Размышления и разборы, 1961）、《往事》（Жили-были, 1962）、《列夫·托尔斯泰传》（Лев Толстой, 1963）、《弓弦·论似中之不似》（Тетива. О несходстве сходного,

1970）等，并出版了自己的三卷本文集《维克多·什克洛夫斯基文集》（Собрание сочинений. В 3-х томах，1973）；此外，他还发表了《迷幻的力量》（Энергия заблуждения，1981）、《散文理论》（О теории прозы，1982）等名作，后者是继 1929 年的《散文理论》之后的续篇。在去世前，他又出版了两卷本文集《维克多·什克洛夫斯基文集》（Собрание сочинений. В 2-х томах，1983），补充了之前未收入三卷本中的一些论著。20 世纪 60—70 年代以什克洛夫斯基为代表的形式主义文论受到法国结构主义者追捧，随后这种影响传到苏联俄国。80 年代以后，什克洛夫斯基、艾亨鲍姆、迪尼亚诺夫等形式主义学者的著述，以其极具个性的艺术感知力、颇具创新意识的文艺主张，在俄国文艺学界被重新认识。

1984 年 12 月 5 日，什克洛夫斯基逝世，葬入莫斯科的昆采夫斯科耶墓地（Кунцевское кладбище）。

作为"奥波亚兹"学派的主要成员，什克洛夫斯基文学创作自然离不开其理论求索宗旨，特别是其毕生探索的"陌生化"理论。学界关于"陌生化"理论已有很多的界定和阐述。"陌生化"一词，是什克洛夫斯基在 1914 年发表的《词语的复活》一文中提出来的。这一概念还在《波捷勃尼亚》《作为手法的艺术》《托尔斯泰笔下的二元对立》等多篇文章中不同程度地被提及，其中较有代表性的如"那种被称为艺术的东西的存在，正是为了唤回人对生活的感受，使人感受到事物，使石头成其为石头。艺术的目的是使你对事物的感受如同你所见的视象那样，而不是如同你所认知的那样；艺术的手法是事物的'反常化'手法，是复杂化形式的手法，它增加了感受的难度和时延，既然艺术中的领悟过程是以自身为目的的，它就理应延时；艺术是一种体现事物之创造的方式，而被创造物在艺术中已无足轻重。"①

"陌生化"理论的提出，很大程度上与现代心理学发展息息相关，现

---

① ［俄］维·什克洛夫斯基等：《俄国形式主义文论选》，方珊等译，生活·读书·新知三联书店 1989 年版，第 6 页。

代心理学所谓的感觉事实,即人们基于一切惯性体验的自动性。"如果我们来研究感受的一般规律,就会发现,动作一旦成为习惯,就会自动完成。譬如,我们的一切熟巧都进入无意识的自动化领域。谁要是记得自己第一次握笔或第一次说外语的感受,并以之与自己后来第一万次做这种事时的感受相比较,就会同意我们的意见。"① 而这种现象的缘由在于"我们平时的步行是自动的,但在舞蹈中,这种自动性消失了——身体的动作具有了艺术材料的意义。"② 所以,常居海边之人,海涛声阵阵却能习以为常,忽略其存在。日常语言的使用亦是如此。一旦一些词被反复使用,人们对其感觉便会变弱。什克洛夫斯基列举了托尔斯泰日记中的故事:托尔斯泰常常自己打扫房间,一天他在打扫时,伫立在一张长沙发前,一时竟记不起刚才是否已经给它掸过灰尘,因为这个动作经年累月重复已成为习惯性的、无意识的和自动化的动作。这样,无意识地掸过灰尘之后又忘记是否掸过就和没有掸过一个样。所以他借用托尔斯泰的话得出结论:"如果许多人的全部复杂生活都不自觉地度过,这种生活如同没有过一样。"③什克洛夫斯基认为,为了恢复对艺术的审美感受,艺术家有义务将生活陌生化,使生活以一种新的面貌出现在读者的眼前。所以,陌生化就是表现生活中不会出现的事物或具有某种特殊性的事物并以此引起人们的注意。这就极大地颠覆了自古希腊以来就有的所谓文学是对客观世界的模仿,对现实生活的真实而准确的再现的传统认识,文学之所以成为文学,就是因为它是一种有意识地偏离、变形或异化的艺术形式,亦即用反常的、奇异的形式表现熟知的事物,增加艺术感知的难度,延长审美欣赏的时间。这一理论得到了俄国形式主义学派多数成员的认可,很快成为该团体的核心理论,成为什克洛夫斯基毕生追求的文学信念和诗学维度,他也是以此为出发点开启文学创作及批评的。

---

① [俄]维·什克洛夫斯基:《散文理论》,刘宗次译,百花洲文艺出版社2010年第2版,第9页。
② Шкловский, В. Б., *Гамбургский счёт*, Москва: Советский писатель, 1990, C. 333.
③ [俄]维·什克洛夫斯基:《散文理论》,刘宗次译,百花洲文艺出版社2010年版,第10—11页。

国内外学界关于"奥波亚兹"及其主要代表什克洛夫斯基的文艺理论研究成果丰硕，特别是对什氏"陌生化"概念及其诗学理论的探讨已发表很多论著，对"陌生化"这一概念的应用研究也屡见不鲜。由于"奥波亚兹"学派提倡关注艺术创作的内在形式，关注诗歌和散文的内在艺术规律，关注艺术手法和风格嬗变的历史规律，所以被国内外学界冠以"俄国形式主义"（Русский формализм）称号，其实，这一称号明显带有意识形态色彩，也是一个颇有争议的命名。实际上，"奥波亚兹"学派成立的初衷是倡导用"形式方法"（формальный метод）研究文艺学，所以有学者称之为"形式学派"（Формальная школа）或许更为合适。正如有学者写道："'形式的方法'的取得似乎不太成功，它遭到旧的学院派文史专家和苏联意识形态部门两方面的愤怒攻击。这使得刚刚开始的意趣盎然又颇有前景的集体研究，无法继续进行。"[①] 但为了避免引起歧义，我们在表述上暂且保留国内学界惯用的称谓。

俄国对于什克洛夫斯基学的研究，无论是其文艺理论还是文学创作都已达到空前高度。什克洛夫斯基学研究首先始于"奥波亚兹"形式主义学派内部。早在"奥波亚兹"阶段，在俄国形式主义学者之间就已彼此关注，迪尼亚诺夫、艾亨鲍姆、雅各布森、托马舍夫斯基等人对什氏都有过评论，较为典型的如艾亨鲍姆的《形式主义方法的理论》[②] 一文；形式主义学派内部都互用术语，如什克洛夫斯基将戏仿理论应用在对《堂·吉诃德》和《项狄传》的研究上，而托马舍夫斯基与迪尼亚诺夫则与之互补并逐渐完善。此外，巴赫金等诸多学派也都对什克洛夫斯基提出的陌生化、情节等理论进行过对比分析和论述，其中巴赫金与梅德韦杰夫合著的《文艺学中的形式主义方法》[③] 全面剖析了文艺学界形式主义运动，评价了形

---

① [俄] 符·维·阿格诺索夫：《20世纪俄罗斯文学》，凌建侯等译，中国人民大学出版社2001年版，第304页。
② Эйхенбаум, Б. М., "Теория 'формального метода'", в кн.: Б. М. Эйхенбаум, *О литературе: Работы разных лет*, Москва: Советский писатель, 1987.
③ Бахтин, М. М., *Формальный метод в литературоведении*, Москва: Лабиринт, 2003.

式主义学派包括什克洛夫斯基的诗学观、文学史观的优缺点，成为国外深入研究什克洛夫斯基的重要论著。

1930—1950 年间，形式主义学派一度受到苏联学界的批判，什克洛夫斯基在苏联文艺学界也受到了否定性的评价，如 1936 年《真理报》针对肖斯塔科维奇音乐作品严厉谴责形式主义者和唯美主义者，掀起了一场波及文学、绘画、音乐等各个艺术领域的大辩论。这场大辩论直接导致形式主义者退出苏联文艺学界或纷纷改行。总体来看，该时期关于什克洛夫斯基的研究是碎片性的、不全面的，因为这些研究多带有构建或辩论目的，对于什氏及其形式主义文艺理论的考量并非是主要诉求，世界观或意识形态批评盖过方法论或学术批评。

1960—1980 年间，伴随着英美新批评、法国结构主义、俄国塔尔图—莫斯科文化符号学派等兴起，俄国形式主义学派在西方受到追捧，什克洛夫斯基的文艺理论也逐步回到苏俄学者视野。著名符号学家 Ю. М. 洛特曼就受到形式主义者的影响，将符号学研究与形式主义理论联系起来；此外，迪尼亚诺夫读书会出版的系列文集对形式主义研究贡献也十分巨大。

值得关注的是，苏联解体后形式主义学派再度成为俄国和西方学界的热点。特别是什克洛夫斯基去世后至今，关于什氏文艺理论的研究成就斐然。奥地利学者 О. А. 汉森－廖维在《俄国形式主义：基于陌生化诗学基础上的方法重构》[1] 一书中提到了什克洛夫斯基及形式主义文学理论与批评；Я. С. 列甫琴科的《另一种科学——俄国形式主义者的传记探寻》[2] 以传记文学分析为主，夹杂着对什克洛夫斯基的诗学理论及批评研究；М. В. 乌姆诺娃在《让东西变得有用且愉快：奥波亚兹文学与批评理论中的先锋策略》[3]

---

[1] Ханзен-Лёве, О. А., "Русский формализм: методологическая реконструкция развития на основе принципа остранения", *Новая Русская Книга*, No. 6, 2001.

[2] Левченко, Я. С., *Другая наука—Русские формалисты в поисках биографии*, Москва: Высшая школа экономики, 2012.

[3] Умнова, М. В., «*Делать вещи нужные и веселые...*»: *Авангардные установки в теории литературы и критике ОПОЯЗа*, Москва: Прогресс-Традиция, 2013.

一书中有大量篇幅介绍什克洛夫斯基的批评理论，该书代表当下形式主义研究较高水准；В. С. 利沃夫在博士学位论文《形式主义学派文学批评》①中则基于理论史背景考察包括什克洛夫斯基在内的"奥波亚兹"三巨头的文学批评；В. С. 别列金在《什克洛夫斯基传》②一书中还对什克洛夫斯基的生平与创作进行了具体的梳理和阐述。

至于俄国对什克洛夫斯基散文创作的研究，总体上看，起步要晚于对其文学理论的研究。苏联时期，由于政治的缘由，什克洛夫斯基全部文学遗产没能与读者见面，相关的学术研究亦不多见。直到80年代以后，随着社会政治氛围的转暖和文学政策的变化，越来越多的学者才开始把目光投向这位形式主义理论家的散文创作，尤其是苏联解体后，除了研究其文艺理论著述外，还大量涌现出研究其文学创作的成果。

俄国对于什克洛夫斯基散文创作研究始于20世纪90年代。А. П. 楚达科夫是什克洛夫斯基散文创作的最早研究者，他的《询问什克洛夫斯基》③等文章对什氏做过诸多论述；М. О. 楚达科夫、Е. А. 多杰斯的《一部小说的原型》④一文则针对什克洛夫斯基本人作为文学原型进行研究；而首次提出"语文体小说"概念及什克洛夫斯基语文体小说属性的则是В. И. 诺维科夫的《语文体小说：世纪初的新型旧体裁》⑤一文；接着还陆续出现了几篇关于什克洛夫斯基小说创作的情节、自传性、作家作为小说主人公等论题的文章：如С. И. 巴瓦尔佐夫的《与什克洛夫斯基有关的情节：发现的喜悦》⑥、С. И. 扎哈利耶娃的《什克洛夫斯基早期思想

---

① Львов, В. С., Литературная критика формальной школы, Дис. канд., МГУ, 2014.
② Березин, В. С., *Виктор Шкловский*, Москва: Молодая гвардия, 2014.
③ Чудаков, А. П., "Спрашивая Шкловского", *Литературное обозрение*, No. 6, 1990.
④ Чудакова, М. О., Тоддес, Е. А., "Прототипы одного романа", в кн.: Е. И. Осетров, *Альманах библиофила*, Москва: Книга, 1981, С. 181.
⑤ Новиков, В. И., "Филологический роман. Старый новый жанр на исходе столетия", *Новый мир*, No. 10, 1999.
⑥ Поварцов, С. И., "Сюжет о Шкловском. Радость узнавания", *Вопросы литературы*, No. 5, 2001.

及其历史中的形式主义》①、С. Н. 泽恩金的《理论家的冒险：什克洛夫斯基的自传体小说》②、Т. Ю. 赫梅利尼茨卡娅的《角色中的语文学——什克洛夫斯基》③ 等文章，还有 А. В. 格罗莫夫—科利的副博士学位论文《什克洛夫斯基20年代的小说》④ 等。在以上研究成果中，以下几篇文章尤其备受关注。

А. О. 拉祖莫娃可谓什克洛夫斯基"语文体小说"的系统研究者。她的副博士学位论文《形式主义通往艺术散文之路》⑤、《20世纪俄罗斯文学中的"语文体小说"：发生与诗学》⑥，其与 M. u. 斯维尔德洛夫合写的《什克洛夫斯基——卡维林和金兹堡散文中的人物》⑦ 等，都是将什克洛夫斯基散文创作研究引向高潮的重要论著。

此后，一些学者还着眼于对什克洛夫斯基散文作品的文本分析，兼顾探讨其散文创作的历史文化语境及其作者与读者的对话关系等，如：В. В. 卡尔梅科娃的《曼德尔什塔姆与什克洛夫斯基：文学与人的关系》⑧、Н. В. 拉古诺娃在《什克洛夫斯基作为语文体书信小说的〈动物园，或不谈爱情的信札，或第三个爱洛伊丝〉》⑨、О. Ф. 拉多辛娜的《"语文体小

---

① Захариева, С. И., "Идеи раннего Виктора Шкловского и исторического русского формализма", *Opera Slavica. Slavistice Rozhiedy (Brno)*, No. 1, 2003.

② Зенкин, С. Н., "Критика. Приключения теоретика. Автобиографическая проза Виктора Шкловского", *Дружба народов*, No. 12, 2003.

③ Хмельницкая, Т. Ю., "Филология в лицах. Виктор Шкловский", *Вопросы литературы*, No. 5, 2005.

④ Громов-Колли, А. В., Проза Виктора Шкловского 1920-х годов, Дис. канд., МПГУ, 2004.

⑤ Разумова, А. О., "Путь формалистов к художественной прозе", *Вопросы литературы*, No. 5, 2004.

⑥ Разумова, А. О., "Филологический роман" в русской литературе XX века: Генезис, поэтика, Дис. канд., РУДН, 2005.

⑦ Разумова, А. О., Свердлов, M. u., "Шкловский-персонаж в прозе В. Каверина и Л. Гинзбург", *Вопросы литературы*, No. 5, 2005.

⑧ Калмыкова, В. В., "Мандельштам и Шкловский: об отношениях литературных и человеческих", *Литературная учеба*, No. 2, 2006.

⑨ Логунова, Н. В., "«Zoo, или Письма не о любви, или Третья Элоиза» В. Шкловского как филологический эпистолярный роман", *Известия РГПУ им. А. И. Герцена*, No. 101, 2009.

说"的作者与博学读者的对话》①及其《作为20世纪历史文化现象的语文体小说》②等文章，以及Я.С.列甫琴科的专著《另一种科学——俄国形式主义者的传记探寻》③等。

这些论著都是在解读什克洛夫斯基20年代艺术小说基础上阐述他的文艺理论及其诗学主张，指出其小说的形式主义理论蕴含及其艺术手法，如什氏散文的杂糅性、游戏性、陌生化手法等。研究表明，俄国学界无论对什克洛夫斯基文艺理论还是小说创作研究都日臻成熟。

值得一提的是，俄国学界在研究什克洛夫斯基小说创作时提出了"语文体小说"这一概念。А.О.拉祖莫娃认为，什氏小说是由科学通往艺术的必经之路，这条道路建立在文学与语文学、艺术与科学交汇互融的基础上，《动物园，或不谈爱情的信札，或第三个爱洛伊丝》就是一部充满语文学倾向的书信体小说；拉祖莫娃的另一篇文章《20世纪的语文体小说》④则是研究俄国语文体小说发展历程的总结性成果，作者梳理了20世纪20年代出现的该文学体裁的根源及其发展脉络，认为正是以巴赫金为首的巴赫金学派和形式主义学派之争促进了这类文学体裁的发展，而巴赫金和形式主义者争论焦点则在于小说材料组织究竟是基于共时性还是历时性；此外，该学者还与М.斯维尔德林合写《什克洛夫斯基——卡维林和金兹堡散文中的人物》⑤一文，指出什克洛夫斯基不仅仅是其散文中的作者还是其中的主人公，卡维林和金兹堡两位作家还将什氏作为自己小说中的主人公即人物原型，譬如，卡维林的长篇小说《爱吵架的人，或瓦西里耶夫岛上的晚

---

① Ладохина, О. Ф., "Диалог автора филологического романа и читателя-эрудита", *Русская словесность*, No. 1, 2009.

② Ладохина, О. Ф., Филологический роман как явление историко-литературного процесса XX века, Дис. канд., МГУ, 2009.

③ Левченко, Я. С., Другая наука—Русские формалисты в поисках биографии, Москва: Высшая школа экономики, 2012.

④ Разумова, А. О., "Филологический роман" в русской литературе XX века: Генезис, поэтика, Дис. канд., РУДН, 2005.

⑤ Разумова, А. О., "Шкловский-персонаж в прозе В. Каверина и Л. Гинзбург", *Вопросы литературы*, No. 5, 2005,

会》中的主人公涅克雷洛夫就是"镜子中的什克洛夫斯基"①，金兹堡《记事簿》中所讲述的传记人物同样是"显微镜下的什克洛夫斯基"②。

Т. Ю. 赫梅利尼茨卡娅的《角色中的语文学——维克多什克洛夫斯基》③一文则着眼于什克洛夫斯基的文学个性与其文学主人公的关系，指出什克洛夫斯基小说主人公往往被封闭在文本的材料和风格中，与作者的文学个性密切相关，因此当阅读其自传三部曲的任何一部之后总会想起另外两部作品中的主人公形象。④

Н. В. 拉古诺娃在《什克洛夫斯基作为语文体书信小说的〈动物园，或不谈爱情的信札，或第三个爱洛伊丝〉》⑤一文中，认为什克洛夫斯基的书信体小说中所具有的结构与修辞上的革新使该书成为地道的"语文体小说"。

О. Ф. 拉多辛娜的《"语文体小说"的作者与读者的对话》⑥一文研究了"语文体小说"中作者与读者的对话关系。文章指出，"语文体小说"的特殊体裁及内涵要求读者必须拥有良好的学识背景和深刻的领悟能力；该作者在另一篇名为《作为20世纪历史文化现象的语文体小说》⑦一文中还将"语文体小说"视为文学发展过程中出现的一种体裁现象进行研究，梳理了俄国"语文体小说"的发展脉络及其文艺学特点。

---

① Эйхенбаум, Б. М., "О Викторе Шкловском", в кн.: Б. М. Эйхенбаум, *Мой временник... Художественная проза избранные статьи 20—30-х годов*, Санкт-Петербург: Инапресс, 2001, С. 135.

② Разумова, А. О., Свердлов, М. И., "Зеркало и микроскоп: Шкловский-персонаж в перипетиях жанровой борьбы", *Вопросы литературы*, No. 5, 2005.

③ Хмельницкая, Т. Ю., "Филология в лицах. Виктор Шкловский", *Вопросы литературы*, No. 5, 2005.

④ Хмельницкая, Т. Ю., "Неопубликованная статья о В. Шкловском", *Вопросы литературы*, No. 5, 2005.

⑤ Логунова, Н. В., " "Zoo, или Письма не о любви, или Третья Элоиза" В. Шкловского как филологический эпистолярный роман", *Известия РГПУ им. А. И. Герцена*, No. 101, 2009.

⑥ Ладохина, О. Ф., "Диалог автора филологического романа и читателя-эрудита", *Русская словесность*, No. 1, 2009.

⑦ Ладохина, О. Ф., Филологический роман как явление историко-литературного процесса XX века, Дис. канд., МГУ, 2009.

Я. С. 列甫琴科在《另一种科学——俄国形式主义者的传记探寻》一书中也大篇幅地涉及什克洛夫斯基文学创作和理论创作的交融特点。他将什克洛夫斯基作为形式主义学派代表之一进行论述，并从体裁选取、语言运用、创作手法、情节母题等多个角度对其多部文学作品进行分析，认为其小说是对早期欧洲小说的模拟，什氏早期理论研究关注的是文本的横向组合关系，而1921年以后的理论研究则更侧重于文本的聚合关系。此外，列甫琴科还指出传记和自传是"个体独白的存在形式"① 并提到什氏将生活素材插入小说中，使小说成为描写生活的文学传记。在他看来，形式主义者在20世纪20年代中期积极地参加社会交往，而对这种交往的书写则既不属于纯生活描写也不是纯理论阐述，而是由二者所构成的第三种智能存在，即"科学"与"传记"的结合。

С. Н. 泽恩金的《理论家的曲折经历——什克洛夫斯基的自传体小说》一文在研究什克洛夫斯基自传三部曲时称《第三工厂》是一部充满隐喻的小说，是作者以文字来回击政治上打压之作。他指出，《第三工厂》作为传记文学，同时也是"社会现实的具体延伸"，即作家写《第三工厂》的目的在于，通过回顾历史来梳理自己的过往，并试图在风云变幻的灾难性世界里寻找自己的位置，因此称该作品"以这种方式建立起来的个人的、妥协的传记，最终比国家政权从整体规模上所创建的官方'历史'更有价值，更有生命力。"②

А. В. 格罗莫夫在其副博士学位论文《什克洛夫斯基20年代的小说》③中全面分析了什克洛夫斯基20年代散文体小说的继承性、艺术特色及其对20世纪俄罗斯小说发展的影响。他指出，什克洛夫斯基色彩鲜明的文体风

---

① Левченко, Я. С., *Другая наука—Русские формалисты в поисках биографии*, Москва: Высшая школа экономики, 2012, С. 131.

② Зенкин, С. Н., "Критика. Приключения теоретика. Автобиографическая проза Виктора Шкловского", *Дружба народов*, No. 12, 2003, С. 22.

③ Громов-Колли, А. В., Проза Виктора Шкловского 1920-х годов, Дис. канд., МПГУ, 2004.

格，无论是来自学术论坛还是作为一位政论家、批评家和"形式主义者"的基调都震惊于世。该文阐述了什克洛夫斯基文学理论和美学观，分析了俄罗斯文学体裁类别及自传文学形式，并以《感伤的旅行》和《动物园，或不谈爱情的信札，或第三个爱洛伊丝》为例探讨了俄国20年代小说体裁风格的独特性。

总之，俄国关于什克洛夫斯基的研究至今已近百年，研究态势此起彼伏，80年代以后开始呈上升趋势，主要围绕其形式主义文艺理论，包括陌生化诗学理论、电影理论等方面研究。新世纪以来，研究成果日益丰富，研究视角趋于宽泛和多元，研究观点也更为开放和包容；而关于什克洛夫斯基散文创作的研究，则主要集中在对其个别散文作品的语文体风格、陌生化手法等相关问题的探索，并多以自传三部曲为例简要分析其语文体特征，如第一人称叙事角度、多重叙述视角、文学和理论的互渗、文本结构的独特性等。但这些成果并没有深入解释这类小说创作的文学渊源，也很少对自传三部曲之外的，如历史人物传记、作家传记、艺术家传记等其他传记作品进行全面而系统的阐述，对什克洛夫斯基散文的创作诗学研究还不够系统，尚未形成体系，较少涉及什氏散文创作之于俄国文学及批评中的美学和诗学价值。

我国关于什克洛夫斯基的研究远落后于国外。什克洛夫斯基学研究始于20世纪80年代，当时尚以译介为主，如：什克洛夫斯基等著《俄国形式主义文论选》（生活·读书·新知三联书店1989年版）、托多罗夫编选《俄苏形式主义文论选》（中国社会科学出版社1989年版）；90年代则出版了什克洛夫斯基《散文理论》汉译本（刘宗次译，百花洲文艺出版社1997年版）；21世纪以来，学界关于什克洛夫斯基的研究迅速发展起来，特别是关于什克洛夫斯基诗学理论研究一度成为研究的热点。但多数学者依然限于从形式主义理论背景下研究什克洛夫斯基文艺观点，研究内容多涉及诗语、陌生化、叙述类型、艺术审美等问题。其中在陌生化理论内涵、陌生化理论横向对比及运用陌生化理论分析文学作品等方面着力颇多，如张冰的《陌生化诗学：

俄国形式主义研究》（北京师范大学出版社 2000 年版）、《俄国形式主义诗学》（中国社会科学出版社 2019 年版），杨向荣的《西方诗学话语中的陌生化》（中国社会科学出版社 2016 年版），刘万勇的《西方形式主义溯源》（昆仑出版社 2006 年版）等都是研究什克洛夫斯基文论的重要参考文献；此外，赵毅衡、丁国旗、谢天振、钱佼汝、孙绍振、邹元江、冯毓云、程军等许多学者在研究形式主义文论中也有所涉及什克洛夫斯基的诗学理论；而杨燕的《什克洛夫斯基诗学研究》（社会科学文献出版社 2016 年版）一书则是 21 世纪以来专门研究什氏诗学理论的学术著作。与此同时，国内期刊界也陆续发表了大量的有关形式主义及什克洛夫斯基的研究成果，我们在此就不做具体罗列和概述。

至于国内对什克洛夫斯基散文创作的研究，则尚处于刚刚起步阶段。90 年代以来，学界先后出现了对什克洛夫斯基散文作品的一些译介和研究成果。在一些世界散文集中收有什克洛夫斯基的散文片段，如严永兴编译的《世界散文随笔精品文库》（俄罗斯卷）（中国社会科学出版社 1993 年版）、崔宝衡和王立新编译的《世界散文精品大观·家园篇·温馨的摇篮》（花山文艺出版社 1995 年版）、王家新和汪剑钊编译的《灵魂的边界：外国思想随笔经典》（云南人民出版社 1996 年版）等文集，所收集的片段主要是什克洛夫斯基的自传三部曲前两部《伤感的旅行》、《动物园，或不谈爱情的信札，或第三个爱洛伊丝》中的个别章节；再就是安国梁等译的《列夫·托尔斯泰传》（海燕出版社 2005 年版），这是国内出版的唯一部什克洛夫斯基关于作家传记的译著。此外，近年来，笔者和郑艳红、杨玉波等也出版了什克洛夫斯基自传三部曲《动物园·第三工厂》（四川人民出版社 2016 年版）、《感伤的旅行》（敦煌出版社 2014 年版）及历史人物传记《马可·波罗传》（四川人民出版社 2016 年版）等译著。

国内关于什克洛夫斯基散文创作研究十分匮乏。近年来，笔者获批了国家社科基金项目《形式主义诗学视野下什克洛夫斯基散文创作研究》，除了对什克洛夫斯基散文作品进行译介之外，还专门探讨了什氏散文创作诗学并发表了相关论文;① 同时还指导了几篇硕士学位论文专门探讨什克洛夫斯基的散文体小说②，代表了什克洛夫斯基散文在国内研究的最新成果。

综上可见，国内关于什克洛夫斯基的研究，自20世纪80年代至今，只有近30年的学术史，有关什克洛夫斯基的文艺理论，特别是其陌生化诗学理论的研究已取得丰硕的成果。但同时我们也发现，这些研究尚限于从形式主义学派角度解读什克洛夫斯基的诗学理论。21世纪以来，有关什克洛夫斯基的研究出版了专著，但也仅限于对其诗学理论的研究，而关于什氏颇具现代意义的散文创作却一直关注较少，研究成果也乏善可陈，尚没有系统研究什克洛夫斯基散文创作的学术专著。

纵观什克洛夫斯基一生的文学创作，可以说什克洛夫斯基是一位能产型文艺理论家，他在20世纪现代主义文学的革新背景下，以"陌生化"文艺理论一举成名，高举形式主义先锋学派大旗，开创了俄国文艺理论的新时代；同时，什克洛夫斯基也是一位出色的文学作家，他所创作的艺术散文，以精妙的笔触记录自己及同时代人的复杂的心路历程、俄国从白银时代到苏联时期文艺形态的历史变迁。无论是理论探索还是文学批评，传记书写还是文艺杂谈，什氏的文学创作都极富艺术个性，值得后人仔细品评和深度挖掘。什克洛夫斯基的文学创作，除了学界早已熟悉的"陌生化"理论，颇具影响力的还有他的散文创作，其中文学回忆录，如自传三部曲《感伤的旅行》《动物园，或不谈爱情的信札，或第三个爱洛伊丝》及《第三工厂》等就是其最具代表性的艺术散文。如前所说，这类文学作品最突出的

---

① 赵晓彬：《书写传记·恢复个性：什克洛夫斯基散文体小说"第三工厂"初探》，《国外文学》2015年第4期；赵晓彬、侯佳希：《〈感伤的旅行〉：什克洛夫斯基"语文体小说"初探》，《外语与外语教学》2015年第2期；赵晓彬：《纳博科夫与什克洛夫斯基诗学对话探微》，《外国文学研究》2017年第1期；赵晓彬、刘淼文：《什克洛夫斯基与"谢拉皮翁兄弟"》，《俄罗斯文艺》2017年第2期等；杨玉波：《丝绸之路的文学想象：什克洛夫斯基的历史传记小说〈马可·波罗〉》，《俄罗斯文艺》2016年第1期；赵晓彬：《什克洛夫斯基笔下的〈列夫·托尔斯泰传〉》2019年第2期；等等。

② 韩静帆：《什克洛夫斯基散文体小说的陌生化手法研究》，硕士学位论文，哈尔滨师范大学，2015年；侯佳希：《什克洛夫斯基的语文体小说研究》，硕士学位论文，哈尔滨师范大学，2015年；焦洋：《什克洛夫斯基的传记作品研究》，硕士学位论文，哈尔滨师范大学，2015年等。

特征在于其独特的体裁样式、奇异的书写风格及新颖的艺术手法。

在什克洛夫斯基的艺术散文创作中，故事讲述伴随着艺术感悟，生活描写夹杂着理论阐述，文学与非文学兼容并蓄、互为勾连。这类体裁介于描写和叙事之间、散文和小说之间、文学和文论之间，突破了传统意义上的散文或小说，可谓一种杂糅性的散文体小说。俄国学者安德罗尼科夫这样评价什克洛夫斯基的散文创作："否定和远离传统的体裁，每一次都是超越体裁之上的，而且是从未有过的形式。"①

进一步说，什克洛夫斯基具有现代性和先锋意识的艺术散文，作为一种文学体裁的变体，是作家对传统书写的一种文学革命，亦是理论家对其形式主义文学理论所做的文学实验。这种艺术散文被许多俄国学者称为"语文体小说"。实际上，即便是什克洛夫斯基的文学理论创作，在体裁上也同样具备这种变革性品格。他的文艺理论著作，譬如最著名的《散文理论》一书，也都是用这种散文体式或语文体式创作的。为此，我们需要对什克洛夫斯基这种极具先锋性或实验性的文学创作做系统研究，分析阐释其艺术散文创作对"陌生化"理论的验证和呈现。

本书是在课题组研究什克洛夫斯基形式主义诗学及散文创作的系列成果基础上修订、完善的。主要围绕什克洛夫斯基散文创作的渊源、什克洛夫斯基的语文体小说、什克洛夫斯基的传记体小说、什克洛夫斯基小说的陌生化叙事及什克洛夫斯基散文创作的文学影响等五个专题，探讨什克洛夫斯基的散文创作及其形式主义诗学特征，具体如下。

第一章，主要探讨什克洛夫斯基的"语文体小说"：梳理和阐述这类体裁的文学渊源，其所处于巴赫金与形式主义论辩的文学语境、其散文创作与同时代俄国小说家罗赞诺夫及西欧传统小说家斯特恩的文学承继关系；论述什克洛夫斯基散文的语文体特征，即文学与科学的共融、作者与读者的对话、文学和理论的互渗，以及回忆、书信、文评、政论等各种体

---

① Андроников, И. Л., "Шкловский", в кн.: И. Л. Андроников, *Избранные произведения в двух томах* (*Том* 2), Москва: Художественная литература, 1975, С. 125.

裁的杂糅性；阐释《感伤的旅行》作为旅行小说或冒险小说、《动物园》作为颠覆传统样式的书信集，《马步》作为理论性散文集等语文体特征。

第二章，主要探讨什克洛夫斯基的传记体小说：分析什氏在早期形式主义陌生化理论式微之后转向传记文学创作的可能动机，以文学回忆录《第三工厂》为例考察其自传体小说的美学和诗学特征，如该作品中的生活传记与文学传记、回溯历史与创造个性的紧密交融，及其"声音""亚麻"等潜在的母题意蕴；以《马可·波罗传》为例考察其历史人物传记的历史文化价值及其书写艺术；以《列夫·托尔斯泰传》为例考察其艺术家传记的文艺美学价值、辨识其笔下新传记与传统旧传记的差异。

第三章，主要探讨什克洛夫斯基小说的陌生化叙事风格：阐释《感伤的旅行》中叙事的口语化、非情节化、动态化、疯癫化、延宕化等故事体小说风格；《动物园》中的讲述或叙事、为讲述而讲述、为加密而制动、为解密而裸露等元小说风格；以及《第三工厂》中的语义的转移、蒙太奇、假定性等隐喻性小说风格。

第四章，主要论述什克洛夫斯基散文创作的文学影响：阐述什克洛夫斯基与作家金兹堡、与现代小说革新先行者"谢拉皮翁兄弟"的文学渊源及其承继关系；什克洛夫斯基与纳博科夫、普拉东诺夫等俄国现代作家的诗学对话关系。

课题研究过程中以本人撰写各章节内容为主，同时课题组成员杨玉波参与了第二章第三节，郑艳红参与了第三章第一节第四个小问题的初步撰写，以及侯佳希、韩静帆、焦洋三位硕士参与了个别小节内容的初步撰写工作。

第一章

什克洛夫斯基的语文体小说

什克洛夫斯基与结构主义语言学家、批评家雅各布森之间有过几乎持续了40年的学术对话。20世纪60年代初,当有人向当时在哈佛大学斯拉夫语系的明星学者雅各布森推荐小说作家纳博科夫任教之际,雅各布森因对纳博科夫关于陀思妥耶夫斯基的研究表示不屑并不予接受时说过这样一句话:"先生们,即使有人认可他是一位重要的作家,我们接下来是否有必要邀请一头大象担任动物学教授?"[①] 值得注意的是,针对这句话的质疑,什克洛夫斯基在自己的论著中用下面一句旷世名言回应了后来已故的雅各布森:"据说,要想成为鱼类学家不必要成为一条鱼。我却要自诩:我就是一条鱼,即一个把文学看作艺术来研究的作家"。[②] 这段回应表明:什克洛夫斯基是反对"成为一个鱼类学家不需要成为一条鱼"的观点,在他看来,作为一个鱼类学家不能只是一个命名鱼类的观察员,而是应该把自己想象成一条鱼才能真切地明白鱼的一切知识;同理,作为一个作家不能只囿于文学创作,而是应该透彻地领悟艺术之道,这样才能够清楚文学创作的真谛。

---

① Boyd, B., *Vladimir Nabokov: the american years*, Princeton: Princeton University Press, 1993, p. 212.

② Шкловский, В. Б., *Избранное. В 2-х т* (*Том 2*), Москва: Художественная литература, 1983, С. 195.

什克洛夫斯基是文论家兼作家，他的文学创作具有学者型特点是顺理成章的。他的《感伤的旅行》《动物园，或不谈爱情的信札，或第三个爱洛伊丝》《第三工厂》等一系列散文作品，都是一种既有叙事审美又具理论标记的艺术散文。这种故事与理论兼备的小说在俄国被称为"语文体小说"。

关于"语文体小说"（филологический роман）的概念，学界并没有专门的、约定俗成的界定，但我们可以从各类词典对"语文学"（филология）、"语文学家"（филолог）两个相关概念的释义里探迹寻踪。虽然俄汉辞典将俄语中的"филология"翻译成"语文学"，但实际上，俄语里的"语文学"与汉语的"语文学"在词汇意义上存在着些许不同。汉语里的"语文"指的是语言和文字文学，或是对听、说、读、写、译、编等语言文字能力和文化知识的统称，而"语文学"是传统语言学的一个别称，"语文学家"则是进行传统语言学研究的学者；而在俄语里，针对"филология"一词，现代俄语详解词典释义为"以语言、内容、修辞分析的角度研究当今社会历史和精神本质的综合性人文学科。"① 而奥热果夫版俄语详解词典释义为："研究蕴含在语言和文学创作中的民族精神文化的综合性学科。"② 也就是说，语文学所包含的范围非常广泛，除了语言和文字，它还涉及历史、文化、社会、文学批评等诸多领域，是一个宏观的、综合性的概念；而"филолог"一词，则是指专门从事语文学研究的学者，也就是说，语文学家一般被指代为从事语言研究、文艺学研究、文学批评的专业人员。

据此，我们尝试性地将什克洛夫斯基的语文体小说理解为：由语文学家创作的具有自我意识的、体裁杂糅的、形式奇异化的散文体小说，这类作品同时具备叙事文和理论文的双重特点，是一种文学和理论互渗、

---

① Кузнецов, С. А., *Современный толковый словарь русского языка*, Санкт-Петербург: Норинт, 2007, С. 892.

② Ожегов, С. И., Шведова, Н. Ю., *Толковый словарь русского языка*, Москва: Российская академия наук институт русского языка, 2002, С. 852.

艺术和科学共融、各种体裁杂糅的过渡文本。这种散文创作不是空穴来风，亦非什氏个人所属，它有着文学史、文学理论及文学批评等语文学渊源。

第一节 什克洛夫斯基散文创作渊源

众所周知，自白银时代象征主义运动以来，整个艺术领域发生了一场文艺革命，在传统世界倾塌、新世界充满未知的条件下，作家开始青睐于新现实、新艺术的创造。在此大背景影响下，20世纪上半叶俄罗斯涌现出一大批非传统小说创作。非传统小说借助于装饰、新神话、幻想，以及变形等各种形式和手法来构建艺术世界。① 小说叙事更关注作者—主人公—读者之间主客关系的变化：传统小说里，读者并不扮演角色，仅为消极的接受者；非传统小说则需要读者参与创作，共同完成小说艺术世界的构建。新的主客关系模式催生新的体裁意识。人的个体世界获得与社会现实存在同等重要的价值地位。② 人的个体世界即艺术的"第二空间"，为20世纪俄罗斯小说开辟了新天地，日后许多知名小说家诸如扎米亚京、皮利尼亚克、加兹达诺夫、纳博科夫、巴别尔、奥列什、瓦金诺夫等都走上了这条创作道路。

俄罗斯学者将上述非传统小说大致分为以下几种：第一，思想小说，即反映时代思想导向、具有特定社会背景的意识形态小说；第二，主观史诗小说，是指将人的精神世界置于历史大环境下而创作的小说；第三，关于艺术家的小说；第四，自传小说及回忆录小说。③ "关于艺术家的小说"

---

① Скороспелова, Е. Б., *Русская проза XX века: от А. Белого («Петербург») до Б. Пастернака («Доктор Живаго»)*, Москва: ТЕИС, 2003, С. 51.

② Лейдерман, Н. Л., Липовецкий, М. Н., *Современная русская литература. 1950—е—1990—е годы. (Том 1)*., Москва: Академия, 2003, С. 10.

③ Скороспелова, Е. Б., *Русская проза XX века: от А. Белого («Петербург») до Б. Пастернака («Доктор Живаго»)*, Москва: ТЕИС, 2003, С. 181.

又有多种小说体裁变形：知名艺术家传记，关于创作行为选择的小说，以及"元小说"。在"关于艺术家的小说"里，作者刻意将现实人物代入小说，借助原型手法巧妙地开辟第二空间，即隐性艺术空间。

20世纪20年代初，俄国文坛出现了既是理论家又是作家，如罗赞诺夫、迪尼亚诺夫等语文学者的新型小说创作。作为理论家和作家，什克洛夫斯基不仅盛产文艺理论和文学作品，还专门研究过一些理论家的文学创作，如罗赞诺夫的《落叶》《心灵独语》两卷三部曲曾使他备感兴趣。罗赞诺夫这类散文集中以随笔、杂文居多，其中插入诸如文论、述评、书信及报刊政论等文类；20年代以后，这类体裁逐渐发展起来，包括什克洛夫斯基在内的福尔什、诺维科夫、金兹堡、瓦金诺夫、卡维林等作家都乐见于这类散文创作；到了40年代，这类文学体裁的发展日益成熟，大量类似的散文作品涌现出来；到了70年代，"语文体小说"这一术语首次出现在作家卡拉布奇耶夫斯基（Юрий Карабчиевский）的《马雅可夫斯基的复活》（Воскресение Маяковского，1983）一书中。至此，"这种文学现象自产生后存在了整整一个世纪，自1920年开始一直以半科学半艺术的散文形式存在着……"[①]

自古以来，任何一种文学形态和样式都具有其成因，而作为一位肩负时代变革使命的语文学者，什克洛夫斯基的文学创作同样受到20世纪20年代语文学家们所立足于文学革新、吸收现代文艺观念的文化背景影响。诚然，什氏一方面受到当代俄国语文学迅速崛起、文学本体论日益兴发的文学理念的驱动，另一方面也会吸收一些西方经典小说创作技巧。艾亨鲍姆曾这样评价什克洛夫斯基文学作品："什克洛夫斯基从罗赞诺夫那里起源，与斯特恩、托尔斯泰、塞万提斯等人珠联璧合"。[②] 关于什克洛夫斯基

---

① Сорокина, С.В., "Жанр романа с ключом в русской литературе 20-х годов XX века", Новые исследования, No.3, 2006, C.75.

② Эйхенбаум, Б.М., *О литературе. Работы разных лет*, Москва: Советский писатель, 1987, C.443.

文学创作的语文体特点及其渊源，笔者已撰文有所探讨，① 本节将以此为基础对什氏文学创作的时代文化背景及文学发展规律进行梳理，进一步解析其创作受到英国 18 世纪小说家斯特恩及俄国现代作家罗赞诺夫的影响，同时考察什氏创作之于巴赫金与形式主义之间论辩的文学语境。

一　什克洛夫斯基文学创作的理论背景

什克洛夫斯基的文学创作与 20 世纪 20 年代两大派别的争斗休戚相关。② 无论是从其整体发展脉络来看，还是单以什克洛夫斯基文学创作为例，都要追溯到形式主义学派与巴赫金学派对小说研究的分歧。二者的分歧，主要体现在对小说时空关系问题的认识差异上。不同的科学理念是产生这一差异的根本原因。巴赫金学派以爱因斯坦的相对论为依据，而形式主义学派则以新康德主义和达尔文的进化论为观照。巴赫金崇尚"历史诗学"的理念，他及其拥趸者们认为文学是历时性现象，它的重点在于继承性和延续性。在巴赫金等人的心目中，时空的范畴是一种最为直接的现实形式，人类所特有的时空感会帮助人们形成有关人与世界的认知模式，而不同的作家有不同的时空组合方式。"体裁是体现特殊世界观的 X 射线，是特定社会、社会状况与时代的结晶体"③；体裁不是亘古不变的，各种体裁在长达数世纪的存在过程中会"积累各种观察和思考世界的某些侧面的方式"④；新的体裁永远是在低级体裁对高级体裁的不断冲击中诞生。当然，巴赫金及其历史诗学拥趸者们主要致力于从总体上对文学演变做宏观的历史性研究。巴赫金曾在自己的论著中详细分析过形式主义学派的文学史观，他认为"形式主义者关于文学进化的整个理论，缺少一个极其重要

---

① 赵晓彬、侯佳希：《〈感伤的旅行〉：什克洛夫斯基"语文体小说"初探》，《外语与外语教学》2015 年第 2 期；侯佳希、赵晓彬：《什克洛夫斯基语文体小说创作探源》，《外国语文》2016 年第 1 期。此处有所修订。
② Разумова, А. О., Филологический роман в русской литературе XX века: Генезис, поэтика, Москва: Дис. канд., РУДН, 2005, С. 30.
③ 张冰：《陌生化诗学：俄国形式主义研究》，北京师范大学出版社 2000 年版，第 266 页。
④ 同上。

的成分——历史时间的范畴"①,甚至毫不避讳地直言"形式主义者的观点使他们无法研究真正的历史。"②

而以什克洛夫斯基为代表的形式主义学派则看重文学的共时性,他们认为文学的最大意义在于斗争和变革。在他们看来,文学史研究应该以文体风格为对象,而不应该将社会历史的发展脉络作为文学断代史研究的依据,因为体裁本身就是某些风格现象的稳定统一体。传统文学热衷于从发生学角度探讨特定文学现象的起源,而形式主义者们则对艺术手法和结构感兴趣,并以此为依托认为必须"把特定的问题和风格现象从历史发展的脉络抽取出来,将其分解为各个组成部分,然后再逐一对各个部分进行检验。"③ 他们将文学史中各种文学流派、文体风格竖剖出一个个横断的截面,将各种复杂的相互关系都归结为一种共时关系。在共时性研究的基础之上,文学创作的现代性变成一种终极的旨归,因此,什克洛夫斯基及其支持者们"总是尝试着冲破任何体裁、打破任何的体裁"④。针对这种超越旧式体裁的革新,什克洛夫斯基本人在书信体小说《动物园,或不谈爱情的信札,或第三个爱洛伊丝》中这样解释道:"写书不要因循守旧。别雷知道这点,罗赞诺夫清楚这点,如果无须思考合题,高尔基也明白,短尾巴猴子的我也知道这点"⑤ "正像牛会吃光青草那样,文学题材也会被吃光,文学手法也会像衣服那样被穿旧磨坏。作家不是庄稼汉,他是赶着牧群、带着妻子辗转到新草场的游牧人。"⑥ 一言以蔽之,形式主义者更推崇于研究文学的内部规律,即语言风格、结构形式等层面的特点和功能。如

---

① [俄] 米·米·巴赫金:《巴赫金全集》(第二卷),白春仁等译,河北教育出版社1998年版,第339页。
② 同上书,第338页。
③ 张冰:《陌生化诗学:俄国形式主义研究》,北京师范大学出版社2000年版,第273页。
④ Хмельницкая, Т. Ю., "Неопубликованная статья о В. Шкловском", *Вопросы литературы*, No. 5, 2005, С. 24.
⑤ [俄] 维·什克洛夫斯基:《动物园·第三工厂》,赵晓彬等译,四川人民出版社2016年版,第38页。
⑥ 同上书,第37页。

果说形式主义者所珍视的是研究每一个小时，那么巴赫金学派成员们所看重的则是对数千年时间的撷取。

20世纪20年代两大派别对文学问题的激辩，在一定程度上促进了文学的变革，包括新体裁的产生。各派别的学者都尝试着将理论付诸实践，通过文学创作积极地捍卫自己阵营的观点，这也在一定程度上促进了语文学家关注的"语文体小说"迅速发展，如瓦金诺夫的《公山羊之歌》和卡维林的《爱吵架的人，或瓦西里岛上的晚会》都诞生于这一时期并且备受关注，被公认为是最能诠释巴赫金学派和形式主义学派思想体系的文学创作产物。而什克洛夫斯基最享有盛名的自传体三部曲、《马步》、《汉堡计分法》等散文作品也都付梓于此时，可以说，这场持续了十年的论辩，是俄国文学走向发展的催化剂，也是什克洛夫斯基开展文学实验的主要理论背景。

二 什克洛夫斯基对斯特恩的戏仿

劳伦斯·斯特恩（Laurence Sterne，1713—1768）是18世纪英国最伟大的小说家之一。他的作品文笔优美、感情细腻，深受读者的喜爱，是感伤主义文学代表之一，他与理查逊、菲尔丁和斯摩莱特并称为18世纪四大英国小说家。1759年，斯特恩通过《政治罗曼史》（A Political Romance）一书在文坛上初露锋芒；次年，出版了小说《绅士特里斯舛·项狄的生平与见解》（简称《项狄传》，*The Life and Opinions of Tristram Shandy, Gentleman*，1759）引发了极大的轰动；后来，作家还发表了著名的旅行记《多情客游记》（又名《在法国和意大利的感伤的旅行》，*A Sentimental* Journey Through France and Italy，1768）。

什克洛夫斯基一生发表过许多研究斯特恩的论著，如《与白熊的交战。斯特恩和伏尔泰》（Битва с булым медведем. Стерн и Вольтер）、《斯特恩与洛克，抑或陌生化和理智》（Стерн и Локк, или остроумие и рассудительность）、《斯特恩的牢笼》（Клетка Стерна）、《斯特恩》（Стерн）、《叶甫盖尼·奥

涅金：普希金与斯特恩》（"Евгений Онегин"：Пушкин и Стерн）等。他这样评价斯特恩的作品："能讲别人不讲之事，解开了至今无人解开的纽结"①。什克洛夫斯基还将斯特恩与托尔斯泰进行对比研究，分析二者写作风格的异同之处。

斯特恩的《项狄传》全名为《绅士特里斯舛·项狄的生平与见解》，但书中对于主人公项狄的生平及经历着笔甚少，而更多讲述的是其父亲和叔叔两人的怪癖和趣闻。小说没有连贯的故事情节和完整的叙述结构，反而插入大量的关于人生、哲学、前途等话题的议论，完全颠覆了斯特恩之前的小说叙事模式。什克洛夫斯基对这种叙述风格颇感兴趣，他认为斯特恩的《项狄传》堪称西欧现代主义的开山之作，书中对讽刺性模拟的巧妙运用和超乎常规的创作手法表现了作者对小说认识的高度自觉性，《项狄传》也因此堪称"世界文学中最典型的小说。"② 可以说，对斯特恩小说的研究成为什克洛夫斯基形式诗学研究的前提，也成为其散文创作的必要积累。正是借助对斯特恩小说的分析，什克洛夫斯基进一步确定了"假定性"和"手法的裸露"等诗学概念。在他看来，《项狄传》中并"没有遵循传统，而是通过讽拟的手法，大胆又含蓄地嘲讽约克王朝，打破了束缚。"③ "凡是研究过斯特恩这部作品的人都不会视而不见，都会认识到作品乃是对直截了当的成长小说或教育小说的一个嘲弄模仿。"④ 关于对斯特恩的浓重兴趣，他还写在《感伤的旅行》中："我们研究长篇小说的理论。我与自己的学生们共同撰写了译本有关《堂吉诃德》和斯特恩的著作。我从来没有像这一年那样工作过。……从一部著作到另一部著作，从一部长

---

① ［俄］维·什克洛夫斯基：《散文理论》，刘宗次译，百花洲文艺出版社 2010 年第 2 版，第 232 页。

② Шкловский, В. Б., *Гамбургский счёт*, Москва: Советский писатель, 1990, C. 193.

③ Шкловский, В. Б., "Стерн и Локк, или остроумие и рассудительность", в кн.: В. Б. Шкловский, *Избранное в двух томах* (Том 1), Москва: Художественная литература, 1983, C. 126.

④ ［美］雷纳·韦勒克：《近代文学批评史》，杨自伍译，上海译文出版社 2005 年版，第 329 页。

篇小说到另一部长篇小说，以及看到它们本身就在扩展着理论，这是非常愉快的。"①

斯特恩小说对于什克洛夫斯基的文学创作产生了巨大影响，这种影响尤其表现在什氏在小说命名、题材、故事情节、写作技巧等对斯特恩的讽刺性模拟。也就是说，包括什克洛夫斯基在内的形式主义者诗学论著中对"讽拟"这一概念的理解和认识，在一定程度上受到了来自18世纪斯特恩创作的启发。

首先，什克洛夫斯基的旅行记《感伤的旅行》书名模仿了斯特恩的《在法国和意大利的感伤的旅行》（即《多情客游记》），但这种模仿却是建立在对18世纪经典小说的戏仿之上。《感伤的旅行》在柏林出版时分为《革命与前线》和《书桌》两部分。第一部《革命与前线》中并没有提及斯特恩的名字。就题材而言，《革命与前线》与《多情客游记》也并无相似性。但在第二部《书桌》中，什克洛夫斯基则多次提到斯特恩的名字及其小说写作手法，甚至还在小说中插入对其小说艺术的评论，流露出与斯特恩小说的诗学对话，也体现出对斯特恩风格的讽刺性模拟或戏仿。

也就是说，从写作方法来看，什克洛夫斯基与斯特恩有着异曲同工之处。斯特恩的《多情客游记》是以第一人称为叙述方式的，而什克洛夫斯基的《感伤的旅行》也是以第一人称角度讲述故事或叙事的。在斯特恩的小说中，各种纷繁的经历在作者笔下以一种别样的方式呈现出来。更多的时候，在这些作者叙述的经历中"历险并不是碰上盗匪，攀登悬崖，而是他内心的感情的历险"②；而什克洛夫斯基也是运用奇异化手法呈现出主人公对革命和战争中历险的态度或心灵感悟。诚然，二者"内心的感情历险"及其表现方式是各自不同的。

---

① ［俄］维·什克洛夫斯基：《感伤的旅行》，杨玉波译，敦煌文艺出版社2014年版，第202—203页。
② ［英］劳伦斯·斯特恩：《多情客游记》，石永礼译，人民文学出版社1990年版，第175页。

如前所说,"讽刺性模拟"是形式主义学者们热衷运用的一个诗学概念或艺术手法,其一般具有双重的审美任务:"其一是将特定的手法加以机械化;其二是组合新的材料,这一新的材料指的就是被风格化了的旧手法。"① 简言之,也就是在模仿前人作家艺术风格的基础上进行自我升华和超越。而"讽刺性模拟"又是从"风格化模拟"(стилизация)起步的。在文学发展的进程中,因为事物普遍联系的规律和艺术创造者固有的心理定向,任何艺术作品的产生都是其艺术创造者通过模仿一个或几个前辈的创作而得来的,而作家有意识地模仿前人的这种现象,被称之为"风格化模拟",这也是作家们在起步阶段必然出现的创作现象。但"仿我者死——艺术的铁律"②,也就是说,仅靠模仿不可能使一个作家成功,这里就需要进入文学创作的第二阶段——"讽刺性模拟",进一步说,就是用新形式来再现旧方法,用新的不协调的语境显露旧方法的机械和荒谬,所以这种模仿就带有"戏仿"成分。

在什克洛夫斯基的《感伤的旅行》《动物园,或不谈爱情的信札,或第三个爱洛伊丝》《第三工厂》《往事》等自传体小说中,均可窥见其对斯特恩所常用的战争、爱情、游记、救赎等多样创作题材的讽刺性模拟或戏仿。《感伤的旅行》更可谓是对斯特恩创作进行"讽拟"的最突出的一部作品,若是拿它与斯特恩的《项狄传》《多情游记》等作品横向比较,不难发现,同样是以回忆形式描写作者的种种反常经历,但相较于斯特恩隐喻的自我反射和过多的情感表露,什克洛夫斯基的小说更具自传性,感情的释放也相对内敛克制。《感伤的旅行》中的主人公不再是约克等被作者虚拟幻化的名字,而是变成了其自我的直接现身。斯特恩是感伤主义小说家,而什克洛夫斯基则是现代主义(形式主义)文论家兼作家,因此什氏笔下的小说必然跳脱出情感的束缚。他在之前的研究中就曾明确表示拒绝用"感伤主义"来限定斯特恩,声称"艺术没有怜悯之心"。因此他在小

---

① 张冰:《陌生化诗学:俄国形式主义研究》,北京师范大学出版社 2000 年版,第 296 页。
② 同上书,第 297 页。

说创作中尽力规避斯特恩式的感伤主题，使斯特恩的题目"更具有现实意义"①。在斯特恩小说中，以男主人公的心理状态为主，对其他人物则轻描淡写，感伤的抒发成为全书最主要的基调；而什克洛夫斯基则将原作的题材赋予更为深刻的内涵，由单纯的讲故事、抒发郁结的情感升华为知识分子对战争、死亡、侨居和祖国命运的深刻思考。最重要的是，斯特恩小说虽然对传统小说形式和内容进行了一定程度的变革，但并没有从根本上背离传统感伤主义小说的体裁惯例；而在什克洛夫斯基小说中，散文已不再是散文，小说也不再是小说，它已超越情节的桎梏而诉诸文学理论。也就是说，作者实则是通过战争、爱情、旅行等显性的情节因素，表达潜在的形式主义理论隐喻。

从写作手法上看，什克洛夫斯基所推崇的陌生化手法与斯特恩所惯用的写作技巧是相契合的。什氏在文论研究中分析过斯特恩所运用的插叙、位移、重复等手法。他认为斯特恩在表达对现实世界的不满和抗拒时"运用陌生化手法突破了英国传统的自我逻辑"②，运用插叙和重复方法"延长了叙述的时间"。③ 关于什克洛夫斯基与斯特恩在创作手法上的关联，研究形式主义的学者兼作家金兹堡这样解释："什克洛夫斯基对斯特恩感兴趣是不无原因的，什克洛夫斯基对位移、重复和插叙等文学创作手法的掌握，比斯特恩还要多得多，这些手法从他本人的文献体系构建上就可以看得出来。"④ 这种斯特恩式的手法，在什克洛夫斯基的小说中几乎随处可见，换言之，这一写作手法与其研究"斯特恩风格"（Стернианство）⑤ 时

---

① Левченко, Я. С., *Другая наука—Русские формалисты в поисках биографии*, Москва: Высшая школа экономики, 2012, С. 86.

② Шкловский, В. Б., "Стерн и Локк, или остроумие и рассудительность", в кн.: В. Б. Шкловский, *Избранное в двух томах (Том 1)*, Москва: Художественная литература, 1983, С. 128.

③ Там же, С. 156.

④ Гинзбург, Л. Я., *Литература в поисках реальности*, Москва: Советский писатель, 1987, С. 65.

⑤ Шкловский, В. Б., Евгений Онегин (Пушкин и Стерн), в кн: В. Б. Шкловский, *Очерки по поэтике Пушкина*, Берлин: Эпоха, 1923, С. 199 – 220.

的用语异曲同工,其目的就是借18世纪英国小说早已有之的风格,将原本熟悉的事物进行抽象变形,延长读者对熟悉事物的关注时间和感受强度。与斯特恩小说中运用的怪诞的、与主旨无关的插笔相类似,什氏为了延长感知的过程、控制叙事的节奏,也在原本连贯的情节进程中置入了一些特殊的内容。这些内容或是作者个人对往事的回忆,或是信手拈来的一些随笔札记,这就从根本上打破了读者惯有的思维模式而产生对事物的新奇感。

三 什克洛夫斯基对罗赞诺夫的接受

如果说什克洛夫斯基在题材和手法上戏仿了18世纪英国作家斯特恩的小说创作,那么本土现代小说家罗赞诺夫对他的影响则集中体现在文体的杂糅和语言游戏的运用上。有俄国学者认为,正是对罗赞诺夫小说的研究奠定了什克洛夫斯基"语文体小说"创作基础。①

瓦西里·瓦西里耶维奇·罗赞诺夫(В. В. Розанов,1856—1919)是白银时代著名宗教哲学家,文坛奇才,"他率真、坦露、狂妄和嬉笑怒骂、冷嘲热讽的文风,使他成为20世纪俄国文学批评史和文化史上的一个独具特色的人物。"② 他一生著述丰硕,内容广泛涉及文学、艺术、宗教、哲学、体育运动、社会政治及婚姻家庭等各个领域。他的作品风格大胆独特,不拘泥于传统形式,常将"一则则简短的札记随意地,甚至可以说是杂乱无序地分布在文本中,造成一种自发即兴的,而不是故意安排的现象。"③ 普里什文、茨维塔耶娃、舍斯托夫、普拉东诺夫等文学家均对他的作品给予过极高的评价。

我们知道,罗赞诺夫的作家声誉是由晚年的《心灵独语》(Уединённое,

---

① Разумова, А. О.,"Филологический роман"в русской литературе XX века:Генезис, поэтика, дис. канд.,РУДН,2005.
② 张杰、汪介之:《20世纪俄罗斯文学批评史》,译林出版社2000年版,第86页。
③ [俄] 瓦·叶·哈利泽夫:《文学学导论》,周启超等译,北京大学出版社2006年版,第347页。

1912)和《落叶集》(Опавшие листья, 1915)这两部作品集奠定的,而什克洛夫斯基专门针对这两部作品撰写了《论罗赞诺夫》一文,文中阐述了罗赞诺夫创作体裁的特殊性,抑或"文学性"。值得注意的是,什克洛夫斯基对于罗赞诺夫的研究正值他在诗歌语言研究会的第一个阶段,而后来什克洛夫斯基完成的《感伤的旅行》《动物园,或不谈爱情的信札,或第三个爱洛伊丝》《第三工厂》《马步》《汉堡计分法》等一系列具有语文学特点的散文作品,都与罗赞诺夫的创作风格十分接近。就此学界也有不少人关注过什克洛夫斯基与罗赞诺夫之间的这种亲缘性,并都认同什克洛夫斯基创作"接受并学习了罗赞诺夫的一些风格体裁特点。"① 有学者甚至毫不隐讳地指出,"什克洛夫斯基与罗赞诺夫在文学创作上的紧密联系,就如同屠格涅夫与歌德,菲尔丁与托尔斯泰的联系一样……是一种奇妙的,非逻辑性的诗学上的联系。"②

罗赞诺夫的文体风格难以概括,其作品中没有情节,主题自由而跳跃,每个片段性事件之间没有逻辑关系,随意串联书写。在这种巧妙的串联之下,作者构建文本的自由达到了最大化,可以将"非文学性的主题置入于文学性的篇章中"。③ 于是,作者在叙述故事情节、倾吐内心情感的时候,总是会夹杂着一些富于理论教育、政论色彩的评析;而反过来,性、婚姻、子女家庭等与理论批评并无关联的感情主题,却通过信件的形式连缀在严肃的理论述评中。关于罗赞诺夫散文创作的杂糅性或理论创作的散文性,国内学界已有所撰文探讨④,在此不再赘述。

毋庸置疑,什克洛夫斯基赞许罗赞诺夫这种不拘泥于形式、自由

---

① Громов-Колли, А. В., Проза Виктора Шкловского 1920-х годов, дис. канд., Московский педагогический государственный унтверситет, 2004.

② Левченко, Я. С., "Тень Василия Розанова в повествовательном ландшафте Виктора Шкловского", в кн.: А. А. Долинин, (*Не*) *музыкальное приношение, или Allegro affettuoso: сборник статей к 65-летию Бориса Ароновича Каца.*, Санкт-Петербург: Издательство Европейского университета в Санкт-Петербурге, 2013, С. 426.

③ Громов-Колли, А. В., Проза Виктора Шкловского 1920-х годов, дис. канд., МПГУ, 2004.

④ 吴琼:《罗赞诺夫的"手稿性"书写探析》,《俄罗斯文艺》2013 年第 1 期。

转换的创作方法,并肯定这样的创作是脱离传统的一种新的尝试,是"没有词语,没有形式的表达——因塑造一种新的形式而精彩绝伦。"①罗赞诺夫这种对文学体裁的"新的尝试",即在小说中插入文学理论、作品述评、报刊政论及书信等诸多文类的杂糅现象,极大地吸引了什克洛夫斯基,他曾说道:"罗赞诺夫的作品体裁非常新颖别致、变化多样,在他的作品中,文学的、政论的文章是零散的、相互交织的……对于我来说,这些作品是新颖的,是一种用毫无喜剧色彩的短篇表达出的讽拟类型……"②。我国学界也有将其散文作品的杂糅性称为"手稿性",并认为三部曲是"一种类似于小说讽拟体的新文学体裁",其书写具有随意性和灵活性。③ 有趣的是,什克洛夫斯基还戏谑地称罗赞诺夫为一位"文本的不法之徒"④。此外,罗赞诺夫三部曲大部分的段落后面都附有题词,标注明确的时间或地点,这一写法也被什克洛夫斯基的书信体小说模仿地继承下来。

此后,在什克洛夫斯基出版的大部分散文体小说中,都可以发现他对罗赞诺夫写作风格的模仿与学习。巧妙的线索串联、自由的文本置入、文学与理论的交融、不同体裁的杂糅等已然成为什氏散文体小说的个性化特点:如《感伤的旅行》按照回忆的时间线索将人物的经历组合在一起,以自传形式将革命战争、流亡海外、报刊书信、文艺述评、回忆录等文学素材纳入笔下;《动物园,或不谈爱情的信札,或第三个爱洛伊丝》通过34封信件的往来对话,将文学与理论、政治与爱情充满隐喻地勾连在一起;而《往事》则更像是作者从个人成长的角度,将回忆片段有机地集为一体,浑然天成,自如穿插理论思考的私人日记。

除了杂糅文体风格上的影响,什克洛夫斯基对罗赞诺夫的接受还表现在语言文字上。如果比较分析二者的作品,我们会发现什克洛夫斯基在文

---

① Шкловский, В. Б., *Гамбургский счёт*, Москва: Советский писатель, 1990, С. 124.
② Там же, С. 125.
③ 吴琼:《罗赞诺夫的"手稿性"书写探析》,《俄罗斯文艺》2013年第1期。
④ 张冰:《白银时代:俄国文学思潮与流派》,人民文学出版社2006年版,第9页。

字上也存在对罗赞诺夫的特定模仿。如罗赞诺夫在文集中写道:"社会主义来临,就像是不和谐的事物来临一样,所有不和谐的事物都来临了,社会主义——暴雪、急雨,狂风。"① 什氏则用同样的态度描绘革命:"俄国臆想出了布尔什维克,就像虚构的梦境一样,作为逃跑和盗窃的理由,布尔什维克被梦想出来,这并不是他们的错。"② 面对自我和社会命运的不确定之际,什克洛夫斯基同罗赞诺夫一样都深感其不可抗拒性:一个是,"对于命运不能逃避,我无法离开自己的民族"③;另一个是,"命运是无法逃脱的,我抵达了彼得堡"④。罗赞诺夫在《心灵独语》的引言里直抒胸臆:"夜半的风卷着落叶破窗而入,簌簌地撕扯着我们灵魂中的呐喊、叹息、飘忽的思绪和模糊的情感……"⑤ 而同样对风云突变、狂风落叶的描写,也跳跃在什克洛夫斯基写给艾亨鲍姆的信件之中:"我伴着可怕的树叶的簌簌声写信给你——树枝上撕扯着的飓风,它所带来的簌簌声却已然刮进了我心里。"⑥

关于什克洛夫斯基与罗赞诺夫创作风格的这种相似性,彼得格勒一本名为《思想》的杂志甚至颇为刻薄地评价道:"什克洛夫斯基的小说完全可以被看作罗赞诺夫的晚期作品,甚至完全就是清晰的讽拟、复刻他人的小说情节。"⑦ 这句评价虽是贬义的,但恰恰反映出什克洛夫斯基与罗赞诺夫在文学创作上的承继关系。但什克洛夫斯基并不是在单纯地复现罗赞诺夫的文字,他的文学书写有着自己的诗学独特性。实际上,与罗赞诺夫创作相较而言,什克洛夫斯基的散文体小说更具语文性或理论诉求,其中流露着文学诗学的建构理念。而罗赞诺夫的创作像自由的鸟儿,不拘一格、

---

① Розанов, В. В., *Сочинения. Том 2. уединённое*, Москва: Правда, 1990, С. 125.
② [俄]维·什克洛夫斯基:《感伤的旅行》,杨玉波译,敦煌文艺出版社2014年版,第58页。
③ Розанов, В. В., *Сочинения. Том 2. уединённое*, Москва: Правда, 1990, С. 162.
④ [俄]维·什克洛夫斯基:《感伤的旅行》,杨玉波译,敦煌文艺出版社2014年版,第135页。
⑤ Розанов, В. В., *Сочинения. Том 2. уединённое*, Москва: Правда, 1990, С. 27.
⑥ Шкловский, В. Б., *Еще ничего не кончилось*, Москва: Пропаганда, 2002, С. 227.
⑦ Котельникова, О. К., "Сюжет как явление стиля", *Мысль*, No. 2, 1922, С. 121.

崇尚随心所欲，排斥纯理性束缚，因此在写作过程中作家的个人情感占据上风，这使其作品主题显得零散纷杂，逻辑性被悬置，一定程度上搁置着读者的期待视域。而什克洛夫斯基的散文创作，似乎更像牵在手里的风筝，在整合生活材料为文学事实的前提下，不忘兼顾艺术逻辑的合理性，小说的情节不会因置入驳杂的题材而突兀难懂，但其文字思想更显碎片性、更具凝练性，不直言说而是更为隐晦，这是因为他还身兼理论家，习惯于借助方法或手段推敲或加工文字，在对生活事件的艺术书写中不忘理论诉诸。什克洛夫斯基熟稔语言文字的奥秘，善用语言的游戏规律，所以这位理论家的散文作品更具科学性或学术性，亦即更接近"语文体小说"。

正如迪尼亚诺夫在《文学事实》一文关于文学及其体裁演化现象所论述的那样，"长篇情节性小说的原则辩证而矛盾地一跃而为无情节的短篇小说和中篇小说原则；但是结构原则还没有找到所需的用途，它仍然在运用国外的材料，而要使其与俄国材料融合，必须有某些特殊的条件；这种结合的完成并非如此简单；情节和风格相互作用的条件完全是个秘密。而如果没有这些条件，这一现象就只能是尝试。""现象越'隐晦'越不平常，新的结构原则便显示的越清楚。"[①]

综上观之，如果说巴赫金学派与形式主义学派关于小说体裁的激辩，促成了20年代俄国小说体裁的巨大变革，那么"语文体小说"的产生、发展及成熟正是得益于这场持续十几年围绕小说体裁的论辩；此外，什克洛夫斯基的散文小说创作明显地受到18世纪英国作家斯特恩、20世纪初俄国现代作家罗赞诺夫的影响：斯特恩小说的题材和讽拟手法，给什克洛夫斯基留下不可磨灭的烙印，什氏的旅行记《感伤的旅行》正是受到斯特恩同名小说启发并施加戏仿创作而成的。其实，什克洛夫斯基一贯推崇的插叙、位移、重复等陌生化创作手法，都可在斯特恩小说作品里找到痕

[①] [俄] 尤·迪尼亚诺夫：《文学事实》，张冰译，《国外文学》1996年第4期。

迹。不过，罗赞诺夫对什克洛夫斯基影响最大的还是在于体裁杂糅和语言游戏方面：如什氏以罗赞诺夫题材多变、体裁杂糅等文体为先例，对自己所提炼的生活和社会事件（材料）线索进行巧妙串联、对异类文本进行戏仿性置入、对文学与理论进行出位之思，这一切都是借助独特的语言游戏进行语文式书写得以呈现的。不同体裁的杂糅成为什克洛夫斯基散文小说的个性化特点。

第二节　作为语文学者的散文作家

什克洛夫斯基是一位文艺理论家、语文学者，即一位学者型作家。语文学者未必都从事文学创作活动，故其文学作品也未必都是"语文体小说"，但"语文体小说"的作者，往往是语文学者或学者型作家，因为只有从事语文学研究的专业人士，才具备深厚的文艺理论知识和丰富的文学批评经验，才能将艰深的文学理论与所写情节有机地编织成体，并且相得益彰。这意味着"作者的主体性，不可变更地在场于艺术创作的果实之中"。① 同样，读者若要对这种文学作品进行等效接受，也必须要以同步的审美姿态来进行研读和理解。

一　作为理论家的散文创作

作为学者型作家，什克洛夫斯基运用"另一种科学"、介于"科学与文学之间"②的文体进行文学创作，即他的散文体小说带有文学理论痕迹，他的叙事着眼于非单一主体身份。如果参照叙事学理论，叙事有叙事视角和叙事主体，所谓叙事视角"是指叙述者或人物与叙事文中的事件相对应

---

① ［俄］瓦·叶·哈利泽夫：《文学学导论》，周启超等译，北京大学出版社2006年版，第71页。

② Левченко, Я. С., *Другая наука—Русские формалисты в поисках биографии*, Москва: Высшая школа экономики, 2012, С. 86.

的位置或状态,或者说,叙述者或人物从什么角度观察故事。"① 而叙事主体在叙述中的重要地位是不言而喻的,什克洛夫斯基在散文创作中兼具理论家与作家的双重身份,这就使得叙事视角和叙事主体变得多元化。在以作家身份进行文学创作的同时,其总是有意地向文本中投射自己的理论家身份,这种投射并非单纯的离散式或分离式叙述,而是一种以多元视角替换为手段产生的巧妙平衡和艺术接合。

（一）主体与客体的契合

在什克洛夫斯基的旅行记、书信小说、回忆录等各种文学作品中,通常会出现叙述主体与客体的聚焦,即以第一人称角度的叙事,看似是一种"固定内的聚焦型视角"（视角来源于同一个人物,被叙述的事件是通过单一人物意识而出现）,因大量的倒叙、插叙和回忆的交错,叙述主体具备了显著的非线性叙述结构。在多重的非线性叙事层的交错和拼接情境下,传达出文字背后更为隐秘的信息,单一的叙事视角发生多元化的变异。不同主体混合聚焦、交互渗透。作者、叙述者、主人公不约而同地发生对话,"突破单一的聚焦方式进入更广阔的视野,向读者提供超过叙述者或人物在某一聚焦位置上所了解的信息"②,以此达到一种扩大叙事的目的和效果。什克洛夫斯基作品中出现的"我"的人称形式,绝不仅限于事件亲历者这个单一的层面。他既是发明"陌生化"概念的理论家,又是描写冒险旅行的小说家;既是操控叙述的作者,又是作者笔下的自传性人物或主人公。书中通过各种各样的履历、情境和遭遇,将主、客体聚焦于叙事者"我"之上,使叙述主体和客体的边界处于模糊的流变之中,将"我"幻化为无数可以进行描写的讲述人,醒目地凸显在读者的面前。

在书信体小说《动物园,或不谈爱情的信札,或第三个爱洛伊丝》（以下简称《动物园》）中,作者进行了主人公与书信编辑者这一双重视觉

---

① 胡亚敏:《叙事学》,华中师范大学出版社2004年版,第19页。
② 同上书,第36页。

的投置，叙述主体是"我"和文学编辑的合二为一。作为书信体小说，一般通过写信者与收信人的信件往来，对同一事件进行记录，表达多种观点，而无须介入文本的叙事。一般情况下，对话式书信体小说的作者，要么是将纪实信件展示给阅读对方亦即小说中写信者本人，如鲁迅先生与其妻子许广平的《两地书》（1933）；要么是单纯以书信架构虚拟的故事，与信件内容毫无现实关联的作者，如茨威格的《一个陌生女人的来信》（Brief einer Unbekannten, 1922）；要么是为了达到信件的仿真性，在小说中虚拟出一个"编辑"的身份，对信件进行收集，如歌德的《少年维特的烦恼》（The sorrows of young Werther, 1774）等。而在《动物园》中，什克洛夫斯基的身份，首先是现实中的作家或陌生化文论的提出者，同时也是该小说文本的作者，即作家与作者同一；其次，作品中还极为罕见地同时出现真实主人公和虚拟编辑的双重身份现象。之所以称其为"罕见"，原因在于什克洛夫斯基将多重身份巧妙地黏合于自己一人身上并且自由切换。作品中，作为统领全文叙述者或作者与叙述中穿插的讲故事者、书信者或男主人公，以及对每篇信件逐一进行审美评价的编辑者共置于同时性审美视域中，这种多重身份相重合的现象令人叹为观止。俄国研究者拉古诺娃在分析该作品多重叙述主体时还特别强调了其中更重要的双重身份："书中的两个叙述主体值得注意，作者有的时候更像一位编辑，这位编辑正在努力地与主人公拉开距离。"[1] 一方面，书中用真实姓名记录作者年轻时在柏林侨居的真实经历，正如什克洛夫斯基在再版序言中所写道："我把他（以前的自己）置于这本书中"[2]；另一方面，作者同时在小说中以一种类似于编辑的视角从侧面进行创作并不断补充和完善小说内容。有时候，这位编辑与主人公界限明显，毫无关联，主人公即是信件的书写者；而小说开头的回忆录式序言，即对每封信件内容加以客观概括评述的则

---

[1] Логунова, Н. В., ""«Zoo, или Письма не о любви, или Третья Элоиза» В. Шкловского как филологический эпистолярный роман", *Известия РГПУ им. А. И. Герцена*, No. 101, 2009, C. 115.

[2] ［俄］维·什克洛夫斯基：《动物园·第三工厂》，赵晓彬等译，四川人民出版社2016年版，第5页。

是编辑。书信者笔下的信件感情强烈,常出现抒情描写,而编辑创作的序言和导语则条理清晰,不掺杂任何私人感情;有时候,在书信内容里,编辑与主人公的身份模糊,视角重叠,貌似混为一体:明明是主人公的作者,却以编辑的口吻和视角进行阐述:如在日常的通信情景里,突然出现的编辑语言:"这本书是我为摆脱一般长篇小说的框架的一次尝试"①;或者"写爱情书信不是为了自己高兴,真正的爱人在恋情中是不会考虑自己的。"②

在《动物园》中,作者利用多重叙述视角,将过去与现在、虚构与现实巧妙结合并融为一体。多重叙述视角非但没有破坏读者的期待视域,反而使小说读起来更具张力。主人公视角在叙述事件、推进故事、表达情感,而编辑视角则重在挖掘内涵、理顺思路。多个层次相辅相成,互为勾连,有助于读者全面地探寻书信之中晦涩的隐喻,理解作者所要表达的复杂情绪。

《感伤的旅行》的叙述主体同样表现出复杂而多变、错综复杂的层次。作者主体意识不断出现,主人公、作者、理论家三种身份在小说里交替呈现。作品中的主人公看似是经历战争、流亡、地下工作等真实历史事件的人,但在作者或讲述人的行文中却常常出现跳出主人公视野、脱离情节分析、以作者的身份直接面向读者进行对话的句子,如:"我要接着往下写……但是此刻我所写的,我认为非常重要,我写这些的时候,总是想起我见过的那些尸体"③,"关于艾索尔人我花费如此之多的笔墨,是因为我认为可以利用他们创造出力量"④;有时则表现为某个章节结束后突然出现的时间记录,使本来贯穿于情节发展中的"我"由小说主人公直接转换成写作者自己,

---

① [俄]维·什克洛夫斯基:《动物园·第三工厂》,赵晓彬等译,四川人民出版社2016年版,第103页。
② 同上书,第132页。
③ [俄]维·什克洛夫斯基:《感伤的旅行》,杨玉波译,敦煌文艺出版社2014年版,第58页。
④ 同上书,第111页。

如:"我写这些的时候是1919年7月22日。当月19日我从莫斯科来"①,"我要暂且搁笔。今天是1919年8月19日。昨天在喀琅施塔得港英国人击沉了'亚速海回忆'号巡洋舰。"②

与书中置入作家本人视角相比,理论家视角的插入则更为自由、随意,脱离了记叙原本的节奏,但却和谐、平衡地根植于自传体文本的框架之中,将"不同种类的材料用一条结构功能的主线串联到了一起"③,如一些直接插入书中的文评:"我不喜欢巴比塞的小说《火》——这是编造的堆砌之作。"④ 有时,甚至是一些直接的引文,如对同期著作《情节编构手法与一般风格手法的联系》中的理论片段的引用。而更多的时候,则是随意提及的一些与其他学派、名人志士有关的场景片断,如与"谢拉皮翁兄弟"的茶话会、赞扬未来主义者是可爱的人、对谢苗诺夫的外貌描写,以及时不时出现的诸如契诃夫、托尔斯泰、塞万提斯等著名作家的名字;等等。

如果说上文所列举的实例是将相对独立的三重视角的显性置入,那么隐藏在事件主人公身份下的,对作者视角和理论家视角的隐性表达则更为巧妙。对于亲历的事件场景,什克洛夫斯基常抽离事件本身,冲破"我"仅仅是事件参与者、虚拟人物的框架,将三种视角交织混合在一起,自由地进行变换:以亲历者视角的真实可信,对场景进行特殊的描摹;以作家视角的平和冷静,对事件予以客观的评述;以理论家视角的机智敏捷,将各种创作手法运用其中。例如,在描写战争场面时,他这样写道:"记得那次冲锋。周围一切让我觉得稀稀落落的,并不密集,很怪异而又静止不动。我记得一个德国中尉灰色制服上的黄色皮带。中尉第一个跳到我对面,他愣了一会儿扑过来,却转了个身倒下去了,他的膝盖顶着前胸,仿

---

① [俄]维·什克洛夫斯基:《感伤的旅行》,杨玉波译,敦煌文艺出版社2014年版,第72页。
② 同上书,第135页。
③ Ханзен-Лёве, О. А., *Русский формализм*, Москва: Языки русской культуры, 2001, C. 514.
④ [俄]维·什克洛夫斯基:《感伤的旅行》,杨玉波译,敦煌文艺出版社2014年版,第56页。

佛在寻找一个就地卧倒的位置。黄色皮带穿透了他的后背。不是我杀了他。"① 可以看出，文中强调"不是我杀的他"，并不是作者妄图为己辩解，回避战争的流血牺牲，而是以一个置身事外的作家，以讲述者而不是主人公的角度叙述这场残酷的死亡。实际上，这是"使作品发生突变……激活主人公自身……从作家以外推卸自身的责任。"② 作者仿佛游离于事件本身，游离于叙述者角度，让主人公和讲述人的活动并行发展。值得注意的是，这里作者同样置入了理论家的视角，即刻意运用自己所推崇的陌生化手法对战争场面进行描摹，并没有出现厮杀的具体过程和血肉横飞的死亡场面，而是用一种近似于离散的、规避性的文字描绘战争。使这场战役显得既近且远，习以为常的战争场面此时却予以读者陌生化的感受，延长了读者感知战争的过程。

总之，通过《动物园》和《感伤的旅行》这两部作品的比较分析我们发现，什克洛夫斯基在建构文本时巧妙地以多重身份驾驭情节，以多元的叙事视角聚焦事件。这种叙事视角的变异，将作品的诸多叙事层相互嵌套补充，拓宽了表达的空间，增强了内在情感张力，使作品显得复杂而立体。它既突显出自传的真实性，又兼顾叙事的客观性和理论性，给予读者以广阔的联想空间和别样的阅读感受。

(二) 作者与读者的对话

文学创作是由作者、作品和读者三个要素组成的。如同交流中要有"你"和"我"一样，小说创作也不是作者孤立的个人单向活动，它需要一个接受方，对作者创作意志加以接纳和回应。按照接受美学的观点，"只有在读者的阅读中，文章才能成为现实的存在。文章的生命，主要是由读者在阅读中体现出来的。"③ 现实中的读者群体复杂多样，阅读和接受文学作品的需求和能力参差不齐。哈利泽夫在论述作者与读者关系时指

---

① ［俄］维·什克洛夫斯基：《感伤的旅行》，杨玉波译，敦煌文艺出版社2014年版，第49页。
② Шкловский, В. Б.，*Гамбургский счёт*，Москва：Советский писатель，1990，С. 302.
③ 杨荫浒：《论作者的读者意识》，《东北师大学报》（哲学社会科学版）1988年第6期。

出:"语言艺术作品的命运,以及其作者所享有的威信程度与知名度,在很多方面是由读者群体的视野、趣味和期待所决定的。"① 与轻松简明的大众文学和消遣文学不同,"语文体小说"内容与体裁的复杂性,决定着它需要更高层次的读者群去接受,即这种独特的文学体裁"致力于那些具备一定能力的读者"②。

以什克洛夫斯基的三部"语文体小说"(一部书信体,两部回忆录)为例,虽然每部作品都带有自传性质,但作为一个形式主义者,什氏并不是按照自己生平先后顺序来写自传回忆录,也不是以常规的书信逻辑来写书信体小说,而是以一位语文学家的理论视野,用陌生化理论把看似轻松易懂的日常生活题材写得隐晦、含蓄,意蕴颇为深邃,令读者的感受颇具张力。因为作家始终坚信:"艺术的感受过程本身就是目的,应该使之延长,艺术是对事物的制作进行体验的一种方式,而已制成之物在艺术之中并不重要。"③

于是,本应矛盾、曲折的情节并没有被铺陈而引人入胜,一些需要作者解释的艰深内容常常被复杂的隐喻和文本注释所代替,也就是说,兼为语文学家的作者要求自己的读者储备一定的文化知识,就如同在象棋比赛中要熟识竞技规则一样,这并不是要求读者都是精英般的文学天才,而是希望读者可以充当语文体小说中的另一种支撑,对"地道的语文学术语、逐字逐句的参引文和文化暗语给予适当的反应"④,填补作者有意留下的创作空白。当然,只有读者拥有特定的语文学知识或理论背景,作者和读者的对话才会成为可能,而这种读者在一定程度上也应该是语文学者。

---

① [俄] 瓦·叶·哈利泽夫:《文学学导论》,周启超等译,北京大学出版社2006年版,第159页。
② Ладохина, О. Ф., "Диалог автора филологического романа и читателя-эрудита", *Русская словесность*, No. 1, 2009, С. 43.
③ [俄] 维·什克洛夫斯基:《散文理论》,刘宗次译,百花洲文艺出版社2010年版,第11页。
④ Ладохина, О. Ф., "Диалог автора филологического романа и читателя-эрудита", *Русская словесность*, No. 1, 2009, С. 44.

这种对话的另一个前提就是，什克洛夫斯基将读者想象为在作品中直接在场的具象接受者，也就是说，在作品中置入一个"叙述接受者"，一个文本的听众，随时与他进行交流。这种参与对话交流的叙述接受者与普通读者不同。按照叙事学观点，"叙述接受者是叙事文内的参与者，是虚构的，而读者则是在叙事文以外的真实存在，是现实生活中千差万别的人。"① 这种潜在的读者，并没有在行文中干涉作者的创作个性，而是体现着作者对作品受众的态度取向，便于其传达相应的审美信息。按照哈利泽夫的观点，这种潜在的读者"潜在地存身于作品之中，而内在于作品。"② 也就是说，什克洛夫斯基作品的这种对话性，或显或隐地体现在其20年代创作的大部分作品中，并不易被普通的读者所发现，这使揭穿其中所包蕴的语文学奥秘就成为必要。

例如，在《感伤的旅行》中，作者并不是在自我封闭地讲述经历，而是常常跳脱出作者本位樊篱，直接面向潜在的读者展开对话："现在我来回答我因什么缘由去了前线、我为什么需要进攻、我为什么发动了进攻的问题。"③ "您以为，是我写的这行文字？我只是唱了它而已。"④ "还没有讲过彼得堡是如何给我们提供情报的。"⑤ "写所有这一切几乎是两年以后的事情了。我们的进攻是在旧历1917年6月23日，而我写作是在1919年的圣灵降临节。低沉而又遥远的炮击声震得我居住的别墅（拉赫塔）的窗户微微抖动。"⑥ 而在书信体小说《动物园》中，这种对话性的表达则更为直观，虽然34封信件是作者与情人两者之间的对话，看似难以留取读者的位置，但作者却另辟蹊径，在每封信的开头添加导语，即置入一位品评者——编

---

① 胡亚敏：《叙事学》，华中师范大学出版社2004年版，第54页。
② ［俄］瓦·叶·哈利泽夫：《文学学导论》，周启超等译，北京大学出版社2006年版，第158页。
③ ［俄］维·什克洛夫斯基：《感伤的旅行》，杨玉波译，敦煌文艺出版社2014年版，第20页。
④ 同上书，第225页。
⑤ 同上书，第95页。
⑥ 同上书，第42页。

辑，用简短的语言总结概括出信件的主要内容，例如："这是艾丽雅的第二封信。信中艾丽雅请求不要对她谈爱。字里行间充满了倦怠。"① "谈你委托我的三件事，谈谈爱不爱的问题，谈谈我的领班员，谈谈《堂吉诃德》是怎样创作出来的；然后信中的话题转到谈一名伟大的俄国作家，最后以对我服役期的思考而结束。"② "这是艾丽雅的第四封信，信中说地〔她〕什么也不想要。"③ "这封信是《俄国知识分子史》中必不可少的一章。信中有一个词'试情畜'。整封信有失体面，因此我希望它没有被寄出去。"④ 这些看似简单扼要的概括，实则每字每句都是直面读者的符码和密语，期待读者的解码和揭秘。这些文字如此直白地将爱情的苦闷和内心的挣扎裸露在众人面前，拉动、挑拨着读者最为敏感的神经，引发强烈的内心共鸣。

实际上，什克洛夫斯基对现实读者群体的要求，与潜在读者的对话，也进一步勾勒出作品中的作者形象，确定了其作品的自我意识、自我指涉特点，因为"对读者的态度，存在于作者构思和创作的过程，而最终是落实在作品的表达体系上"。⑤虽然我们强调读者在文学创作里的重要地位，但不可否认的是，作者永远是第一性的。正如什克洛夫斯基本人投射于作品中的作者形象一样，他虽受限于接受的客体，期待读者对文本卓越的理解和对作品的再次创造，但他始终是故事里的领路人，掌握着对话的主动权，驾驭着情节的发展节奏，而读者永远是循着他的创作路径，参与和感知着作者的主旨诉求和心灵呼应，同时对其创作进行再创造，对作者的意图进行解构和消解。

---

① ［俄］维·什克洛夫斯基：《动物园·第三工厂》，赵晓彬等译，四川人民出版社2016年版，第27页。
② 同上书，第48页。
③ 同上书，第77页。
④ 同上书，第88页。
⑤ 王加兴等：《俄罗斯文学修辞理论研究》，黑龙江人民出版社2009年版，第177页。

二 作为文学家的理论探索

在自传三部曲问世之前,什克洛夫斯基因《词语的复活》《作为手法的艺术》等著述已蜚声文坛,这些理论著作被认为是俄国形式主义学派的宣言,奠定了什克洛夫斯基的学术领袖地位。而尤为值得注意的是,什氏在写作散文体小说的同时,恰好在进行《情节构编手法与一般风格》《散文理论》《汉堡计分法》等文论作品的创作。在这些理论著作中,他结合了大量的文本实例来解析隐喻、位移、阶梯形构造和穿插等陌生化手法。如果我们将这些散文体小说与什克洛夫斯基的理论文集同时对比研读,便不难发现,其散文体小说的创作手法几乎都是他在自己文论中所倡导或推崇的。实际上,作者努力地以自己的理论为骨,架构文学的血肉,更是将自己的艺术作品作为检验自身理论的试金石。此可谓文学和理论你中有我、我中有你,相互交织于广阔的艺术小说空间中,什克洛夫斯基以这种独特的散文创作,向我们呈现一种新的创作手法:文学与理论、艺术与科学互渗所具有的广阔前景。

(一)文学是理论的试金石

提到什克洛夫斯基及其形式主义理论,学界自然会想到"陌生化"一词,这是什克洛夫斯基提出并在文学创作中大力倡导的诗学概念。所谓"陌生化",是指对传统的诗学语言、描写方法进行颠覆,将原本熟悉的事物变得陌生,增加对艺术形式感受的难度,即什氏形象地写到的"为了恢复对生活的体验,感觉到对事物的存在,为了使石头成为石头,才存在所谓的艺术……艺术的手法是将事物'奇异化'的手法,是把形式艰深化,从而增加感受的难度和时间的手法,因为在艺术中感受过程本身就是目的,应该使之延长……"[①] 这一术语的提出是为了与"自动化"一词进行对应。什克洛夫斯基发现,某些日常的事物和现象在作家笔下描写拘泥于

[①] [俄]维·什克洛夫斯基:《散文理论》,刘宗次译,百花洲文艺出版社2010年版,第11页。

刻板的模式和固定印象，难免读来俗气老套，他以托尔斯泰的表述为例进行说明："我在房间里抹擦灰尘，抹了一圈之后走到沙发前，记不起我是否抹过沙发。由于这些动作是无意识的，我不能、而且也觉得不可能把这回忆起来。"① 在什氏看来，这种熟悉的自动化模式吞没了人们的新鲜感受，长此以往就会导致作者的创作和读者的阅读变成机械作业。而艺术作品的主要目的在于带给读者全新的体验感，而不是单纯为了创作。为了验证这一理论信念，什克洛夫斯基将自己的文学创作作为了理论的试金石。

"陌生化"理念在《感伤的旅行》一书中得到了最为彻底的诠释和验证。在经历了诸如饥饿、流血和死亡种种沉重的人生苦旅之后，在政府当局对言论自由严格限制之下，什克洛夫斯基明白，以陌生化手法来创作也是对意识形态、书刊审查的一种反抗。陌生化不仅可以获得相对自由的话语权，更可以让自己从痛苦不堪的经历中解脱出来。为了使得石头更像石头，亦即"使文学更具文学性"，作家巧妙地运用了隐喻的手法，将"烟囱里的黑烟"描绘成"吸烟者鼻孔里腾起的雾气"，称"纠察队员"为"二戈比"，这就使原本熟悉的感受事物的时间被延长，使读者的审美快感被大大地增强。在他看来，这种形式"不是联接现象界和本体界的桥梁，而是诗歌审美能量的载体"。② 与此同时，陌生化在书中已不单单是一种对事物描摹的手法，更多的是转化成对事件本身的变形，这更像是一种对情节独具匠心的安排，似乎总是在与读者做着游戏。在《感伤的旅行》中，作者对于战争现场，如爆炸事件的感知，对于日常生活的描绘，似乎总是处于一个离心的、非直接的不在场状态，譬如下一段描写："前线不复存在。到处都敞开着大门。连日常生活都不正常了，只剩下了零星的断片。我没见过十月革命，我也没见过爆炸，如果有过爆炸的

---

① ［俄］维·什克洛夫斯基：《散文理论》，刘宗次译，百花洲文艺出版社2010年版，第10页。

② 张冰：《陌生化诗学：俄国形式主义研究》，北京师范大学出版社2000年版，第7页。

话。我直接陷入了深渊之中。"① 在这里，作者似乎欲通过有悖逻辑的叙述语言和蒙太奇式错落繁杂的段落，使读者对情节安排本身产生一种难以言说的、奇异的、陌生的感受。如果再联想《动物园》一书，我们也可以发现，作者似乎同样是以"不谈爱情的信札"这样陌生化的副标题来概括主旨、统领全文思想。因为在第三封信中，女主人公直言作者："亲爱的，不要对我说爱。我不需要，我很累。"② 于是，为了呼应她"不谈爱情"的要求，作者与情人之间的通信再也没有直白的言说情爱，反而是用大量的陌生化的手法，将爱情主题包裹于其他主题之下，于是，不能示爱的两人用谈论侨居经历、时事政治、文学评论、艺术理论、生活哲思代替了谈情说爱，正是倚重于"不谈爱情"的主题，作者像自己写的那样"还从理论上论述了作为艺术素材的个性因素的作用。"③ 在本为书信体的情书里，却出现了对祖国生活的追忆，勃洛克、别雷、谢拉皮翁兄弟等作家的事迹；对《堂·吉诃德》（Don Quixote de la Mancha，1605；1615）、《安娜·卡列宁娜》（Анна Каренина，1877）等小说的分析以及对理论手法的探讨。这种对爱情主题的隐秘亦即陌生化的表达，增加了读者对艺术形式感受的难度，拉长了其对事物本质的理解时间，从而达到了作家的创作目的。

另一个备受什克洛夫斯基推崇的方法则是穿插（即插叙）。什氏在《情节构编手法与一般风格》（Связь приемов сюжетосложения с общими приемами стиля，1929）中写道："……情节波折的基本规律是阻缓—阻滞的规律。本来应该立刻真相大白和观众已经了若指掌的事情，却慢慢地展现给书中的人物……"④ 作者在进行一系列连贯的、合乎逻辑的叙述之

---

① ［俄］维·什克洛夫斯基：《感伤的旅行》，杨玉波译，敦煌文艺出版社2014年版，第138页。
② ［俄］维·什克洛夫斯基：《动物园·第三工厂》，赵晓彬等译，四川人民出版社2016年版，第27页。
③ 同上书，第35页。
④ ［俄］维·什克洛夫斯基：《散文理论》，刘宗次译，百花洲文艺出版社2010年版，第56页。

后，总是要插入一些和小说情节无关的成分，多是作者对在波斯、彼得堡、哈尔科夫生活的回忆。比如，作者在小说里讲述自己1914年写作经历的时候："在这段时间写了很多，写了一张又一张，一页又一页。在决斗前我已经完成了主要的著作《作为风格现象的情节》。它是一部分一部分地发表的。"① 紧接着，对个人创作的讲述被对另一事件的回忆打破："到春天的时候，彼得堡运来了几火车宰杀的兔子。到处都在发放兔肉，街上人们都拿着兔肉，住处煎着兔肉。后来人们还戴上了兔皮帽子。文艺工作者之家发放的也是兔肉。"② 在插入了与情节进展无关的"兔子事件"后，作者又重新回到了写作的情节："把自己所有著作的全部版权卖给了格热宾。后来我并没有交付手稿。得到了大约四万卢布。"③ 上述的兔子事件本与作者安排的文学创作情节无关，但是却被巧妙的穿插进了主线的情节之中，这种看似无心、零散回忆式的嵌入，实则是作者有意而为之的，使原本连贯紧张的叙述节奏被拆散打乱，将更复杂多样的材料引入文本之中，更能延缓叙述的节奏，激发读者的联想，从而拓宽和丰富着小说的主题内涵。

总之，什克洛夫斯基似乎总是有意地将文学理论付诸文学实践，让文学充当检验理论的试金石；而从另一角度而言，什氏归根结底是一位形式主义理论家，文学作品本身承载的其实是作家对于验证理论的终极诉求。《感伤的旅行》和《动物园》等贯穿着形式主义创作手法、富有语文学思想的文学作品，成为作者向读者渗透其形式主义理论的最好媒介。这样一来，本是抽象的形式主义理论，因散见于作家刻意构建的文学情节之中而变得生动而具体。

(二) 理论是文学的终极诉求

如前所述，在什克洛夫斯基的散文小说中随处可见他关于"手法"或

---

① [俄] 维·什克洛夫斯基：《感伤的旅行》，杨玉波译，敦煌文艺出版社2014年版，第215页。
② 同上。
③ 同上书，第216页。

"技巧"见解的描写片段。这种小说文本几乎成为一种诉诸文学理论的载体。无论是自传体小说或回忆录,还是人物传记,如《列夫·托尔斯泰传》《马可·波罗传》等,抑或是其他的诸如《马步》《往事》等许多散文创作中,类似于理论思考的片段屡见不鲜。因此,解读和认识什克洛夫斯基文艺审美主张,就必然要提升到更深层的境界,并且还要兼顾分析和阐述其文学理论著作中的核心思想及文体风格。

前面我们重点阐释了什克洛夫斯基散文体小说中的理论性片段,接下来我们则要分析什克洛夫斯基理论作品中的文学性片段。

《散文理论》(Теория прозы)是什克洛夫斯基于1929年和1982年先后完成的两部同名论集的合成本。在此需要强调的是,书名中的"散文",同样可以理解为包括长、中、短篇小说、散文等在内的非韵文,故也可以称之为《小说理论》。实际上,俄语中的"проза"(散文)一词所泛指的就是除诗歌外的一切无韵文,包括随笔、游记、杂记、书信、日记、小品文、回忆录,以及传奇、故事和小说等叙述类作品,该词在俄语中所包括的体裁范围,较之我们汉语的释义范围更广。所以,什克洛夫斯基在《散文理论》中对"散文"的理解和论述,正是以上这些文学样式。

有趣的是,作为一部理论作品,什克洛夫斯基的理论探索却总是与散文创作交织交融,读者所面对的并非想象中那种纯粹的理论著作,很难把理论的表述从叙事的织体中硬性剥离出来。文学与理论交互联结得如此自然而紧密,大量富有诗意的语言成为作者理论求索的载体。随着阅读的深入,该书中一以贯之的理论骨架不时地萦绕于读者脑海,却又难以捋顺,因为其中难懂之处不仅在于理论观点陌生,更在于其书写内容和手法的晦涩难懂:丰富凌乱的内容、富有个性化的文体,一切都像是一篇篇散文,又像是一部厚重的语文学理论文集。正如我国学者吴晓都评价的那样:"这部《散文理论》倒的的确确写成了理论的'散文'、诗学的'散文',或称'意识流'式的文论,这样的写作风格与手法在欧美同类的文艺诗学论著中确实独具一格。"①

其实,这种具有语文体式的散文书写在1925年出版的《散文理论》(1929年再版)前半部分中表现得尚比较含蓄隐蔽。在貌似严肃艰深的理论书写之下,作者并不致力于构筑严谨的理论框架,而是极富个性地运用发散跳跃式思维、异常灵动优美的行文,有时还伴有比喻、拟人等文学性极强的语句,例如"犹如一个人走进堆放失物的仓库,并在厚厚的灰尘和杂物下发现珍宝。"②"弯曲崎岖的道路,脚下感受到石块的道路,迂回反复的道路——这就是艺术的道路"③"小路笔直直,一点儿也不弯;大大的懊丧,可不是小小的懊丧;是单身汉尚未娶妻。"④ 在举例论证理论的时候,理论家通常会将文例裁剪压缩,只为证实理论服务,而什克洛夫斯基却从不吝啬宽广的篇幅,尽可能地呈现文例的完整和连贯。这样一来,理论阐释或是充当例证篇章间的衔接,或是作为凸显文论主旨的点睛之笔。也就是说,理论著作中的大量文学性片段不是无用的,而是演化成为理论的具象表达,需要读者自己去体会其奥妙和深意。

而1982年出版的第二部《散文理论》问世之时,什克洛夫斯基已近耄耋之龄,较之先前的著作,这部著述思维跨度更大,文字语言更为随意,语文体风格更为明显,"这部新《散文理论》的蒙太奇色彩很浓,无论是在整体结构上,还是在遣句行文上,都呈现出画面拼接剪辑的特点。"⑤ 它更像是一部闪耀着理论家思绪火花的散文,试看第一章"词使受挤迫的心灵自由"(Слова освобождают душу от тесноты,1982),这里就好似在讲述一个具备情节的故事,而诗歌语言的研究、形式主义与结构主义的相互关系,关于马雅可夫斯基、托尔斯泰创作等部分,则悄无声息地

---

① 吴晓都:《诗学的"散文"——什克洛夫斯基的〈散文理论〉》,《外国文学动态》1997年第6期。
② [俄] 维·什克洛夫斯基:《散文理论》,刘宗次译,百花洲文艺出版社2010年版,第5页。
③ 同上书,第25页。
④ 同上书,第34页。
⑤ 吴晓都:《诗学的"散文"——什克洛夫斯基的〈散文理论〉》,《外国文学动态》1997年第6期。

随着作者的思绪在字里行间中流淌。再比如，话题与话题之间的切换缺乏必要的过渡，时而是对理论观念的阐释，时而是对文学作品的评析。一方面，作者不追求对某一作品、某一作家在总体上的把握，而是像小说般，偏好对具体场景的描写；另一方面，作者又在不经意地表达自己对小说叙述视角、叙述方式及其情节编构的理解。在《散文理论》的后半部分里，文学描述与理论探索几乎表现为精彩纷呈或平分秋色。

简言之，作为学者型作家，什克洛夫斯基将诗学理论植入文学创作中。一方面，什克洛夫斯基在自己的小说作品中频繁地运用讽拟、插叙等陌生化手法，将形式主义理论付诸具体的文学实践，以此验明其理论主张的可行性；另一方面，抽象的形式主义诗学又被叙事的织体物化为一种具象的表达，理论与文本并行不悖，间接地被学者型读者消化接受。

文学与理论本是因果有序、鲜明并峙的两个概念，但在什克洛夫斯基笔下，文学承载着理论，理论驾控着文学，二者无分轩轾，彼此交融渗透为统一的整体。他的散文作品成为"文学性"与"科学性"之合体，他所身兼的作家与理论家的二重身份（即语文学家）使作品的叙事视角变得复杂多元。其自传三部曲中出现的"我"，已超脱于事件的亲历者单一的视角层面，他既是一位全知全能、操控小说作品的作者，又是作者笔下一个服从安排的小说作品中的人物或主人公，还是随时在文本中借机宣扬形式主义学说的理论家。也就是说，什克洛夫斯基的散文创作力图脱离常规，将自己幻化为多层面主客体兼具的讲述人，尽可能地为读者展示未知的诗学世界。在散文体小说中，多重的叙事视角和变异的叙述主体给予作者与读者对话更大的可能，从而考量着读者的学识背景和接受能力。什克洛夫斯基把读者假定为一种理想的接受客体或学者，在必要的时候回应着他的呼吁诉求，填补着创作的留白，支撑着作品内在的诗学结构。

第三节　什克洛夫斯基散文的杂糅性

作为 20 世纪初最具创造精神的文学理论流派之一，俄国形式主义者不满于文学形式的滞后现状，极力主张文学形式的革新，特别关注文学体裁的变化，把握文学时代的动态演变，引领文学潮流的最前沿。在20年代中期，"诗歌语言研究会"（ОПОЯЗ）成员断言俄国文学已陷入一种危机，这是文学史上周期性出现的一种现象，其突出表征主要在于体裁的变化上。在他们看来，文学作为一种生活现象，始终处于演变过程中，占中心地位的主流体裁，随着时间的推移必然会丧失其原本的审美潜力，也就是说，"旧有的、占主流地位的体裁及其所代表的风格，由于其过分为人所熟悉已变得平滑，易于为人所模仿。"①

年轻的形式主义者认为，正是过去僵化、程式化文学规则才使文学逐渐丧失自身的审美潜力。什克洛夫斯基在自己的论集《马步》中确信地指出："以主人公命运为情节主线的旧的情节形式，已不能再让读者们满意。"② 而另一位"诗歌语言研究会"的创始人迪尼亚诺夫对这种危机的鞭笞更为彻底："小说已经步入了没有出路的死胡同，现今需要的是一种新的体裁……除此之外，其他的任何方法都是徒劳的姑息之法。"③

形式主义学者们在迪尼亚诺夫纲领性的文章《文学的事实》于1924年发表之后近乎一致地认为，摆脱现今俄国文学危机的出路在于"事实文学——一种半虚构，半纪实的文学体……一种情节曲折的惊险小说类型。"④ 这类文学体裁，是经过加工再现生活中的事实；同时，为了突破旧形式的僵化，使文学获得永恒的活力，作者还大胆地向"非文学"素材汲取营养，一言以蔽之，就是带有一定的情节和内容，混合了各种体裁，"介于政治宣传和新闻报道类的文体"⑤，"语文体小说"便是之一。在这种宏大的时代背景的影响下，依附于报纸这一当时最为流行的载体，半新闻半日记化的、近似报道的小品文或类似杂文的短篇小说开始大量地涌现出来，

---

① 张冰：《陌生化诗学：俄国形式主义研究》，北京师范大学出版社2000年版，第262页。
② Шкловский, В. Б., *Ход коня*, Москва: Геликон, 1923, С. 367.
③ Там же, С. 28.
④ 张冰：《陌生化诗学：俄国形式主义研究》，北京师范大学出版社2000年版，第307页。
⑤ 同上书，第362页。

应该说以什克洛夫斯基为代表的语文学家的散文创作正是为摆脱这一文学危机、顺应时代潮流而进行的文学尝试或文学实验。

一 《感伤的旅行》：包罗万象的回忆录

《感伤的旅行》（Сентиментальное путешествие，1923）是什克洛夫斯基在侨居柏林期间撰写的一部体裁新颖的散文体小说，它与《动物园，或不谈爱情的信札，或第三个爱洛伊丝》《第三工厂》一起构成了什克洛夫斯基的自传三部曲。《感伤的旅行》是三部曲中篇幅最长的作品，主要记录了1917—1923年间作者辗转于国内外的各种曲折经历。从二月革命、十月革命到国内战争，作者以回忆的自述方式，讲述了自己在西南前线为临时政府征战，战斗失败后被苏维埃政府政治审查的经历与心理感受，描绘了作者转投红军后在彼得堡动荡不安的生活及侨居芬兰、柏林后的游离岁月，"表达了作家对待革命、战争及新旧政治文化更迭的体会和感悟，记录和描写了作家本人的心路历程。"① 什克洛夫斯基本人在其另一部散文集《汉堡计分法》中这样坦露该书的创作背景："《感伤的旅行》是我在芬兰时期创作的，只用了十天的时间……这并不意味着，我可以在任何十天的期限内写出作品，我对这本书酝酿已久，只不过是用十天时间来倾注全部。"②

该书问世之际，时逢布尔什维克政党对文化严格限制之时，由于什克洛夫斯基在革命和内战期间所任职的孟尔什维克指挥员的身份，更是因为其书中所涉及的敏感政治话题，《感伤的旅行》一经成稿便难逃被禁的命运，直到1990年才获得在苏联出版的机会。该书于1923年率先在柏林出版后引起俄国侨民学界的强烈反响，当年一位名叫斯捷普的学者称此书具有"敏锐的视角""清晰的思路""叙事的速度"③，而文学评论家、诗人

---

① 赵晓彬：《什克洛夫斯基散文体小说的陌生化叙事》，《俄罗斯文艺》2015年第2期。
② Шкловский, В. Б., *Гамбургский счёт*, Москва: Советский писатель, 1990, С. 220.
③ Авксентьев, Н. Д. и др., *Современные записки*, Парижъ: Русская типография Е. А. Гутенова, 1923, С. 411.

伊万诺夫则认为："《感伤的旅行》是坚实的、诗一般的，它如此引人入胜，像冒险小说一样，除了优美的语言，还有深刻的人性。亲历的回忆录，如史诗一般宏大，丝毫不显得苍白无力。"① 该书无论在内容还是形式方面都超越了传统小说的书写模型，其独特的体裁样式引起文坛和学界广泛关注。

我们知道，俄国文坛从19世纪中期开始涌现出趋于杂糅性体裁的文艺散文，如赫尔岑的自传性回忆录《往事与随想》，20世纪以后这些杂糅体裁作品日益兴盛并逐渐泛化，直至出现"语文体小说"。俄国当代文学理论家哈利泽夫在《文学学导论》一书中对小说体裁的杂糅性问题进行过专门阐述。他认为，"近两个世纪文学的长篇小说化，标志着它已经'越出'体裁典范的框架，同时也标志着对先前的体裁之间的分界线的抹擦。"② 而这种界限模糊的非典范型的文学体裁，却是"灵活而富有弹性的，对任何一种变换、改革、革新都是开放的……"③

单从书名来看，《感伤的旅行》毫无疑问是一部旅行记，但从书名的副标题"文学回忆录"及书中内涵而言，却又不能以一个简单的"旅行记"而断定其体裁。该作品的广阔篇幅涵盖了各种体裁的融合，其中包含着作家的自传性回忆录、批评家的文学论见等。也就是说，《感伤的旅行》是一部打着"旅行记"的旗号、穿着"回忆录"外衣，将各种不同的体裁巧妙纳入麾下的包罗万象的"语文体小说"。虽然作者以自己在地理上和心灵上的"旅行"作为小说中串联事件、加工素材的明线，但从根本上来说，情节的发展是自由的，作者在有限的旅行空间里通过各种不同的方式进行材料的填充，这就在最大化地丰富着小说的内容，而这些填充的"材料"，成为新的文学体裁的合法载体。催生出这种新文学体裁的杂糅性，我们从以下几个方面来审视《感伤的旅行》的杂糅体裁。

---

① Иванов, Г. В., *Собрание сочинений в трёх томах*, Москва: Согласие, 1993, С. 496.
② [俄] 瓦·叶·哈利泽夫：《文学学导论》，周启超等译，北京大学出版社2006年版，第409页。
③ 同上书，第411页。

首先，体裁的杂糅性体现在作品的结构上。《感伤的旅行》一书，不是按照时间的先后顺序来线性描述、平铺直叙的，什克洛夫斯基是将三个时期创作的不同部分相互杂糅，按照大致时间脉络但却将其拼凑而成书的。第一部分为《革命与前线》，于1921年出版，而后于1922年出版了名为《尾声》的续作，后来在1922年至1923年期间，作者对前两部分进行了大量的修改，将增补后的第二部分改名为《书桌》。正因如此，小说前后的叙述风格有所差异，从整个结构上看，就好似两个部分的体裁杂糅：《革命与前线》偏向于记叙的风格，在内容上注重对事件详细的回顾记录，语言上平实朴素，分段自然，长短有度；《书桌》偏向于抒情和议论，语言上零散跳跃，常常不按逻辑单句成段，字里行间总是透露出一种淡淡的感伤情绪。这两个明显风格迥异的部分，却依然因为回忆录体裁的包容与开放性特征，以回忆为线索，按照时间的顺序合乎逻辑地结为一体。

其次，在《感伤的旅行》中杂糅进各种故事情节。回忆录本身就具有包容性，而文学材料的选择更使之具备了相对自由的构思。在"时间"的显性线索之下，作者不是按照回忆的方式构建连贯的情节，而是任意地安插不同向度的、情节各异的内容，形成鲜明的叙事方式。于是，在本是自传小说中又出现了对于"诗歌语言理论研究会""谢拉皮翁兄弟"等文学团体情况的介绍："奥波亚兹——它的意思是：诗歌语言研究会"[1]，而"在'谢拉皮翁兄弟'当中，有个理论家伊利亚·格鲁兹杰夫，是鲍里斯·艾兴包姆和尤·特尼扬诺夫的学生。冬末又来了一位诗人，叫尼古拉·吉洪诺夫。"[2] 在记叙事件的时候引入了作者自己对普希金、勃洛克、罗赞诺夫、索洛维约夫、托尔斯泰等作家的文评："普希金、托尔斯泰在俄罗斯文学中因超出人们的认识范围而安然无恙，如果他们被注意到

---

[1] ［俄］维·什克洛夫斯基：《感伤的旅行》，杨玉波译，敦煌文艺出版社2014年版，第236页。

[2] 同上书，第299页。

了，那么就不会被放过。"①，"《十二个》是讽刺性作品。它甚至不是用四句头的文体创作的，它用的是'因循守旧'的文体。"②"我读过的所有作品当中，作为对战争近乎真实的描写，我能想到的只有司汤达的滑铁卢和托尔斯泰笔下的战斗场面。"③ 由于作者身为语文学家，因此记录一切与文学相关的东西似乎变得合情合理，与高尔基、谢苗诺夫、未来主义者、谢拉皮翁兄弟等同僚的日常会面都被作者随意写入书中："我经常去高尔基家……，而高尔基家里总是充满了笑声"④，"我还记得，大家聚在斯洛尼姆斯基的房间里，我们用桌子的后壁板烧炉子。伊万诺夫坐在床上开始朗读……"⑤

除此之外，什克洛夫斯基甚至在小说中还置入战争时期的军情电报、扼要的报刊新闻、对政治激烈的讽刺、作者与朋友之间互通的书信便条、曼德尔施塔姆、弗拉季斯拉夫等人的诗歌，甚至摘录了火车厢体上的简短文字："夜里我给塔斯克发了一封引起惊惶的电报：'已视察库尔德斯坦军队。为了革命和仁爱我要求撤离部队'"。⑥"这大约是三四年前的事……朋友写信给我说：'我克制着内心活下去的愿望，我不准许自己想家。让我害怕的只有一点……'"⑦ 即使在小说的结尾处，什克洛夫斯基也不忘完整地引述自己的朋友拉扎力的一篇手稿。

以上这些复杂多样的体裁，借助"回忆"的契机，围绕"旅行"的主线，通过记叙、议论、抒情等方法被什克洛夫斯基创造性地黏合拼接成一体，使《感伤的旅行》成为一部包罗万象的语文体小说。正如学者沙姆什针对该书的杂糅特性评价的那样："我们面对的是俄国文坛上的异常现象，

---

① [俄]维·什克洛夫斯基：《感伤的旅行》，杨玉波译，敦煌文艺出版社2014年版，第211页。

② 同上书，第264页。
③ 同上书，第57页。
④ 同上书，第204页。
⑤ 同上书，第298页。
⑥ 同上书，第103页。
⑦ 同上书，第262页。

是如此奇异的风格……将一些东西黏合在一起……形成了特定的敏感的特征……"① 这种大胆的杂糅尝试，贯穿了什克洛夫斯基几乎所有的文学创作，这也正是什克洛夫斯基语文体小说的鲜明特点。

二 《动物园》：颠覆传统的书信集

《动物园，或不谈爱情的信札，或第三个爱洛伊丝》（Zoo，или письма без любви，или Третья Элоиза，1923）（以下简称《动物园》），是什克洛夫斯基自传三部曲中的第二部作品，由什克洛夫斯基与其情人俄裔法国女作家艾丽萨·特里奥利亚之间的 34 封通信组成。全书充满着丰富的隐喻，通过二者之间的书信形式，将文艺评论、政治新闻、文学理论等不同体裁黏合在一起。20 世纪著名的评论家兼作家、什克洛夫斯基的学生金兹堡一语中的地称《动物园》是一本"我们时代最为温柔的书"。②

从文体角度而言，《动物园》毫无疑问属于书信体小说。所谓书信体，通常是指"由一个或几个人物写的书简来推进叙述"③，在具备多个书写者的书信体小说中"作者可以通过各人的书信对同一事件进行记录、描述以表达多种观点，而无需介入文本叙事。"④

从文学创作史来看，书信体小说并不少见，继歌德的《少年维特之烦恼》与卢梭的《新爱洛伊斯》（The New Heloise，1761）发表之后，欧洲文坛便掀起了书信体小说创作的风潮。几十年后，俄国著名诗人普希金掌握了欧洲书信体创作的艺术，写成了带有欧洲文化印记的俄国式同名小说《书信体小说》（Роман в письмах，1829），将书信体小说的创作形式引入俄国；到了 19 世纪 40 年代中期，另一位俄国著名小说家陀思妥耶夫斯基

---

① Шамшин，Л. М.，Стиль и смысл культурной деятельность：Виктор Шкловский и его современники 10—20-хх годов，дис. канд.，РГГУ，1998.
② Гинзбург，Л. Я.，*Записные книжки. Воспоминания*，Санкт-Петербург：Искусство，2002，С. 65.
③ 林骧华主编：《西方文学批评术语辞典》，上海社会科学出版社 1989 年版，第 281 页。
④ 刘明明：《书信体小说的独特叙事魅力》，《安徽工业大学学报》2011 年第 6 期。

的长篇小说《穷人》（Бедные люди，1846）则标志着俄国书信体小说创作的巅峰。然而，普希金和陀思妥耶夫斯基的书信体小说还是有着各自不同的文体特征：前者是用10封书信组成的小说，（其实）普希金笔下的无论是书信体小说还是诗体小说（Роман в стихах）虽然尚不属于真正意义上的小说体裁，但已成为文坛上破旧立新、向18世纪的陈旧文学体裁发起的挑战；与普希金小说不同的是，陀思妥耶夫斯基笔下的《穷人》则是带有男女主人公之间书信情节的叙事性小说，这种既有作者叙述又贯穿主人公书信的小说在文学史上也有"书信体小说"之称，但普希金书信体小说直接命名为"书信体小说"（"Роман в письмах"），其小说命题与其自身体裁同名，这明显的是对西欧文学流行体裁的一种模仿；而陀思妥耶夫斯基的书信体小说名称《穷人》则更突出于批判社会、同情小人物题材的叙事性文体，因此其书信体小说（"Эпистолярный роман"），则更具有真正意义上的小说体裁特点。不过，无论是普希金还是陀思妥耶夫斯基的书信体小说，毕竟都属于传统的现实主义经典小说范畴，至于20世纪什克洛夫斯基笔下的现代主义书信体小说《动物园》，无论是题材还是体裁，则显然是对19世纪传统的书信体小说的变革或突破。

从题目上看，《动物园》是对传统的书信体小说的革新。虽然什克洛夫斯基的《动物园》一书明显是对卢梭书信体作品《新爱洛伊斯》的模仿，然而，若是兼顾作品的内容和形式两个层面便不难发现，什克洛夫斯基的创作并不仅仅是对传统书信体小说的延续或承继，更多的是对传统书信体小说的突破甚至颠覆，作者在创作中明显是对西欧乃至普希金书信体小说的一种戏仿，是什氏"书信体创作准则的重新认识，其小说的任何一个组成片段都有别于传统的书信体形式和内容"。①

从形式上而言，《动物园》也是对传统书信体小说的革新。传统的书

---

① Логунова, Н. В., ""«Zoo, или Письма не о любви, или Третья Элоиза» В. Шкловского как филологический эпистолярный роман", Известия РГПУ им. А. И. Герцена, No. 101, 2009, С. 115.

信体小说几乎都是严格按照通信的格式来罗列内容，每封信都以对收件人的称呼为起首语，中间加以文字内容，文字内容常与上一封信件紧密联系，而后以寄信人的署名和日期为信件结尾。而在《动物园》一文中，作者与其情人之间的信件却经常不具备书信格式要求的基本要素：信件开头必备的呼语经常被通信双方省略，而书信的落款也总是不知所踪；书信之间的相互关联并不紧密，作者写了整整30封信，情人却只回复了4封；更为奇怪和违反常规的是，作者常常抽离书信往来的情境对信件进行整理编辑，几乎在每封信的开头都有导语，寥寥数语概括出信件的主要内容。除此之外，虽然男女主人公相互往来的34封信件构成了一个看似完整的故事，但那些并不合乎书信标准的信件完全可以拆分成逻辑独立的散文。

小说副标题中"不谈爱情的札记"，看似是对小说主题的概括，会使读者们产生看到书名就会理解小说内容的错觉，实际上并非如此，直到仔细读罢全文读者才会明白，虽然从第三封信起，作者就与情人达成禁谈爱情的共识，但在"不许谈爱情"的限制下，作者实际上是将对情人的显性的爱意化作潜性的倾诉，爱情其实隐喻地流淌在小说的字里行间。作者以陌生化手法为依托，与爱情相关的一切被演化成一个个相关的语文学术语："女人使错误具体化。错误发生了"①"在女人的生活中几乎没有什么句法逻辑"②"我们的爱情，我们的婚姻，我们的逃跑——只不过都是心理动机。"③连情人对作者的拒绝，都委婉地以与文学相关的例子来顾左右而言他："你说，你知道，堂吉诃德是怎么造出来的，但是你却不能造出爱情书信。"④

以书信框架为载体，在不谈爱情的主题下，作者寄情感于内容，用文评、政论、回忆、哲思和抒情代替谈情说爱，各种体裁指向性鲜明的文字

---

① [俄] 维·什克洛夫斯基：《动物园·第三工厂》，赵晓彬等译，四川人民出版社2016年版，第15页。
② 同上书，第16页。
③ 同上书，第109页。
④ 同上书，第131页。

被杂糅在往来的书信间。以书信集中的第九封信为例：在信件开篇，作者就运用隐喻的手法，将爱情比作军人服的义务兵役——要保护好自己的哨岗，面对女主人上一封信抛出的"你爱我么？"，作者将它形容成巡查岗哨。借由着这个巧妙的隐喻，作者边回忆自己曾经从军时守卫岗哨的情境边将思维发散到塞万提斯的小说上："职责：爱、不见面、不写信，并记住，堂吉诃德是怎样造出来的。"① 在这里，读者往往会对爱情的责任与堂吉诃德小说关系产生疑惑，于是接下来，作者引入对塞万提斯创作的述评，并对堂吉诃德这个小说人物的产生动因加以概括——"睿智加疯癫才生出堂吉诃德这个典型"②。到此，作者似乎挑明爱情的真谛是智慧与疯狂的结合，但其书中对小说的分析并没有结束，他继续将《堂吉诃德》中的一些相关片段加以散化，带着精短的文评掺杂在琐碎日常的内容里。行文流转到二分之一的时候，他又借着在西伯利亚服役时的回忆，引入对象征派诗人别雷的论述，用大量的篇幅对别雷的诗歌方法、"人智说"理论进行探讨分析。就在读者们被书信中的文论哲思所吸引，已经快要忘却这是一封倾诉思念的情信时，作者又笔锋一转，在快到结尾处扯回纷飞的思绪，回归到信件开头的隐喻上来："就是我站岗时自己创造的精彩演讲。我站在那里，很无聊，像一个年轻士兵那样，点数着过往的行人。"③ 把上述的体裁混合归一于书信的倾诉和爱情的隐喻之下，变得近乎情理。

一言以蔽之，以上各种奇特的、不符合信件往来常理的创作和安排，几乎脱离了传统书信体所规定的形式框架。作者不再受制于书信往来的连贯性和拘泥于情节的完整性，经常随心所欲地将任何理论的、政治的、艺术的片段置入原本是书信体裁的文本之中，这样一来，作品便成为作者囊括各种内容、思想、理论的校验场。正如迪尼亚诺夫在评论这类新型小说时所指出的那样："《动物园》的有趣之处在于，在情感充沛的信件里，突

---

① ［俄］维·什克洛夫斯基：《动物园·第三工厂》，赵晓彬等译，四川人民出版社2016年版，第49页。
② 同上。
③ 同上书，第53页。

然会插入杂文或者是艺术科学类的研究,杂文和小说像是一种不同寻常的文学与理论的结合……"①

通过以上分析,我们可以很肯定地说,《动物园》是一种新型的书信体小说,是一部体裁别具一格的"语文体小说"。它呼应"不谈爱情"的主题,以男女主人公的信件为串联载体,将诸多类型的文本杂糅其中,隐蔽性地表达出"不谈爱情却充满爱情"的主旨,却最大限度地呈现为其语文体特征。

三 《马步》:类型奇特的散文集

《马步》(Ход коня,1923)是什克洛夫斯基的理论性散文集,收录了他在1919—1921年在报纸《艺术与生活》上刊载的29篇文章,是一部充分体现其早期文艺思想的重要文论集。单从体例的角度而言,这部作品似乎并不能与《感伤的旅行》《动物园》等小说体裁相提并论:它不具备基本的情节主线,也没有连贯的叙事和固定的场景,似乎只是对特定时期各种理论作品辑录。实际上,若是对《马步》进行仔细品读,一定会为作者飞扬的文采,妙动的文思和跳跃的笔法所惊叹。虽然在一部偏向于阐释艺术理论的作品里,似乎很难发掘其体裁上的文学性,因为"文学作品正像颜色一样相互重叠:在色泽浓重时它们很容易区别;但是它们有如此多的变化和如此多的不同形式,以至于我们无法弄清何处是一种的结束另一种的开始"。②

《马步》中几乎每篇小文都或多或少地具有杂糅风格。这部作品虽然是一部零散的文集,但却有着一以贯之的主题思想——强调文艺的主体性,反对将艺术庸俗化为一种政治宣传的手段;艺术作品有其本身的规律和法则,应该给予创作更多的自由。围绕着这一明确的主题,每篇文章都连类而及,将信手拈来的纷杂事物当成了阐释艺术问题的素材,为体裁的

---

① Тынянов, Ю. Н., *Литературное сегодня*, Москва: Русский современник, 1924, С. 305.
② 辛斌:《体裁互文性的社会语用学分析》,《外语学刊》2002年第2期。

杂糅提供了言语的载体。

该书的序言"马步"表意指代象棋中的马棋的棋步，深层却隐喻艺术的本质规律。有趣的是，作者并不是用文字来向读者介绍"马"这个棋子的游戏规则，而是在一句简短的"马走日字"① 之后，直接插入一幅黑白的棋盘简图，将马棋的走法清晰地画了出来。接着才在棋盘图后含蓄地阐明了隐喻的意义，"马步奇特的原因有很多种，最主要的原因是——艺术的假定性，我写的就是关于艺术的假定性问题，第二个原因是马棋的不自由——它侧身前进的原因是它被禁止行进。"② 对于"马步"一词的隐喻内涵有广阔的理解空间，凝聚着作者对艺术规律的审慎思考和理性辨析，是解析什克洛夫斯基思致绵密、气局严整的文艺思想的突破口之一。马步在棋盘中的固定运动，影射了后革命时期俄罗斯复杂又奇怪的历程，同时也象征着官方对文艺工作者的创作制约，暗示以形式主义者为代表的文艺学家们的选择之路愈发狭窄及其与苏联官方文艺政策的隔阂，呼吁勿抹杀文艺的相对独立性，可谓是一种政治文化隐喻。

与此近似的还有收录在此书中的《绘画中的空间与至上主义者》（Пространство в живописи и супрематисты）③ 一文：为了讨论接受主体的精神意志与艺术作品接受效果的关系，作者同样在行文中直接插入一个抽象的几何图形来阐发自己的论点。在什克洛夫斯基眼中，这种插图示意的方法，似乎比连篇累牍的文字解释更有说服力，就这样，晦涩艰深的理论依衬于直观性的图像，带给读者陌生化的视觉感知。我们很难将这类带有图片的小文简单归类，因为什克洛夫斯基作品中的插图并不能等同于学术论文里的研究图示，也起不到简单的配图示例的作用，它更近似于一种特殊的文字形态，在作者的掌控之下生成一种莫名的话语意识，毫无违和地为篇章主旨服务。

---

① Шкловский, В. Б., *Гамбургский счёт*, Москва: Советский писатель, 1990, С. 74.
② Там же.
③ Там же, С. 96.

第二篇序言则以"一卷"（Сверток）为题。一般来说，序言应该用来说明作者的创作意图或是创作经历，甚至是介绍和评论该书的内容，但《马步》中的第二篇序言却违背常理，在此通篇记叙的都是什克洛夫斯基与其学生隆茨和尼基京（同时代文学团体"谢拉皮翁兄弟"两位成员）的对话。

首先，这篇序言像是一个故事体（Сказ）散文。两位学生向什克洛夫斯基讨教到底什么是艺术，后者回答说："我跟你们说点类似于故事串故事的东西吧……"[①] 于是，近似于传统故事体小说的讲述人，什克洛夫斯基立刻执掌了通篇叙事的话语权，并借由自己所讲故事主人公的叙述串起了三个故事：第一个故事是一个印度神话，所讲的是一位农夫经常向掌管天气的神明抱怨自己的庄稼收成不好，于是神明就将掌管天气的权利交给农夫，但是一年过后，农夫的庄稼还是收成惨淡，原来农夫目光短浅，从来不忍让庄稼接受雷电风雨的洗礼，庄稼因此娇嫩脆弱，收成稀少；而后，什克洛夫斯基借用神明教训农夫的对话，借神明之口讲述了医生医治意大利病人的逸事，再经由病人对医生的问询，借医生之口讲述了千足虫行动不自如的寓言；最后，话锋一转，千足虫又将话题绕回到什克洛夫斯基身上，它说"什克洛夫斯基是正确的……他说过，我们时代最大的不幸是我们为艺术制定了各种规则，却从未真正知道艺术是什么。"[②] 实际上，这是什克洛夫斯基在效仿古代印度故事的结构体例，即用一系列的故事组成一部作品，由主人公讲述下一个故事。什氏将其解释为："如此不断地故事串故事，直到第一篇故事被完全忘记为止。"[③]

其次，这篇序言更像是将对话与童话故事相杂糅的记叙文体。篇章中不难看出，什克洛夫斯基在杂糅过程中运用了自己所推崇的穿插手法。需要指出的是，作者在《情节编构手法与一般风格手法的联系》一文里对此

[①] Шкловский, В. Б., *Гамбургский счёт*, Москва: Советский писатель, 1990, С. 75.

[②] Там же, С. 76.

[③] ［俄］维·什克洛夫斯基：《散文理论》，刘宗次译，百花洲文艺出版社2010年版，第60页。

就进行过详细的科学分析。他将文学作品中的各类人物角色比喻成执行文学动作的棋子，认为所有棋子都要按着作者所铺设的情节运行棋步。而在序言的对话性、自由随意的情境中，什克洛夫斯基同样通过这种穿插手法，自然而然地将三个带有寓意的民间童话故事杂糅进文中，文字内容以艺术的寓意为旨归，这就使文集成为一种"各种声音、发音运动和思想交织的产物"①。什克洛夫斯基这种在学术性杂文中插入故事、夹杂进叙事的散文体裁确实是独一无二的，其语文性也不言而喻。

除了以上的例子，在其余的篇章里，体裁杂糅的特征也不时地闪现。如在《关于心理描写的舞台》（О психологической рампе）② 一文中，为了说明艺术的假定特征，作者便以霍夫曼、塞万提斯、契诃夫三者的小说为例，在其中穿插了三位作家的小说内容和文学评述；在短文《千只鲱鱼中》（Тысяча сельдей）③ 中为了说明文学作品自身的规律构造的重要性，作者甚至誊写了大量的数学公式来证明论点，更不要说文集中随时出现的大量充满着文学色彩的典例和陌生化隐喻。

综上观之，《马步》就是这样一部文体非凡而奇异的理论性散文集，我们很难硬性地将它界定为某一个固定的体裁范畴。什克洛夫斯基以其松散的文笔，漫不经心地穿梭于文学与理论之间，将各类文本奇妙地交会在统一的主题下，以达到文艺感悟与语文思想的共生局面。

通过以上分析，什克洛夫斯基散文体小说的杂糅性特点可见一斑。《感伤的旅行》是一部旅行小说作品，作者在有限的时间、空间里，通过回忆的主线大量填充不同的文体材料，将作品评述、文学理论、报刊政论、书信札记融合为一体；《动物园》一书则重塑着传统书信小说的创作准则，在不谈爱情的主题下，作者以书信为载体，用陌生化手法将文艺评论、政治新闻、理论思辨等不同体裁黏合在一起，隐性地向读者表达内心

---

① ［俄］维·什克洛夫斯基：《散文理论》，刘宗次译，百花洲文艺出版社 2010 年版，第 65 页。
② Шкловский, В. Б., *Гамбургский счёт*, Москва: Советский писатель, 1990, С. 90.
③ Там же, С. 117.

汹涌的爱意；至于《马步》表面上是一本理论探索文集，而实则更像是一部少见的语文体散文。书中收录的每篇文章都或多或少地存在不同程度的体裁杂糅，并以日常生活为素材阐述文艺学问题，所以全书自然充斥着语文学韵味。

可以说，《动物园》的这种奇特的书信文体是什克洛夫斯基之于20世纪20年代俄国文学创作理念发生现代转向、文体发生急剧变革的背景下产生的。迪尼亚诺夫在《论文学的演变》（1927）中阐述文学体裁的"位移"和"演变"时所指出，"某一个时期的'文学事实'，在另一个时期就会成为普遍的日常言语现象，反之也是一样。这取决于该事实所诉诸的整个文学体系。因此，杰尔查文致友人的书信是日常事实，而在卡拉姆津和普希金时代，致友人的书信却成为文学事实。在某一文学体系中，回忆录和日记具有文学性质，而在另一种体系中，就有非文学的性质，这就是明证。"①

---

① ［俄］尤里·迪尼亚诺夫：《论文学的演变——致艾亨鲍姆》，孙烨译，《社会科学战线》2019年第5期。

第二章

什克洛夫斯基的传记体小说

在十月革命后，苏维埃建立起了无产阶级政权，新政权面临的艰巨任务就是让一切重新开始，社会需要的不是"对历史的记忆"，作家关注的是"国家、人民、阶级的整体力量"，而不是"具体的个人"，所以传记文学一度处于"被冷落的地位"。① 也正是在这样一个背景下，一些形式主义文论家们后来才被迫转向传记文学创作。不过，这或许也成就了俄国传记文学的繁荣。传记文学甚至是传记文学研究，在20世纪20年代俄国文学界一度兴盛起来。譬如艾亨鲍姆的《涅克拉索夫》（Некрасов，1922）、《安娜·阿赫玛托娃》（Анна Ахматова）和《莱蒙托夫》（Лермонтов，1924），以及迪尼亚诺夫的历史传记《普希金》（Пушкин，1928）、《丘赫利亚》（Кюхля，1925）和《瓦吉尔—穆赫塔尔之死》（Смерть Вазир-Мухтара，或译《公使之死》，1928）等都是文学界耳熟能详的传记文学，一度引起学界的广泛关注。什克洛夫斯基在评论《名人传记》丛书时说过，"传记的成功首先取决于选入书中的事实和分析的方法"②。

什克洛夫斯基的传记文学类别纷繁复杂，有自传体小说，也有文学回忆录，其传记文学几乎占其总创作量的四分之一。他笔下的一系列传记作

---

① 余一中：《苏联的传记文学》，《当代外国文学》1994年第4期。
② ［俄］维·什克洛夫斯基：《评〈名人传记〉丛书》，《旗》1959年第3期。

品构成了对其自己的心路历程，对社会的历史文化变迁，以及对一些伟大历史人物、艺术家的生平与创作的高度艺术性展现。传记文学是什克洛夫斯基文学创作生涯中不可或缺的一部分，也是什克洛夫斯基文学创作中的重要体裁之一。以下我们重点探讨什克洛夫斯基传记文学的主要诗学和美学特征，同时考察其传记文学与艾亨鲍姆、迪尼亚诺夫等形式主义文艺理论家兼作家的传记文学的创作异同。

第一节 一位鲜为人知的传记作家

什克洛夫斯基一生最为重要的散文创作是传记文学，但其传记作家的身份却鲜为人知。《感伤的旅行》（1923）、《动物园，或不谈爱情的信札，或第三个爱洛伊丝》（1923）创作于柏林时期，前一部是讲述作家在不久前俄国革命和内战中经历的残酷战事及其流亡命运的回忆录，后一部是作者向文学界公开宣布自己侨居柏林时期的日常生活及单相思爱情的书信；而返回苏俄后创作的《第三工厂》（1926）则是一部描述记忆中自童年至33岁三个不同阶段中的生平碎片、文学史事及颇具个性化感悟的文学回忆录。这些作品都以自传方式表达了作家对待革命、战争及新旧政治文化更迭的体会和感悟；与自传三部曲相类似的自传回忆录还有《往事》（Жили-были，1962）等；与此同时，什克洛夫斯基还创作了一系列描写历史人物、文学家的传记作品，如：《马可·波罗传》（1936）、《费多托夫大尉》（1936）、《米宁和波扎尔斯基》、《关于马雅可夫斯基》（1940）、《列夫·托尔斯泰传》（1963）、《陀思妥耶夫斯基》（1974）等；以及描写一些艺术家、电影学家的生平与创作，如《画家费多托夫的故事》（1934）、《爱森斯坦传》（1973）等。这些传记文学在什克洛夫斯基全部创作中占据重要的地位。

一 传记文学的概念界定

"传记"（биография；autobiography）是一种重要的书写文体，也是一种重要的文学体裁。无论是传记还是传记文学，其在文学史上的重要性是毋庸置疑的。古今中外无数作家，如托马斯·卡莱尔（Thomas Carlyle）、拉尔夫·爱默生（Ralph Waldo Emerson）及叶芝（Yeats W. B.）等人都表达过自己对传记及传记文学的极大青睐。① 传记与传记文学是两个不同的概念。何谓"传记"？何谓"传记文学"？又何谓与传记相关的回忆录？以及何谓与"传记文学"相关的"文学回忆录"？这些概念确实纷纭杂沓、容易混淆。各种百科词典或辞典、文学词典或辞典、写作大辞典等对传记、传记文学、回忆录等概念均有详细的界定。然而，一直以来，学界关于这些相关概念间彼此关系的认识却依然存在模糊不定的现象。

通常说，传记是记录某人生平事迹的文字。美国学者艾布拉姆斯（M. H. Abrams）指出，"传记是对一个人生平事实相对完整的叙述，包括性格、习性、环境以及他的经历和活动。"② 而卡登（J. A. Guddon）则指出，"传记是一个人生平的记录，历史的分支。"③ 我国学者赵白生认为，传记是叙述传主生平的历史，有其历史属性，但不能与历史等量齐观。"④

而关于"传记文学"（литературная биография；autobiographical literature）的界定，《简明文学词典》这样写道："传记文学是由传记文章发展而来的，以形象化的笔法记叙人物的事迹、品德及经历的叙事作品，可以是一篇文章，也可以是一本书。可以记叙人物的一生，也可以记生平的片段。传记文学属文学范畴，但同时又是历史著作。"⑤

传记文学既然属于文学范畴，那么其必然具有文学体裁之属性，其自然就是传记作家依据历史事实所做的艺术加工。"作为文学体裁的传记，要以历史事实为依据，允许有艺术性的加工，可以凭借作者的生活感受进

---

① 赵白生：《传记文学理论》，北京大学出版社2003年版，第1页。
② Abrams, M. H., *A Glossary of Literary Terms*, New York: Holt, Rinehart and Winston, 1971, p. 15.
③ Guddon, J. A., *A Dictionary of Literary Terms*, *Revised Edition*, Harmondsworth: Penguin Books, 1979, p. 79.
④ 赵白生：《传记文学理论》，北京大学出版社2003年版，第83页。
⑤ 周红兴主编：《简明文学词典》，作家出版社1987年版，第45页。

行铺排和夸张……传记作品由历史著作发展而来，有些历史著作同时又是出色的传记文学作品。"① 而传记文学中的主要内容、人物事件乃至主题等都必然要符合史实，尽管其中要有特定的艺术加工部分。

正如有辞典中所写到的那样："记叙人物经历、事迹的文学作品称为传记文学。以历史上或现实生活中的人物为描写对象，所记主题人物和事件必须符合史实，不允许虚构。在局部细节和次要人物上，可以允许运用想象和夸张，作一定的艺术加工，但又不同于完全以虚构为主的小说。所写人物生平，应具有相当的完整性。要求描写的人物形象鲜明，有较为生动的情节和语言，具有艺术感染力。"②

亦如《写作艺术大辞典》对传记文学的界定："以真实地记载人物事迹为主要内容的文学。简称'传'。叙事文学的一种。它采用形象化手法描写自己或者他人的生活经历，有的比较完整，有的是生活中的一个片段。传记文学要求记述对象要有史实根据。在事实的基础上可作适当的艺术加工，以刻画人物的性格，描写独特的生活环境，表现人物的性格特点和精神面貌，从而显示出时代的精神和风貌。传记文学既有史料价值，又有一定的艺术性。"③

以上诸多界定表面上呈现为复杂的含义，但都强调传记是一种记载人物事迹的文体，都根据内容偏重将传记分为"历史性"和"文学性"两类，即历史传记和文学传记。历史传记要求具有史实性，排除虚构性，文学传记的前提则是以史实为依据，辅以艺术性加工。

什克洛夫斯基的《列夫·托尔斯泰传》《费多托夫大尉》《画家费多托夫的故事》《马可·波罗传》《米宁和波扎尔斯基》《莫斯科居民马特维·科马罗夫》等虽然都以记录作家、画家或历史人物的史实为主，但同时也具有明显的艺术加工，所以应属于传记文学。

---

① 谷云义等主编：《中国古典文学辞典》，教育出版社1990年版，第1028页。
② 杨哲等主编：《文学百科辞典》，知识出版社1991年版，第1144页。
③ 阎景翰主编：《写作艺术大辞典》，陕西人民出版社2002年版，第1057页。

此外，传记的种类又并不局限于"历史"与"文学"两个层类，其分类标准因传记作品数量之大、风格各异而处于不断的交织发展中。比如，根据传主对象的不同，传记又分为"自传"和"他传"。关于"自传"有辞典中写道："以第一人称或第三人称叙述自己生平事迹，称'自传'。要求以客观态度全面地对自己作介绍。"① "自传"即为自己叙述生平的传记，汉语界的自传分为繁、简二体："繁体自传可长达数十万言，简体有数千字甚至几百字者。繁体自传可以在大的时代背景下，写个人生活的周围环境、人物，自己的思想，自己的思想发展、活动行止等。简体自传只以个人的主要经历为重点，有的可只写生平的几件代表事例。"② 等等。

以上关于"自传"定义，均指叙述自己生平事迹的传记，并大体分为繁体自传和简体传记。前者内容翔实，后者内容简略。之于"文学自传"，则是文学家对于自己生平事迹的自叙或回忆。什克洛夫斯基的传记作品，如《感伤的旅行》《动物园，或不谈爱情的信札，或第三个爱洛伊丝》《第三工厂》《往事》等应该属于繁体自传文学一类。

至于"回忆录"（воспоминание；мемориал；memoirs），学界也有不同的界定。有学者认为回忆录是散文之一，如《简明文学手册》中写道："用形象的文笔记述自己或别人过去的生活经历和社会活动，它不必像传记那样，完整地记载人物的一生，也允许适当的艺术加工。"③ 也有人认为回忆录是传记的一种，如有的辞典这样界定："回忆本人或所熟悉之人过去的生活经历和社会活动，成为'回忆录'。可侧重叙人，也可侧重记事，篇幅有长有短，具有文献性质。当代专门记述中国共产党领导的群众革命斗争史实或革命战争事迹，称'革命回忆录'。"④

关于"自传"与"回忆录"的异同，的确不易做纯粹的明确分界，二者之间有时也互为包孕。美国学者艾布拉姆斯指出："自传是传主本人为

---

① 俞汝捷主编：《中国古典文艺实用辞典》，中国青年出版社1991年版，第19页。
② 阎景翰主编：《写作艺术大辞典》，陕西人民出版社2002年版，第1344页。
③ 金紫千主编：《简明文学手册》，人民出版社1982年版，第239页。
④ 俞汝捷主编：《中国古典文艺实用辞典》，中国青年出版社1991年版，第20页。

他/她自己而作的传记。它与回忆录不同,回忆录不是侧重于作者自己的成长历程,而是主要记录作者所知道或目睹过的人物和事件。自传也有别于私人日记或日志,日记或日志记录每日发生在自己日常生活中的琐事,其目的是为满足个人使用或消遣,很少或不以出版为目的。"① 这就可以理解为,"回忆录"也是"传记"的一种,是指记述自己或别人过去的生活经历和社会活动的文体。但"回忆录"又与"自传"不同,自传侧重于作者自己的成长经历,而回忆录主要记录作者所目睹的人物和事件。

不过,有时作家本人对于回忆录内涵的界定也有所不同,比如什克洛夫斯基的《感伤的旅行》《往事》《第三工厂》等自传体作品,就被自己同时也称为"文学回忆录"。

综上所述,"传记"是一种记叙人物生平事迹的文体。传记作品为保证记叙客观一般要以历史事实为依据,文字以朴素无虚饰为尚。传记分为历史传记和文学传记:"历史传记"以记叙史实为主,文学传记着重描叙人物,亦可插入些想象或加工。传记又可分为"自传"和"回忆录":自传以第一人称或第三人称叙述自己生平事迹,而"回忆录"也是传记的一种,用形象的文笔记述自己或别人过去的生活经历和社会活动,它不必像传记那样,完整地记载人物的一生,可以截取传主的某个时段来创作,也允许适当的艺术加工。但"回忆录"与"自传"的不同之处就在于,回忆录不是侧重于作者自己的成长历程,而是主要记录作者所知道或目睹的人物和事件。

在俄国文学发展史上,传记文学一直是很受欢迎的文体。俄国最早的传记文学当属 П. А. 维亚杰姆斯基的《冯维辛》(Фонвизин,1830)。1830 年 П. А. 维亚杰姆斯基创作了《冯维辛》,但是直到 1848 年才正式出版,在出版序中维亚杰姆斯基写道:"在我们这里,这几乎是传记文学的第一次尝试。"②

---

① [美] 艾布拉姆斯:《文学术语词典》,吴松江译,北京大学出版社 2009 年版,第 45 页。
② Вяземский, П. А., *Эстетика и литературная критика*, Москва: Искусство, 1984.

传记文学具有特殊的审美价值和文学功能。在俄国学术界，传记文学被看成是艺术家与艺术家之间的对话，起着特殊而重要的文化桥梁作用。而这种文学作品形式也是必需的，它推动了人类历史长河的发展。同时，传记文学也具有特定的诗学价值。值得注意的是，什克洛夫斯基的传记文学出现在20世纪20年代。这个年代在俄国文学史中正是传记文学繁荣发展的时期。其主要原因可能在于，当时正值新旧文艺政策转型时期，一些旧俄知识分子作家未能即时地转到苏联主流文学轨迹上而迫不得已转向，要么隐讳地书写自我生平、要么回忆其他历史人物和艺术家生平的传记文学。在苏维埃时期，由于"文化传播者"规定传记文学必须体现出当局者的新的社会历史地位，所以苏联传记文学家通常都要在传记文学中勾勒出那个时代的社会文化印记，努力把个人存在与超出个人狭隘利益的历史结构联系在一起。正因为如此，传记已然变成了超出个人之上的官方意识形态的"扬声器"。但到了20年代末期，传记文学开始打破以往只描写社会、历史和意识形态的束缚，超出了苏维埃官方文艺学，一度得到美学、文化、历史等多方面阐释，学界涌现出传记文学创作及研究热潮，传记文学被重新认识与解读。这一切既与20世纪20—30年代实验派传记（新传记）的斐然成绩分不开，也与20年代掀起的关于"传记主义"与"反传记主义"的学术讨论密切相关。当时的讨论虽然没有实质性的成果，但却得到了一个共识：传记文学应该摆脱时空、文化差异和意识形态的束缚。为了更好地理解什克洛夫斯基传记文学的创作宗旨及其美学和诗学意义，在此我们试图梳理一下20世纪20—30年代俄国学界一度掀起的传记文学大讨论。

二 同时代关于传记文学的大讨论

20世纪20—30年代，俄国学术界一度盛行一种新传记书写及批评方法，掀起了由М. О. 格尔申宗的《普希金的智慧》（1919）而引发的社会主义阵营和侨民阵营之间的"传记主义"（биографизм）与"反传记主义"（антибиографизм）的大辩论，出现了用新的诠释学取代以往的社会历史研究传记的方法论，同时还出现了"心理传记"的概念。一些文艺学家，如 Ю. 迪尼亚诺夫、Б. В. 托马舍夫斯基、艾亨鲍姆等形式主义学者在开展语文科学探索的同时也转而青睐于传记文学的书写。俄国文学史上将这个时代涌现的传记文学视为"新传记文学"（Новый биографизм）。新传记文学不同于传统的旧传记文学，而关于新传记的认识论也与传统的旧传记的认识论有很大不同。应该说，俄国新传记文学的出现，首先是与 20 世纪初欧洲出现的一种"实验派"传记文学密不可分的。

20 世纪初，欧洲文艺学界实验派作家及批评家首先掀起传记文学的革命热潮。"新传记主义"（New Biographism）这一术语是由英国小说家伍尔夫提出的，其代表人物主要有英国的斯特雷奇、尼科尔森和菲力普·桂达拉，法国的莫洛亚，德国的路德维希和美国的加玛丽耶·布拉福德。"新传记"并不是统一的团体，传记作家间几乎没有什么来往，有的甚至相互抵触。"他们之所以被挂上同一个牌子，不在于他们之间的差异，而是由于他们与传统的传记太不同了。"[①] 新传记重视传记作品的艺术性，强调艺术第一，"传记要写得漂亮，有趣。"[②] "历史学家的首要责任就是当一名艺术家。"[③] 追求阐释，"未经阐释的真实就像深埋在地下的金子一样没有用处，艺术是一位了不起的阐释者。"[④] 刻画心理，展示"心的趣味"，"优秀的传记家应该是心理学家。"[⑤] 应该说，这种新传记文学观是对传统传记文学的一种反驳，为世界传记文学的发展开辟了新园地。

欧洲掀起的这股新传记文学热潮也是与 20 世纪诠释学（Герменевтика）理论产生及发展密不可分的。诠释学，又称阐释学（"Hermeneutics"），源自希腊语（«ρμ»νευω），意思是"了解"，是从希腊神赫耳墨斯（Hermes

---

① 赵白生：《传记文学理论》，北京大学出版社 2003 年版，第 201 页。
② Britt, A., *The Great Biographers*, New York: Whittlesey House, 1936, p. 188.
③ Strachey, L., "A New History of Rome", *Spectator*, No. 102, 1909, pp. 20–21.
④ 赵白生：《传记文学理论》，北京大学出版社 2003 年版，第 203 页。
⑤ 同上书，第 212 页。

的名字得来。阐释学，或进一步说，阐释美学，是在现象学与存在主义的基础上发展起来的一个美学流派。阐释学奠基人伽达默尔曾师从存在主义大师海德格尔，其思想也受到存在主义的影响。现代阐释学的基本特点是客观主义。阐释学又被描述作为诠释理论并根据文本自身来了解文本，强调忠实客观地把握文本和作者的原意。"文本"的概念被扩展为书面文件，例如：讲话、表现、艺术作品和事件。因此，任何一个人都在细说或者阐释"社会文本"。

新传记意识的产生，极大地影响到俄国传记文学的变革及发展进程，俄国传记文学及其批评在20世纪20—30年代达到了繁荣。俄国学者К. А. 沃尔科夫（К. А. Волков）在研究当时传记文学发展时发现，俄国20—30年代阐释作家的传记文学大量涌现，他在自己的博士学位论文中就总结出20—30年代俄国传记的三种类型：解释型、理解型和文本感悟型①，并对这些体裁特性进行了例证分析。下面我们简要概述当时学界关于这三种传记类型的讨论。

解释型传记指的是，传记作者如同一名历史学家，把艺术家的日常生活，社会的历史、经济等各个方面都写到作品中，如佩列韦尔泽夫学派的作品、"列夫"团体、魏烈萨耶夫的著作及学院派的普希金研究都归为这一类。而有关此类传记文学的研究宗旨就是：关注传记文学所属流派、发展时期等，而把审美范畴和隐喻范畴排除分析之外，即把诗人的生活与创作看成是传记中两个互不相容的层面（如 В. 魏烈萨耶夫的《在两个计划中》、В. 佩列韦尔泽夫的《反传记主义》、Г. 列列维奇和 У. 福赫特的文章）。这类传记文学的宗旨在于厘清"文学事实"的分析和分类，以此强调传记本身的特殊性，弱化传记作家的角色。这种研究反映了革命后人的机械性和物质性，抛开了"抒情、情感和灵魂"（А. 加斯捷夫）。这类传记文学要么是作家的客观创作，反映其在历史文化基础上的改变，要么是

---

① Волков, К. А., Биография писателя в творчестве Владимира Набокова 1930-х-начала 1940-х гг.: "Дар", "Истинная жизнь Себастьяна Найта", "Николай Гоголь", дис. канд., РГГУ, 2013.

诗人的生平直接反映在他的作品中。这类传记文学书写者，也主要是社会主义文艺学家等。值得注意的是，这些传记文学事例所表达的思想是在 20 年代末期逐渐式微。这种传记文学术语——解释型传记，在传记材料的选择和分类方面较为详尽，具有强大的信息服务功能，但在对传记事实的处理上却陷入了实证主义的窠臼。

第二种传记文学则是理解型传记。与解释型传记有所不同，它强调作者的主观感受，作者把自己投入经过改造的历史与文化中去。这样经过改造的"心灵的传记"更为具体而翔实。它强调传记作家的主体性，这是传记文学事实理论发展史上重要的一环。写作主体的不同，写出的历史也不同。此外，传记作家也注意到自己认识的主观性并加以反思，逐渐开始把判断、创造和"心灵"融入文学事实，从而走上了观念上的一次飞跃。著名的语文学者 Г. 维诺库尔的《传记与文化》（1927）一书就是探讨传记从解释型到理解型发展的标志性作品。维诺库尔在艺术家背后强化选择和行为形成策略的权利，并建议从各个角度重新认识作家传记，他把作家传记作为一种多层次的、有机的系统来重新理解。Б. 艾亨鲍姆的《列夫·托尔斯泰：五十年代》和 Ю. 迪尼亚诺夫的传记三部曲《丘赫利亚》（1925）、《瓦基尔·穆赫塔尔之死》（1927—1928）和《普希金》（1935—1943）等传记作品，都是这种新型的传记文学。二者均为理论家兼作家，都倾向于用元符号学理论来书写传记作品；但二者对待作家传记的认识却不尽相同：艾亨鲍姆关注的不是作家的个性，而是对历史材料的加工，对社会—心理、哲学和意识形态的过滤；而迪尼亚诺夫则认为作家传记并非独立的问题，而需要观照一系列非文学问题，为此他把传记写成了小说，把对个性的理解变成了对"日常生活"和"历史事实"的认识。

20 世纪 20 年代末期，俄国传记文学中占主导地位的是文本感悟型传记。在艾亨瓦利特（Ю. Айхенвальд）、霍达谢维奇（В. Ходасевич）、毕奇林（П. Бицилли）等人的作品中，还有 В. 纳博科夫的随笔《普希金，抑或是真理与真实》中都有所体现。与解释型传记中作者作为一个历史客体所不同的是，理解型传记把作者看作主体，而文本感悟型传记则把作者看作一种先天的主体，不同于那种经验型和历史型的传记。这类传记去除了作者反映在艺术世界中的现实特征，但其语言、风格和形象——这些传记作品的诗学特征却打开了作者与读者之间的对话之门。艺术家不只存在于反映自己标准的艺术中，而是进入个人的独立世界中。这种交融需要探讨的不是"作者的死亡"，更准确地说，是把作者视为现实世界中无所不在的上帝，一种绝对，其中心在于周边的一切，即绝对的自我指涉中。

文本感悟型传记强调艺术本体的重要性，与20世纪初出现在欧洲的新传记主义和心理传记主义在一定程度上达到了契合。诚如前文所言，新传记刻画心理，展示"心的趣味"。心理传记却是展示心性，如何刻画传主的心理、得到读者的认同，是新传记、心理传记的最高诉求。文本感悟型传记强调传记作者的先天主体性，这不仅强调的是"心的趣味"，即传记作者如同一个优秀的心理学家，强调"心灵的证据"，捕捉人物内心深处的情愫，还强调传记作者如何让读者感知和指涉自己的存在。"新传记的实绩和心理传记的风行代表了读者对传主认知模式的转变，它们成功的主要秘诀在于深度挖掘与艺术触觉并重。"[①] 由此可见，文本感悟型传记的出现，拉近了读者、传记作者、传主之间的距离，实则是传记文学发展的一次飞跃。

苏联传记文学后来走向衰败的主要原因也正是文学创作的衰落所致：一方面，文学的新神话脱离于19世纪传统文学；另一方面，艺术的消亡以及拒绝文学保守性因素导致苏联传记文学不可避免地衰亡；此外，一些纪实性文学也没有形成艺术的统一。为此，维伊特勒（В. Вейдле）在《关于传记的艺术》（1931）中及时提出了"传记艺术"创作的必要性，指出传记作家应从改编者变为货真价实的作者，以及主人公生活似创作、创作中可窥探其生活之改变等迫切问题。

---

① 赵白生：《传记文学理论》，北京大学出版社2003年版，第68页。

总之，从现代诠释学理论视角看待传记体裁，将新传记与传统传记加以区分，沃尔科夫将其分为解释型、理解型和文本感悟型的做法，比当时"社会主义阵营"或"侨民文学阵营"的人文科学家们针对"传记主义"与"反传记主义"之争，似乎显得客观一些，因为诠释学理论避免了以上两个对立阵营对于传记文学研究的意识形态化。

三 什克洛夫斯基传记文学创作的缘起

20世纪20年代，俄国政治体制开始进入苏联模式，文艺创作逐渐发生转型，一些革新派文学家继续以富有挑战性方式的发声、表达自己对文学的变革主张，而形式主义文艺理论家虽然在20年代末遭遇主流学界批判，但它们并没有从文坛销声匿迹而是转向传记文学创作。所以，应该说20世纪20年代的文艺形态依然处于多元共存或对话状态。其中，什克洛夫斯基的传记文学创作，包括自传回忆录、历史传记、艺术家传记、作家传记等文学创作一度引起广泛关注。

20世纪20年代中期，以什克洛夫斯基和雅各布森为代表的"奥波亚兹"文艺团体，在苏联文艺学界的一片批评声中分崩瓦解。什克洛夫斯基被调到国家第三电影制片厂工作，他的主要任务就是根据社会订货编写应时的电影脚本，所以一度陷入矛盾和怀疑状态。《第三工厂》以自传形式讲述作家本人从童年到国家第三电影制片厂之间二十余年的生活经历，即"通过回顾历史的往事钩沉与个人的生活印记，试图恢复对逝去的历史时代及个人命运的记忆，并以此确立作家个性的成长意识。这成为什克洛夫斯基在人生处于十字路口、创作发生危机之际的一个创作动因。小说作者试图在变换风云的灾难性世界里理性地寻找自己的人生坐标，在失去话语权的世界里奋力地发出自己的微弱声音。"[①] 正如《感伤的旅行》中所写道，"我们枉费了聪明，枉费了政治上的远见。如果我们不是试图创造历

---

① 赵晓彬：《什克洛夫斯基散文体小说的陌生化叙事》，《俄罗斯文艺》2015年第2期。

史，而只是想为构成历史的个别事件承担责任，那么也许这一切就不会如此可笑了。应该努力创造的不是历史，而是传记"。① 显然，这位传记作家所要表达的是：人类所能创造的只是传记而不是历史。任何政党都不应自诩自己是历史的创造者。接着，他又写道，布尔什维克们相信"材料并不重要，重要的是形式，他们希望输掉今天、输掉履历，而赢得历史的赌注。"② 20 世纪 20 年代背景下的什克洛夫斯基的传记观念可见一斑。

20 世纪 30 年代以后，什克洛夫斯基则转向对更为广阔的社会—历史的审美观照，历史小说《马可·波罗传》就是这一时期的代表性作品，该作品也是他对人类与历史，特别是对西方人文历史的思考之作。同时，什克洛夫斯基对列夫·托尔斯泰也有较为系统的研究，创作了《列夫·托尔斯泰传》等传记文学作品，从文学发展历史角度讲述了托尔斯泰文学创作与社会生活和家庭生活及其世界观演变等的辩证关系。

总之，什克洛夫斯基在 20 世纪 20—30 年代热衷于写传记类作品，不难看出，其传记文学的宗旨在于通过这种方式记录时代印记与文学日常，艺术地表达自己的文学主张，不失时机地将形式主义文学方法运用于自己的传记小说创作中，试图开辟出一条小说艺术革新之路。

四 什克洛夫斯基与迪尼亚诺夫

尤里·迪尼亚诺夫（Юрий Тынянов，1894—1943）——俄国形式主义理论家、小说家，继什克洛夫斯基之后，在《文学事实》（1924）和《论文学体裁的演变》（1927）等多篇文章中提出了著名的"位移说"和"演变说"。迪尼亚诺夫指出："语言中通常存在着'语文学''文学''诗学'这些术语，并要求界定其涵义，同样也需要有尊重科学的概念。"③ 关于这些术语的界定，他认为这是一件很困难的事情，因为文学体裁并非静

---

① ［俄］维·什克洛夫斯基：《感伤的旅行》，杨玉波译，敦煌文艺出版社 2014 年版，第 103 页。
② 同上书，第 205 页。
③ ［俄］尤里·迪尼亚诺夫：《文学事实》，张冰译，《国外文学》1996 年第 4 期。

态不变而是动态演变的：过去一般将"语文学"视为低级的，将"文学"视为中级的，而将"诗学"视为高级的，如果按照旧时的说法，"语文学"是指所有一切的写作，诗学是"形象思维"，但迪尼亚诺夫并不赞同这一说法，在看来，分辨清这些概念是很困难的，因为"一方面，诗学并非思维；另一方面，形象思维并非诗学。"① 基于此，迪尼亚诺夫借用文学史上大量的文学实例，如普希金的"史诗"（即叙事诗）体裁就经历了从"大形式"到"小形式"、从"中心"到"边缘"的位移，而这种独特的文学体裁可能是一种"跃进"而非有规律的进化，抑或"位移"而非发展。

值得关注的是，有着俄国形式主义"三巨头"之称的什克洛夫斯基、迪尼亚诺夫和艾亨鲍姆在"奥波亚兹"受到批评之后都纷纷转向传记文学创作，并且都经历了文学艺术观念的转变。他们都较多地关注到文学家、历史人物等的生平传记，并都撰写了一系列传记小说。所以，研究什克洛夫斯基的传记文学，自然离不开对这三位同行的传记文学书写的同时考察和比对，特别是分析他们笔下传记体小说创作的异同。下面我们就对什克洛夫斯基与迪尼亚诺夫的传记文学进行比较，对迪尼亚诺夫传记文学特点进行具体分析。

迪尼亚诺夫与什克洛夫斯基一样，在诉诸文学理论的同时也创作了一些艺术散文作品，所不同的是，后者更倾向于历史小说，而什克洛夫斯基则更青睐于自传体小说。不过，无论是什克洛夫斯基还是迪尼亚诺夫等形式主义学者的散文创作都或多或少地具有语文学特色。迪尼亚诺夫的《文学事实》一文的卷首题词"献给维克多·什克洛夫斯基"并不是偶然的。如果说什克洛夫斯基的传记文学性质是形式主义的，那么迪尼亚诺夫的传记文学则是历史主义的，后者的历史小说是早期形式主义理论家迪尼亚诺夫的根本性转变。

---

① ［俄］尤里·迪尼亚诺夫：《文学事实》，张冰译，《国外文学》1996 年第 4 期。

众所周知，迪尼亚诺夫精通俄国史，这位文学史家兼小说家不仅在文学史研究中探究俄国各派诗人的诗学理论、实践创作及其文学承袭关系，而且在此基础上创作了不少脍炙人口的历史小说，诸如长篇小说三部曲《丘赫利亚》（Кюхля，1925）、《瓦济尔·穆赫塔尔之死》（Смерть Вазир-Мухтара，1928）、《普希金》（Пушкин，1943）的创作素材就分别源于丘赫尔别凯尔、格里鲍耶陀夫和普希金的生活经历，此外还著有中短篇历史小说《蜡人》（Восковая персона，1931）、《基热少尉》（Подпоручик Киже，1927）等。迪尼亚诺夫的历史小说主要是对文学史上的经典文学家，以及著名的历史人物的生平书写为主。由于迪尼亚诺夫的传记文学主要侧重历史视角，所以他又是公认的"苏联历史小说"的奠基人之一，他独特的艺术风格主要体现为还原真实历史、历史性与艺术性相融合、与时代呼应。

在传记文学创作中，什克洛夫斯基与迪尼亚诺夫的差异首先表现在题材上。迪尼亚诺夫主要青睐于历史上的文学家生平记事，其创作在学界具有明确的"历史小说"（Исторические романы，повести и рассказы）之称；而什克洛夫斯基主要以自己的人生履历为书写对象，人物传记题材的关注则较为繁杂，既有文学家，也有艺术家、旅行家、历史人物等。什氏的自传体小说在其一生创作中明显占据主要地位，对此学界也有明确的"自传三部曲"之称。

其次是什克洛夫斯基和迪尼亚诺夫在传记文学的创作手法有很大差异。什克洛夫斯基无论在自传三部曲还是在其他传记体散文中都擅长运用（甚至暴露）艺术手法，如蒙太奇、讽拟、隐喻等，而迪尼亚诺夫由于更重视历史的真实性，假定性手法运用较少。

再就是二者在文体风格上表现出很大差异。迪尼亚诺夫的历史传记小说语言较为客观，具有浓重的历史主义风格，如：读者在阅读迪尼亚诺夫的《公使之死》时，似乎是在阅读托尔斯泰的《战争与和平》，基本上都在叙述历史事实以及人与历史的关系；而什克洛夫斯基在传记文学书写中乐见于边述边评，夹杂着对于文学创作的理论见解；此外，迪尼亚诺夫笔下历史人物塑造一般以悲剧性色彩居多；而什克洛夫斯基自传三部曲中传主"我"的命运一般是戏仿性的，带有强烈的主观色彩。当然，20世纪30年代以后什克洛夫斯基也走向历史传记文学，如《列夫·托尔斯泰传》《马可·波罗传》等，在这些他传书写中也有一定的历史主义色彩，但这种历史主义转向却伴随着艺术性手法的不断强化，即让人感受到形式—历史叙事的机械叠加。

我国学界对于迪尼亚诺夫的历史小说研究尚不多见，为了更好地阐述什克洛夫斯基的传记文学特点，下面我们将尝试梳理和分析迪尼亚诺夫历史传记小说的特点。

首先，凭借自身对于历史的敏锐感和严谨态度，迪尼亚诺夫在历史小说中致力于还原真实的历史。他笔下的角色基本上都是真实的历史人物：彼得大帝、亚历山大一世、丘赫尔别凯尔、格里鲍耶陀夫、普希金等。为了准确再现角色所生活的时代背景，迪尼亚诺夫在作品中加入了大量史实材料，例如丘赫尔别凯尔的日记、格里鲍耶陀夫的信件等，甚至还引用了恰达耶夫在和普希金探讨自由问题时发出的感慨："重要的是奴隶制的传染力影响所有人。军屯不再有村庄。连凯撒也被奴隶制传染。"① 在迪尼亚诺夫创作的年代，搜集整理丘赫尔别凯尔、格里鲍耶陀夫等人的详细资料并非易事。斯特拉霍夫曾在写给托尔斯泰的信中写道："谢美夫斯基藏有许多丘赫尔别凯尔未发表的诗歌、散文和日记……但是我担心阅读和思考这些手稿会花费很多时间和精力。"② 而迪尼亚诺夫无惧劳苦，成为第一个阅读并出版丘赫尔别凯尔作品集的学者。他总是以理性辩证的眼光看待历史资料的使用，对未经证实的说法永远持怀疑态度，"有一些官方文件像人一样说谎，我对这些文件毫无敬意……无需（须）笃信，而要拆穿文件的谎言。并且不可依赖只会加工和转述材料的历史学家"③。迪尼亚诺夫十

---

① Тынянов, Ю. Н., *Пушкин*, Москва: Книга, 1984, С. 387.
② Каверин, В. А., *Новое зрение: Книга о Юрии Тынянове*, Москва: Книга, 1988, С. 143.
③ Каверин, В. А., *Воспоминания о Ю. Тынянове. Портреты и встречи*, Москва: Советский писатель, 1983, С. 52.

分谨慎地比对各种相关资料，可谓字斟句酌，只求引用史实的准确性。他的历史小说出版后广受好评，这些作品很大程度上在当时起到了文学科普的作用，《丘赫利亚》的流行一改读者心中丘赫尔别凯尔的诙谐诗人形象，其诗歌中蕴含的深刻思想和艺术意义也被世人流传。

什克洛夫斯基赞许迪尼亚诺夫对丘赫尔别凯尔的"科学的认识"和艺术的"复活"："迪尼亚诺夫写的这本儿童读物《丘赫利亚》提醒我们叙述要简洁。这部小说读来趣味盎然，因此为大众所接受，并很快变得家喻户晓。科学的认识成为艺术的开创。年轻的丘赫利亚是不幸的，但却十分顽强、乐观，他全身心地倾向于与其来说没有未来的人却成了迪尼亚诺夫的重要朋友。迪尼亚诺夫对丘赫利亚的复活，说明了失败者有时也会助成功者一臂之力，丰富他们的技艺。叶卡捷琳娜曾经嘲笑过学者、革命家特列季亚科夫斯基，甚至连拉吉舍夫都无法重新恢复俄罗斯诗歌创造者的记忆。而十二月革命之后备受嘲笑的丘赫尔别凯尔却被迪尼亚诺夫重现。"①

三部曲中的另一部《瓦济尔·穆赫塔尔之死》则揭秘了格里鲍耶陀夫复杂且富有争议的一生，作者详尽解读了这位戏剧家为何没能创作第二部《聪明误》以及没有完成《格鲁吉亚之夜》（Грузинская ночь）这部悲剧的隐情；而《普希金》则矫正了学界对普希金研究只局限于文学作品的狭隘视角。为了更好地烘托作品的真实感，迪尼亚诺夫还以历史当事人的视角叙述，这种从历史内部入手展现遥远年代图景的方式，为读者营造了一种身临其境之感。迪尼亚诺夫对于还原小说真实历史的孜孜追求，不仅使得作品内容更加丰满充实、人物更加真实立体，而且很好地展现了所描绘时代的独特色彩。

其次，迪尼亚诺夫对于历史小说的书写实现了历史性与艺术性的融合。虽然他十分重视作品选材的纪实性，但这并不妨碍他在史实空白之

---

① Шкловский, В. Б., *Избранное. В 2-х т*（Том 1），Москва: Художественная литература，1983，С. 164.

处进行合理的艺术发挥。这一艺术风格与他处理历史材料的原则一脉相承——"史实一尽,我便开始"①。即是说,在不背离历史事实的基础之上,大胆尝试艺术性表达,努力在真实与虚构之间达到一种平衡。迪尼亚诺夫把自己的身份定位为熟稔历史且充满诗意灵感的艺术家。他在《普希金》的手稿前言中表露了此种心声:"这部小说不是传记,读者若想在其中寻找确切的事实、准确的时间顺序和对学术文献的转述,那是徒劳的。这不是小说家的事,这是普希金专家的事……小说讲到过去的事情时,我追求的是艺术的真实,这一直是历史小说家写作的目的。"② 在这部小说的最后,迪尼亚诺夫论述了自己的假设:普希金一辈子都爱着一个女人——诗人卡拉姆津的妻子叶卡捷琳娜·卡拉姆季娜。他对两人爱情故事的艺术处理虽然只是一种猜测,但却有据可依:缘于冷漠的母子关系,普希金爱上了比自己年长的卡拉姆季娜,即使后来与娜塔丽亚·冈察洛娃成婚,他也一直将她牵挂在心,并在《格鲁吉亚的山冈上》(На холмах Грузии)表达了对这段感情的眷恋,"你的身影充盈着我的忧伤。只有你的身影……无论什么也不再能惊扰我的愁怀。"③ 正如卡维林所说:"迪尼亚诺夫依靠微不足道的材料,依靠勉强可以称为行动、思想、感觉的影子,推断出核心内容,并在此基础上构建了自己的故事。"④ 历史性与艺术性的融合不仅体现在迪尼亚诺夫小说的内容层面,也体现在语言层面。一方面,在有关古代历史的叙述中,一些单词使用过去的拼法,比如《普希金》中的少校一词为"маиор"(古老形式);另一方面,小说的语言呈现诗语化,语言的叙述风格与自由诗比较接近,笔法简洁明快且具有律动性,文中还不时出现作者的诗歌与其他诗人的名篇,比如《瓦济尔·穆赫塔尔之死》的开场白以一段抒情诗词结束:

---

① Тынянов, Ю. Н., *Пушкин*, Москва: Книга, 1984, С. 61.
② [俄] 符·维·阿格诺索夫主编:《20世纪俄罗斯文学》,凌建侯等译,中国人民大学出版社2001年版,第309页。
③ [俄] 普希金:《普希金诗集》,刘文飞译,译林出版社2012年版,第309页。
④ Каверин, В. А., *Новое зрение: Книга о Юрии Тынянове*, Москва: Книга, 1988, С. 234.

一个身材不高、皮肤发黄的迂腐之人占据了我的想像。

他躺在那里一动不动，他的双眼在睡梦中仍在闪闪放光。

他伸手到小桌上拿眼镜。

他既不思考，也不说话。

还未做出任何决定。①

迪尼亚诺夫在历史小说的创作中兼顾历史性和艺术性，既尊重史实，亦不失文学风采，将科学与艺术双重领域结合为有机统一整体。

最后，迪尼亚诺夫创作的艺术风格还体现在与时代相呼应，即作品主人公时代与作者所处时代依靠共性相连。他的历史小说基本上都在探讨知识分子与革命、权力的关系，记叙了知识分子在历史洪流中龃龉前行的曲折命运，而这些话题不仅存在于书中的历史事实，还被映射到写作年代的社会背景进行深刻思考。迪尼亚诺夫笔下的19世纪知识分子（丘赫里亚、格里鲍耶陀夫、普希金等）即使身处逆境，仍然锲而不舍地钻研艺术，这与20世纪上半叶俄国专制集权制度的笼罩下知识分子努力在夹缝中从事文学研究达成呼应。实际上，这两个时代的知识分子都陷入了"聪明误"的囹圄。《瓦济尔·穆赫塔尔之死》中的格里鲍耶陀夫便是如此。格里鲍耶陀夫的巅峰之作《聪明误》在其有生之年未能得以出版和上映，却实实在在地由作者本人在现实生活中鲜活演绎。迪尼亚诺夫详细剖析了格里鲍耶陀夫为何是"20年代最为悲惨的人物"②。格里鲍耶陀夫不仅是才华横溢的作家、出类拔萃的外交官，还是一名民主主义革命者。他反对农奴制和沙皇专制，支持十二月党人起义。然而无论他多么出色，却始终无法得以施展自己的抱负。他的作品受到书刊检查制度的封杀，自己的才华也得不到俄国文坛的正式认可。他提出的外高加索改革方案既没有得到保守派尼古拉一世和外交部长涅谢尔罗德的批准，也得不到革新派的任何支持，曾经的革命战友

---

① ［俄］特尼扬诺夫：《公使之死》，朱志顺译，辽宁教育出版社2001年版，第5页。

② Каверин, В. А., *Новое зрение: Книга о Юрии Тынянове*, Москва: Книга, 1988, С. 292.

布尔佐夫对他的想法嗤之以鼻:"因为您(格里鲍耶陀夫)想建立新的金钱贵族制度,导致成千上万的人灭亡,所以我要想方设法使您的方案失败。"① 这种前后夹击的"聪明误"也适用于迪尼亚诺夫本人的处境。

迪尼亚诺夫的文学作品在苏联历史小说中占据重要的地位,关于其文学创作的研究热度不逊于其文学理论及批评。他对待历史总是一丝不苟,公正客观地描写每一位历史人物的真实品性,而非塑造完美的英雄人格,亦不美化伟人之间的分歧和争论。迪尼亚诺夫没有将全方位复现历史图景作为创作目标,而是以合理且富有成效地实现历史性和艺术性的融合为己任。他的艺术风格也彰显着鲜明的历史主义精神:文学创作既要回顾历史,更需面向当代,以史为镜,在社会生活中领悟其现实意义。

由上观之,作为形式主义学派的"三巨头"之一,迪尼亚诺夫与什克洛夫斯基、艾亨鲍姆等人开辟了全新的艺术理论和文学书写原则,成为俄国最早关注文学本体阐述的先锋者,提出了许多富有文学价值的观点和概念。但是由于他们对于作品形式和手法的重视打破了传统的文学原则,因此受到旧学院派的批评,他们强调文学作为远离政治的独立学科又遭到苏联官方有关意识形态的打压。迪尼亚诺夫在写给什克洛夫斯基的信中直言:"我敢说,我们这三四个人的情况就是聪明误,可以这样说,我们、我们这里的三四个人,只是比格里鲍耶多夫小说的名字少了个引号,区别就在引号上。"② 可以说,迪尼亚诺夫对于历史往事的钩沉也无不渗透着对当下现实的反思。

第二节 什克洛夫斯基自传回忆录中的三座"工厂"③

《第三工厂》(Третья фабрика, 1926) 是什克洛夫斯基的自传三部曲

---

① [俄] 特尼扬诺夫:《公使之死》,朱志顺译,辽宁教育出版社2001年版,第368页。
② [俄] 符·维·阿格诺索夫主编:《20世纪俄罗斯文学》,凌建侯等译,中国人民大学出版社2001年版,第304页。
③ 关于本小节中的部分内容,笔者曾撰文并发表在《国外文学》2015年第4期,在此有增删、修订。

之一，一部独特的文学回忆录。什克洛夫斯基在记述亲情、友情和爱情等日常生活的同时，实际上是为了表达作为一代知识分子对当下自己及其"奥波亚兹"的学术遭遇，对未来语文学前景乃至祖国和全人类命运的堪忧之情。这不是一部简单的个人生活传记，更是一部文学传记，确切地说，这是一部学者书写的文学传记，即作家把自己的文学理念嵌入文学传记中，而文学传记又记录着作者及其同时代人生活碎片或非文学片段，成就了艺术与生活的巧妙结合，即生活中有文学、文学中有生活。什克洛夫斯基一方面感悟人生，感慨时运不济；另一方面又在试图通过书写传记来恢复文学家对于艺术生命的记忆，并以一个语文学家的身份把文学与理论进行有机结合。这部作品是作家的自我"忏悔和总结"（巴赫金语）。

与前两部作品一样，《第三工厂》具有理论家—作家—主人公等均在场的多重叙事结构，其中理论家和作家这两个层面纵横交错，尤为突出：一是作者继续探讨"奥波亚兹"提出的诗学和美学等理论问题；二是再现社会历史与个人命运、意识形态与创作自由等关系的传记书写。作品中艺术和生活、审美和非审美被巧妙地融合在一个层面，文学描写夹杂着理论诉诸，理论构建在文学描写之上。

在《第三工厂》再版的序言中，俄国学者 A. 加鲁什金认为这是"什克洛夫斯基所有作品中最具理论性的艺术散文之一"[1]。无论是理论叙事还是传记书写，什克洛夫斯基都以自己的生活往事为素材，这就与传记文学所要表达的内容相契合，但又远不同于一般传记文学的书写风格。一般传记书写，通常聚焦于过去和现在两个时间坐标的相互关系，而什克洛夫斯基的传记文学则是通过对过去时间的艺术再现揭示现在乃至未来的前景。什克洛夫斯基在柏林给妻子的一封信中这样写道："俄国知识分子已被毁掉，我们靠手艺苟且偷生。"[2]

---

[1] Галушкин, А. И., "Приговоренный смотреть", в кн.: В. Б. Шкловский, *Ещё ничего не кончилось...*, Москва: Пропаганда, 2002, С. 11.

[2] Шкловский, В. Б., *Гамбургский счёт*, Москва: Советский писатель, 1990, С. 518.

《第三工厂》突出阐释的是知识分子个人命运及其与新型社会现实之间关系的主题。由于当时苏联国内文学创作被过于政治化、意识形态化,艺术家失去了创作自由,什克洛夫斯基的传记文学只能借助各种潜在的母题意象,运用假定性手法来暗示并凸显这一主题。可以说,这是"苏联早期俄国文学中最具悲情色彩的、最晦涩难懂的作品之一"。① 俄罗斯侨民作家及批评家格奥尔吉·阿达莫维奇指出:"《第三工厂》这是一本非常忧郁的书,极端地忧郁。我们读到了什克洛夫斯基的勇敢坚韧,他的激情与蛮横。书中总有一种'叶尼塞式的心情'。但是什克洛夫斯基的心胸比叶尼塞河更宽广更凛冽,他把生活处理地更悲怆……"② 亚历山大·格鲁什金也把它称作"苏联早期文学中最具悲天悯人情怀的作品之一"。③ 作品中隐约流露出作家对过往生活的追忆、对现有生活的思辨以及对未来的忧虑,这也是什克洛夫斯基在当时的政治环境下所能选择的最好表达方式。下面我们将从创作动因与文学命运、回溯历史与创作个性、母题意象与思想主旨几个方面对《第三工厂》进行初步的尝试性解读和阐述。

一 生活传记与文学传记

什克洛夫斯基在《第三工厂》中记录了自己生平中包罗万象的生活事实,并将这些生活事实加工成为"文学事实"。生活传记构成了什克洛夫斯基的文学传记。传记作者在将生活传记与文学传记的融合过程中确立自己的艺术个性,间接地发出自己的声音,发出对生活事实的回应。

所谓"个性",是指"个人稳定的心理特征的总和,包括性格、兴趣、爱好等。是在人的生理素质的基础上,在一定社会条件和教育影响下形成的一个人的比较稳定的特性。"④ 什克洛夫斯基的个性,则是在其生活经

---

① Галушкин, А. И., "Приговоренный смотреть", в кн.: В. Б. Шкловский, *Ещё ничего не кончилось...*, Москва: Пропаганда, 2002, С. 12.
② Там же.
③ Там же.
④ 《现代汉语大词典》编委会:《现代汉语大词典》,汉语大词典出版社2000年版,第281页。

历、生活经验、世界观、感情气质和艺术修养等主观因素及其教育背景，与当时俄苏的社会环境的共同作用下形成的。这是什克洛夫斯基作为一个作家所具有的个性。那么何谓"文学个性"或是"艺术个性"？或者说，什克洛夫斯基在文学创作中所体现的"文学个性"或"艺术个性"又是怎样形成的？

苏联著名的文艺理论家赫拉普钦科（М. Б. Храпченко，1904—1986）在谈到现实主义文学个性时指出，"艺术的发展，特别是现实主义艺术的发展，是跟创作个性的鲜明表现分不开的。"① 什克洛夫斯基作为形式主义理论家，他在传记文学作品中必然会体现出有别于现实主义作家的独特的艺术个性。其艺术个性与其文学理论观念紧密相关，并且伴随着他的文学理论的发展进程，其艺术个性也在不断发展。"艺术作品中的生活真实，不会超越每一个真正艺术家所固有的个人对世界的看法，超越他的形象思维、他的创作手法的特点而存在。"② 优秀的文学创作中总是蕴含着作家对生活的独特认识以及独具风格的创作艺术，同一种生活现象在不同作家的笔下会有不同的描写风格。可以说，作家的创作个性在文学创作中的反映，是与其创作风格成正比的，个性越鲜明，风格就越独特。

作为现实主义批评家的赫拉普钦科与具有现代意识的形式主义批评家的什克洛夫斯基，二者对于艺术个性与创作者之间的关系问题的阐述上自然会各执一词。他们感知世界、审视世界的方式方法自然也是各有不同。对于形式主义者而言，艺术个性不能完全与文学家个性画等号。这也是本体论者与现实论者的根本区别所在。如，形式主义学者迪尼亚诺夫就指出"目前普遍以'文学家个性'问题来替换'文学个性'问题。以每一现象的心理起源问题替代进化和文学更替问题，以研究'创作者个性'代替对文学的研究。"③ 什克洛夫斯基的传记书写秘诀也正在于此。如果仅从传统

---

① ［俄］米·赫拉普钦科：《作家的创作个性和文学的发展》，满涛等译，上海译文出版社1982年版，第68页。
② 同上书，第69页。
③ ［俄］尤里·迪尼亚诺夫：《文学事实》，张冰译，《国外文学》1996年第4期。

意义上的"文学家个性"去解释其作品的艺术个性或文学性，就无法抵达其艺术世界的深处。

关于这一问题，俄苏文艺学家、批评家赫梅利尼茨卡娅（Т. Ю. Хмельницкая，1906—1997）则进一步指出，"文学个性"是指"作者自己作为文学主人公。事实上，在文学个性形成过程中作者会经常借助于英雄主义。特别是当他的个性处于一种责任中时，就好像是处在世界图景中一样。"① 而根据这一论据，可以说什克洛夫斯基的"文学个性"就是他自己作为文学主人公时所表达出来的"英雄主义"。"文学个性"就是作家在创作过程中体现出来的风格、有别于其他艺术家的独特个性，是艺术家的审美意识、个性差异在艺术创作上的特殊表现。赫梅利尼茨卡娅还指出："什克洛夫斯基尖刻的、出乎意料的文学理论构建与他的文学个性的成长密不可分。"② 的确如此，什克洛夫斯基从一开始就没有把自己诉诸的理论客观化，而是伴随着自己对传记事实的艺术性领会，即将生活事实转化为"文学事实"。"他的理论主张听起来越尖刻越离奇，他所宣扬的艺术态度也就越大胆，他在艺术中对个性和私人生活的突破表现得也就越明显。"③ 也就是说，什克洛夫斯基的艺术个性与其理论构建具有相辅相成的关系，他的艺术个性随着其理论构建而日趋成熟。

简言之，伴随着文学个性一步步的成长，什克洛夫斯基文学理论也一步步地建构并日趋发展并成熟起来。什克洛夫斯基的艺术创作，正是因为具有独一无二的艺术个性而获得永久的艺术生命。我们知道，"在艺术个性形成发展的道路上，艺术家始终是航行的舵手。"④ 什克洛夫斯基在《第三工厂》里通过生活传记和文学传记的交融建构文学理论并尽然地表现自己的艺术个性。

---

① Хмельницкая, Т. Ю., "Филология в лицах. Виктор Шкловский", *Вопросы литературы*, No. 5, 2005, C. 17.

② Там же, C. 16.

③ Там же.

④ 徐鹏：《浅谈艺术个性》，《理论界》2009 年第 3 期。

(一) 艺术个性的萌芽：奥波亚兹形成前期

什克洛夫斯基在《第三工厂》中的"第一工厂"一章中通过一些碎片式的回忆，记叙了从童年到大学期间的生活经历。作家将对童年时代美好的碎片记忆与现实时期的逆境生活相交错，从而达到了对个人成长及创作个性演变关系的超常规式的书写效果。

例如，什克洛夫斯基对童年的描写片段时不时地切换现实生活场景：那时他穿着"一件底边带松紧带的女式短上衣"①"在炉旁养了几只超月出生的小鸡雏。"（145页）、还"用木制笼子养过松雀"（145页），并且"家人用拼图方块教我识字"（146页），在现实生活中"自行车已被发明出来，于是人们以此为骄傲。就像现在的我们以相对论为自豪一样。"（147页）。童年的记忆带有鲜明的时代印记和个人温情。后来因为家庭经济拮据，"妈妈四处求情延缓还债，家具被拍卖，流了很多眼泪呢。"（149页）到了上中学的年纪，什克洛夫斯基去考了很多试，但是"我学习不好，所到之处都不是名校"（150页）、"我没有通过士官武备学校的走读生考试"（151页）、"我进入的那所学校，制度宽松但却是一所最差的学校，它是由被其他学校撵出来的学生组成的。"（151页）。

事实上，童年回忆与对现实的不满或讽刺是联系在一起的，是作者有意将这些生活事实转化为文学事实。对童年家庭记忆及教育往事等生活事实的回溯，成为作者表达现实生活中创作危机的个性化隐喻表达。张冰指出："什克洛夫斯基从青年时代起就立志钻研小说理论，具有强烈的成名欲和成就欲，梦想有朝一日他的画像能入主彼大'名人殿'。他热情奔放、才思敏捷、感情充沛、精力旺盛、创作最丰，是奥波亚兹、也是整个俄国形式主义运动的领袖人物。"② 在《第三工厂》中的"再谈第一工厂"一节中有这样一段话语："如果我能暂时地挣脱死亡，去做事情，如果我能

---

① ［俄］维·什克洛夫斯基：《动物园·第三工厂》，赵晓彬等译，四川人民出版社2016年版，第145页。（本章所引用该作品的例子均出自该版本，以下不再一一注释，只在文中标注页码）

② 张冰：《陌生化诗学：俄国形式主义研究》，北京师范大学出版社2000年版，第56页。

写出俄国记事史作为文学形式,能够弄清《一千零一夜》是怎样写成的,并能重新回到老本行的话,那么或许会出现有关我在大学楼里的肖像的谈话呢!朋友们,把我的肖像也挂在学校走廊里吧⋯⋯"(161页)在这里,富有英雄主义情怀的作者,明显是在为当下创作不自由的环境及其不济的命运所感叹,也就是说,如果环境允许的话,自己的画像或许在未来有机会可以挂在彼得堡大学走廊的墙壁上,而成为"名人殿"里受人尊敬的大学者之一。什克洛夫斯基的作家个性与文学个性都可见一斑。

什克洛夫斯基在生平和创作上与未来主义艺术家彼此间有着相互影响的关系。在彼得堡大学历史语文系求学期间,什氏与布尔柳克、克鲁乔内赫、马雅可夫斯基等未来派诗人交往甚密。这些未来主义者在启发和引导什克洛夫斯基走向新诗学研究的那些因素中同样醒目、不容忽视。未来主义者在什克洛夫斯基早期艺术个性形成过程中起到了关键性作用。正可谓"早年与未来派诗人的交往,启发他对构成文艺形式的普遍法则问题的研究,并使之树立了文艺学主体性的观念。"①

在《第三工厂》的《科学与民主》一节中,什克洛夫斯基不仅提到了这些未来主义者名字,还鲜明地表达了与他们并肩作战的意愿。我国学者方珊在《形式主义文论》一书中谈到形式主义学派与未来派在学术上的交流时指出:"未来派强调无意义的语言在文学中的重要作用,重视文艺的表现技巧,使形式派受到重要影响。两派之间曾一度携手共进,切磋诗艺,交往甚密,共同反对传统文艺观。"② 什克洛夫斯基在自己的《第三工厂》中如是说:他们一起"开始创作新的形象,晦涩难懂的语言。就像河岸被冲垮,岩层显露,一头活生生的猛码(犸)象从黏土里钻出来,驱赶着狗群。"(174页)在这里,作者把未来主义者们比作"猛犸象",暗示着其力量之大,犹如破竹势不可挡。"未来派掀起的反对象征主义诗歌体系的革命,对形式主义者是一种支持,因为这种革命使形式主义者的战斗

---

① 张冰:《陌生化诗学:俄国形式主义研究》,北京师范大学出版社2000年版,第57页。
② 方珊:《形式主义文论》,山东教育出版社1999年版,第20页。

更具有现实意义。"① 艾亨鲍姆的这段话也证实了这一点。

什克洛夫斯基艺术理论的萌芽时期受过雕塑师舍尔伍德的指导。大学期间，他一边上学一边在艺术学校学习雕塑。《第三工厂》里也有关于艺术家及雕塑艺术的描写章节。我们知道，"艺术"是指"通过塑造形象以反映社会生活而比现实更有典型性的一种社会意识形态。如文学、绘画、雕塑、音乐、舞蹈、戏剧、电影、曲艺、建筑等。"② 雕塑也是艺术的一种表现形式。什克洛夫斯基受到过舍尔伍德的培育，也是在后者的影响下对艺术有了初步的认识，并逐渐建立起自己的艺术个性，比如在《舍尔伍德》一节中这样写道："舍尔伍德对我解释什么叫'形式'，以及雕塑并不是为了表达。他教我如何雕塑后脑部和寻找全部形式……虽然我没成为一个雕塑家，但是我知道了很多东西……舍尔伍德和潮湿的黏土教会了我正确地理解艺术。"（172 页）由此可见，什克洛夫斯基后来形成的形式诗学观念是与舍尔伍德对其艺术启蒙教育分不开的，这段雕塑学习经历对其艺术自足论，即把艺术视为一个独立系统的看法起到了不可或缺的重要作用。

有趣的是，"奥波亚兹"就是在该组织的成员之一、"列夫派"代表之一——O. M. 布里克（Осип Максимович Брик，1888—1945）家里的客厅中诞生的。什克洛夫斯基在作品中写道，自己与友人们"在布里克家里做着自己的汤，坐在土耳其斯坦式的绣花沙发上，把丝绸靠垫插到沙发后面，用裤子把沙发皮面搞脏，吃掉桌上的全部食品。"（191 页）布里克思维敏捷、才华横溢，在彼得堡作家圈子中小有名气，只是布里克虽然喜欢侃侃而谈，但对著书立说之事却无强烈愿望。在当时，布里克、什克洛夫斯基等"奥波亚兹"成员确实经常聚会，他们由自发开始，逐渐转为定期在她（布里克的妻子）家聚会，讨论语言学问题。"早期奥波亚兹对诗语

---

① ［法］茨维坦·托多罗夫编选：《俄苏形式主义文论选》，蔡鸿滨译，中国社会科学出版社 1989 年版，第 23 页。

② 《现代汉语大词典》编委会：《现代汉语大词典》，汉语大词典出版社 2000 年版，第 917 页。

问题的讨论,最初带有一定欣赏意味。与一帮'业余诗迷'颇有些相似。但他们对诗歌的确都有一种如痴如醉的迷恋。他们的讨论会不拘一格、自由活泼,洋溢着快乐科学的理性愉悦精神和文学咖啡馆特有的轻率放浪气息。一个风靡了整个20年代文坛的批评运动,就是在这样的气氛中产生的。"① 由此可知,形式主义作为现代文艺学的源头,诞生于一个气氛轻松愉快的文学沙龙。这几个年轻人交流、讨论,进行头脑风暴,迸发出各种思想上的火花,逐渐形成属于自己的艺术个性。

尽管童年阶段本身对于一个理论家的艺术人生影响并不明显,但其文学作品中对童年的回忆书写却有很大的意义,这与形式主义主张将文学事实与生活事实、审美材料与非审美材料有机结合的文学观念同出一辙。什克洛夫斯基通过回忆这些碎片式的生活事实,通过学习宗教学、拉丁语、雕塑等这些关于艺术形式的启蒙,使他对艺术有了初步的认识。

(二) 艺术个性的发展及成熟:奥波亚兹的繁荣时期

什克洛夫斯基早年积极参加社会政治活动的同时也在积极宣传其文学观念。他在大学时期直至20世纪20年代一直大力宣传形式主义文学主张,积极参加文学论战。"奥波亚兹"的繁荣时期也是什克洛夫斯基艺术个性的发展及成熟时期。

在1916—1923年间,"奥波亚兹"团体出版发行了6辑文学理论刊物——《诗学·诗学语言理论文集》(Поэтика · Сборник по теории поэтического языка),这个刊物是形式派的重要理论阵地,在当时产生了巨大影响,形式主义理论也因此开始为学者作家们所熟知。我国学者方珊指出:"这个刊物作为形式派的喉舌,对于几个初出茅庐的青年学生打入理论界来说,起着不可忽视的重要作用。"② 这件事在《第三工厂》的《在布里克家的那些夜晚》一节中也有所体现。什克洛夫斯基写道:"发行了《诗歌语言理论文集》。什么在形式主义方法中是重要的呢?并不是说,作品的单个部

---

① 张冰:《陌生化诗学:俄国形式主义研究》,北京师范大学出版社2000年版,第57页。
② 方珊:《形式主义文论》,山东教育出版社1999年版,第22页。

分能有不同的名称。重要的是，我们创造性地接近了艺术，宣告了它的自主，不再把它只看作是对事物的反映。我们发现了种属的专门特征，开始确立形式的根本趋向。我们明白了，在巨大的布局中实际存在着形成作品的同类规则。这意味着科学的可能性。我们本应从声音开始，旨在摆脱传统材料。在此，似乎存在虚拟的直观性。"（192页）这里所强调的是文学的自主性问题，也是形式主义学派的基本诗学特征之一。传统文艺观把文学当作一种工具来看待，忽视文学本身价值。形式主义学派坚决批判这种文学工具论，他们认为只有坚持文学的独立自主性，才有可能使文艺研究真正成为一门系统的理论科学，也才有可能产生一套全新的文学方法论。

什克洛夫斯基的艺术个性也体现在《第三工厂》中穿插的四封给形式主义学派成员们的信件里。这些信件具有双重性作用：一方面，信件的插入给传记作品以体裁杂糅感；另一方面，什克洛夫斯基通过书写信函来表达自己的文学理论及艺术诉求。他在《致罗曼·雅各布森——苏联驻捷克斯洛伐克全权代表处的翻译》中对雅各布森倾诉了对现状的怀疑与不满，"和我，我们，像是同一个气缸里的两个活塞似的……罗姆卡，我是一个不能自由写作的作家。我适应着不自由，就像适应着体操器械一样……我们都是不幸的人……第二次喊你回家。"（194—196页）雅各布森在1920年至1939年间住在捷克斯洛伐克，什克洛夫斯基希望他能够回国一起从事文学理论研究工作，一起并肩作战。

在《给鲍里斯·艾亨鲍姆的信》一节中，什克洛夫斯基则以安德塞尔的《一个老街灯》为例，指出了自己关于"故事"和"情节"关系的独特认识。他认为，作为素材的一连串事物即"故事"变成小说的"情节"时，必定经过创造性变形，具有陌生新奇的面貌，作家愈是自觉运用这种手法，作品也就愈成功。也就是说，情节只有通过变形加工才能变成情节分布。在此，什克洛夫斯基与形式主义者一道，致力于确立变换故事题材的各种手法，并指出这些手法对于文学作品创作的重要意义。

关于这一问题，艾亨鲍姆明确地阐述了他对什克洛夫斯基观点的赞同:"散文研究的问题就这样走出了困境。情节分布的概念指的是一种结构,而情节的概念指的是材料。我们发现了情节布局(сюжет сложения)的典型程序,由此为小说的历史和理论研究开辟了广阔的前景。"① 什克洛夫斯基则指出,应该将情节与情节布局区别开来:"人们常常把情节分布的概念与对事件的描绘,即我提出的按照习惯称为情节的东西混为一谈。实际上,情节只是组成情节分布的材料。"② 由此推出,在《第三工厂》中,什克洛夫斯基自述的生活现实片段和文学理论等情节都是组成情节布局的材料,这些材料在什克洛夫斯基等形式主义者眼中乃是"文学事实"(литературные факты)。记叙童年生活的片段、与奥波亚兹友人的交往、对现实生活的不满与犹疑等,这些碎片式的材料都融进了作者对文学与生活、艺术与科学、文学与记忆、创作与分析等多重层面的感悟,这些都是什克洛夫斯基文学个性形成和发展的强有力的佐证。

尤里·迪尼亚诺夫 1920 年至 1931 年期间在列宁格勒艺术史研究所教授俄国文学史。有趣的是,他的纲领性文章《文学事实》(1924)中有一句献词这样写道:"献给维克多·什克洛夫斯基"③;而什克洛夫斯基的《第三工厂》中也有"给迪尼亚诺夫的信"一节是专门对迪尼亚诺夫这一题词的回应。迪尼亚诺夫在《文学事实》这篇文章里提出了以"系统位移理论"和"进化的结构原则"等建构的"动态的语言结构文学观"④,得出了文学本质的基本论点:"文学是动态的语言结构。"⑤ 而什克洛夫斯基赞同迪尼亚诺夫的文学动态观,并在信中进一步指出,"不难看出,文学的概念是灵活多变的。你的文章非常重要,可能具有决定性的意义……我们都证实过作品是被完整地创作的,作品中并没有脱离于材料构造的东

---

① 方珊:《形式主义文论》,山东教育出版社 1999 年版,第 91 页。
② 同上书,第 90 页。
③ 张冰:《迪尼亚诺夫的动态语言结构文学观——〈文学事实〉评述》,《国外文学》2008 年第 3 期。
④ 同上。
⑤ 同上。

西。但是，文学的概念却总在发生着变化。文学在成长，它吸收着非审美材料。这些非审美材料在同那些已经被审美加工了的材料的相互冲突中发生着变化，这一点应该得到重视。"（223页）可见，迪尼亚诺夫和什克洛夫斯基等形式主义者们有着共同的理论愿景：艺术除了审美材料之外还需要偶然性，即非审美材料（внеэстетические материалы）；艺术乃诞生自审美材料与非审美材料的有机加工中。什克洛夫斯基正是在对包罗万象的材料的艺术加工中验证着形式主义的文学理念，文学的素材与生活的素材在审美加工下进入文学世界，而它们是动态、演变的，介于中心和边缘之间转换，关于迪尼亚诺夫的文学事实理论，什克洛夫斯基深表赞同。

（三）艺术个性的重现：奥波亚兹的式微时期

从1924年到1925年间，形式主义学派方法论受到马克思主义文艺理论的批判，出现了第一次有关形式主义的大辩论。其中，马克思主义批评家托洛茨基对形式主义的批评，明显地在为其他马克思主义社会学批评定下基调：一般否定，个别肯定。而当时身为第一任人民教育委员的卢纳察尔斯基对形式主义文学观的批评，则为形式主义敲响了警钟。因为，当时文坛上的新派人物都习惯于把卢纳察尔斯基视为"新艺术"的庇护人。事实上，他的批评也的确成了一个信号：苏联官方终将结束文坛上"群龙无首"的混乱局面，而使思想走向一致和统一。所以在对形式主义一片声讨中，诗歌语言研究会分崩瓦解，什克洛夫斯基本人转到莫斯科国家第三电影制造厂工作，任务是根据"社会订货"（социальный заказ）编写"应时"①的电影脚本，开始离开他所熟悉并且喜爱的文艺理论事业。他此时的心态从《第三工厂》中的这段文字不难看出："我的生活并不好。日子过得乏味单调……夜里做着噩梦……我的生活可能已被毁掉。没有力量向时间反抗，可能也不应反抗。也许时间是对的，它正按自己的方式改造着我。"（218页）这段话语明显具有学术、艺术、电影等多种文体杂糅的特

---

① ［俄］维·什克洛夫斯基：《散文理论》，刘宗次译，百花洲文艺出版社2010年版，第5页。

点,表明作者对多重的现实处境的无奈之感。张冰指出,"什克洛夫斯基当时犹疑于艺术和生活两端之间。他既想跟上时代的步伐,可又颇有点不愿牺牲其理论的首尾一贯性。他试图超越形式主义立场,而与'社会订货'保持协调一致。"① 什克洛夫斯基这种妥协主义、折中主义大量表现在《第三工厂》里。在《第三工厂》中,有大量描写这样的不如意的生活事实。试看下面的例子:从《第三工厂》的书名及书中描写内容上均可窥见端倪。作者这样写道:"我四处奔波着,就像被弹来弹去的橡皮软管。书的名字叫作《第三工厂》。首先,我任职于国家第三电影制片厂。其次,解释这个名称并不难。第一工厂对我来说是家庭和学校,第二工厂是奥波亚兹。而第三工厂——现在锻造我的地方。"(143页)在这里,作者将三段人生经历比作三座"工厂":第一工厂是他的个性逐渐成熟的成长之路,第二工厂是他在奥波亚兹艺术事业的创造之路,第三工厂是其为了生计而改变自我的犹疑之路。国家第三电影制片厂正是锻造和历练其心智的地方,毋庸置疑,作家在这条路上走得尤为艰难。

在《第三工厂》中,作者还隐喻地表达自己的愤懑与犹疑,如"我们被塑造成不同的形式,但一旦受到挤压,就只能发出一种声音"(141页)、"编辑部里用胶合板隔断,思想是成套的"(143页)、"我们是亚麻摊晾场上的亚麻"(167页)、"诗歌和散文就是这样死气沉沉地被打压着,它们不会受到温暖的肌肉的支撑。今天,33岁的我,生病了,像一个贝壳一样。我深知介壳上用力的沉重。这是不应该的。如今,书不为我所需。岁月从我身旁匆匆流逝,并作为伴侣引导我度过每一天。"(168页)只有了解什克洛夫斯基的生平经历才能理解这些话语背后隐藏着对所处环境的讽刺及对自己命运的无奈之含义,也才得以领会作者的艺术个性之真谛。

综上所述,什克洛夫斯基的艺术个性是与"奥波亚兹"共同进步的,

---

① 张冰:《陌生化诗学:俄国形式主义研究》,北京师范大学出版社2000年版,第62页。

是通过形式主义学派的文艺理论来重塑和恢复自己的艺术个性的。正如赫梅利尼茨卡娅所说，什克洛夫斯基的文学个性是由"出人意料的、快乐的、精湛的，并有着详（翔）实的历史材料和取之不竭的、丰富的、大胆的和难以置信的想象力构成的"①。

二　创作动因与文学命运

如前所说，什克洛夫斯基于1923年底从短暂的柏林流亡中回归苏俄后被调到莫斯科国家第三电影制造厂工作，其任务就是按照"社会订货"来编写应时的电影脚本。他的生活和创作曾陷入自嘲、妥协、抗衡等忐忑不安和自相矛盾状态。《第三工厂》就是其在这一阶段创作的文学回忆录。作者试图通过对往事的回眸，激活人们对历史的记忆，极力恢复艺术家应有的创作个性。这是该作品的主要创作动因之一。在失去话语权的世界里，作家另辟蹊径，在逆境中借助讽喻的方式来探索更合适自己的文学创作路径。而这一创作动因，主要就来自于他毕生对新的文学理论的探索。他"从青年时代起就立志钻研小说理论，具有强烈的成名欲和成就欲，梦想有朝一日他的画像能入主彼大'名人殿'。"②

《第三工厂》中这样写道："如果我能暂时地挣脱死亡，去做事情，如果我能写出俄国记事史作为文学形式，能够弄清《一千零一夜》是怎样写成的，并能重新回到老本行的话，那么或许会出现有关我在大学楼里的肖像的谈话呢！朋友们，把我的肖像也挂在学校走廊里吧……"（161页）我们知道，彼得堡大学走廊里悬挂的肖像都是俄国著名学者，可见什克洛夫斯基的自命不凡。

根据作者在该作品中的说法，"第一工厂"是指家庭和学校，这是什克洛夫斯基作为艺术家其个性渐趋形成的必经之路；"第二工厂"是指奥

---

① Хмельницкая, Т. Ю., "Филология в лицах. Виктор Шкловский", *Вопросы литературы*, No. 5, 2005, С. 32.

② 张冰：《陌生化诗学：俄国形式主义研究》，北京师范大学出版社2000年版，第56页。

波亚兹，即什克洛夫斯基作为文学理论家与形式主义同人共同发表理论主张的创新之路；而"第三工厂"，则是指他在国家第三电影制造厂失去创作自由、迫于生存而不得已改变自我的困惑之路。作者通过对这三座"工厂"的回溯与记录，隐晦地诠释作者艺术人生的丰碑与苦旅。这种表面上看似记录实为思辨的书写方式，有利于作家对俄国的文化历史及文学现实进行深刻的思考，对"一代人"形象及知识分子个体命运问题进行尖锐的洞察，尽其所能地寻觅还原艺术永恒价值的灵丹妙药。这种传记书写，能够克服为了迎合社会政治、急于创造新的社会历史而急功近利、忽视个体价值的文化事实，坚定为民族文化建设而同文学意识形态化相抗衡的信念，并且通过对历史碎片的记忆，恢复艺术家的创作自由及个性。

作家曾说道："我们枉费了聪明，枉费了政治上的远见。如果我们不是试图创造历史，而只是想为构成历史的个别事件承担责任，那么也许这一切就不会如此可笑了。应该努力创造的不是历史，而是传记。"[①] 在他看来，布尔什维克们认为"材料并不重要，重要的是形式，他们希望输掉今天、输掉履历，而赢得历史的赌注。"[②] 什克洛夫斯基认为，为了创造新生活、新历史而置过去的生活、历史于不顾，为了革命而改变"外部"、回避生活和文化历史事实，这是一种虚无主义的乌托邦。这里所说的"外部"，反映了作者对当代虚无主义意识形态的不赞成态度，强调了文艺美学对文化历史事实之记忆，主张对材料（内容）审美化（形式化）理解，即"形式的内容"（формальное содержание）的核心理念。实际上，这一概念与巴赫金提出的"内容的形式"（содержательная форма）之概念也并非对立，相反是互补的。但这一点巴赫金在 20 世纪 20 年代批评形式主义的过程中并没有提及。

---

① ［俄］维·什克洛夫斯基：《感伤的旅行》，杨玉波译，敦煌文艺出版社 2014 年版，第 103 页。
② 同上书，第 205 页。

如前所述，什克洛夫斯基的人生轨迹复杂而坎坷，其文学主张经历了从"奥波亚兹"形式主义阶段，到20年代遭受批判而自我式微，再到后来的克服自我、艺术观念发生演变等复杂的过程，但有一个底线是他始终坚守的，这就是创作的自由。在《第三工厂》写作处于高潮之际，作家这样写道："要善于定制，要了解禁限，否则作家就不能再写作，就会离去做些别的职业。你们在定制用工具无法制作的制品。手工工匠陷入绝望，他们因此借酒消愁。我们作家不会制作你们预定的制品……请允许我们用自己擅长的器械来弹奏吧。"① 这段话语正是一位深受排挤的艺术家对于当时出版现状的无奈告白。

在什克洛夫斯基看来，文学是一种独立、自由的审美艺术，而艺术家的独立、创作的自由是其一生的诉求。不过，在那个意识形态盛行的年代，什克洛夫斯基的诉求只能是暗示、讽喻的："我害怕自己落后于时代。我的一切发布都还顺利，但却突然落到了你赞同'没有脚更好'的地步。我想把岁月当作命运去利用。用自己的文化手艺去迎接这个时代，就像两支相遇的骑兵军，为了新的话语而产生。"（220页）这里的"没有腿"是一种隐喻手法，暗示小说前面曾提到过的Ｏ.布里克的为人风格。作者回忆布里克时写道，他在诗律学中虽不乏洞见但却逃避行动，这是因为"如果要砍去布里克的双脚，那么他也会证明这样适合。"（189页）这似乎是对艺术家身受排挤之际难以做出"在场"与"回避"的抉择，或不得不置身"缝隙"之际拥有两面人格的自我嘲讽。这种处境或许正是包括什克洛夫斯基在内的"一代人"所必然面临的必经之路。

《第三工厂》在莫斯科出版后引起了国内外文学界强烈的争论，观点褒贬不一。首先，批评之声不绝于耳：有学者认为，"什克洛夫斯基说他喜欢革命的风暴。我们没有理由不相信他的话。但这场风暴对于他来说是无果的……什克洛夫斯基感觉到时代的气息、时代的风暴，但他却未能确

---

① Галушкин, А. И., "Приговоренный смотреть", в кн.: В. Б. Шкловский, *Ещё ничего не кончилось...*, Москва: Пропаганда, 2002, С. 11 – 12.

定它的方向。他喜欢自己的时代,却在其中步入迷途。"① 也有人认为该作品的创作动机是抵制现代政治、呼吁远离社会喧嚣:"越远离现实生活就越远离日常生活!也就越远离一切新的建设!是的,第三条路是没有的(专政已牢牢地测定了坐标!),所以我们必须沿此不可实现的路径走下去……而什克洛夫斯基总在呼唤走社会的反方向……"② 对什克洛夫斯基的批评持续了若干年,直至1932年"拉普"瓦解后,这一浪潮才告以结束。

与此相反,另一位形式主义理论家兼作家 Б. М. 艾亨鲍姆则肯定了什克洛夫斯基的这部作品,他认为,"从'社会定(订)货'来看,(该作品)容易让人感到诧异,但它却给人提供了所需要的东西。这是一个思考自己命运之人的声音。这也是此书的意义所在。"③ 此外,受到苏联国内挤压并侨居国外的同行 Р. 雅各布森,对这部作品也给予同情和肯定。雅各布森在与什克洛夫斯基的通信中写道:"想念你,到了身体疼痛的程度,难道你还不去西方吗?我可是希望你去……我明白摊晾场上的亚麻是什么意思,但好像亚麻被揉搓坏了。"④ 事实上,在那个时代,只有一些有着共同美学追求的人才能真正读懂他的"摊晾场商的亚麻"的讽拟意蕴,才能走近什克洛夫斯基散文创作的深层意境,才能理解一个孤独而渴望创作自由的艺术家的隐喻世界。

三 回溯历史与创造个性

在《第三工厂》中,什克洛夫斯基对刚刚发生的革命战争、流亡履历、归国后生活境遇进行了回溯,特别是对大量个人生活事件及社会文化史事进行了美学加工。如前所述,作者在记录这段社会历史及个人生平

---

① Бескин, О. М., "Кустарная мастерская литературной реакции", в кн.: В. Б. Шкловский, *Гамбургский счёт*, Москва: Советский писатель, 1990, С. 518.

② Там же, С. 529.

③ Там же, С. 518.

④ Шкловский, В. Б., "Якобсон Р. О. 'Переписки'", в кн.: С. И. Гиндин и Н. П. Гринцер и Е. П. Шумилова, *Материалы международного конгресса «100 лет Р. О. Якобсону»*, Москва: Российск. гос. гуманит. ун-т, 1996, С. 121.

时，竟然将形式主义美学观与布尔什维克革命观相提并论，使这两个不同概念仿佛构成一种"不似中的相似"（什克洛夫斯基一生都在思考"不似中的相似"或"相似中的不似"这一诗学命题）。这一命题也可以理解为一种修辞上的错和现象。在什克洛夫斯基看来，布尔什维克们为赢得政治权利而推翻了历史，但他们却忽视了数以万计个体生命的权利。"人们互相杀戮"，"男人杀死了女人，情妇杀死了男人。"（166 页）从这里看得出，作家对于脱离生活材料、忽视文化事实及个人命运的革命是持反对立场的。艺术不应为意识形态化而回避整个文化史事实，更不应为创造历史而消弭个体。"现在艺术需要材料"（207 页）；"我也不需要田野，而需要做现实的事情。如果我看不到这些事情，那么我就会死去。"（252 页）只有现实事物才是创造"人的命运"最令人信服的材料。"人们是从那场革命来到这儿的，渴望有个人的命运。"（391 页）这些表态，折射出作家在探索人类历史发展及人的个体命运时所持有的独到见解，流露出作家对新体制下文学现实的疑虑，也彰显出艺术家讳莫如深的艺术个性。

什克洛夫斯基坚信"奥波亚兹"时期的艺术宗旨，即艺术的存在是为了恢复生活的感受，为了构建一种克服现实、同现实作斗争的动态形式。现实亦即材料，克服现实（材料）乃是为了建构艺术形式。而解释现实材料与艺术形式的关系问题并将其付诸创作实践，这一直是身兼理论家和作家的什克洛夫斯基及其同人肩负的使命。《第三工厂》中有这样两段话语："请改变传记吧！充分利用生活吧。打破自己而折服吧！请保持住修辞的冷漠吧！我们，理论家们，需要了解艺术中的偶然规则。偶然的——这是审美之外的范畴。它与艺术有着因果联系。但艺术是以材料的变化为生的。以偶然性为生。以作家的命运为生。"（211—212 页）"文学在成长，它吸收着非审美材料。这些非审美材料在同那些已经被审美加工了的材料的相互冲突中发生着变化……"（223 页）这两段话意味着，偶然性原则属于非审美序列，更属于艺术中至关重要的部分。艺术需要汲取非审美材料中的新元素来促进自身的发展，而涌入艺术的新非审美元素既要遵循独特的艺术规范进行加工处理，同时还受到自身与先前经过加工的材料相互碰撞作用的影响。

无论从思想内容还是写作风格来看，《第三工厂》都是一部寓意深厚的传记文学。什克洛夫斯基是一位文学理论家、作家，在写作《第三工厂》之际又是一位电影脚本的制作者，这使其作品语言表现出文论、艺术、电影等多种文体相杂糅特点，也使其作品诗学意境更有多元性质，即在他的书写中纷繁复杂的元素被作者辩证地交织于一体。一言以蔽之，其传记文学的美学纲领在于将现实与自我、适应与克服、确信与怀疑并存，将材料（现实、适应、确信）与形式（自我、克服、怀疑）共融。"第三条路——就是在报社工作，在杂志社工作，日复一日地，不爱惜自己，而珍惜工作，同时改变自己，与材料相融合，然后重新改变，再与材料相融合，重新加工它，文学油然而生。"（210 页）作家认为，以这种精耕细作方式创造的个体传记，要比从政治角度建立宏大历史更具长久的价值，从历史角度看也更富有生命力。"我的生活并不好。日子过得乏味单调，像是在安全套里"（218 页）、"我的生活可能已被毁掉。没有力量向时间反抗，可能也不应反抗。也许时间是对的，它正按自己的方式改造着我。"（218 页）从这段对 20 世纪 20 年代彼得堡日常生活描写上不难看出作品中多元的文体风格，即审美要素与非审美要素相杂糅的特征。

多元性和杂糅性的美学纲领，从《第三工厂》中间穿插的具有异国情调的寓言故事《嫉妒的海湾》中也可见一斑：在 18 世纪，为了在太平洋开发岛屿，俄国开拓者曾与当地居民发生兼容和同化，因此当地的"波利尼西亚语言混杂着俄语"（243 页）。此外，作品中还夹杂着一个政治典故，即在 1929 年饥寒交迫的彼得格勒，主人公与一个名叫索洛维伊的人的对话："——索洛维伊，难道你不记得了吗，——我们不赞同地说，——再过两年要实行新经济政策？——唉，我怎么给忘了。"（240 页）

我们知道，在文学理论中一般把现时事件同历史事件加以对接或联想这一手法称作"时代错和"。值得注意的是，传记文学本身恰好需要记录和书写时间的本来顺序。而作为形式主义者，什克洛夫斯基竟然在最符合时间顺序要求的传记文学中运用了"时代错和"① 的文学手法，这似乎是对20世纪20年代俄国政治体系下"索洛维伊的饥寒交迫及其期待新经济政策情景"的揶揄。这既非战时共产主义岁月日常生活的残余，也非新经济政策之际乌托邦幻想之预见，而是对宏大历史与个体命运的关系之本质性拷问。什克洛夫斯基似乎提出了"创造传记"与"恢复个性"这一具有现代意义的文艺宗旨。

毋庸置疑，什克洛夫斯基创作个性的成长伴随着他对文学叙事方式的大胆革新。他在对经典文学富有个性意义的"英雄们"的缅怀中，打破了自传主人公的传统塑造的窠臼，富有创新地书写了新时代个体知识分子的心声，并以独具特色的散文体小说向世人宣布长篇小说的末日。正如俄国学者 A. B. 巴拉赫特所指出，"'我'的面目被什克洛夫斯基赋予得十分别致，他作为奥涅金、毕巧林、罗亭的同行及伙伴，即那种与作者志趣不同的、尚未进入理性时代的典型人物，现在勇敢地走进了俄国文学史。"② 尽管什克洛夫斯基笔下的自传主人公走进苏联文学史是不乏争议的，但作家在创作中"不仅作为作者而存在，而且还是一个文学人物，即作为一个未完成的、问题性的长篇小说的主人公而存在。"③

四 《第三工厂》与传记性母题

"母题"是指文学文本中反复出现的意义要素。文学文本在结构、情节、形象等任何层面上都有显性或潜性母题及借助各种艺术方式构成的系列母题意象。"母题"（мотив）一词，源自拉丁文 moveo（推动）这一动

---

① Ямпольский, М. Б., "История культуры как история духа и естественная история", *Новое литературное обозрение*, No. 59, 2003, С. 46.

② Бахрах, А. В., "Шах конем", в кн.：В. Б. Шкловский, *Гамбургский счёт*, Москва：Советский писатель, 1990, С. 139.

③ Лекмонов, О. А., "Свердлов М. И. Малый филологический жанр：от'комментария'к'мемуару'", *Вопросы литературы*, No. 5, 2005, С. 33–52.

词的单数第一人称形式，它几乎根植于所有的现代欧洲语言，并已成为诸多学科（心理学、语言学等）的术语。"① 母题是"具有崇高意味（语义内涵）的作品成分。……它既可以是一个单词或一个词组的重复和变体，也可以通过各种词汇单位所表示的某种含义加以呈现，还可以作为标题或题记的形式出现，或者索性就是难解之谜，转而成了潜台词。"② 母题对于什克洛夫斯基来说属于"作品情节的实义原子"，也就是情节的最小构成单位。③"母题"从 19—20 世纪之交就已开始广泛运用于研究人类历史早期民间口头创作情节之中。

在文学文本的任何层面如情节、形象等，都可能有潜在的母题，如人物、时空、事件等就可借助独特的方式组合、构成完整的母题序列。母题序列在文本中相互关联、彼此制约，并以此突出作品的主旨。什克洛夫斯基的《第三工厂》中充斥着各种不易被察觉且玄妙难懂的母题意象，它们犹如文本之骨架，起到了文本意义的建构作用。它们寓意深刻，具有隐喻和象征意义。只有对这些母题意象进行由表及里的解读，才有可能领会其与作品主旨的寓意目标，把握作者的审美意图。

（一）"声音"母题

"声音"（голос）是《第三工厂》中的重要母题之一。"声音"与"知识分子话语权"主题密切相关，对于身兼理论家和作家的什克洛夫斯基来说，"声音"意味着生活的自由和创作的自由，"失声"即失去了生活自由和创作自由。比如，在开篇《我的续说》一章里，主人公"在用沙哑的声音说话，沙哑是因为沉默及我在写这篇讽刺短文"（137 页）。一般说，人的声音"由于喊叫而沙哑"，而作家在书中却使用一种矛盾修辞手法，将意义不搭的语词联系在一起，表达事物在不似中之相似。"由于沉

---

① ［美］勒内·韦勒克等：《文学理论》，刘象愚等译，江苏教育出版社 2005 年版，第 8 页。
② ［俄］瓦·叶·哈利泽夫：《文学学导论》，周启超等译，北京大学出版社 2006 年版，第 329—330 页。
③ Панкратова, М. Н., Онирический мотив: структура и особенности функционирования («Огненный Ангел» В. Я. Брюсова), дис. канд., МГУ, 2016.

默而沙哑"暗示作家不能直抒胸臆，为了不说谎只能沉默之意。

在《关于小红象》一章里这样写道："我们被塑造成不同的形式，但一旦受到挤压，就只能发出一种声音。"（141 页）"挤压"一词，原本是指一种玩具（即放在作者儿子桌上，能发出尖叫声的"小红象"），但在上下文中所表达的则是一种社会意义，即迫使服从、从属的意思：如果社会向作家"施压"，他就会由于疼痛而尖叫，从而失去自己的声音。"不用自己的声音说话"影射作家与权力的关系、个人与政权的关系。而该章结尾写道"不开玩笑地洞见生活，欲向它说些什么，但绝不是借助儿童玩具似的尖尖声响"，则意味着：生活是真实的，它不是玩具或游戏，它需要用"自己的声音"去直面。

"用自己的声音说话"在《我写的是存在决定意识，而良心变得无厘头》一章得到进一步延展。而"难道我们知道如何来锻造人吗？"这一问题，在"工厂锻造'材料'"这一词组中引出"生活似工厂"（即生活锻造人的隐喻）主旨。而另一个问题"或许，让他工作不对口是正确的？"也暗示撰写电影脚本并非出自作家使命的意思。作者这样宣称艺术家的权利："我想和自己的岁月对话，想明白它的声音。"（143 页）"声音"的母题，阐释着"知识分子话语权"的主题。А. 加鲁什金在小说《序言》中也分析了什氏作品中"时代的排挤"[①] 这一主题。

此外，作者还借助"声音"母题揭示艺术家的创作自由问题。文中写道："我需要设计师的自由，需要揭示材料的自由。"（144 页）这里的"自由"是指创作的自由，"材料"也是指艺术的形式而非内容。为此，作者还列举了一些创作不自由的作家例子：马克·吐温写过两封信——一封得以寄出，另一封则只能写给自己；普希金也写过仅仅为手稿的信件；而塞万提斯和陀思妥耶夫斯基都是因为不自由而创作的。

总之，"声音"母题充斥全文，无论是"沙哑的声音"还是"玩具

[①] Галушкин, А. И., "Приговоренный смотреть", в кн.: В. Б. Шкловский, *Ещё ничего не кончилось...*, Москва: Пропаганда, 2002, С. 11.

的尖叫声"都暗示着知识分子失去话语权并渴望有自己话语和创作自由的主题。

(二)"摊晾场上的亚麻"母题

"摊晾场上的亚麻"(лён на стлище)与"人的命运"主题密切相关。如,在《半成品的声音》一章的开头:"我们是亚麻摊晾场上的亚麻。晾晒亚麻的场地,可以这样称呼"。随即,这位语文学者还对"摊晾场"一词做了解释。接着又写道:"太阳和细菌加工着我们……"(167页)我们知道,"加工"这一动词,可使人联想到"工厂"的语义场,由此可引出"半成品"的意象。所谓"半成品",直义是指未来要进行热能和机械加工的原料产品,但同时又是一个具有讽刺色彩的意象,它既指未能经历完整教育的学习者,也指刚开始工作和生活的年轻人,还有尚未成长为真正作家的后生之意。书中作家没有直接说明亚麻的加工过程,但读者能联想得到亚麻被拍打(击打)、揉搓(扯拽)、揉软、晾干等意象。至于"摊晾场"(стлище)一词,还有这样一种联想,即"大号桌子"(столище 与 стлище 拼写近似):"在摊晾场,我这里,差不多十余年只有托尔斯泰的语录。"(167页)桌子,即写字台,这是作家或诗人自由创作活动的经典意象。在这里,什克洛夫斯基有意地把托尔斯泰的大段文字放到了这样一个小章节里,这是作者为了思考幻想与现实、艺术假定与艺术本质所做的刻意插叙。

由此推断,"亚麻在柔软机里不喊不叫"似乎可以解释为:在苏联现实背景下作者宁愿选择沉默。但在本章结尾,作者却使用一个扩展比喻句再现出一个联想画面:"不作声的作家"与"牡蛎紧张地使自己的两扇介壳互相靠近"(168页)构成对应。回顾什克洛夫斯基的创作生涯,他在写《第三工厂》时已有33岁,他故意在用"介壳上用力的沉重"暗示"沉默不语的作家"正在悄然逝去,生活正在离他而去,而这一切本不该发生。要知道,文学是语言的艺术!而最后一句话"打开介壳后,我想同你一起发声。生活啊,你看着我的脸"(168页),则明确地表达了作家对生活（或创作生命）的大声呼唤。

在《奥西普·马克西莫维奇·布里克》一章中，"摊晾场上的亚麻"母题被作者运用到对马雅可夫斯基的描写上。什克洛夫斯基称马雅可夫斯基是"高级亚麻"。诗人像亚麻一样，在当时"人们还在报纸上打压他，用开水泼他，折磨他，在讽刺杂志上挖苦他"（187 页）。在作者看来，诗人自身"纤维的牢固性"没有人怀疑。而后，作者在《致罗曼·雅可布逊》一章又写道："我是浸麻场上晾着的亚麻。仰望着天空，感受着天空和疼痛。"（195 页）作者的"疼痛"之感，明显来自于形式主义团体的瓦解及其朋友雅各布森的离居。这里使用的是人称代词的复数形式，第一人称"我们"取代了单数的"我"，表达了作者对落难故友痛楚的思念。

在《关于艺术的自由》一章中，"摊晾场上的亚麻"母题则更具建构情节的意义。不难看出，作者试图在读者意识中链接两个形象序列：一个是亚麻，另一个是作家的自由。作者在创建前一个形象序列之际运用了人格化、拟人化手法："如果亚麻会说话，那么它一定会在加工时叫喊出来。人们通常扯着它的顶部，从地里拽出，连根拔起……亚麻受尽压迫……用来洗亚麻的那条小河——肮脏不堪，里面不再有鱼类。然后，亚麻被折弯，揉来揉去。"（207—208 页）紧接着，没有过渡就安排了第二个形象序列："我想要自由"（208 页）。读者在意识中很快会联想到"压迫和自由"二元对立的概念，并得出这样一种结论：没有外部的自由（社会的自由）怎能有内心的自由（艺术的自由）。作者的思想探索因此也从审美问题转到社会道德问题（什克洛夫斯基在文中多处引证托尔斯泰有关道德的文字也不是偶然的）。由此也可见，《第三工厂》这部作品所凸显的绝不只是形式主义方法论，如果说形式主义审美诉求是贯穿于这部作品里的主线，那么其中被搁置的时代与命运、生活与创作自由、人性与社会道德等主题确是这部作品中的辅线，二者一起合力构成了文本的"形式的内容"。

（三）"生活如戏"母题

"生活如戏"（жизнь-игра）母题，以各种变体形式贯穿于全书。其中，爱情扮演着最重要的角色之一。如《各种中学生活》一章就出现了"爱情—戏剧"的母题变体。作者首先借用女作家拉利萨·赖斯涅尔的话形象地给出爱情的定义：爱情"就像是一个有着短暂表演和长中场休息的剧本"，然后指出"中场时需要让自己学会休息"、赢得爱情（152 页）。最后又使用比喻手法明示了"生活—戏剧"的主旨："他如同演出中剧场引座员或者幕间休息时观众那样寂寞"。而在《中学之后的一个夏天》一章里，"生活如戏"母题则又以扩展方式被再现了出来："芬兰，被看不到的漫长的俄国边境所遮蔽，就像一位不专业的演员想要割断自己与观众的联系一样。双腿被迫弯曲，但不见落幕，而观众大厅就像一个陷坑。"（166 页）

在《茹可夫斯基街 7 号》一章中，作者则用未来派诗人布里克头像上右眼中显现给读者的"ЛЕФ"（左翼）一词形象地阐释了"生活像一本书"的母题含义。作者这样描写 42 号住宅里住过的俄国文学史上的名人一家："门开着。这不是一扇门，而是一本书的封皮。我翻开一本书，名叫《奥西普·布里克和利丽亚·布里克的生活史》。这本书开篇的一些段落还提到了我的名字……第一页就是布里克的照片。"（183—184 页）在这段文字里，生活被比作一部书（"生活之书"），里面的"我"和"布里克"就是生活的若干片段。在《其他省份的田野》一章中，作者同样从"生活像一本书"的角度审视了自己的多舛命运："我的个人命运没能全写到这本小册子里，它从童年起就结束了。生活被吹进裂缝里而变冷起来……我希望躺在摊晾场上。"（253 页）这样，作者又将书与个人的命运——"摊晾场上的亚麻"串联了起来。

此外，《第三工厂》还是一部电影的隐喻："我任职于国家第三电影制片厂。"（143 页）小说作者多次把自己的作品比同电影及各种镜头的电影胶片（序言和结尾共 43 处），每个镜头都是一个情节片段、传记或相逢片段，比如开篇的段落就是对生活—电影胶片的描写："（这篇讽刺文）就像电影开头粘贴的一段跑光了的底片，或是其他什么胶片"，"我粘贴的却是一些理论文本的片段。"（137页）再如《我在写存在决定意识，而良心变得无厘头》里的句子："当调色灯变绿灯时，在我身旁出现了街道的镜头。"（142页）

现实生活中作为电影编剧者的什克洛夫斯基，经常巧妙地在自己的文学创作即艺术本文中插进电影制片的艺术手法，将生活文本与艺术文本进行蒙太奇式的剪辑和粘贴；现实的生活片段，有时也会像电影胶片一样被庞大的布局取代，如"现在奥西普·马克西莫维奇·布里克正制订着一个庞大规划，布里克是一个善于出现又善于规避的人。"（185页）或者"具体的规划与大规模的规划无法吻合。如果没有行动，就只有一种通道。"（198页）我们知道，章节链接即蒙太奇手法，是电影艺术所钟情的原则；蒙太奇是对电影镜头所做的对接，是对"碎块的粘贴"。作者在《第二工厂》一章的结尾这样思考道："人们有时拍摄电影画面。拍摄，耗费，但画面无法粘贴，也就不剪接。"（198页）作者将这些思考又转嫁到最后一章："胶带有时出错，拍得不尽人意，没有剪辑，影像不吻合，导演评价不好。于是有人会说道：'将画片搁置到架子上。'这俨然就是一种墓地。"（258页）不难想象，墓地——意味着生命的结束，是死亡的象征。

最后一章更是对作家自己生活及命运的总结。作者以古罗马诗人维吉尔（Publius Vergilius Maro）的诗史《埃涅阿斯纪》（Aeneid）① 的两行诗为全书结束语："桅杆轧轧作响，南风悄悄地呼唤着我们，奔向广阔的大海。"（258页）在古希腊传统中，大海象征生活，船舶（桅杆）象征个人命运，而船舶沿着大海航行——这恰是一个人从出生到死亡所经历的一生。至于结尾的呼语形式"请接受我吧，生活的第三工厂！只是不要混淆我的车间。"（259页）则突出生活似"工厂"的象征意义，形象地再现了一个手工（文学车间）艺人的艺术人生。

综上观之，在《第三工厂》中，作者通过对个人生活与社会历史片段

---

① Галушкин, А. И.,"Литературные мемуары. Комментарии", в кн.: В. Б. Шкловский, *Ещё ничего не кончилось...*, Москва: Пропаганда, 2002, С. 460.

进行粘贴、剪辑及勾连，使审美要素与非审美要素有机结合，试图以此打破文学自动化樊篱，激活艺术的话语，恢复艺术的个性，这种陌生化文学方法在于使材料被加工、内容被形式化。同时，作家还借助系列具有时代特色的母题意象，表达自己对人与社会变迁及往事钩沉的历史记忆，及其对新型体制下知识分子个体命运的深沉凝思。

《第三工厂》明显地流露出什克洛夫斯基本人作为一代知识分子对现实生活和文学前景的无奈、忧虑、抗衡等矛盾的思想动态。作品中贯穿了影射知识分子话语权和创作自由主题的"声音"母题、隐喻社会历史中"个体的命运"主题的"摊晾场上的亚麻"母题，以及指代生活似电影、生活像书本、生活似舞台、爱情如戏等主旨的"生活如游戏"母题。这些母题在该文本中已构成连贯的意象序列，传达着作家的深邃的回味无穷的思想主旨。因此，《第三工厂》是一部理论性极强、思想深邃、极具实验性的传记体小说。

第三节　什克洛夫斯基笔下的《马可·波罗传》[①]

《马可·波罗传》（Марко Поло，1936）是一部具有文学性的历史传记小说。什克洛夫斯基自发表《一个科学错误的纪念碑》（1930）之后便转向社会历史传记创作，这部作品是他从形式研究转为思考人与社会、人与历史、人与往事的重要见证之一。《马可·波罗传》以马可·波罗传主的身世及其中国之旅为叙事着眼点，塑造了一代伟大的旅行家形象。小说的主题和内容与东方和中国（元朝）密切相关，所以作品中充满了大量中国元素和异域风情。小说中，什克洛夫斯基采用历史材料与文学虚构相结合的手法，翔实而又生动地再现了马可·波罗的人生历程，反映了13世纪横跨欧亚的丝绸之路以及13世纪中国各地的一些风土人情和战乱倾轧，所

---

① 本小节部分内容由杨玉波撰写，发表在《俄罗斯文艺》2016年第1期，此处有所增删、修订。

以这部作品具有旅行记或游记特点,是什克洛夫斯基对马可·波罗这位伟大旅行家跌宕起伏的生平履历所做的一个独特的文学注解。

《马可·波罗传》(Марко Поло)中,大量使用真实的史料描写马可·波罗的经历和遭遇,几乎勾勒了这位大旅行家的一生。值得一提的是,什克洛夫斯基在描写马可·波罗旅行及其奇遇经历过程中,表现出与其他同类传记作品的极大差异性,即这部作品尽管是描写历史人物的传记,但依然带有什克洛夫斯基的书写特色,"其主题与较为官方的修辞并没有抹去陌生化的手法,这是唯一的原则,也是一种'认识方法论',它能够认识文学并将认识的主体写进'最根本的全部创伤的历史进程'"①。

在《马可·波罗传》中,什克洛夫斯基出于时代的需求、对东方文化的兴趣及其个人创作观念,参照大量的真实史料,以马可·波罗的人生经历和东方文化为切入点,采用史实性与艺术性相结合的方式详细又奇特地描写了马可·波罗的个人境遇与神秘的东方文化,同时又通过拼接与延宕手法书就了马可·波罗的个人传记及其文化成因,并借以马可·波罗个人事迹传达作者对东方文化的陌生化想象及其对人类历史的隐喻性思考。

一 时代需求与创作旨趣的结合

20世纪20—30年代,什克洛夫斯基在形式主义学派遭受官方批评之后,开始将注意力转向历史传记书写,并迅速完成了几部历史传记小说,如《马特维·科马罗夫,莫斯科市民》(1929)、《主教追随者的生活》(1931)、《画家费多罗夫的故事》(1934)、《米宁和波扎尔斯基》(1940)、《马可·波罗传》(1931、1936、1958)等。从1931年起,什克洛夫斯基便开始创作相关马可·波罗的传记性作品,先后以《侦探马可·波罗》《地球侦探》《地球侦探:马可·波罗》等书名出版,1936年出版单行本,定名为《马可·波罗传》。1958年经过再次修订和补充,收入什克洛夫斯

---

① Левченко, Я. С., "Послевкусие формализма. Пролиферация теории в текстах Виктора Шкловского 1930-х годов", *Новое литературное обозрение*, No. 4, 2014, С. 134.

基文集《中短篇历史小说》，在莫斯科出版。应该说，《马可·波罗传》是时代的需求与作家创作旨趣相结合的产物。

在世界历史上，作为13世纪的旅行家和商人，威尼斯人马可·波罗的名字可谓具有世界性意义。在热那亚监狱里，马可·波罗向狱友鲁斯梯谦讲述自己一路向东沿陆路抵达中国，走水路返回威尼斯的奇特见闻，鲁斯梯谦立马嗅出这种经历的文学价值和商业价值，记录下来整理成书并出版，1307年马可·波罗亲自修订并将书再版。该书一直是欧洲了解和认识东亚的唯一文献资料，并被翻译为多种欧洲语言。

作为横跨欧亚大陆的"丝绸之路"（简称"丝路"）是世界重要的文化遗产之一。古代"丝路"自中国西北渭水流域以及新疆境内向西而行，所经之地涉及许多国家，其中包括俄罗斯南部一些地区。"丝路"既促进了中国与世界各国，包括俄罗斯在内的政治、经济、文化交流，同时也对世界各国的文学艺术产生了一定的影响，尤其《马可·波罗游记》问世以后，西方各国对"丝路"及东方和中国的兴趣渐趋浓厚，"憧憬中国的文明、富强，纷纷东来探访"①。随着《马可·波罗游记》被世人愈加关注和认可，马可·波罗及其笔下的东方世界和丝绸之路也渐渐吸引世界各国文学作家们的目光，20世纪中叶以后直至今日，美国、德国、意大利、法国、瑞典、英国等许多西方国家都先后出现以马可·波罗或丝绸之路为叙事内容的文学作品，并都陆续出现俄译本和汉译本。

"丝绸之路"自19世纪中期以来就为俄罗斯文学界所关注，陆续出现一批以"丝绸之路"为描写对象的文学作品。什克洛夫斯基的《马可·波罗传》是20世纪最有影响的描写丝路文化及马可·波罗的创作之一。这部历史传记小说的问世与俄罗斯国内对"丝路"的考察以及《马可·波罗游记》译介是密不可分的，各种关于描写"丝路"的文献以及《马可·波罗游记》俄文译本均为什克洛夫斯基的《马可·波罗传》提供了创作基础。

---

① 余士雄：《〈马可·波罗游记〉与中西文化交流》，《欧洲》1993年第4期。

随着对"丝路"的探险和研究,俄罗斯从 19 世纪 60 年代起开始翻译并出版《马可·波罗游记》,此后几十年间不断再版或者出现新的译本。19 世纪 80 年代以后,俄罗斯东方学家米纳耶夫(И. П. Минаев,1840—1890)再次翻译该书,这是第一个具有较强学术性的译本,10 年后由东方学家、科学院院士巴托尔德(1869—1930,В. В. Бартольд)审校后再版,最终成书《马可·波罗游记》,俄罗斯学者认为这本书是对"描写亚洲历史地理学的世界文学的重大贡献"[①]。

什克洛夫斯基的《马可·波罗传》主要参照的正是米纳耶夫于 1902 年出版的译本。但什氏在创作中一方面以《马可·波罗游记》为叙述基础,另一方面还对照其他各种关于马可·波罗的资料,在小说中融入很多自己的看法和结论。因此《马可·波罗传》一书看似是这位"著名旅行家的传记",实际上更像是什克洛夫斯基对马可·波罗生平所做的"独特的文学注解",也是对"丝路"文化及其历史的文学记述,表达什克洛夫斯基对东方和中国、对丝绸之路的艺术想象。

什克洛夫斯基自 20 世纪 30 年代起开始接触马可·波罗游记的故事。1931 年,什克洛夫斯基写过一本名为《密探马可·波罗》的小册子,由莫斯科青年近卫军出版社出版。1935 年什克洛夫斯基修改了这部小说并出版了新版本。1936 年,什克洛夫斯基为系列丛书《杰出人物的生活》撰稿,出版了单行本《马可·波罗传》。1958 年,经过修改和补充,《马可·波罗传》被收入什克洛夫斯基文集《中短篇历史小说》,由莫斯科苏联作家出版社出版。1969 年,青年近卫军出版社为年龄较大的儿童出版了什克洛夫斯基的著作,名为《地球密探马可·波罗》。

俄罗斯批评家 A. 伊维奇(А. Ивич,1900—1978)认为什克洛夫斯基与那些热衷于考评论证《马可·波罗游记》中的历史错误与地理错误的读者不同。"他在马可·波罗描写自己旅行的书中看到的是马可·波罗本人,

---

[①] Алексеев, М. П., *Сибирь в известиях западноевропейских путешественников и писателей* (*XIII—XVII вв.*), Новосибирск: Наука, 2006, C. 24.

他是走在那个时代前面的人。"① 正是基于这一理念，什克洛夫斯基把传记的描写重点放在马可·波罗的人生经历、磨难和成长之上。在作家看来，主人公的"遭遇——这才是小说中最主要的东西"②，故马可·波罗的人生遭遇和东方之旅成为其传记小说的叙事核心。

什克洛夫斯基在《马可·波罗传》中描写道："马可·波罗出生于威尼斯，度过童年，少年时代跟随父亲和叔父离开威尼斯，往南进入地中海，然后横渡黑海来到两河流域的巴格达，随后沿波斯湾经霍尔木兹海峡从霍尔木兹上岸，穿过伊朗的一片大沙漠向阿富汗前进，此后继续越过帕米尔高原到达新疆的喀什，在中国生活17年后，与同行者从泉州港乘船启航，经爪哇岛、苏门答腊、马六甲海峡、阿拉伯海、波斯，最后抵达家乡威尼斯。回到威尼斯后，马可·波罗加入战争在与热那亚的海战中被俘。他在狱中口述其游记，出狱后在威尼斯生活直至终老。在长达几十年的人生历程中，马可·波罗从无知的懵懂少年逐步成长为一位睿智的商人、阅历丰富的旅行家。与同时代人相比，他接触了故乡威尼斯以外的广袤世界。波斯、帕米尔高原、中国、日本、印度等东方国家和地区的异域风情以及其他东南亚各地的物质、制度、习俗、观念和文化，也随着马可·波罗的游历逐渐展现在读者面前。

可以说，什克洛夫斯基在《马可·波罗传》中依托马可·波罗及其父亲、叔父的经历和真实的历史事件，营造出浓厚的历史氛围，带领读者做了一次穿越时空的旅行，真实而又生动地再现了横跨欧亚大陆的各国风情，尤其是中国和东方各国的社会、经济和风物人情，在一定程度上还原了神秘东方的历史风貌。

---

① Шкловский，В. Б.，*Собрание сочинений*（*Том* 1），Москва：Художественная литература，1973，С. 733.

② ［俄］维·什克洛夫斯基：《散文理论》，刘宗次译，百花洲文艺出版社2010年版，第231页。

二 个人遭遇与东方书写的交织

《马可·波罗传》是一部历史传记小说。所谓历史小说,"是以真实历史人事为骨干题材的拟实小说"[①]。也就是说,历史小说必须有史可循。"在历史小说这一概念中,'历史'是小说的限定词,构成历史小说的基础和前提。……没有一个基本的历史的事实或根据作为历史小说的起点而去创作历史小说是不可思议的。"[②] 所谓传记,正如我们在前面所理解的那样,它是指一种传记人物生平事迹的叙事性散文,传记中作家要对主人公的生平进行准确、连贯、完整的描述,并要具有一定的文学性。因此,历史传记小说就必须反映历史人物的真实经历,史料的运用、人物经历的考证,同时还要有作家的独特艺术表现,这些都是必不可少的条件。什克洛夫斯基在《马可·波罗传》中是以马可·波罗及其父亲、叔父惊险曲折个人遭遇和神秘的东方文化为基础,通过纪实与艺术评注相结合的方式将二者巧妙结合起来,使得读者了解马可·波罗及其父亲和叔父在东方之旅中的所见所闻,从而走近东方文化。

《马可·波罗传》这部小说虽然以马可·波罗为核心人物,却是从介绍马可·波罗的父亲和叔父如何开始东方之旅及其经历写起。波罗兄弟最初从威尼斯出发抵达君士坦丁堡,在此生活了五年后前往索尔达亚,但是很快卖掉此处的房子并动身前往东方。二人行经克里米亚大地,取道草原向顿河、伏尔加方向进发,接着前往别尔哥汗的统治区,其中包括如今的中国、朝鲜、蒙古国、塔吉克斯坦、乌兹别克斯坦、土库曼斯坦的许多区域。此后,波罗兄弟受别尔哥汗之托以使者的身份回到欧洲,不久后带上马可·波罗再次踏上前往东方的旅程。

《马可·波罗传》中,人物经历及其命运描写充满着惊险和坎坷:波

[①] 马振方:《历史小说三论》,《北京大学学报》(哲学社会科学版)2004年第4期。
[②] 李裴:《"历史"与"小说"——对"历史小说"概念的一种理解》,《文艺理论研究》1992年第1期。

罗一家的旅途并非一帆风顺，一路上常常要想办法躲避劫匪，夜里总是担惊受怕，因为"周围有劫匪出没，他们抓捕行人和牲畜。上了年纪的人就杀死，年轻人则卖为奴隶。"波罗一家对这些劫匪充满了恐惧，"因为没有什么能够躲过浩劫：无论人还是牲口，亦（抑）或是他们带不走的那些东西，都躲不过。"① 随时面临劫匪和战乱的威胁，还要时刻提防民族文化差异带来危险。波罗兄弟在鞑靼人的生活区中甚至要在河边偷偷洗衣服，一旦洗衣服的人被发现就要遭到殴打。鞑靼人从不洗衣服，他们认为上天会因洗衣物而降下雷灾。餐具也只能用从锅里盛出来的沸腾的稀汤洗涤，然后再把稀汤倒回锅里。洗手的时候，只能把水含在嘴里，再把水一点点地吐进手掌窝。大自然也是一个强大的敌人。波罗一家需要渡过宽阔湍急的河流，走过漫无边际的草原，穿越茂密的森林。路途十分艰难，不是总能快速行进，时而是因河水泛滥，时而是因天气恶劣，时而是因天降大雪在波斯湾地区，"这里是如此炎热，有一次热风竟然致使敌军一千六百名骑兵和五千名步兵死亡"（73 页）。类似这样险恶环境和突发事件的描写段落在作品中屡见不鲜，不断地吸引着读者的注意力、推动着情节的发展。

　　在波罗一家护送阔阔真公主合婚的途中，随行的蒙古人都不适应海上生活和气候不断有人生病死亡，出发的时候共有 1200 人，抵达第一个大港口停靠时，只剩下 600 人。由于指南针失灵，海船一度迷失了航向。当他们抵达海合都的领地，除了波罗一家，活下来的只有三位波斯使者和 18 个蒙古人。完成护送阔阔真公主的任务以后，波罗一家即刻启程回威尼斯，却因当时战火连绵，无法请到护卫，只能穿上乞丐的衣服，骑着毛驴跟在商队后面。在特拉布宗，他们请求商船的船长给他们在船上留了位置，才得以回到故乡威尼斯。

　　在欧洲人看来，丝绸之路通向的是遥远的国度，其实这是"欧洲完全

---

　　① ［俄］维·什克洛夫斯基：《马可·波罗》，杨玉波译，四川人民出版社 2016 年版，第 72 页。(以下涉及该作品例子均引自该译本，不再一一注释，只在文中标注页码)

不了解的遥远的国度"（5页），因为"世界是广阔而神秘的，商路将各个国家联系起来"（7页）。在欧洲人的想象中，鞑靼人的颧骨、眼睛还有服饰与其他民族都毫不相像，那里没有法律，也不禁止任何罪行，视为犯罪行为的只有用刀触碰火焰、用刀从锅中取肉、用斧头在篝火旁劈砍并因此伤及火苗、倚靠鞭子、用笼头打马、在可汗的营地内小便、吐出食物、洗衣服和采蘑菇。为了解这个民族，罗马教皇英诺森四世曾经派一些传教士前往鞑靼人那里去侦察和打探，因而才知道中国人的面貌、语言以及人们生活的一些基本状况。但是，东方许多民族对欧洲人而言仍然是神秘而未知的，萨摩盖特人、萨莫耶德人、帕罗斯特人等，他们到底"是什么样的人，难以猜测"（19页）。

现实生活中的"丝路"沿线国家在人们的想象中、在商人们的讲述中都是富庶之地，什克洛夫斯基在《马可·波罗传》中对这一情景赋予声情并茂的书写。作家通过描写马可·波罗及其父亲和叔父的旅行，再现了这些"丝路"沿线国家和地区的富庶和繁荣：当年十字军远征就是觊觎"富饶的东方——意欲攻占埃及和巴勒斯坦"（10页），因为巴勒斯坦就像繁盛的大绿洲，蒙古王子和领袖之间的战争也源于争夺这富饶的土地。君士坦丁堡即便遭受十字军的破坏，但是看起来依然富有。在保加利亚，人们的生活相当富裕，生产毛皮和皮革，包括世界著名的软皮。保加尔王国的人们都穿靴子，靴子在当时被看作一种财富；阿塞拜疆有许多工匠，他们生产昂贵的布料、地毯和宝剑，这些产品卖到世界各地；而在成吉思汗统治的蒙古国更是"十分富庶……有钱人都有两个昂贵的裘皮大衣，穷人则穿着狗皮和山羊皮的大衣"（33页）；波斯国的大城市大不里士加工昂贵的用金线织的布料和丝绸面料，在这里还可以买到宝石，商人们往往能赚取到巨额利润；克尔曼王国盛产绿松石和优质钢材，人们用以制作马具、缰绳、马鞍，还生产弓和箭囊，妇女们在面料刺绣；据若望·柏郎嘉宾记述，中国物产丰富，"富产粮食、葡萄酒、黄金、白银和丝绸，以及能满足人的基本需求的一切"（18页）。可汗和中国南方皇帝的宫殿富丽堂皇，可汗往往以盛大的筵席招待王公贵族和远道而来的客人。中国的襄阳城（今湖北襄阳）、晋陵郡（今常州）以及杭州城富饶而又美丽，其中杭州这座天堂之城是一座雄伟而美丽的城市，是一个"神奇之地"（115页）；日本也是神秘富庶之地。日本的黄金多得数不清，那里的宫殿高大，用纯金覆盖屋顶，地板也是黄金的，地板上的黄金有两指厚，窗户也是黄金的，那里还有很多粉红色的珍珠。"这个群岛位于东方的茫茫大海之中。距离大陆一千五百英里。群岛的面积很大。那里的黄金产量极其丰富，因为只可以在那里开采，却不能外运。那里的宫殿雄伟高大，用纯金覆盖屋顶，就像我们威尼斯用铅覆盖房子和教堂的屋顶一样"；类似的描写比比皆是，令人赞叹不止。

书中对东方的神秘、繁华和富庶的细腻描写尤为令人神往。马可·波罗一家返回威尼斯途中所经过的各处岛屿在作家笔下都熠熠生辉：如，距离中国大陆一千五百英里的占婆国，该国不仅向蒙古可汗进贡大象，而且此处多奇珍异木，有芦荟和乌木；爪哇岛则以肉豆蔻、生姜、丁香驰名；苏门答腊岛上有八个王国和八个加冕的皇帝，有野生大象和独角兽，植被茂密，棕榈树与灌木丛生；锡兰被当时人们认为是世界上最大的岛屿，这里有蓝宝石、黄玉、紫水晶，国王则坐拥世上最大的红宝石；印度海岸盛产珍珠，最好的珍珠留给国王，国王身上戴着宝石项链，脖子上戴着一条精致的丝带，丝带上串着一百零八颗又大又漂亮的珍珠和红宝石。两只手腕上各戴着三个镶着宝石和珍珠的手链，两只脚上各戴有三个金戒指，也镶着珍珠和宝石。总之，东方世界是如此的神秘、繁华和富庶，这是一个令人向往的世界，即便路远迢迢、充满危险与死亡，但它依然吸引着商人，吸引着探险家前来。作家就这样通过《马可·波罗传》诠释着自己对东方世界的想象。

什克洛夫斯基以马可·波罗为创作题材并非偶然。因为他一直表现出对中国和东方文化的兴趣，他在文学理论著述中常常提及东方许多国家及其文化和文学。我们认为，他对东方文化的兴趣，首先是出于其构建文艺理论的需要，他认为"必需（须）有宏大的理论，它应该来自实践——各国人民的艺术，——这是我们的必需。"① 在他看来，东方文学文化是通往文艺理论建构的另一条道路，它可以给予自己更多的创作灵感。他阅读并分析过一些东方小说，并对东方小说的结构有自己的见解，他认为东方小说在作品建构要素方面比托尔斯泰、雨果等作家"要大胆得多"②。为此，他关注并研究过印度文学，阅读过古代印度故事集《五卷书》《嘉言集》《僵尸鬼故事二十五则》《鹦鹉故事七十则》等，发现"穿插作为一种阻缓手法"在上述作品中处处可见③。他在《散文理论》中经常提到阿拉伯故事集《一千零一夜》，对其中的故事及其情节极为熟悉，他认为《一千零一夜》里所有的童话都有寻找奥秘的内容，"转述故事的特点正是又缓慢，又漫长"④。

什克洛夫斯基对中国文学文化的兴趣更为明显。在什克洛夫斯基看来，中国是诗歌文学大国，拥有灿烂的历史和悠久的文化。他专门撰写《中国小说初探》一文表达自己对中国文学乃至文化的看法，并借用俄罗斯汉学专家弗·阿列克谢耶夫院士的说法指出了中国文学的世界性意义。在他看来，中国文学虽然没有影响全世界，但是西方各国文学也没有影响全世界。中国文学是另一种奇特的体系，它拥有与众不同的文学规律，这种文学令他感到诧异，他对中国文学的认识便始于这种诧异。他不懂汉语，只是粗略地分析了中国童话故事、唐人小说、明清小说的人物和结构特征以及中国小说与民间创作的关系等，并呼吁人们"读几篇中国小说吧！也不要为它们不像我们以前读过的一切而烦恼。"⑤

可以看出，什克洛夫斯基一直试图认识东方世界，解读东方及其文化

---

① ［俄］维·什克洛夫斯基：《散文理论》，刘宗次译，百花洲文艺出版社2010年版，第68页。
② 同上书，第58页。
③ 同上书，第58—59页。
④ 同上。
⑤ 同上书，第196页。

之神秘。他对东方有着自己独特的想象,认为印度是"最富饶的国度","比较近,但是不可企及",虽然"中国并不遥远,但是道路艰难"①,而且"中国——是个充满永恒传说的国度"②,因此"中国应当被发现,正如当年美洲被哥伦布发现,发现的不仅是土地,还有文化、风景和谬误的规律",而在这方面,"只有人才能做到,象(像)马可·波罗那样的人"③。什克洛夫斯基在分析果戈理的《钦差大臣》时曾经指出,要想表现外省城市,就要让人用不同的眼睛来观察城乡,而这首先要通过描写旅行来进行,因为"旅行者们在探究世界"。④ 由此可见,以马可·波罗为传主,描绘其个人经历和东方旅行,对于表现东方、研究东方、发现和解读东方,对于读者了解东方的神秘文化,具有重要的文化意义,因为"寻找主人公在世界的位置,他的'历险记'——这就是对世界的研究。"⑤

综上可见,什克洛夫斯基的《马可·波罗传》一书是在《马可·波罗游记》及其他历史材料基础之上写成的,小说事件和故事均在浓厚的异域风情中展开,其中塑造的形象有一定的真实性。几个世纪以来,虽然一直有人怀疑马可·波罗及其游记的真实性,但是随着世界马可·波罗学的进一步发展,越来越多的证据说明马可·波罗确实到过中国。《马可·波罗传》对于传主从威尼斯到东方的旅程以及在此过程中的种种遭遇、沿途各地的历史和现状都有较为细致的描写,并且多数符合历史事实。小说中所写到的很多重要人物在历史上也确有其人,例如成吉思汗、忽必烈、阿合马等人,与之相关的一些事件也确有其事,例如"十字军远征""忽必烈统一中国""阿合马其人其事"等均为历史事实,因此该作品的历史纪实性是毫无疑问的。

---

① [俄]维·什克洛夫斯基:《散文理论》,刘宗次译,百花洲文艺出版社2010年版,第67页。
② 同上书,第179页。
③ 同上书,第196页。
④ 俞汝捷主编:《中国古典文艺实用辞典》,中国青年出版社1991年版,第446页。
⑤ [俄]维·什克洛夫斯基:《散文理论》,刘宗次译,百花洲文艺出版社2010年版,第445页。

值得一提的是，什克洛夫斯基在写作过程中并非仅仅参考了《马可·波罗游记》一书，而是对比和研究了很多与之相关的文献资料，他虽然以真实的历史人物马可·波罗为叙述主干，但是以什克洛夫斯基的脾性，自然不可能按部就班叙述，他在自己的传记中夹带了不少"私货"。作者在直接引用《马可·波罗游记》、若望·柏郎嘉宾的《蒙古史》等著作中一些段落时又予以明确评价，指出其传递的信息是否准确无误，并辅以佐证进行说明，如作者认为马可·波罗有关可汗科齐及其臣民和哈萨克草原的讲述是正确的，而关于新疆沙漠地区夜间的噪声和恐惧在此前有很多游客谈及过，关于忽必烈的宫殿的记述也与当时情况相符；若望·柏郎嘉宾准确地记述了蒙古人征服中国北方以及中国南部抵抗的史实等，而什克洛夫斯基则根据这些史实资料对一些事件予以详细的解释，例如在谈及马可·波罗对各种语言的掌握时，什克洛夫斯基对比多个版本的相关书籍和史料得出结论："据推测，马可·波罗不会说汉语。一般认为，他会八思巴文、阿拉伯文、回鹘文和叙利亚文。"（65 页）再比如，马可·波罗则在游记中说"他在极短的时间内学会了他们的语言（蒙古语）和四种文字及其书写。"（64—65 页）什克洛夫斯基所做的这种解释、说明以及得出的结论，仿佛是在为《马可·波罗游记》做注释。"马可·波罗本人书中很多事情都覆盖着手帕，只有懂得商人手语的人才能理解。"（69 页）什克洛夫斯基这种描述加评注的方法目的就是增加信息的可信度，使得这不仅仅是一位"著名旅行家的传记"，同时也是对伟大旅行家生平所做的"独特的文学注解"[①]。

三 个人传记与人类历史的组接

《马可·波罗传》是什克洛夫斯基对马可·波罗个人传记的书写，但书中却巧妙地将马可·波罗的个人生平与人类宏观历史描写结合起来展开

[①] Шкловский, В. Б., *Собрание сочинений*（Том 1）, Москва: Художественная литература, 1973, С. 733.

叙事。《马可·波罗传》的篇幅并不长，但是作家花了大量的笔墨证明马可·波罗出身于威尼斯贵族。马可·波罗的父亲和叔父拥有贵族的徽章，因此马可·波罗也有贵族徽章，有权经商，甚至有权担任公爵。马可·波罗出生时即丧母，父亲远在异国他乡，他由亲戚抚养长大。即便如此，马可·波罗在童年和少年时期仍然接受了贵族教育。在没有父母约束的情况下，马可·波罗相对自由地成长，反而培养了他无拘无束、无所畏惧以及"积极进取的性格"。所以，虽然所有人都惧怕忽必烈，马可·波罗却是个例外，他"谁都不怕"。正是具有这种无所畏惧的性格和精神，马可·波罗才能随同父亲和叔父穿越漫长的欧亚大陆、克服重重困难来到中国探险，并最终绞尽脑汁回到家乡威尼斯。马可·波罗聪颖异常，具有超强的学习能力和记忆力，会多种语言。马可·波罗随父亲和叔父来到蒙古以后，他在极短的时间内学会他们的语言（蒙古语）和四种文字（八思巴文、阿拉伯文、回鹘文和叙利亚文）及其书写。马可·波罗还会说法语，会用这些语言说出货物名称。马可·波罗不仅具有语言天赋，而且还有超常的记忆力，凡是旅途中所见所闻以及道路情况，马可·波罗都清楚地记得，也都会讲给可汗听，深受可汗喜爱和信任，并被称为"智者"，从而逐渐成为可汗身边关系亲密的人。

正是凭借无所畏惧的性格和过人的智慧，马可·波罗成为穿越丝绸之路并记录沿途见闻的大旅行家。根据什克洛夫斯基书中所写，马可·波罗十五岁时才第一次见到父亲和叔父，此后便跟随他们外出经商和旅行，经过欧亚大陆的很多地区最终到达中国：马可·波罗一行人从威尼斯出发，最先来到阿克拉求见新当选的教皇，此后前往拉亚斯，再经由莱亚苏斯港直达土耳其的埃尔祖鲁姆，此后经由波斯的大不里士城、萨韦城、伊耶兹特城、克尔曼王国、霍尔木兹市一直抵达波斯湾，他们从这里几乎笔直向北而行，走陆路途径帕米尔高原，最终来到忽必烈的王宫。马可·波罗所走路线，几乎与中国古代丝绸之路重合，从威尼斯出发到抵达忽必烈的宫廷历时四年，历尽千辛万苦。在中国生活的17年间，马可·波罗深受忽必烈信赖，不仅让他跟随自己狩猎或出行，还受其指派前往国内各地巡查，甚至远征国外，马可·波罗因此走遍了全中国。

众所周知，从空间上而言，广义的丝绸之路指古代中西方商路的统称，包括陆上丝绸之路和海上丝绸之路，马可·波罗就是由陆上"丝绸之路"来到中国，又由"海上丝路"返回故土。这样一来，马可·波罗既了解丝绸之路沿途各国的社会经济状况和风土人情，也熟知中国政治历史与风土人情，他常伴忽必烈左右并谙熟宫廷规矩和礼仪。马可·波罗对中国风土人情和宫廷礼仪了解较多，同时代旅行家们鲜有与其匹敌者，这一点已经是公认的事实。这是马可·波罗及其《马可·波罗游记》对世界的巨大贡献，马可·波罗是当之无愧的伟人旅行家，"是走在那个时代前面的人"。

马可·波罗回到威尼斯以后，因参加科尔丘拉岛战役而被捕入狱，什克洛夫斯基描写了马可·波罗在狱中遭遇及其《马可·波罗游记》的成书过程。出狱返回家乡以后，马可·波罗娶妻生女，去过很多地方，给许多人讲过他的东方见闻，却鲜有人相信，往往招致讥讽和嘲笑，最后孤独而终，临死前仍对曾经的东方生活念念不忘。

表面上看，什克洛夫斯基的《马可·波罗传》是在讲述波罗兄弟和马可·波罗东方之旅的经历和遭遇，实际上，作者却是通过对故事发生背景的追溯和描述，勾勒出悠远绵长的人类发展史。比如，波罗一家人来自威尼斯，是威尼斯贵族，而在小说开篇，作者便追根溯源，详细讲述了威尼斯的起源和发展概况、威尼斯人与斯拉夫人之间的关系、匈奴对欧洲的侵犯、十字军的东征等人类历史上的重大事件。威尼斯人是一个古老的民族，亚德里亚海和波罗的海沿岸的威尼斯人都是斯拉夫人，他们在古代被南方和西方的邻邦称为威尼斯人。而在 5 世纪时，东方的游牧民族——匈奴踏遍了欧洲，为逃避匈奴的侵袭，威尼斯人来到潟湖的浅滩上栖居，逐渐形成了威尼斯城。威尼斯独特的地理位置和自然条件造就了与众不同的经济形态和政治体制、风俗和生活习惯，成为了一个国际化的贸易之城、海上运输业之城、手工业之城,为圣人马可建造了著名的圣马可大教堂。在十字军东征中,威尼斯获利颇多,国库越发充实。

威尼斯人与各国进行贸易,但是对遥远的东方国度却知之甚少。什克洛夫斯基在小说中讲述了鞑靼人是如何从东向西入侵欧洲的。从13世纪初期开始,鞑靼人开始向西方进发,因此"13世纪的前十五年被战火映红了","大地在燃烧"(13—14页),以成吉思汗为首的军队,征服了契丹族,1224年穿越波斯北部和高加索进入欧洲,在迦勒迦河岸获胜,大败俄罗斯大公们的军队。1237年拔都率军再次入侵,烧毁一些俄罗斯城市,经过波兰和西里西亚进入摩拉维亚,与波兰人和捷克人的联合部队作战,烧毁了匈牙利的首都佩斯。匈牙利国王贝拉四世被鞑靼人击败,逃往亚得里亚海,逃到克罗地亚境内。克罗地亚人全体武装起来,在杜布罗夫尼克城堡打败了鞑靼人,鞑靼人因此退回蒙古。

此外,什克洛夫斯基在叙述波罗兄弟和马可·波罗经历与遭遇的过程中,还穿插叙述了鞑靼人对布加尔王国的侵犯以及中国大地上发生的重大历史事件,诸如,旭烈兀与别尔哥之间的战争,忽必烈征服中国南宋政权、打压并清除阿合马的势力,中日之间的战争,忽必烈与乃颜和海都之间的战争,等等。中国大地上当时已经战火四起,这也是波罗一家离开中国的重要原因之一。作者通过上述历史事件的描述,一方面为铺陈主人公的经历和遭遇提供了时代背景,另一方面也让读者了解了诸多民族发展的历史、文明的历史。

值得注意的是,什克洛夫斯基在描写马可·波罗这一切充满传奇色彩的生平经历的时候,并不是按照书写人物传记惯用的时间顺序展开线性叙事,而是使用大量的插叙或蒙太奇等陌生化手法。什克洛夫斯基彼时在第三电影制片厂从事电影艺术工作,电影蒙太奇手法也成为他最喜爱的艺术表现手法之一。"蒙太奇——剪辑,这不是联结固定不动的材料……蒙太奇——是摄影师的事。他们拿上自己的相机,自己的暗箱,开始寻找拍摄的视点：从上往下拍，侧面拍，在活动中拍。"① 将不同素材片段剪辑组合在一起，可以形成一种观察事物的方法。《马可·波罗传》便是采用了这种方法将完整的叙事链切割成 40 个篇幅不长的章节，构成众多相对独立的故事和画面。作家将它们巧妙地剪辑与组合，从而形成小说文本。

此外，什克洛夫斯基还借鉴英国小说家斯特恩游记写作方法——延宕。我们知道，在什氏学术生平中一直推崇斯特恩的游记类作品，将其视为此类作品的典范。如，在《马可·波罗传》的开篇，什克洛夫斯基并没有立即让马可·波罗及其父亲和叔父进入读者视线，而是用了大量的笔墨，描写了威尼斯城市、民族、历史概况，蒙古人的四处征战扩张史，以此延缓小说情节的推进以及主人公现身。而在接下来的叙述过程中，作者又大量采用穿插、重复、发现以及突转等延宕的手法制造陌生化效果。例如，在讲述波罗兄弟的第一次东方之旅时，什克洛夫斯基设置了多个类似童话叙述的重复情节：威尼斯（有房子）—波罗兄弟经商—离开（原因：购置货物）；君士坦丁堡（有房子）—波罗兄弟经商—离开（原因：这里并不太平）；索尔达亚（有房子）—波罗兄弟经商—离开（原因：在这里生活的并不好）；克里米亚半岛（有房子）—波罗兄弟经商—离开（原因：黑海并不太平）；伏尔加河流域（别儿哥汗热情款待）—波罗兄弟经商—离开（原因：战争开始）；布哈拉（贸易繁盛）—波罗兄弟经商—离开（原因：购买二手货价格昂贵）；中国（留在忽必烈的王宫）—波罗兄弟经商—离开（作为大汗的使者载誉出发）。

不难发现，波罗兄弟不断地在路上"奔走"，其动力是外在的，往往由于一些相同的原因被迫离开。因为战乱、生活不太平抑或不利于经商等原因，导致他们一直从西方来到东方。从一站到另一站这种讲述方式类似于侦探小说，场景不断变换，情节起伏跌宕，引人入胜。无论顺境还是逆

---

① ［俄］维·什克洛夫斯基：《散文理论》，刘宗次译，百花洲文艺出版社 2010 年版，第 276 页。

境，自然离不开主人公自身的主观原因，但更主要的是其个人之外的客观原因，即所处的时代和环境才是左右和影响其命运的关键因素，或者说其个人意愿和遭遇无不依赖于历史环境。如此一来，作者对个人经历的书写必然会涉及其所经历背后的社会历史背景及风物人情，从而使得小说变得更加丰富。

因为马可·波罗的旅行探险涉及大半个地球，所以在小说叙事中作者还穿插进了大量的历史故事，例如克里米亚的历史、伏尔加流域的历史，以及蒙古可汗之间的征战、布哈拉的发展史等，这些穿插的意义就在于对小说人物经历背景进行填补，使得人物所经历的地域并非千篇一律而是万种风情，引人入胜。这些插叙和描写承转自然，毫无违和之感，充分体现了作家有效地将各个画面和场景巧妙接合起来的蒙太奇手法。不同的镜头剪接组合就构成新的意义和新的艺术效果，小说中类似的例子不胜枚举。如此一来，什克洛夫斯基以马可·波罗及其父亲和叔父的个人的经历和遭遇为背景，连带着描写了不同民族、不同国家、不同地域的社会历史和状况，从而意外地组接出 13 世纪亚欧大陆上的奇特历史画卷。

曼德尔斯塔姆很早就阅读了《马可·波罗传》，他指出这部作品"是取代任何阅读形式的开端，类似电影"①。通过阅读《马可·波罗传》，不仅可以探讨东西文化之差异，还可以深入了解马可·波罗一路所见所闻及其人物命运，"就像理解自己的命运一样。因此这是一本有现代性意义的及时的书。"②

文艺评论家亚历山大·马里亚莫夫（Александр Марьямов）在致什克洛夫斯基的一封信中也表达了对《马可·波罗传》的喜爱："我非常

---

① Шиндин, С. Г., "Мандельштам и Шкловский: фрагменты диалога", в кн.: М. О. Чудакова, *Двенадцатые-Тринадцатые-Четырнадцатые Тыняновские чтения: исследования, материалы* (*Вып.* 13), Москва: Водолей, 2008, С. 358.

② Шкловский, В. Б., "Буду писать письмо. Фильма подождет", *Новый Мир*, No. 11, 2012, С. 157.

入迷地再次拜读《波罗》。但是没有任何变化：我依然喜欢这本书，喜欢它现在的样子……依我看，这是一部长篇小说，其主人公是历史。确切而言——这是一部用人类传记写就的长篇小说。"①

什克洛夫斯基关心的不仅仅是马可·波罗的个人经历和命运，而是要通过马可·波罗向往和漫游东方世界呈现出一种认知世界的方式。"在世界，在海上漂浮的人们——他们漂浮是由于人类的自我体验，而人类理应得到幸福"②。人类获得幸福的前提，就是要破解人类发展道路之谜，而什克洛夫斯基关注行走于亚欧大陆上的勇敢的人们，关注各国的文化艺术，他对各国文化的研究，"不单纯是一个年迈的作者对异国情趣材料的雅兴。这是把对不同民族、不同文化展示的分析融合起来的尝试"③。不仅如此，他还寻找其中的共性，因为"对道路共同性的探索——决非出自心血来潮，这种共同性就是要破解人类道路之谜"④。

可以肯定，什克洛夫斯基的《马可·波罗传》是对人类社会和人类历史的一种有益的考量，因为"人类有赖于那似乎来自各个星球的众多文化而生存"⑤。

四 丝绸之路与人类发展道路的解读

众所周知，丝绸之路总的来说是经济交流与文化传播的重要通道。什克洛夫斯基笔下的丝绸之路也被呈现为贸易繁忙且烙有文化印记之商路：商人们沿着"丝路"频繁往来，在其沿途各地开展贸易。在商路沿线和船港附近，分布着居民点和不同民族的商行，哈萨克的"道路大多是由毛皮收购商开辟出来的，而不是士兵"（44 页）；同时，"丝路"沿线各国除了

---

① Шкловский, В. Б., "Буду писать письмо. Фильма подождет", *Новый Мир*, No. 11, 2012, С. 157.
② ［俄］维·什克洛夫斯基：《散文理论》，刘宗次译，百花洲文艺出版社 2010 年版，第 462 页。
③ 同上书，第 118 页。
④ 同上。
⑤ 同上书，第 196 页。

商品外贸之外，外来文化也不断侵染着当地文化，不同文化不断融合，又形成新的文化。马可·波罗的父亲和叔父在一路上常常受到尊重，因为他们"带来的不仅是商品，还有一些信息……商人们让鞑靼的贵族习惯使用新的商品，习惯了另外一种生活方式"（33—34页）。可以说，文化交流是丝绸之路"最具代表性的特征"①。

当然，什克洛夫斯基对丝绸之路的描写并未止步于此，人物事件及其道路书写远非平铺直叙或史实陈铺，而是采用陌生化手法讲述这一切并加以自己的注解、自己的隐喻。所以，什克洛夫斯基笔下的"丝路"叙事，是一种表达遥远、漫长的时空叙事、时空隐喻。"丝路"隐喻人类历史和发展的漫长道路，这也许是什克洛夫斯基创作《马可·波罗传》的重要主旨之一。

在《马可·波罗传》中，作家反复描写"丝路"的遥远而漫长（далёкий，дальний）、陌生且可望而不可即（незнакомый，неведомый）。在作家看来，那是"许多宽阔的商路"，"那些商路通往欧洲完全不了解的遥远的国度"（5页），而且"漫长的道路穿过整个世界，商人们可以到达中国"（21页）。对欧洲人而言，鞑靼人居住的亚洲仿佛在"海角天涯"，那是个"向来毫无音信的地方"（13页），那是很遥远的地方。什克洛夫斯基一再重复，"丝路"通向一个欧洲人尚不熟知的遥远国度，因为"世界是广阔而神秘的，商路将各个国家联系起来"（7页）。

除了上述抽象的道路描述以外，什克洛夫斯基还采用一些具体的数字描写"丝路"，而这些数字背后又进一步述说着遥远而漫长的"丝路"时空意蕴："从顿河到萨莱市坐牛车在路上要走二十五天，接着再步行十二天。来到一条大河边，需要向上游走一天的水路才能抵达可汗的首都。从那里到亚伊克河需要走八天。从那里再走二十天抵达位于阿姆河畔的花剌子模的首都。从那里再走三十五到四十天到达土耳其斯坦的法拉巴特。从

---

① Шкловский, В. Б., "Буду писать письмо. Фильма подождет", *Новый Мир*, No. 11, 2012, C. 157.

法拉巴特到旧伊宁沿商路要走四十五天。然后再走十七天抵达哈密。而从那里到中国的黄河骑马要走四十五天。"（30页）有时候商人们要在广袤的荒原中行走，马可·波罗的父亲和叔父曾经在荒野中走了十六天，既没有遇到城镇，也没有看到要塞。他们带着货物离开已经成为废墟的巴尔克市以后，向东北走了十二天，沿途有很多草地、很多野物、河水，却没有人烟。在现在称之为阿莱谷的平原上走了十二天。毫无疑问，这些反复跃然纸上的数字罗列，无不使读者对"丝路"的遥远而漫长的时空意象产生更加直观的感受：一条遥远而漫长的"丝路"——这是通往欧洲人向往而陌生的东方神秘世界的道路。

在遥远的东方有辽阔的草原，"草原从多瑙河一直通向遥远的中国，牧民自古以来就在那里过着游牧生活；在欧洲，人们甚至不知道是哪个民族在那里游牧，各民族原本的称呼传到欧洲都已经失真了"（4页）。欧洲对东方人的印象最初都来自传言和想象，这更增加了东方的神秘，也激起了西方予以探究的兴趣，由此开始了东西方的相互了解、交流和认知。事实上，西方对东方而言同样是神秘的，东方也需要去了解和认识西方，例如"对于忽必烈来说，欧洲是大地上的贫穷地区。但是，不仅要了解邻国的兵力，也要了解邻国的众多邻国……欧洲好比星体更不为人所知；它很遥远，但是要把它探察清楚"（57—58页）。基于此，在《马可·波罗传》中反复出现"走在路上""缓慢行进"的画面，走在路上的不仅有蒙古人、探险家，还有其他各国的商队和使节。丝绸之路是各民族融合的绝佳舞台，是东西方文化交流之路、人类发展的文明之路。

什克洛夫斯基把这条生命之路、文明之路描写得勃勃生机：沿途贸易繁盛，无数商人从这里走过，可以说商路已经被众多商人踏遍了，因此商路上到处都是骆驼那长满老茧的蹄子的印记，还有"强壮的马蹄和驴子的小蹄子"（5页）踩踏的痕迹。威尼斯是著名的海上之国，商业极为发达，很早就与东方国家、埃及、遥远的波斯和布哈拉进行贸易。即便在战争年代，君士坦丁堡的店铺、集市依然做着生意。索尔达亚虽然被鞑靼人占领，随着时间的推移，贸易也逐渐恢复，人们在要塞里面进行交易，这里有从俄罗斯运来白鼬皮、松鼠皮以及其他珍贵毛皮，还有从亚洲运来棉绒布、丝绸面料和香根，同时还贩卖奴隶。索尔达亚城附近的城市索尔哈特，即今天的旧克里米亚，可谓世界商人的聚集地、各地商品的集散地，各个商队从这里走向世界各地。在伏尔加河上行驶的驳船不仅运来紫貂、白鼬、雪貂、银貂、松貂、狐狸皮和海狸皮——也运来蜡烛、箭矢、鞣革用的树皮，还有鱼胶、海象牙、蜂蜜，桦树皮和坚果，从沿伏尔加河下游运来阿塞拜疆的刀剑和布料。蒙古国内买卖的面料来自中国、波斯，来自俄罗斯以及其他北方国家的是皮草，这些皮草贵重得让威尼斯人无法移开视线。在哈萨克，国内的"道路大多是由毛皮收购商开辟出来的，而不是士兵。……商路始于科齐的封地并横跨伏尔加河，昂贵的大衣用毛皮缝制，从谢米列奇耶运来，根据购买商的名字被称为布尔塔斯大衣和保加尔大衣"（44页）。波斯城市大不里士有贸易大市场和众多店铺，这里卖丝绸布料、棉布、檀香和塔夫绸、真丝布料和珍珠、香水和油膏。霍尔木兹市是东方的重要港口，印度商人坐船来到这里，运来香料、珠宝、珍珠、布料、象牙。整个布哈拉城都在进行贸易，热闹非凡，波斯人、印度人、鞑靼人、穿黑色长袍的犹太人、中国人聚集在城里，这里有一个很大的市场，经销着来自中国的瓷器、丝绸和黄金制品。作家对这条充满生机和商机的"丝路"描写真可谓事无巨细。

什克洛夫斯基介绍和描写上述城市的商业和贸易情况，能让读者想象得到中世纪的世界生活以及那时商路的情况，作家进一步指出，那时候居民点分布在商路沿线和船港附近，商路沿线分布着不同民族的商行，为商人提供原材料，东方的许多城市里都有各国的贸易街区。"在君士坦丁堡给俄罗斯人划定了一些街区，他们有权在这里居住。莫斯科近郊是德国人的居住区。这些现象发生在不同时期，但是却相互关联。商人波罗一家从一个商行前往另一个商行，就好像参观自己的商行一样。"（77页）可以说，丝绸之路贸易的繁盛以及巨大的商业利润吸引着众多商人，人们不畏艰难，一次又一次踏上充满坎坷的商业之旅。

《马可·波罗传》中描写的丝绸之路，既是繁茂的商路，也是一条动荡艰辛（неспокойный，тяжёлый，трудный）之路，行走在"丝路"上的商队既要面对自然灾害，也要遭遇人为部落战争，走南闯北的商人们都是在险中求富贵。在小说中反复勾勒出丝路动荡不安的画面：商路上各个游牧部落之间常常发生战争，草原上总是动荡不安。游牧圈袭击游牧圈，蒙古的王子们、领袖们相互角逐，争夺着富饶的土地，于是旭烈兀和别儿哥侵犯了商队和商人的权利，并开始掠夺商人的财富，甚至杀死商人和工匠。伏尔加河沿岸也不太平，蒙古人和俄罗斯人时常抢劫。作者把战争看作"恶魔把妖魔鬼怪从时光瓶里放了出来"，而"箭头令太阳黯然失色"（41页），战争的血是这条路上的底色。事实上，即便没有战争，没有劫匪，漫长路途也充满艰辛，高山河流、草原沙漠、严寒酷暑、豺狼虎豹都是他们需要克服的困难，没有强大的野外生存能力很难在这条路上活下来。在攀越高山时，"四周都是悬崖，覆盖着厚重的白雪。在这里需要保持沉默，因为大家都担心发生雪崩"。即便走在平原上，田野上也"布满白色骨头……周围已经见不到人影；人们双唇干燥，整天整天默不作声地赶路。大地就像干涸的大海的海底"（54页）。君不见青海头，古来白骨无人收，那白骨甚至形成了"白色的稀疏的篱笆"。在描写马可·波罗从中国返回威尼斯的艰难旅途时，什克洛夫斯基重复使用颇具有隐喻意味的情节和意象——北斗星。马可·波罗一行从中国踏上期待已久的归家之路时天空中升起了北斗星，然而当路遇艰难或者迷失方向时，北极星便消失了，此时"天空中无论低处还是高处都没有北极星——它根本就不存在"（155页）。当船队将行至目的地之一可汗合赞的领地时，"只有一件事让人感到安慰——北斗星出现在天空中"（162页）。此后波罗一家"从桑给巴尔转向归家之路，朝着北斗星的方向航行"（166页），将至家乡威尼斯时北斗星再次出现："夜空中的星星是熟悉的。北斗星还在老地方高悬着。"（173页）北斗星的出现带有神谕性质，是作者有意为之，暗示马可·

波罗乃天佑之人。

什克洛夫斯基对马可·波罗旅行的描写,以这条路喻指世界各民族之间的交流与融合,人类的发展充满艰辛、血泪、困难和阻碍,"在某些时间节点有冲突、有战争和苦难,而在历史长河中却平静持久又规模庞大。"① 从古至今,人类就是这样在不断探索中发展,各民族则在不断接触和碰撞中逐渐融合,即便如同古老的丝路一样已经被踏遍,到处都是骆驼、马蹄和驴子踩踏的痕迹,即便如同丝路这般伤痕累累、印迹斑斑,各个民族、各国人民却"都是思于寻觅,勇于前行,完成交流,勤于传承,于是有了'丝绸之路'文化"② 和精神,甚或才有了人类文化和历史的持续发展。

作者由此认为,各个民族经由丝绸之路通过不断交往和交流,在发展自身文化的同时,也共同创造了人类文化,因此他在《马可·波罗传》的结尾明确指出,"人类的文化不是在欧洲,不是在地中海创造的,不是意大利人,不是斯基泰人,不是德国人,不是阿拉伯人,不是中亚居民,不是俄罗斯人,不是中国人创造的——它是由整个人类和全世界的共同努力创造出来的"(210 页)。人类文明发展至今,不是哪一个民族的功劳,而是全人类各民族努力的结果。人类历史是由整个人类共同创造的,其过程漫长曲折、充满血泪,正如看似繁盛的丝路也充满艰辛和苦难一样。

基于上述观念,作者在书中"围绕着波罗描写了几个世纪令人相当伤心的生活。这是事实。认识世界并不能带来快乐。"③ 应该说,路也是一种语言,丝绸之路正是"人类文化的一种自然述说、历史述说、文化述说,千百年来,它具体存在于中西方这条漫长而久远的地域上,向世界向人类

---

① 董国炎:《丝绸之路研究要强调民族、文学融合》,《中国社会科学报》2013 年第 6 期。
② 曹保明:《丝绸之路文化身份的多元价值——关于东北亚丝绸之路的思考》,《中国艺术报》2014 年第 4 期。
③ Шкловский, В. Б., "Буду писать письмо. Фильма подождет", *Новый Мир*, No. 11, 2012, C. 157.

述说着它的独特感悟"①,什克洛夫斯基以丝绸之路及马可·波罗传记为切入点思索人类历史、人类发展道路的原因也正在于此。

综上所述,什克洛夫斯基的《马可·波罗传》是一部颇为有趣、独具一格的历史传记,也是一部"科学传记长篇小说"②,其趣味性离不开作家的叙事天赋。什克洛夫斯基对东方文化的兴趣、对人类文化、历史以及发展道路的思考,以马可·波罗及其父亲和叔父的人生经历和丝路文化为切入点,采用多种陌生化叙事手法来表达自己的理解和认识。他"不但是文艺理论家,而且,还是卓越的文体家和小说家",他"不但通过理论著作阐述其学理,而且还通过富有感染力的、文采斐然的小说和散文,既阐述其学说,更进一步实践之,实验之。"③《马可·波罗传》是什克洛夫斯基形式主义文论在创作上又一部实践之作,其深刻的思想蕴涵和艺术魅力仍有待进一步发掘。

可以看到,作为"奥波亚兹"(诗歌语言研究会)的创始人和核心人物之一,什克洛夫斯基将新的理论和思维、新的术语和方法带进文学创作及文学研究,通过文学创作践行自己的文学理论和文学主张,其作品风格独特,与传统的小说面貌迥异而自成一体,费定、卡维林、左琴科、阿尔汉格尔斯基、拉扎列夫、拉萨金、萨尔诺夫等许多著名作家纷纷效仿。关于什克洛夫斯基的散文创作,艾亨鲍姆在《论维克多·什克洛夫斯基》一文中指出:"文学就像呼吸、就像步态一样是他本身所固有的。文学是他的爱好之一。他品尝它的味道,知道用什么来创造它,他自己也喜欢烹饪文学之餐,喜欢将其多样化。"④

---

① 曹保明:《丝绸之路文化身份的多元价值——关于东北亚丝绸之路的思考》,《中国艺术报》2014 年第 4 期。

② Шкловский, В. Б., *Собрание сочинений*(Том 1), Москва: Художественная литература, 1973, C. 733.

③ 张冰:《陌生化诗学:俄国形式主义研究》,北京师范大学出版社 2000 年版,第 4 页。

④ Шкловский, В. Б., "Буду писать письмо. Фильма подождет", *Новый Мир*, No. 11, 2012, C. 152.

第四节　什克洛夫斯基笔下的《列夫·托尔斯泰传》[①]

《列夫·托尔斯泰传》（Лев Толстой，1963）是俄国形式主义理论批评家维克多·什克洛夫斯基关于俄国伟大作家托尔斯泰所撰写的一部传记文学作品。俄国文学史上通常说，可与世界文学巨匠诸如但丁、莎士比亚、巴尔扎克、海明威等几座高峰比肩而立的俄国作家当首推列夫·托尔斯泰。托尔斯泰是一位文学艺术大师，他的作品展现的历史画面之宽广，蕴含的内容之丰富，融会的自然科学和人文科学等各种知识之富饶，无不令人望其项背。我国俄苏文学前辈曹靖华指出："托尔斯泰是属于全世界的。"[②]列夫·托尔斯泰（1828—1910）的一生是迷茫、探索、矛盾和追求道德自我完善的一生。由于托尔斯泰在俄苏文学中有着崇高的地位，所以许多文人都写过托尔斯泰评传。而在各种版本的托尔斯泰评传中，罗曼·罗兰的《托尔斯泰传》（1911）、茨威格的《托尔斯泰传》（1928），艾亨鲍姆的三卷本《列夫·托尔斯泰传》（1928，1931，1960），古德济的《列·尼·托尔斯泰》（1950）、古谢夫的《托尔斯泰生平与创作年表》（1958—1960）等，都不同程度地展现了托翁的生平及创作意义。而什克洛夫斯基长达七十余万字的《列夫·托尔斯泰传》，则是建立在对托尔斯泰日记、通信、同时代人回忆录，以及古谢夫、艾亨鲍姆、古德济等旧传记及研究文献基础上的新型传记。从列宁到甘地，从罗曼·罗兰到茨威格，每个人都对托尔斯泰生平进行过不同程度上的思考和评价，但什克洛夫斯基以理论家独有的敏锐视角，事无巨细地书写了这位时而迷茫时而清醒、时而睿智时而矛盾的文学泰斗之生平，在传记史册上留下了一部思想厚重、艺术精湛，值得深思的传记作品，甚至有着"思想小说"之称。列宁国家图书馆在介

[①] 本小节部分内容由笔者和焦洋合作发表在《俄罗斯文艺》2019年第2期，此处有所增删、修订。

[②] 曹靖华：《俄国文学史》（上卷），北京大学出版社2007年版，第361页。

绍什克洛夫斯基笔下《列夫·托尔斯泰传》时就认为这是一个大部头著作。这部著作不属于任何体裁。这是一部平静的，几乎是对事实冷静地转述，是一曲富有诗意的旋律，同时也是一次富有激情的政论，更是一次文艺学研究，堪称一部最吸引人"思想小说"。

一 什克洛夫斯基与艾亨鲍姆

探讨什克洛夫斯基的《列夫·托尔斯泰》，必然要涉及另一位形式主义理论家鲍里斯·艾亨鲍姆关于托尔斯泰的系列评传。该书原文版卷首题词①"纪念鲍·米·艾亨鲍姆"并不是偶然的。艾亨鲍姆（Борис Михайлович Эйхенбаум，1886—1959），是列宁格勒大学的教授，他与什克洛夫斯基、迪尼亚诺夫一起被称为俄国形式主义学派"三巨头"。早在20世纪20年代前后艾亨鲍姆就撰写了《关于列夫·托尔斯泰》（1919）、《列夫·托尔斯泰》（1919）、《关于托尔斯泰的危机》（1920）、《青年托尔斯泰》（1922）等系列论著。在20世纪20年代的托尔斯泰评传中，艾亨鲍姆运用文学形态学来探讨托尔斯泰如何同浪漫主义典律做斗争、秉持现实主义心灵辩证法。当时在对待传记书写的态度上，他强调传记应回避社会心理、意识形态，甚至作家个性的阐释。"话语表述不会赋予精神生活的实际图景，我们似乎不应相信日记里任何一句话，也不要受到并不具备此权限的心理阐释的迷惑"。②在他看来，只透过精神生活窥见托尔斯泰个性发展是不够的，将托尔斯泰早年日记视为主要文献依据更不可信，因为这种做法不足以窥见作家文学个性的发展，甚至还会歪曲其个性特征，而托尔斯泰早期的所有创作都可以被视为对浪漫主义文学传统的破坏，这就推翻了以前批评家把托尔斯泰视为不可动摇的真理的神话。显然，艾亨鲍姆早期关于托尔斯泰的评传所强调的并不是作家的个性问题，也不是对历

---

① 汉译本中省去了该题词，只保留了引自高尔基回忆录《弗·伊·列宁》中列宁论列·尼·托尔斯泰的片段题词。

② Эйхенбаум, Б. М., *О литературе. Работы разных лет*, Москва：Советский писатель，1987，С. 36.

史材料的加工和对社会—心理、哲学和意识形态的过滤。"人们在用语言表达自己的心理活动时，总是遵循着一定的构思和形式原则，因此，经过语言过滤的心理活动不可避免地具有了假定的形态，而这种形态与实际内容是不相吻合的。"① 艾亨鲍姆也因此被归入"反传记主义"之列。对此我国学者张杰等评价道："艾亨鲍姆竭力排斥作家的创作个性，作家个人使命的特殊性及其偶然性，以便更清楚地见出文学史的发展进程和规律，努力清除社会意识形态和现实生活对文学素材的影响，以保证纯艺术形式的探讨。"② 艾亨鲍姆形态学研究方法受到当时主流批评界甚至该学派内部成员的质疑。托马舍夫斯基在《文学与传记》一书中曾指出针对传记文学的两种极端：一是无法跳出唯作家生平事实的怪圈，二是把生平分析排除在科学之外的不合理之事。③ 后者所指的应该就是艾亨鲍姆。值得注意的是，随着社会生活及文艺政策的改变，艾亨鲍姆逐渐转向对文化历史因素的关注，其三卷本《列夫·托尔斯泰传》（Л. Толстой, кн. 1 - 3, 1928—60）中就引入了非文学因素，即"将作家个人的、社会的经历与作家创作相结合，构建了作家的生平"。④ 在后期研究托尔斯泰的传记中，艾亨鲍姆则基于"文学的日常生活"概念阐释了托尔斯泰的生平，重点探讨了托尔斯泰文学演变与生活事实的关系。

什克洛夫斯基与艾亨鲍姆均为形式主义理论家出身，均由形式理论批评转向传记文学批评。二者在学术过渡时期都转向历史主义立场，关注到文学外部因素，或文学的生活事实，又都具有"反传记主义"倾向。⑤ 所

---

① 李冬梅：《浪漫主义文学传统规范的破坏者——艾亨鲍姆论青年托尔斯泰》，《俄罗斯文艺》2006 年第 2 期。
② 张杰、汪介之：《20 世纪俄罗斯文学批评史》，译林出版社 2000 年版，第 315 页。
③ Томашевский, Б. В., "Литература и биография", Книга и революция, No. 4, 1923, С. 6 - 9.
④ 李冬梅：《艾亨鲍姆：俄苏"形式论"诗学的创建者、守卫者和超越者》，《俄罗斯文艺》2012 年第 2 期。
⑤ Черкасов, В. А., "Проблема биографической значимости художественных произведений в советской науке 1920—1930-х годов", Проблемы филологии, культурологии и искусствоведения, No. 4, 2008, С. 66 - 72.

不同的是，转变后的艾亨鲍姆更多关注于现实生活背景，特别是社会政治环境对托尔斯泰世界观及创作的影响，而什克洛夫斯基更青睐于对托尔斯泰精神发展事实的追溯，以及对由此导致文学演变进程的反思。需要强调的是，什氏对艾亨鲍姆的"文学的日常生活"概念表示赞同，但对于其传记批评囿于此概念而发生立场改变，即为了谋求折中而偏离业已确立的文学本体方法论的初衷、走上了官方立场而表示失望。

但什克洛夫斯基和艾亨鲍姆的传记文学也有一些不同。什克洛夫斯基认为，以往的传记作品，包括艾亨鲍姆的传记创作，依然属于旧的传记文学，即还没能摆脱于以往旧传记那样要么只关注史实记录要么只限于形式分析的写法。什克洛夫斯基在《列夫·托尔斯泰传》的序言中这样写道："我们没有一部列夫·托尔斯泰的井然有序的传记，比留科夫编纂的传记的最后一卷——第四卷出版于1923年，即40年前。旧传记的作者们同列夫·尼古拉耶维奇有个人的交往，但是他们并未掌握如今我们已经掌握的那些素材。此外，传记编纂人或者自认为是托尔斯泰的学生，把伟大作家的一生看作他逐渐理解上帝的一生；或者是自由主义者，用冠冕堂皇的废话替代分析，企图掩盖托尔斯泰一生中起了那么大作用的矛盾。"① 这就是说，以往的传记作家对托尔斯泰一生的理解多少都有所偏颇。什克洛夫斯基认为托尔斯泰的一生是矛盾的，但同时也是伟大且具有悲剧性的。

什克洛夫斯基的《列夫·托尔斯泰传》大体上有以下几个特点。

第一，确信托尔斯泰从童年起就逐渐形成创作个性。什克洛夫斯基举出大量的实例并加以分析，比如说亲人的相继离世对于托尔斯泰个性的影响；童年和少年时期的不幸遭遇造就了托尔斯泰敏感的个性，等等。

第二，赋予这部传记作品独特的体裁特点。什克洛夫斯基在撰写托尔斯泰传记之际，不是有感于托尔斯泰的外在的言说、品貌或行为举止，而

---

① ［俄］维·什克洛夫斯基：《列夫·托尔斯泰传》，安国梁等译，海燕出版社2005年版，第1页。(此处及后面的例子均引自该书，后文中不再一一注释，只在文中标明页码)

是描写大量的内在（托氏的思想、感受和心境）感受。从传记中我们不难看出作者分析托尔斯泰代表性作品的扎实的功底，既翔实而又富有说服力。俄国学者伊拉克利·安德罗尼科夫指出："什克洛夫斯基是这样的一个作家，他的创作不能同传统文学体裁相提并论。伟大作家的小说不是因为相似而出名，而是因为相异。他写的'日记'不是日记，他写的'信札'不是信札，而更像是散文中的小长诗。他的《列夫·托尔斯泰传》背离了传统的传记书写，是对传统体裁的否定，是介于体裁之外的从未有过的一种形式。"[①] 如果再进一步地说，《列夫·托尔斯泰传》就是一部"分析性传记"。

第三，遵照历史主义书写传记的原则。什克洛夫斯基引用列宁对于托尔斯泰的评价："这篇论文首次把托尔斯泰的活动和第一次俄国革命准备阶段这一时代直接联系起来，把他创作中的'尖锐矛盾'理解为这一时代的矛盾的反映。"（2页）列宁曾站在历史的角度，依据俄国革命的形势及其发展阶段来评价托尔斯泰，而什克洛夫斯基对于托尔斯泰的审视同样基于历史主义原则：一方面肯定托尔斯泰的伟大，另一方面对于托尔斯泰的矛盾性悲剧不再沉默，并由此强调托尔斯泰作为作家和思想家的统一。"我想揭示，托尔斯泰在文学作品里和论文里是浑然一体的。但是，这个面貌一致的人，如同那些处身于两个伟大时代交替时期的人物都具有矛盾一样，自身也具有内在的矛盾。他像希腊悲剧人物一样具有矛盾。"（2页）可见，什克洛夫斯基笔下的托尔斯泰是一个有血有肉、真实立体的，是一个既矛盾又悲剧式的伟大人物，这样的传记人物形象也是可信的。

二　一部关于伟大作家精神漫游史的追溯

《列夫·托尔斯泰传》全书共有五大版块，前面是卷首题词和《作者的话》，前两部分分别有 27 章和 22 章，第三、四、五部分均有 19 章。如

---

① Шкловский, В. Б., *Собрание сочинений*（Том 1），Москва: Художественная литература, 1973, С. 5.

此浩瀚之作，既有关于托尔斯泰生平的史诗式叙事，也有对托尔斯泰各个人生阶段与亲朋好友之间关系的传记式描写，既有关于托尔斯泰文学创作渊源及作品文本分析，还有对托尔斯泰思想意识演变及其关于人世存在的哲学式思考。但不难看出，什克洛夫斯基把托尔斯泰长达82年人生阅历与苦思冥想，即精神漫游史作为最首要的描写对象。"人们像漫长旅途中的旅伴一样，面目是逐渐展现的。他们被认清了，然而并无改变。托尔斯泰却最珍视人的改变自己的能力，即精神成长的能力。"（178页）《列夫·托尔斯泰传》内容翔实而丰富，见解深刻而独到，比抽象、冷静的文艺评论更能直达托尔斯泰的灵魂深处。

如果说精神成长过程是一个人自我完善的过程，那么什克洛夫斯基对托尔斯泰自我完善过程的认识也经历了对作家精神成长蜕变的描写。他把托尔斯泰人生旅途中的精神漫游史分为三个时期。从这三个阶段的划分来看，作者十分注重研究托尔斯泰的精神成长或漫游历程。书中这样写道："人们像漫长旅途中的旅伴一样，面目是逐渐展现的。他们被认清了，然而并无改变。托尔斯泰却最珍视人的改变自己的能力，即精神成长的能力。"（178页）

《列夫·托尔斯泰传》对于托尔斯泰童年的追溯始于作家自己的两次回忆：一次是作家被家庭教师圣托玛关禁闭的经历："我被捆绑着，我想抽出双手，然而我却不能。我哭喊着，我自己对我的叫喊也感到讨厌，但是我无法让哭喊停下来……我感到了不平和残忍，倒不是人的残忍，而是命运的残忍，我自怜自惜起来。"（14页）另一次就是作家被关禁闭后跳楼的古怪行为："孙子廖瓦在受到惩罚时竟从二楼跳下去。幸好底层是半地下室。"（55页）

这两次事件给托尔斯泰都触动极大。虽然托尔斯泰的父母都是有名望、家境殷实的大贵族，但童年时被关禁闭的经历确实使他的性格变得十分敏感，甚至有些古怪。被捆绑事件使他难以忘怀的不只是自己的叫喊、痛苦，而是留给自己极其复杂而矛盾的印象。这一记忆甚至影响到托尔斯泰后来的人生。毕竟不是每个人的童年都有关禁闭的经历和被捆绑的遭遇，而这些事件都衬托出托尔斯泰失去父亲后的性格表现。"列夫·尼古拉耶维奇的父亲就这样死了，死于未老之时，死于为他朋友的财产和他自己的财产的张罗奔波之中。"（47 页）小列夫就这样成了孤儿："孩子感到自己是一颗正在粗糙的磨盘里磨成粉的谷粒，心里很难受……列夫原先并不知道他是多么爱他的父亲，爱父亲漫不经心的仁慈善良，以及大家庭里已经确立的、他还不完全理解的那种宁静。"（51 页）这些事件的影响在其后来进入社交界时体现了出来："列夫·尼古拉耶维奇在社交界显得不太随和，缺乏勇气，同时又很古怪。"（65 页）古怪的性格无疑跟童年时期的经历和遭遇有着密切关系。或许正是这些经历导致作家初入社交界时的不入流："列夫·尼古拉耶维奇在社交界显得不太随和，缺乏勇气，同时又很古怪。"（65 页）

值得注意的是，什克洛夫斯基在回忆这两次事件时所选取的材料都带有奇异性质，行文中也都具有奇异化风格，其目的就是阐释小列夫的奇异化性格，这种为了突出奇异化生平而选择材料的方法，在我们看来正是什克洛夫斯基传记书写的首创。作者运用托尔斯泰两次刻骨铭心并都带有"奇"和"怪"特点的童年记忆，刻意制造了某种奇异化感受。而这种传记风格与其早期的自传三部曲创作是一脉相承的。[①]

托尔斯泰的青年时期，可称之为精神萌芽期。他像许多年轻人一样，在尚未找到生活目标之际，也深陷迷茫之中。"这是荒唐、虚荣、浮浪、纵欲的 20 年。"[②] 他常常夜夜豪赌，一掷千金，债台高筑，不得不变卖祖产。"出售老宅似乎是很偶然的，是打什托斯牌时输掉的。列夫·尼古拉耶维奇在日记里写道：'我赌了两天两夜什托斯牌。结果可想而知，我把雅斯纳亚·波良纳的一整座房子输掉了。'"（20 页）要知道，写日记不仅

[①] 参见赵晓彬《"感伤的旅行"：什克洛夫斯基"语文体小说"初探》，《外国与外语教学》2015 年第 2 期；《什克洛夫斯基散文体小说的陌生化叙事》，《俄罗斯文艺》2015 年第 2 期。

[②] 任光宣：《俄罗斯文学简史》，北京大学出版社 2006 年版，第 155 页。

可以帮助人记录生活，保存珍贵的记忆，还可以帮助人自己反省，提高自身德行，所以日记对揭示人的心灵发展有着极其重要的意义。"日记是自传和传记写作的主矿源。"① "日记又是思想的领地、感情的晋苑、心灵的天堂、精神的家园。"② 赌博中托尔斯泰输掉的不仅仅是祖传的老宅，还有关于母亲玛利亚·尼古拉耶夫娜·托尔斯泰娅的记忆。在托尔斯泰对母亲的记忆中，她是一个"柔情脉脉、富于幻想而有爱心的女子"（21 页），遗憾的是，母亲在列夫两岁时就去世了。罗伯特·埃尔巴兹说："故事的目的不在于故事本身，而在于对它的解释。"③ 描写赌博是为了展示"心灵的巢痕"。"事实不仅仅是事实，它因为与心灵的互动获得意义而成为经验。"④ 赌博虽然是一件不光彩的事情，但却遵循着一个内在的逻辑：不管是苦难还是诱惑，最后都一致导向自我的成长与进步。所以托尔斯泰上了喀山大学就给自己制订了许多计划，给自己约法六章。

什克洛夫斯基把这一阶段称之为"分析和订立守则的时代"（70 页）。托尔斯泰在这一期间学习英文和拉丁文，研究语法，学历史、地理和统计学，学习某些自然科学知识。他从各个方面储备知识，提升自己。"托尔斯泰一生孜孜以求地去弄明白认识世界的规律以及改造世界的可能性。他知道，先得了解世界，才能改造世界。他很想投身世界，投身生活。"（104 页）学习这些知识，是为了完善自我和改造世界，托尔斯泰的青年时期在迷茫中也曾对自身和世界进行探索。

托尔斯泰这一时期的迷茫还表现在士兵生涯以及后来的军事题材的文学创作中。他在 24 岁时参加士官生考试，以四等炮兵军士的军衔入伍，并在 1854—1855 年的克里米亚战争中立功。然而，他的出色表现并没有为他赢得自己十分看重的乔治十字勋章。对于这次没有载誉而归的经历，托尔

---

① 赵白生：《传记文学理论》，北京大学出版社 2003 年版，第 80 页。
② 沙叶新：《精神家园》，上海人民出版社 1995 年版，第 1—3 页。
③ Elbaz, R., *The Changing Nature of the Self: A Critical Study of the Autobiographical Discourse*, London: Croom Helm, 1988, p. 21.
④ 赵白生：《传记文学理论》，北京大学出版社 2003 年版，第 25 页。

斯泰一直耿耿于怀，"没有官阶、没有勋章地回到图拉，意味着彻底丧失尊严，成为一文不值的人。"（134页）虽然仕途不顺，但高加索军队时光却成为托尔斯泰写作的起点。事实上，托尔斯泰一生中许多文学创作都是与他的生平经历密不可分的。《塞瓦斯托波尔故事集》中描写的事件就是他在军队服役这段时间的经历，这段经历也为他积累了《战争与和平》的战争场面素材。他在这一期间还创作了《童年》和《少年》，两部作品都写出了他自己的难看、害羞、正直和善良。而《列夫·托尔斯泰传》中则这样写道："列夫·尼古拉耶维奇·托尔斯泰首先是一个给自己的生活出大难题的人。他随时随地都在引咎自责。对他人来说，是幻想，是不切实际地议论自己的缺点，是不见行动的废话，而托尔斯泰却身体力行着。青年列夫·尼古拉耶维奇面对一系列新的堕落，给自己提出了禁欲苦修者的任务。在紧张的自我分析的过程中，未来作家的天才成熟起来。弄明天才作家是怎样形成的，是最困难的。甚至要弄明树上的花蕾是怎样出现的也很困难，而这种现象已经重复了千百万次。人类的意识通常是怎样出现的，本来就很难弄清楚。"（71页）对此，《列夫·托尔斯泰传》的汉译者安国梁也总结道："托尔斯泰在青年时代追寻而暂时没有找到目的时的生活充满了负面因素，五光十色，一片混乱。他放荡不羁，花天酒地，寻欢作乐，挥洒着青春弥漫的精力。他怀疑苦闷，悲观失望，懒散怠惰，在无所事事中打发日子。然而，他又频频拟定计划，潜心阅读，热心工作，扪心自问，引咎自责，想在自我完善中去完善世界。他时而在农村进行农业改革，设计脱粒机，设计保暖、干净的农舍，改良家畜；时而幻想成家，找到生活中的另一半；最后，他远赴边疆，以志愿兵的身份在高加索为沙皇与车臣人作战……"①

我们发现，什克洛夫斯基在传记中不只是想表达托尔斯泰在精神探索中的日渐成熟，而是在于揭示托尔斯泰自我分析的辩证法。这是这位传记

---

① 安国梁：《什克洛夫斯基笔下的托尔斯泰》，《中华读书报》2010年11月3日。

作家探究托尔斯泰生平的重要途径。"列夫·尼古拉耶维奇也是一位探索者，不断地改变着决定，企图在生活中为自己找到真正的位子。"（74页）针对托尔斯泰这段混乱迷茫的生活，作者提醒读者："必须根据他怎样纠正错误、怎样理解错误，而不是根据他的错误来评判他。"（70页）托尔斯泰并非圣人，也会犯错误，所以要依据他是如何改正错误来判断他，这样才是比较成熟的做法。正如作者所说"托尔斯泰生平的每一个时期，都可以写成一本书，而这一时期尤其如此。列夫·尼古拉耶维奇重又着手写作《哥萨克》，结束了《暴风雪》，写完了《两个骠骑兵》；《八月的塞瓦斯托波尔》和《少年》也告竣工。他正在开创世界文学史上的新时期，但同时，他本人却是一个没有家室、非常不幸的人。"（232页）尽管托尔斯泰在精神发展的萌芽阶段是迷茫的，过着怀疑、苦闷和消极的日子，但是他又总是自责、自我剖析，他想要完善自我、完善世界，可谓"骚动中的前进才是托尔斯泰这时生活的本质。"[①]

托尔斯泰生平的第二阶段则是托尔斯泰精神发展及成熟时期。两度游历欧洲的经历是他的思想发展和逐渐成熟的动因之一。在巴黎看断头台行刑的经历给他留下尤为触目惊心的印象："在战争中，在高加索，我见过许多恐怖的景象，但是，即使有人当着我的面被弄得粉身碎骨，也不如那精巧雅致的杀人机器在一瞬间把一个身强力壮、生气勃勃的人杀死那样令人厌恶……看热闹的人群也叫人讨厌，一个父亲正在向女儿解释这是多么精巧方便的机械，等等。人性的规律———一派胡言！国家确实是一种不仅为了剥削，而且是为了败坏公民而设的秘密契约……我在这整个使人厌恶的谎言里看到的只有卑鄙龌龊的怨恨，我既不想也不能分清哪儿卑鄙多些，哪儿卑鄙少些。"（235页）欧洲之行使托尔斯泰意识到西欧社会并非完全自由而平等。作家看到杀人机器夺去了人的鲜活生命，这让托尔斯泰感到震惊和厌恶。托尔斯泰的西方观由此而改变，原有的西欧自由、平

[①] 安国梁：《什克洛夫斯基笔下的托尔斯泰》，《中华读书报》2010年11月3日。

等、理性的梦幻破灭了。我国学者木心指出:"他完全否定欧洲文明,对金钱地位的崇拜引起他的愤怒,这一怒,终生不平息。回国后又在自己的庄园办学校,做调解人,当陪审员,维护农民的利益。"①

在什克洛夫斯基笔下,托尔斯泰是一位安身立命于艰难困苦年代里的探索型作家。作家在精神发展的成熟时期,"企图在生活中为自己找到真正的位子"(74页)、寻觅生活真谛及"整个人类新的可能的生活制度"(127页)。托尔斯泰的系列生活和创作事实无不表明他在真理探索历程中充满荆棘。对于托尔斯泰而言,否定现有成规不易,与之同流合污更难。他彷徨、苦恼,甚至因生活毫无出路而绝望。但放慢脚步并不意味着停止不前。托尔斯泰在日记中总结自己生活的体验时说:"没有谬误,没有悔恨,没有迷乱,悄悄地在其中度日、不慌不忙、仔细认真地只做好事。真可笑……像不运动、不散步而又要成为健康人一样不可能。为了正直地生活,就得追求,迷误,开始,抛开,再开始,再抛开,永不懈怠地从事斗争和忍受损失。而安静——这是精神上的卑劣行为。"(298页)托尔斯泰逐渐意识到,必须不断地追寻、不断地遭受失败、然后再爬起来继续前进,只有永不懈怠地探索才能走出绝望。此时,他的精神探索已经上升为一种人生态度。

婚后的托尔斯泰进入精神发展的成熟期。传记中把这种精神探索的觉醒期称为"恪守道德"阶段。"出结婚到精神复活这18年,从尘世观点看,似可称为恪守道德的阶段。但是,就在这时,在谈到正统的家庭生活时,他忏悔为家庭所作的利己主义操劳,忏悔了增值财富的行径。"(14页)这一时期托尔斯泰"过着规矩诚实的婚姻生活,没有犯任何为社会舆论谴责的罪行。"②

在什克洛夫斯基的笔下,托尔斯泰在精神发展的成熟期,即从1857年

---

① 木心口述,陈丹青笔录:《文学回忆录:1989—1994》,广西师范大学出版社2013年版,第649页。

② 任光宣:《俄罗斯文学简史》,北京大学出版社2006年版,第155页。

到1880年这二十余年间，他在雅斯纳亚·波良纳创办学校教育农民子弟，做克拉皮文县第四区和解调停人，出版了教育杂志《雅斯纳亚·波良纳》，创作了《战争与和平》及《安娜·卡列尼娜》，结识了作家赫尔岑、画家巴什洛夫和一些十二月党人等，生活和文学创作同步进行。什克洛夫斯基把1881年定义为托尔斯泰转变的分水岭，认为《忏悔录》是其思想立场的转折，成为其为宗法制农民代言的标志。正是这种巨大思想转变使他在社会生活中具有了很特殊的地位："对于自己人，他成了外人；而对于外人，他却成了自己人。"（232页）

曹靖华先生也指出："托尔斯泰在这个时期写成的《忏悔录》正式宣布与上层贵族地主阶级的决裂。此后，他站在宗法制农民的立场上对整个沙皇俄国的政治经济制度作了无情的批判，但同时又大力宣扬'道德自我完善'和'不以暴力抗恶'的思想。这种对警察专制国家压迫的强烈反抗和政治上的不成熟正是宗法制农民思想矛盾的反映。"①

所谓"忏悔录"，其实是一种在西方"宗教文化的直接孕育和间接影响下"产生的具有广泛影响和深远意义的忏悔文学。在托尔斯泰之前，奥古斯丁、卢梭、德·昆西、谬赛和夏多布里昂都写过忏悔录。而托尔斯泰的《忏悔录》写于1881年前后，是在阅读帕斯卡尔的《思想录》启发而完成的。什克洛夫斯基认为，"1881年，似乎是托尔斯泰转变的分水岭。1881年以前的那一切都属于他的老贵族家庭，1881年以后的一切，则属于应当在宗教方面进行改造的全人类"。（736页）托尔斯泰这种世界观的转变，对其晚期创作产生了巨大的影响。他在这一时期的文学创作有《黑暗的势力》（1886）、《教育的果实》（1891）、《伊万·伊利奇之死》（1884—1886）、《克莱采奏鸣曲》（1891）及《复活》（1899）。这些作品都表现出托尔斯泰思想上的矛盾性。

托尔斯泰从动荡不安的生活中长时间地、逐步地、并最终领悟到生活

---

① 曹靖华：《俄国文学史》（上卷），北京大学出版社2007年版，第333页。

和生命的真谛。他坚信"真正的幸福在于自我牺牲,在于对他人行善"(157页);他"希望能对人们的幸福和利益发生一种重大的影响"(159页);他明确"废除土地私有的社会制度是俄国民族的世界性任务"(303页);他在被革出教门之际曾宣布:"过去,我先是爱我的东正教信仰甚于我的安宁,后是爱基督教甚于我的教会,而现在,我爱真理甚于人世的一切。"(669页)他在辞世前坚定地宣称:"做那应当做的,成败得失在所不计……一切为了他人的幸福,主要为了我的幸福。"(722页)我国学者徐葆耕指出:"列夫·尼古拉耶维奇·托尔斯泰是俄国作家中最富于贵族气味的。然而,却是他,比别人更为痛切地感到了自己所隶属的阶级的死亡。"[①]他深感自己周遭的一切与所追求的灵魂自由相背离,环境恶劣,生活毫无希望,前途无比黯淡,他不再彷徨,而是一再呐喊起来:"再也不能这样生活下去了!"(493页;604页)他不能不和这种生活和世界决裂。《忏悔录》的写作意味着思想立场的转折,他成了宗法农民的代言人。"托尔斯泰的世界观是农民的世界观"。(466页)

托尔斯泰理解人,包容人,心怀慈悲地爱他人。在什克洛夫斯基看来,这是神才能做到的事。在托尔斯泰的作品中,无论是什么样的人都被当作人。这种悲天悯人般的情怀在沙皇俄国封建制度下毕竟只是作家的一厢情愿,因此他的人生也注定是一个悲剧。《列夫·托尔斯泰传》的结尾处把托尔斯泰比作参孙是一个很有寓意的一笔。"参孙是一个被耶和华授予神力的巨人,曾用双手撕碎巨狮……参孙故事的作者把个人情欲放在民族斗争的背景下考察,从而在文学史上第一次提出民族责任与个人爱情之间的关系这一庄严主题。参孙的故事以主人公施展神力推倒大衮神庙与非利士人同归于尽作为结局,这是有重要意义的……是民族反抗意识战胜个人情欲的结果。"[②] 参孙是《圣经》中记载的悲剧英雄,其悲剧意义在于把个人的欲望同民族的生死存亡勾连起来。托尔斯泰也是这样,他本可以享

---

① 徐葆耕:《西方文学之旅》,河北教育出版社2003年版,第412页。
② 同上书,第64—65页。

受贵族身份带给他的一切，却为了整个民族的未来探索一生。托尔斯泰是幸福的，又是不幸的。作为智者能看清真相，他是幸福的；但他看透了暴政、丑恶、虚伪和苦难，看清了造成人间种种罪恶的原因，尽最大努力去改变却徒劳无功，所以他又是不幸的。

总之，托尔斯泰经历了从萌芽时期的迷茫、发展及成熟时期的觉醒到转变期的新生，这是一个漫长、艰难、痛苦的一生。什克洛夫斯基是遵循奥古斯丁自传足迹对托尔斯泰的精神漫游足迹展开探寻的。在《忏悔录》里，奥古斯丁通过"一堆琐事"揭示自我发展的轨迹，将"自我变化过程归结为'追寻一个基督徒的自我'"①，什克洛夫斯基也把托尔斯泰精神成长中的自我流动性详尽无疑地叙述出来，并将奥古斯丁的这种自传方法以隐在的形式移植到托尔斯泰传记中来，如：在分析托尔斯泰精神转变时，通过重复《忏悔录》进一步解释论证，从而在传记手法上达到了新高。而《列夫·托尔斯泰传》的结尾对"参孙"形象的引用，实则是一种寓言因素的介入。关于传记中的寓言因素，我国学者赵白生则指出："自传在本质上是一门'参照的艺术'，要求参照体（自我）和参照符（文本）互为指涉，遥相呼应。寓言因素的过分介入，破坏了'参照的艺术'的起码幻觉，使自传成为一部名副其实的'反自传'。"② 赵白生的这个论点应该适用于对什克洛夫斯基这部传记的破解，即《列夫·托尔斯泰传》或许是什克洛夫斯基戏仿传统的传记文学而产生的一部"反传记"文学？

三 一部关于"最伟大的人的最伟大的悲剧"的传记小说

什克洛夫斯基在《列夫·托尔斯泰传》的序言中批评了以往托尔斯泰传记者有失客观："传记编纂人或者自认为是托尔斯泰的学生，把伟大作家的一生看做（作）他逐渐理解上帝的一生；或者是自由主义者，用冠冕堂皇的废话替代分析，企图掩盖托尔斯泰一生中起了那么大作用的矛盾。"

---

① 赵白生：《传记文学理论》，北京大学出版社2003年版，第23—24页。
② 同上书，第19页。

（1页）作者不赞同以往对托尔斯泰传的主观臆断写法，他强调影响托尔斯泰一生精神探索的最重要的原因就是其矛盾性，即托尔斯泰之伟大背后的悲剧性。作家在半个多世纪里支配着人们的思想，但自己并未看到未来。他内心深知俄国必进行一场不可避免的革命，但口头上却言说着"不以暴力抗恶"。

首先，托尔斯泰的伟大"像雪山一样高耸在天际"。（782页）什克洛夫斯基认为，托尔斯泰不仅是俄国批判现实主义文学的最高代表，同时也是世界文学史上最值得尊敬的艺术家之一。甚至可以说，他的人格的伟大已经超越了艺术的伟大，以至于睿智、聪明等词语根本无法形容他。如果说普希金、莱蒙托夫、果戈理、陀思妥耶夫斯基、屠格涅夫，以及流亡的纳博科夫、索尔仁尼琴等构成了俄罗斯文学之松叶林般厚重的体积，那么站在松叶林顶端的就是托尔斯泰。托尔斯泰早已成为"伟大"的代名词，成为俄国人心目中最伟大作家之一。

"一个作家的伟大并不总是立即得到承认的。必须习惯于伟大，必须把伟大引入自己的生活，为伟大腾出地方。"（779页）作者以《哥萨克》主人公奥列宁初见高加索群山的情景为例分析指出："当他明白了他和山岭及天空间的整个遥远的距离，明白了群山广阔的幅员，当他赶到这一切的美的广袤无边时，他倒怕是幻想和梦境了。"（779页）这里将托尔斯泰比作群山，意在突出他既伟大又普通。"抛弃过去，追求明确，彻底的明确，同过去彻底分手，探索全体人民可以理解的新路——就是这些造就了托尔斯泰的伟大，并使他像雪山一样高耸在天际……他抛弃了祖宅、朋友和家庭，他摒弃了他们的信仰，寻找新的世界观，虽然他没有能够改造这一世界，因为改造世界要求进行新的斗争。"（782页）托尔斯泰的一生都在追求真理，寻找信仰，探索新路，改造世界。托尔斯泰放弃原本属于贵族阶层可以享受的荣华富贵，这无疑就是伟大的。

值得注意的是，关于托尔斯泰矛盾一生的评价，什克洛夫斯基一定程度上参考了列宁的几篇关于托尔斯泰的文章。托尔斯泰出身贵族，但却处处为农民高声疾呼；他受法国启蒙运动思想的影响，反沙皇专制；他在自己的领地上尝试改革，但农民不信他也不接受；他享有国际声誉，但却决定在 82 岁高龄时离家出走。列宁文章中的这些史料及观点，在什克洛夫斯基传记作品中得到了认同："我写这本著作的指导思想是弗·伊·列宁论托尔斯泰的论文。这篇论文首次把托尔斯泰的活动和第一次俄国革命准备阶段这一时代直接联系起来，把他创作中的'尖锐矛盾'理解为这一时代的矛盾的反映。这种观点从此成为定论。"（2 页）

列宁在《列夫·托尔斯泰是俄国革命的镜子》一文中写道："托尔斯泰的作品、观点、学说、学派中的矛盾的确是显著的。一方面，是一个天才的艺术家，不仅创作了无与伦比的俄国生活的图画，而且创作了世界文学中第一流的作品；另一方面，是一个发狂地笃信基督的地主。一方面，他对社会上的谎言和虚伪作了非常有力的、直率的、真诚的抗议；另一方面，是一个'托尔斯泰主义者'，即是一个颓唐的、歇斯底里的可怜虫，所谓俄国的知识分子。"[①] 什克洛夫斯基赞同列宁对托尔斯泰的精确、客观而透彻的剖析。实际上，时至今日，列宁对托尔斯泰世界观矛盾的分析，已成为后人研究托尔斯泰文学创作不可回避的经典援引。受列宁的启发，什克洛夫斯基写道："我想把话说得委婉一点，但是我不能不提到这个最伟大的人的最大的悲剧。在半个多世纪的时间里，他支配着全人类的思想，却不能看到未来。他知道革命不可避免，却企图在未来面前闭上眼睛，并胡诌什么不抗恶。我想揭示，托尔斯泰在文学作品和论文里是浑然一体的。但是，这个面貌一致的人，如同那些处身于两个伟大时代交替时期的人物都具有矛盾一样，自身也具有内在的矛盾。他像希腊悲剧人物一样具有矛盾。"（2 页）

托尔斯泰是伟大的，也是迷茫而痛苦的。他的一生做过许许多多的有益的善事，却始终在紧张地拷问着自己的灵魂。托尔斯泰不仅仅属于家

---

① 田雨泽：《列夫·托尔斯泰文学创作中的矛盾成因探讨》，《十堰职业技术学院学报》1994 年第 1 期。

人，更属于俄国全体农民，他在家里感到受限，他需要追寻灵魂的自由。《列夫·托尔斯泰传》从大量史料分析中揭示了托尔斯泰矛盾的主要根源：他的矛盾既表现在他与亲人的隔阂中，也表现在他自己的绝望中。

一是与亲人的隔膜。托尔斯泰拥有一个人丁兴旺的家庭，但是亲人内部的关系一直算不上和谐，文学巨匠的生活理念总是得不到身边人的理解和支持。"全家人的相互隔膜有几个层次。女儿们倾向父亲一方，尽管方式各不相同。谢尔盖·里沃维奇过着官吏的生活，伊里亚·里沃维奇成日价打猎或纵饮作乐、寻花问柳，列夫·里沃维奇嫉妒父亲的文学声誉，他们大家在各自的生活里都没有支撑点。"（606页）在与亲人诸多奇特隔膜中，最为困扰托尔斯泰的是他与妻子索菲娅的隔膜。传记的开篇写道："索菲娅·安德列耶夫娜·托尔斯泰娅作为女性，只有一个错误，那就是她1844年出生在一个御医家庭，并在1862年嫁给了托尔斯泰。她为他生儿育女，希望孩子幸福，为孩子的幸福操劳奔波，关心列夫·托尔斯泰的凡间世俗的幸福，但是她和他在一起却不能得到幸福。他多次冷待妻子，又多次恢复了对妻子的眷恋之情。他觉得他得到了幸福。有时候，他又感到痛苦，因为他既无力彻底改变自己的生活，又不能改造自己的妻子。他不能离去。"（6页）从这段文字中可以看出，托尔斯泰对妻子的感情是深厚而又复杂的，妻子很爱他，为他生儿育女，操持家务，但是他有时会冷淡妻子，有时又会恢复对妻子的眷恋之情。这种相处模式让托尔斯泰夫妻双方都感到很累。

托尔斯泰之所以在晚年离家出走，与强势的妻子索菲娅关系很大。他们一起生活了几十年，他们之间有着很多夫妻之间都有的那种矛盾，互相深爱但又互不理解。他们也经常因为琐事而争吵，每次发生口角之后，"列夫·尼古拉耶维奇总是用亲吻去平息争端，虽然懂得这样去平息争端是不可靠的——她会闪身躲开。"（326页）从这个细节可以看出，其实托尔斯泰还是爱索菲娅的，但是他们也有着比较深的隔膜。书中谈到的《恶魔》手稿一事就足以证明这一隔膜：托尔斯泰并不想让妻子知道手稿放在哪里，但是在"1909年春天，索菲娅·安德列耶夫娜找到了手稿，结果发生了严重的争吵；托尔斯泰就索菲娅·安德列耶夫娜写道：'……她内心的旧酵母又发起来了，我感到十分难过。上花园。开始写我死后交给她的书简，但是没有写完，丢开了……'"（326页）索菲娅用自己的方式爱着丈夫。所以在家里，托尔斯泰越来越感到痛苦和烦闷，他们的关系异常紧张。最终他竟然放弃了自己最后三十年所著作品的所有权，这使索菲娅·安德列耶夫娜非常恼怒。

索菲娅的最大不幸就是深爱着自己的丈夫。她是一个爱吃醋的妻子。她年轻的时候不明白丈夫不只属于她一人，还属于俄国农民。《列夫·托尔斯泰传》中有这样一例："列夫·尼古拉耶维奇在写一本书。妻子读着丈夫的作品，激起了妒意。她于1865年3月2日写道：'在廖沃奇卡面前，我感到自己像是一条得了鼠疫的狗。但是，我不去碍他的事，因为他本人并不注意我。我感到痛苦。他不在乎我。然而，我内心对他仍然保存着旧有的、嫉妒的强烈的感情。我变得太爱耍小脾气了。'"（334页）书中对于这对携手走过近半个世纪岁月的伉俪的不幸婚姻这样评价："他的不幸和她的不幸都是命中注定的，伟大人物的任何努力都不能加以改变。"（329页）什克洛夫斯基把他们的结合归结为一种宿命。

二是托尔斯泰的绝望。托尔斯泰的绝望在幼年时的记忆中就已经存在。什克洛夫斯基写道："使我难以忘怀的不是我的叫喊，不是我的痛苦，而是我的印象的复杂和矛盾。我想自由自在，它并不妨碍任何人，然而大家都使我痛苦。他们怜惜我，于是把我捆绑起来。我需要一切，我是弱小者，他们则是强壮有力的。在人类的旧生活里，在人类黎明前漫长的噩梦中，人们通过财产、栅栏、房地产买契、遗产和褴褛带彼此捆绑在一起。"（15页）这种绝望和痛苦贯穿托尔斯泰的一生。

托尔斯泰的一生都在和财产进行斗争，尤其是他有了自己的家业和收入之后，这种矛盾在他的心中愈演愈烈。首先，他曾经明确反对土地私有制，因为私有制带来的财产纠纷只能加重农民的贫困，他希望实现哥萨克的村社制度。此外，托尔斯泰的行为也构成了对自己的说教的背叛。为了置办田产，他先后两次购买了六千多俄亩的土地。他在购置土地的过程中还对自己低价入手的土地沾沾自喜，但不久又陷入深深的自责和忏悔。托尔斯泰为了融入农民，与他们一起共事农务，修建房屋，割草和泥，然而辛勤的劳动对于农民的贫困来说只是杯水车薪，不改变整个社会体制，再多的修补措施也无济于事。对于托尔斯泰来说，"可以抛掉财产，把一切分掉，可以搬进农舍去生活，但是，列夫·尼古拉耶维奇很清楚农村的生活水平；如果抛掉一切，那么就得抛掉床上铺垫的干草，因为贫困是没有止境的。"（607页）然而，托尔斯泰不可能同意通过革命颠覆这个社会的腐朽体制，因为他信奉的"不以暴力抗恶"准则不允许他从事这种牺牲流血的冲突事件。

与亲人的隔膜使托尔斯泰几乎绝望。"他暂时屈从于生活，正像农民屈从于厄运——凶年一样，并戕贼自身已适应环境。20年后，在那获得最高成就的年代，他才把握了真理。他明白了他日子过得不对头。改造生活是为时已晚；他觉得任何改造都得从自己的灵魂开始，从自己的生涯开始，但是，他的生涯却被一个人口众多的家庭所束缚。"（323页）托尔斯泰向往着灵魂的自由，但是他的生命却受到家庭束缚，这并不是他想要的生活。

在矛盾和绝望不可调和之时，托尔斯泰决定离家出走摆脱贵族生活。但却中途受凉得了肺炎而与世长辞。"这个家不仅同托尔斯泰所想的，而且同托尔斯泰沉重地感受到的东西越来越矛盾。由他人挂在墙上的绘画可以不摘下来，但是活人们在外面构成的绘画，是不可能置之不理的。……人是不可能逃离生活的，没法回避生活"。（716页）

托尔斯泰的一生是矛盾而具有悲剧性的，但什克洛夫斯基却认为托尔斯泰"使人类的心灵成为可以认识的，在旧事物中间发掘出了新事物，这些新事物不仅真实，而且具有一种新颖的美……他来到了新大陆的边沿，他已经看到了新大陆，但是没有能走进新大陆"。（782页）虽然最终托尔斯泰没有改变世界，但是他带给俄国及整个世界的影响是巨大的。俄国学者波波夫金指出："伟大的艺术家列夫·尼古拉耶维奇·托尔斯泰是我国人民和整个进步人类的骄傲。托尔斯泰不朽作品的主人公现在激励并长久地激励子孙后代，使他们和作品中的主人公一道享受悲哀和欢乐，一道追求真正的人类幸福。"① 可见托尔斯泰对整个俄国和全人类的影响之大。"雅斯纳亚·波良纳有一个阴郁的主人。他想离开这里而不能。正像为了移走房前的榆树就得把树根砍断一样：一根根地砍断，结果会割断命脉。只有以血浇灌土地之后才能离此他去。列夫·尼古拉耶维奇生在一个历史的伟大交接点上。他不了解未来，然而又明白今日已不同于往昔，他属于往昔，没有未来，然而又强烈渴望着未来。伟人们都是由他们那个时代的矛盾造成的。"（11页）这说明，托尔斯泰的社会理想依然停留在过去的时代，他迫切想要改造生活和世界却又拒绝大刀阔斧的革命。"列夫·尼古拉耶维奇矛盾重重，因为他属于旧时代，他的理想在过去，同时因为他是一个充满人性的人，而人类的理想在未来。"（431页）托尔斯泰既伟大又普通，他像参孙一样伟大，同时也像参孙一样是一个悲剧式的英雄。

总之，托尔斯泰已到达新大陆的边沿，但却没能走进新大陆；虽然没能改变世界，但却带给了俄国及整个世界以巨大影响。然而"托尔斯泰不朽作品的主人公现在激励并长久地激励子孙后代，使他们和作品中的主人公一道享受悲哀和欢乐，一道追求真正的人类幸福。"②

四 "灵活自由的叙事"：一部分析型传记

什克洛夫斯基在评论《名人传记》丛书时曾说，"传记的成功首先取决于选入书中的事实和分析的方法"。③《列夫·托尔斯泰传》就是什氏根

---

① ［俄］亚·波波夫金：《列夫·托尔斯泰传：俄苏文学家传记丛书》，李未青等译，黑龙江人民出版社1986年版，第335页。
② 同上。
③ ［俄］维·什克洛夫斯基：《评〈名人传记〉丛书》，《旗》1959年第3期。

据托尔斯泰日记、书信和回忆录等多种文学材料并对之慎重过滤而创作的。这是探索托尔斯泰生平、阐释托尔斯泰思想、分析托尔斯泰艺术方法,富有内涵和文学性的传记小说。"由于研究了托尔斯泰的日记和同时代人的回忆录,我不由得采用一种灵活自由的叙事方式。但是书中任何地方都没有偏离事实。"① 这就与传统的传记作品迥然不同,可称得上一种新型传记。

首先,新传记采用"传中有传"的叙事方法,即在"他传"(为托尔斯泰写传)中插入了"自传"(托尔斯泰的自传)。什克洛夫斯基深知,再现伟大作家漫长而充满矛盾的一生离不开传主与其亲友、熟人或偶尔邂逅者的回忆录、日记、书信等材料,所以他首先立足于从托尔斯泰本人的感受出发探测作家隐秘的内心世界。仔细研读发现,该作品中具有一明一暗两条线索:明线是探究托尔斯泰生平发展的心路历程,即在传记中插入了托尔斯泰的日记、回忆、书信等文学材料,采用了以托尔斯泰本人为第一人称追溯方式,使传记在一定程度上具有可据性;暗线则是在与自传主人公对话中剖析了托尔斯泰及其作品的精神世界,这又使传记在某种程度上探讨了书写伟人生平的方法,可谓一种探究传记发展新传记。"我尽我所能地写出托尔斯泰的生平——根据书简、日记和作品。列夫·尼古拉耶维奇本人说过,在揭示作家灵魂方面,作品比日记更丰富。作品揭示出一个人的目的。"(225页)"托尔斯泰一生都在把融合进他的世界观体系的那些事情从洪流中区分出来。选择的方法不断改变,选择的对象也随之而改变。"(16页)这里探讨的不仅是托尔斯泰世界观的转变,而是分析其世界观转变的方式方法。"在托尔斯泰纪念文集中,日记及注释共占了13卷。拒绝利用他们是不行的,但是,在利用这些日记时,应当想起作品。作品是作家的目的,而日记则是他的自白。日记常常是为他人阅读而写作,当普希金在谈到卢梭极端坦率的日记时指出过这一点。"(330页)传

---

① [俄]维·什克洛夫斯基:《作者的序》,参见《列夫·托尔斯泰传》,安国梁译,海燕出版社2005年版,第2—3页。

记中将作家生平记事与文学作品分析紧密联系,这是什克洛夫斯基这部传记作品的主要特点,作家与批评家的双重身份也尽收其中。

其次,新传记对日记、回忆录、书信等文学材料的慎重处理。文学作品中的叙事,通常是指对人物、事件、环境的介绍和交代,而《列夫·托尔斯泰传》并不满足于这些常规的叙事方式。什克洛夫斯基一方面记录了列夫·托尔斯泰在不同阶段所经历的各种事件、所处的各种环境,但另一方面为了艺术地再现托尔斯泰漫长而充满矛盾的一生,广泛采用了托尔斯泰及其亲友、熟人或偶尔邂逅者的回忆录、日记、书信等各种材料,并且在传记中不断地分析这些所谓的回顾性材料,同时又客观地阐释了如何在传记书写中辩证地看待这些材料,警示人们在使用这些材料之际"不能由作家的日记、由他在日记中自己说给自己听的见解,或者由作家给特定人的信件直接去探究他讲给所有人听的文艺作品。"(207页)"不必过分信赖那些日记,因为我们知道,索菲娅·安德列耶夫娜,也许还有列夫·尼古拉耶维奇,主要是在他们发生争执、感到痛苦时才写日记。一般来说,要想了解真实情况,而不是去判定早已因两人的去世而消失了的争吵的是非,就得极端小心谨慎地去利用回忆录和日记。"(330页)

关于这一点,什克洛夫斯基与艾亨鲍姆的看法颇有相似性。艾亨鲍姆在《青年托尔斯泰》一文中指出:"人们在用语言表达自己的心理活动时,总是遵循着一定的构思和形式原则,因此,经过语言过滤的心理活动不可避免地具有了假定性的形态,而这种形态与实际内容是不相吻合的,至此心理活动已不可避免地遭到了变形,已经完全不同于生活中的直接体验,从这个意义上来说,记载心理活动的日记已经成了文学事实,是一种有意识地创作。"① 也就是说,艾亨鲍姆也认为托尔斯泰的日记并不可信,他的日记并不完全是其心路历程的真实记载,作家的日记实际上已是一种被加工了的文学文本。

---

① 李冬梅:《浪漫主义文学传统规范的破坏者——艾亨鲍姆论青年托尔斯泰》,《俄罗斯文艺》2006年第2期。

什克洛夫斯基在仔细研读托尔斯泰生前日记等回顾性材料后，也主张对于托翁日记内容的采用应持谨慎态度。如他在书中写道："在托尔斯泰纪念文集中，日记及注释共占了 13 卷。拒绝利用他们是不行的，但是，在利用这些日记时，应当想起作品。作品是作家的目的，而日记则是他的自白。首先，日记常常是为他人阅读而写作，当普希金在谈到卢梭极端坦率的日记时指出过这一点。"（330 页）什克洛夫斯基之所以要求"极端小心谨慎地去利用回忆录和日记"，是因为他认为，"人似乎本身就存在着矛盾，回忆也往往是方枘圆凿，因为次次回忆都有一个此时此刻。"（13 页）由于时间和空间的差异，导致人们对待同一件事看法的不同。比如，在人际交往关系中，某个人对待同样的事情的态度，会不可避免地或正或负地影响对方的思维模式。

什克洛夫斯基通过分析托尔斯泰的日记和他妻子的日记的彼此对话印证了二者精神世界的疏远。如：索菲娅读托尔斯泰的日记，托尔斯泰读妻子的日记：这是两个彼此不理解的人的独特对话。这种对话使他们极其苦恼。后来在 1865 年 3 月 26 日，索菲娅·安德列耶夫娜在日记中写道："廖沃奇卡富于诗意地热爱生命，并且独自尽情欣赏着它；也许是由于他身上的诗情美妙动人，丰富充溢，他珍惜它。这也教会我去过个人的、小小的内心生活。他在写东西，无疑也是日记。我已经几乎不读他的日记。彼此一读就要作假。托尔斯泰也曾这样承认：'这本小本子里所写的一切几乎都是谎言——虚伪。她这时会站在我背后读日记的想法妨碍和破坏了我的真实。'"（334 页）在另一处托尔斯泰又说："应当附记一笔，我为她——她将会读这些日记——写的东西倒不是不真实，然而是从许多事物中挑选出来的，如果只是为了我个人，我不会这样写。"（319 页）经过这些细节分析之后，什克洛夫斯基自诩自己的这部传记是值得信赖的。正如他在序言中先声夺人地指出那样："书中任何一处都没有偏离事实。"（2 页）

此外，什克洛夫斯基还从托尔斯泰晚年在遗嘱中要求撤销自己早年生活日记这一行为也印证了日记不可信这一说法：托尔斯泰之所以要求销毁他早年的生活日记，原因是他自己认为当时的生活日记像是旧学校的记过簿，没能全面反映出他当时所作的紧张而有效的思想探索，因而"这些日记将产生虚假的片面的印象……我在这些日记里只记下了因意识到的罪恶而使我痛苦地（的）东西"（685页）。什克洛夫斯基因此得出："决不可根据列夫·尼古拉耶维奇的日记来判断他，尽管这些日记是真实的，更不应当相信他给自己打的操行分数和忏悔。不应当盲目相信托尔斯泰的记载，因为他在青年时代记录自己的历程只写下了阴暗面；成功只透出一丝光芒，正如打字机在迅速打字时用力打句点打透了纸，透出了一点点亮。"（94页）书中似乎也在告诫读者，不能根据托尔斯泰的日记来判断他，因为托尔斯泰在日记中有时只记下了其阴暗的一面，所以不能以偏概全地评价复杂的托尔斯泰。

除了日记，什克洛夫斯基还指出书信和回忆录更不准确。书信可能是为了给别人看而写的，而人的记忆都是有限的，并且想法会跟着周遭的环境改变，所以什克洛夫斯基得出结论：日记、书信和回忆录并不可信。尽管《列夫·托尔斯泰传》中穿插了大量的托尔斯泰的信件和回忆录，但作者却毫不隐晦地说，"在书信里，人常常不由自主地隐瞒自己的情况，不让收信人知道。给不同的人的信件各各不同地涂抹上一层收信人的色彩。"（642页）或者相反："人们写信的目的有时不仅为了让收信人看，而且也为了在邮局中被人拆开、偷看，为了拿信来做幌子。"（299页）所以什克洛夫斯基认为回忆录有时更不靠谱。回忆往往因不同的情势而变得前后不一，甚至矛盾悖违："人似乎本身就存在着矛盾，回忆也往往方枘圆凿，因为次次回忆都有一个此时此刻。"（13页）

此外，《列夫·托尔斯泰传》中对托尔斯泰许多重要作品都有深刻而精彩的分析。作为文学理论家、批评家，什克洛夫斯基在创作这部新传记之际，不仅仅要写一部基于日记、书信和回忆录的文学记录，更要写一部分析托尔斯泰作品、解读托尔斯泰思想的传记作品。如前所述，"分析型传记"是指文学理论家撰写的一种分析文学文本的传记。"我尽我所能地写出托尔斯泰的生平——根据书简、日记和作品。列夫·尼古拉耶维奇本人说过，在揭示作家灵魂方面，作品比日记更丰富。作品揭示出一个人的目的。"（225页）什克洛夫斯基几乎对托尔斯泰的每一部名著都有深刻而精彩的分析，比如，在对《战争与和平》结构及其人物世界的分析中指出应该重视艺术作品的整体性："如果普希金或托尔斯泰的长篇小说持续了多年才写成，而作者本身发生了变化，经受了思想危机，重新理解了生活，如果世界的局势在长篇小说写作时间内发生了变化，那么很显然，我们面对的不是静止状态的整体性，而是艺术创作过程的整体性。"（350页）再如，传记中甚至还道出了编辑和作品之间存在的不一致问题："《战争与和平》的一份手稿共363页，两面书写，共得726面，其中缺了28面，大概它们被撕下，粘在另一个地方，没有保存下来，在改写时被抛弃了……手稿有一部分未刊入纪念文集，因为编者认为，这部分接近定稿。这种做法是不正确的。"（355页）

总之，《列夫·托尔斯泰传》这部传记与什克洛夫斯基之前旧传记有着很大区别；什氏的这部传记与艾亨鲍姆笔下的托尔斯泰生平传记研究也有所不同；托尔斯泰的精神发展历程经历了三个不同的历史阶段；什克洛夫斯基笔下托尔斯泰像希腊悲剧人物一样具有矛盾的悲剧性；这部传记不仅仅是基于日记、书信和回忆录的文学记录，更是一部分析式传记。通过以上分析和阐释，可以见得，作为文学理论家的什克洛夫斯基，对托尔斯泰的经典作品有着深刻而独到的见地。

第三章

什克洛夫斯基小说的陌生化叙事风格

无论是散文作品还是理论文集，什克洛夫斯基创作的语文体特点毋庸置疑，其创作从始至终都倾向于陌生化叙事风格。追求陌生化是这位学者型作家文学创作的初衷。在如前所说的自传三部曲中，作者有意地"把自己变成了主人公，借助主人公来讲述……使作品发生突变……激活主人公自己……处于作家之外卸载自己的责任"①，也就是说，作为理论批评家的什克洛夫斯基，同时还兼任作者、讲述者和主人公等多重主体身份。② 三部曲中的主人公都是作者本人的化身，他们分别是现实生活中革命和内战的亲历者、与心仪女性通信并编辑成书的恋爱者和回到苏联俄国的电影放映者。介于作者、讲述者和主人公等多重角色之间，作品的叙述主体界限模糊。什克洛夫斯基将回溯往事、讲述故事、编辑文本等作为散文创作的主要叙事方式，因此被誉为"现代叙事文分析和'叙述学'的先驱"③，"最早尝试建立小说'诗学'的前（先）驱之一"④。

---

① Шкловский, В. Б., *Гамбургский счёт*, Москва: Советский писатель, 1990, С. 302.
② Эйхенбаум, Б. М., "О Викторе Шкловском", в кн.: Б. М. Эйхенбаум, *"Мой временник…" Художественная проза избранные статьи 20—30-х годов*, Санкт-Петербург: Инапресс, 2001, С. 135.
③ [法]伊夫·塔迪埃：《20世纪的文学批评》，史忠义译，百花文艺出版社1998年版，第25页。
④ [英]特伦斯·霍克斯：《结构主义和符号学》，瞿铁鹏译，上海译文出版社1987年版，第64页。

第一节 《感伤的旅行》:故事体小说风格

1917—1923 年是 20 世纪俄国历史上最为动荡的阶段之一,同时也是什克洛夫斯基一生中经历最为波折、阅历最为丰富的时期。虽然什氏一度被迫卷入各种社会活动与政治活动,但他从未放弃文学创作,相反却把这些年里社会所发生的令人诧异的事件、其所经历的冒险事件,筑巢于自己的艺术创作之中,用形式主义的术语表达即"由生活事实转化成文学事实"。《感伤的旅行》就是这一时期什克洛夫斯基对俄国社会爆发革命、内战及其逃亡芬兰故事的极具艺术性的文学讲述,可谓一部当之无愧的"故事体小说"。

《感伤的旅行》中,作者讲述了自己在俄国十月革命时期、第一次世界大战前线时期、波斯时期以及卫国战争时期个人亲身经历,在动荡的历史、社会变革之中讲述自己的心路历程。但值得注意的是,小说在基调上"没有任何感伤的情绪,那些最为恐怖的事实,即使如库尔德人和亚述人在尤尔米亚的相互残杀这类事件,也写得心平气和,细致入微。"① 这是因为:作品的叙事形式突出了讲故事人的个性化语调,讲述带有讽刺口吻、陌生化意味,从而使作品具有故事色彩。而且故事叙述暗含着作者与讲述者、创作家与理论家、冒险家和批评家均同时在场的多重视界。实质上,这种自我讲述、自我剖析的故事体小说,正是什克洛夫斯基力图检验其"陌生化"理论的一种手法,当然也是其在历史变革中个人世界观和艺术观的一种高度聚焦。作者本能地借助于陌生化视点来实现自己的巧妙甚至圆滑转身,用散文创作方式来回应外界的枪击、进攻、逃亡等形形色色的社会动荡,传达自己对这个陌生世界的个性化感悟,也表达了自己作为一代知识分子对文学前景和祖国命运的深切忧虑。

---

① [俄]德·斯·米尔斯基:《俄国文学史》,刘文飞译,人民出版社 2013 年版,第 313 页。

所谓"故事体"（сказ，skaz），即讲述体，是指"非标准的，即口头的、日常生活的、谈话体的言语，而且是非作者的言语。"① 而"故事体小说"这一文学样式在俄国和俄国以外的欧洲文学传统中早已有之。在俄国文学中，早在17世纪就出现了故事体文学，到了19世纪上半叶迅速发展起来，特别是在普希金、果戈理等作家笔下故事体小说已发展到了较为成熟的阶段，如普希金的《别尔金故事集》、果戈理的《彼得堡故事集》等；到了19世纪下半叶由于小说定位于日常琐事、聚焦于现实生活体裁，那种自叙性文学体裁遭到排挤，传统的故事体小说一度退居其次甚至消亡，直至契诃夫时代才再次兴盛起来；到了19世纪末20世纪初的白银时代，特别是20世纪20年代，故事体小说再度崛起并繁荣起来，一些新现实主义、现代主义（包括形式主义）文学家肩负起文学变革的使命，扛起小说技巧革新的大旗，试图探索一反传统的、新的文学体裁样式，再次走上故事体小说的创作之路。"纪事""札记""传说""见证人所讲的故事"等一时间此起彼伏，这些体裁命名甚至被小说作家们直接作为故事体小说的副标题，那个时代的小说家们"仿佛是在强调最异乎寻常的、最为魔幻而非现实的事件乃具有文献性——这一切，是与那年月的文学的又一个普遍的特征相吻合的：对存在本身的相对性加以肯定，对现实与虚构之间的界限乃是相对的这一点予以首肯。"②

20世纪20年代的文学研究界关于文学审美的理解一般存在两种态度：一是主张文学审美重心应在于文体形式，其内容是"形式的内容"；二是认为文学审美偏重于思想内容，其形式也是"内容的形式"。前者的主要代表就是形式主义学者。这类学者们对诗歌和小说研究钟情于形式审美。其中，故事体小说一度得到形式主义批评家兼作家的极大关注，并在理论研究和小说创作中均取得了卓有成效的成就。在"奥波亚兹"的成员作家

---

① ［俄］瓦·叶·哈利泽夫：《文学学导论》，周启超等译，北京大学出版社2006年版，第312页。
② ［俄］叶·德米特里耶娃：《20世纪初的俄罗斯故事体小说》，周启超译，《俄罗斯文艺》1998年第1期。

中，维克多·鲍里索维奇·什克洛夫斯基、鲍里斯·米哈依洛维奇·艾亨鲍姆、尤里·尼古拉耶维奇·迪尼亚诺夫等人就在故事体小说创作及其理论研究上独树一帜并成就斐然。艾亨鲍姆认为，小说主要有两种叙事方式，一是"故事本身"；二是"舞台故事"。第一种叙事方式是作者作为讲述人直接面对读者进行讲述，叙事本身成为形式的构成因素；第二种叙事方式是人物的对话被置于前景，叙事则围绕着对话进行，起到解释和说明的作用。从这一点来看，也可以"把叙事类型划分为口头语体叙事和书面语体叙事"①，而这里的口头语体叙事，也就是指故事体小说的口语化。关于故事体小说的认识，什克洛夫斯基与艾亨鲍姆有着异曲同工之妙。

如前所述，什克洛夫斯基不仅是散文理论的缔造者，还创作了大量的散文作品。其中在自传三部曲中，作家、理论家、作者或讲述者等几乎可以等同视之。如在《感伤的旅行》中，作为作家的什克洛夫斯基，既是作者本人，又是讲述者，还是从事文学理论研究的理论家。也就是说，作者通过第一人称讲故事的方式，把读者的注意力更多地引向讲述或叙述本身，使讲述人或叙述人的形象、声音、个性化语调都摆在首要位置，既表达了其经历各种冒险行为时的主观感受，同时也表现了其作为理论家对文学艺术创作的理性思考。

一 叙事的口语化

关于故事体小说，艾亨鲍姆指出："故事体小说的突出特点在于叙事人的口语体风格占据主导要素地位并构成了一个意识的焦点。叙事人往往也是书中的人物之一，他的口语体风格（个性化语调、口误、措辞特点、民间语源学……）往往决定着小说整个体系的风格特征。"② 这里传达两个信息：一，故事体小说叙事是口语化的；二，小说中的叙事人往往就是其

---

① 张冰：《陌生化诗学：俄国形式主义研究》，北京师范大学出版社 2000 年版，第 262 页。
② Эйхенбаум, Б. М., *О литературе. Работы разных лет*, Москва: Советский писатель, 1987, С. 465.

中人物之一。艾亨鲍姆还指出:"讲述体的原则要求在讲述人的语调上,而且在语言色彩上都呈现出某种特色:讲述人应当掌握某种用语和某种词汇,只有以这样的面目出现,才能实现口语的目标。"① 这就是说,在故事体小说中,讲述人的语调特点或语言风格应该是鲜明而独具特色的,即讲述人具备新颖而不同寻常的口语面貌。

什克洛夫斯基对小说的认识体现在其对情节和结构的大量例证分析上,而较少有对小说包括故事体小说概念的理论界定。正如他本人在《故事和小说的结构》一文开篇所说,"我在动手写这篇文章时,首先应当说明,我并没有一个关于小说的定义,也就是说,我不知道,细节应具有什么样的特性,或者说,应当怎样安排细节,最后形成情节分布。单纯的形象和简单的罗列,甚至对事件的简单描写,都还不能构成小说。"② 但从这篇文章中我们还是能够领会其所提出的"小说套小说"中最常见的"叙述体故事小说",即故事的无限性特征。这种小说是作者借助故事的串联结构和梯形结构建构而成的。什氏通过分析东、西方一系列小说故事情节,阐释了自己对托尔斯泰小说的反常化类型结构,以及"欧洲式"小说,即为"叙述而叙述"的独特框架的认识。

从什克洛夫斯基的以上阐述中可以看出,故事是分析小说叙事结构的主要依据,叙事成分接近口头讲述的程度决定着小说叙事结构的类型。在《感伤的旅行》中,什克洛夫斯基采用口头语体叙事的方式,在书中自诩是一个很会讲故事的人。"我给他讲了波斯的事儿。他听着,押送人员以及另外一个被带去审问的囚犯也都听着。我被放走了。我是一个职业讲故事的人。"③ 关于这部作品的故事体特点,许多评论家都指出过该作品中永

---

① Эйхенбаум, Б. М., *О литературе. Работы разных лет*, Москва: Советский писатель, 1987, С. 419.

② [俄]维·什克洛夫斯基等:《俄国形式主义文论选》,方珊等译,生活·读书·新知三联书店1989年版,第11页。

③ [俄]维·什克洛夫斯基:《感伤的旅行》,杨玉波译,敦煌文艺出版社2014年版,第147页(本小节例子均引自该书,以下不再一一注释,只在文中标明页码)。

不衰减的感染力就是得益于作者这种情感饱满的叙述方式。什克洛夫斯基通过这种新颖而独特的叙述方式，把各种文学材料勾连起来，使讲故事行为充当着小说的结构线索。

在《感伤的旅行》第一部《革命与前线》中，什克洛夫斯基主要谈论了俄国十月革命时期、国内战争时期以及第一次世界大战时期所发生的重大历史事件，讲述了动荡不安的历史背景下个人的遭遇和命运。小说中充满了诸如饥饿、伤痛、鲜血、死亡等沉重的事件，但作为讲述人的"我"却用冷静而客观的语气进行阐述，没有发表任何其他的评价。用艾亨鲍姆的话说，在艺术中，重要的是"内心情感的中性化"[1]。在小说开头部分，"我"作为后备装甲营的教官讲述了革命发生的原因和过程，在结束这些讲述时又说道："我是怎么到的前线呢？列宁来了。"（16 页）而随后，作为鼓动员被派往前线时又这样说道："我感觉自己就像一个察觉出被皮带拴住衣角拖着往前走的工人：他在反抗，但内心已经屈服于不可避免的死亡。"（18—19 页）直接参与系列事件的当事人在讲述这些事件的过程中却在极力摆脱着对事件的评价："我不想当事件的评论者，我只是想为评论家提供一些资料。"（20 页）在描写前线如何向前推进时讲述人也这样说道："公路左侧的某个地方似乎有人在用木棍敲打着木棍：那是步枪和机枪在扫射……有人认出了我，但大家都顾不上我，木棍敲打得越来越频繁了，这是仍在进行战斗。"（41 页）也就是说，作者不想直接指明战况如何紧张和激烈，而是把事物描述成第一次见到或听到时的样子，称射击声像是"木棍敲打着木棍的声音"，通过节奏越来越频繁的"木棍敲击声"表明射击声越来越密集，以此表示战斗状况也越来越惨烈。当"我"继续往前走时看到的是："就在路旁的树丛下躺着一个死人，他安静地躺着，旁边平静的士兵们吃着奥地利罐头当早餐，还把白铁盒子放在尸体上。"（41 页）也就是说，在描述战斗后场面时突出的却是"作为早餐的奥地利

---

[1] Эйхенбаум, Б. М., *О литературе. Работы разных лет*, Москва: Советский писатель, 1987, С. 246.

罐头",这种把注意力放在细节上的做法,很可能会创造出独特的审美效应,旨在表明令人畏惧的死亡已经成为日常生活。在战斗暂停以后,讲述人冷静地描述着周边的环境:"我们的右侧是一个燃烧着的村庄,是奥地利人放火烧的。天因为大火变得更黑了"(43页),火本是驱散黑暗、带来光明的原动力,而此时在"燃烧的村庄"的映照下"天却变得更黑了"。还有:从前线回去以后,讲述人被派往波斯,沿途所见的是"像狗一样被试用步枪的人打死"的尸体:"他们的双脚已经被聚拢在一起,这是有人效仿库尔德人的风俗用尸体做成了路边的装饰。一具尸体的脸上有只猫竖起了背上的毛,用自己的小嘴笨拙地撕咬着尸体的面颊……"(103页)类似的对细节的冷静讲述在整部作品中屡屡皆是。

什克洛夫斯基通过冷静的讲述,使战争与革命中恐惧、忧伤和惨烈的灾难画面更加富有表现力,而他看似理智、冷漠的观察,也更加让人觉得毛骨悚然,强调了日常生活的荒诞性。"鲜明地表现出来的故事情节性,叙事的动感强烈,聚焦于一些异常独特的、色彩鲜明的事件,把日常习见的转化为非同寻常的……'逆转点'。"① 这种通过直击者自我讲述方式,使文学作品从读者习以为常的文学套式返回到现实生活中鲜活的语言世界中来。张冰指出,"在艺术中,最重要的是研究如何使读者'情动于中',愈是'显得冷漠的作家',其动情力反而愈强。"② 汉森·廖维认为什克洛夫斯基的《感伤的旅行》这种叙事方式实际上就是陌生化理论的一种实践。③

故事体小说的最重要的实质性特征就是"'以再现讲述人兼主人公的口头独白为目标',对'生动'的谈话进行模仿,这种谈话仿佛就在当下。"④ 什克洛夫斯基在讲述故事时就采用了许多众所周知的谚语和歌谣,

---

① [俄]叶·德米特里耶娃:《20世纪初的俄罗斯故事体小说》,周启超译,《俄罗斯文艺》1998年第1期。
② 张冰:《陌生化诗学:俄国形式主义研究》,北京师范大学出版社2000年版,第196页。
③ Ханзен-Лёве, О. А., *Русский формализм*, Москва: Языки русской культуры, 2001, С. 541.
④ [俄]瓦·叶·哈利泽夫:《文学学导论》,周启超等译,北京大学出版社2006年版,第312页。

在语调与词汇上体现了口语化特点。"讲故事的人改变了那些我们似曾相识、耳熟能详的故事章节和情境,编构成新的故事,并且自己也好像为此感到惊奇。他创作了属于自己的故事体小说。"①

例如,在谈论去前线的原因之前,他讲述了一件与彼得堡相关的往事:彼得格勒士兵代表苏维埃会议的召开,列宁在演讲时"像滚动巨大的鹅卵石一样推动着自己的思想","像野猪踩倒了芦苇一样"(21页)摧毁对社会主义革命的质疑;而苏维埃代表的发言像"麦麸一样飞舞着,而不是像种子那样落下来。"(21页)通过对时下人们耳熟能详事件的口语化讲述语调,读者可以清晰地感受到作者对两个政党截然不同的态度,"巨大的鹅卵石"和"飞舞着的麦麸"形成了鲜明的对比。

再如,在《书桌》的开头部分中,什克洛夫斯基在讲述1918年社会革命党利用解除武装事件发动起义失败的原因时说:"让沃伦团丢盔弃甲的部队是布尔什维克吗?这让我想起来拉丁语课堂上翻译练习中的一个例子:'解救罗马的禽类是鹅吗?'"(143页)这里所运用的就是耳熟能详的"白鹅拯救罗马"的谚语,作者以此来说明军队从一开始就已经毫无组织、溃散不堪,并对社会革命党军队的腐败进行无情的揭露和嘲讽。

还有,什克洛夫斯基又讲述了其在彼得格勒生活时所经历的饥荒,细致入微地描述了制作燕麦糊的过程:"在磨燕麦之前,要从燕麦里挑出'黑东西'——我不知道那是什么,但很可能是某种杂草的籽粒。为此要把燕麦摊在桌子上,全家人把杂物从里边挑出来。就这样围着燕麦要忙活一整天。"(152页)这种对燕麦糊制作过程的事无巨细的讲述口吻不仅表达了适逢饥荒的彼得格勒生活,而且给读者一种陌生化感受。在此,作者似乎在运用读者的陌生化接受视角,讲述筛选燕麦的细节过程,用"黑东西"来指代杂草籽粒等杂物,以戏谑的语调暗示在严峻艰苦的情形下俄罗斯人民苟延残喘的生活窘境。

---

① Шкловский, В. Б., *Избранное. В 2-х т*(*Том 2*), Москва: Художественная литература, 1983, 45.

而后,作者又插入一个有着奇特命运的司机的故事:在饥荒和困窘的情境下,为了生存而娶了"一个上了年纪、完全衰老的女人",并且这样的事情不是个例:"与老女人的婚姻是许多冒险地活着的人们的命运",而人们能做的只是"相互警告——不要吃糖煮水果"(153页)。在这里,"不要吃糖煮水果"这一人民群众的口头创作成了一个"俗语",在戏谑之下流露出的是个人命运的无力感。

以上几个例子都表明,什克洛夫斯基试图通过讲故事方式传达植根于俄国民间文化传统之上的普通人民的世界:即便是在饥荒、濒临死亡的情境下,也在展现着他们活泼开朗的天性、他们的聪明才智,以及俄语语言的独特性和准确性,使人民大众有了直接以自己的名义来讲话的机会。这种"小说套小说",即是一种"用故事进行论辩,用故事来证明某种思想,并且故事还可以用来反驳故事"①的叙述方式。

总之,《感伤的旅行》中所采用的富有口语性的自叙式方式,与其冷静的语气和简短的句子,以一种异常荒诞而诡异的形式有机地融合在一起。作者通过讲述日常生活中琐事的手段,在小说中融入了其他非文学因素,实现了对日常生活的非凡叙事,对平凡现实的陌生化审美效果,也实现了对故事体叙事形式的创造性变形,从而达到了对传统的故事体小说的革新目的。

二 叙事的去情节化

《感伤的旅行》的另一个故事体风格则表现在它的去情节化叙事上。《感伤的旅行》虽然是三部曲中最有情节性的一部作品,但总体上看,该作品的故事情节还是被作者通过各种陌生化手段有意地弱化了,作品中的叙事情节也被各个陌生故事间隔或断裂,叙述中出现了非情节化特征。

首先,从小说的组成部分来看,这部小说的结构就是离心而松散的。

---

① [俄]维·什克洛夫斯基等:《俄国形式主义文论选》,方珊等译,生活·读书·新知三联书店1989年版,第24页。

小说由三部分内容组成：《革命与前线》《书桌》及并不明显的《三天》。而每一部分里也并非描写的是各自完整的故事情节，其中《革命与前线》描写十月革命时期和波斯时期作者亲自参与的三个主要历史事件，此外穿插了其他特定时期的日常生活；《书桌》一方面讲述了自 1918 年 1 月至 1922 年之间所发生的事情，另一方面又叙述了作者从波斯回到彼得堡后所进行的诸多文学创作活动：有该作品的创作过程，也有相关文学理论的探讨，其间作者还引入对其他作家的点评等。小说以书信、日记和新闻报道等形式，进行文艺评论和文学理论分析，穿插大量的俗语、童话故事和圣经故事，侧重于对《革命和前线》中所讲述的事件进行回忆，这似乎就破解着旅行小说的密码：作者对真实事件的记录，实际上暗示着文学创作之永恒。读者在读完《书桌》以后，会对《革命与前线》这一部分内容和整部小说产生新的认识和理解。因此，在《书桌》中作者通过插入精确的时间、借助各种情态动词、引入其他叙述人等方法，构建着一种松散的叙事结构，因此每部分的情节不能发生在同一的线索之上。

其次，从小说的时空设置看，多个时空线索使其完整的情节被割裂。在作品中，作者刻意标明精确的时间，从而使读者感觉到：在作者进行创作活动的时刻，在世界的某个地方，也在发生着什么其他的事件。例如，在小说中讲述人说道："我写所有这一切几乎是两年以后的事情了。我们的进攻是在旧历 1917 年 6 月 23 日，而我写作是在 1919 年的圣灵降临节。低沉而遥远的炮击声震得我居住的别墅（拉赫塔）的窗户微微抖动。在某个地方，某些人，不知是芬兰人，还是某些匿名的比利时人在殴打着我所不知道的'我们的人'"（42 页）。这里，作者一方面标明了写作的确切时间是 1919 年，另一方面又指明了他回忆并记录下来的是 1917 年所参加的进攻事件；与此同时，1919 年在世界的某个角落也在发生着其他的事情，从而给人以时空交叉、重叠的错觉。如，"我写这些的时候是 1919 年 7 月 22 日。当月 19 日我从莫斯科来，给一个关系密切的人带来面包（十俄磅），他大哭起来—面包已经变得生疏了。"（72 页）"我要暂且搁笔。今天是1919年8月19日。昨天在喀琅施塔得港英国人击沉了'亚速海回忆'号巡洋舰。一切都还没有结束。"（135页）所有这些类似于史学家的精确记录，都是在有意强调时间的同时性，一是突出小说创作的时间，二是记录当时国内正在发生的历史事件。

什克洛夫斯基认为，文学作品的纪实性应该具有审美假定性，这似乎构成作者与读者之间的一种游戏。实际上，作者最想表述的并不是游戏的表面现象，如前所述，"我不想当事件的评论者，我只是想为评论家提供一些资料"（20页），更多的却是想探寻怎样写才能"把自己做成可供后代观赏的标本"（20页）。在叙述中，作者不断地插入写作的时间、记录的状况，看似在破坏着叙述的顺序，实则却是通过这种手段，使叙述变成类似于与读者进行的对话。故事体小说，其实就是如此地"表现为一种与读者的轻声交谈——亲切而信任的交谈。"① 而在后文中，什克洛夫斯基也不断在给予回应："现在我来回答我因为什么缘由去了前线、我为什么需要进攻、我为什么发动了进攻的问题。"（20页）"如果不是在这里，那么在哪里我可以讲一个真实的故事呢？"（179页）"为什么我写了这个故事？我不喜欢陷在坑里的动物。"（215）正是这些回应，不断引出讲述人将要讲述的内容，推动着情节的发展，同时也表明什克洛夫斯基是对古典文学中口头讲述形式和颂歌形式的继承与超越。

再次，大量的表时间和情态的词语使完整的叙事情节被打断。在小说中，讲述人常常运用"помню""кстати""теперь"等表时间词语，以及"я думаю""я чувствую"等表情态语句结构，来对事件进行描述，力图使读者感受到事件本身的时间（即"本事"时间）；不断地插入一些对其他事件的讲述和自己的写作过程，不时地打断正在叙述中的事情，扰乱情节的发展："在此我要引入一个新的人物——马克西米立安·菲洛年科"（16页），"现在我来回答我因什么缘由去了前线、我为什么需要进攻、我

---

① ［俄］瓦·叶·哈利泽夫：《文学学导论》，周启超等译，北京大学出版社2006年版，第312页。

为什么发动了进攻的问题"（20 页），"我还没有讲过彼得堡是如何给我们提供情报的。那里不停地给我们发来民主会议通报。"（95 页）而在波斯时期，则讲述了关于艾索尔人的很多事件："关于艾索尔人我花费如此之多的笔墨，是因为我认为可以利用他们创造出力量。确切地说，我没有找到能够创造出力量的其他源泉。"（111 页）这种插入作者进行创作目的的方法，使读者不断地意识到作品中作者这一形象的存在，这亦是什克洛夫斯基惯用的艺术手法（又可理解为"元叙事"手法），其目的是强化讲述人作为主人公的独立形象，也是突出作者本人的观点和看法。作者形象的介入，不仅凸显出叙述的主体性，还打断了故事的连贯性。"讲述体与具有根深蒂固的书面传统的叙述形式相比，将读者的注意力更多地引向了讲述人的身上，把他的形象，他的声音，他所特有的言辞都摆到首要的位置。"[①]

最后，多重叙事模式使小说形成一种杂糅风格，同时具有讽刺模拟性。在小说中作者采用第一人称叙述的模式，时而用报刊语体进行简短的报道，时而进行抒情式的内心独白，有时还采用文艺评论、文学批评式的科学语体进行叙述。小说中除了作者讲述的故事以外，还引入其他讲述人讲的故事，从而形成了一种具有杂糅风格的自述体：叙事人既有第一人称形式的"我"，也有作者引进的其他人物。作者在以第一人称形式"我"的语调为主要叙事线索以外，还以其他人物的感受为中介，构成趋向于客观描述的次要叙事线索。

什克洛夫斯基在《散文理论》中这样写道："准确的转述有时是一种讽刺性模仿。转述别人的短篇小说或诗有时会成为怀有敌意的批评，表现出有这种感受的可能性和侮辱性。"[②]《感伤的旅行》这部小说中充满了类似的为达到讽拟效果的转述。如，在小说中《书桌》部分里，作者转述了

---

① ［俄］瓦·叶·哈利泽夫：《文学学导论》，周启超等译，北京大学出版社 2006 年版，第 312 页。
② ［俄］维·什克洛夫斯基：《散文理论》，刘宗次译，百花洲文艺出版社 2010 年版，第 378 页。

负责征收税款的布尔什维克的故事:"'要是讲我们做过的事情,那真是比宗教法庭还糟糕'。几个农民抓到他的一个助手以后,就把几块木板压在这个助手身上,然后在木板上来回滚动装着煤油的铁桶,直到这个人死掉。"(171页)读者借助转述过来的事情似乎能感受到这个不堪回首的往事所暗含的讽刺性。再有:"听说,法国人有一种紫色光,它可以使所有的布尔什维克头晕目眩,鲍里斯·米尔斯基关于这种光线还写了一篇小品文《病美人》。美人即是旧世界,应该用紫色光来治疗它。"(178页)这里的"听说",亦即转述,其讽刺色彩也是不言而喻的。

此外,作者还引入了他人对自己的描述,以表达自我嘲讽的效果。例如:"我如果流落到无人居住的岛上,我不会成为鲁滨逊,而会是一只猴子,我的妻子如是说;我从未听到过更准确的判断。我没有特别难过。"(182页)这种转述看似打乱了故事情节,实则是把自我描述与他人描述进行结合,既表明了自己的内心感受,也展现了他人眼中的自己,使讲述人这一形象更加立体和真实。再如,"如果你不相信发生过革命,那就去把手伸进被射穿的洞里。洞很宽,电车杆是被三英寸的子弹射穿的。"(148页)"不是一两次就能阻止俄国的国内战争。"(177页)在这里,作者所特有的语调,明显带有戏谑意味,但是这并不意味着他不重视强烈的内心感受,而是在当时严峻的社会背景下,这些用陌生化手法描述的荒诞事件已经成为每天的现实生活,或者可以说,陌生化手法本身就是什克洛夫斯基的日常生活,亦即"生活即方法"(Жизнь как приём),方法寓于生活中。

正是这些去情节化的叙事,致使正常的生活"只剩下了零星的断片。"(138页)叙事被自我描述屡屡打断,于是个体对生活和所发生事件的理解也便跃然纸上。这种叙事与传统的线性叙事发生背离。俄国学者沙姆什(Л. М. Шамшин)谈及《感伤的旅行》中人物形象时说道:"相对于传统俄国文学来说,什克洛夫斯基的作品是非常荒诞的。这种离奇的怪诞性是建立在作者感伤的内心之上的,他是通过对真实的感受来寻找真实的自我。"①

三 叙事的疯癫化

在《感伤的旅行》中,由于叙事视角的不断切换,为叙事话语营造了一定程度的"自我戏仿"意味,从而使叙事语调具有了某种"疯癫"色彩,故而小说中的人物也就增添了欧洲传奇小说中的骗子、小丑、傻瓜等形象色彩。不过,《感伤的旅行》也并非完全是对欧洲传奇小说的简单模仿,更多的却是对这种小说模式的讽刺性模拟,或是对西方传统小说体裁的消解。

巴赫金在阐释文学狂欢化时讨论过"疯癫"理论。疯癫与傻瓜、小丑、骗子具有相同的特征,即用异化的、非正常的眼光,或异于公认的观点来评价和看待世界。在民间文学中,"疯癫是对官方智慧、对官方'真理'片面严肃性的欢快戏仿",② 这种疯癫必然被社会排斥在外,表现出一种个体的孤独感,带有浓郁的悲剧特色。骗子、小丑、傻瓜的存在,"本身便具有转义而不是直义:他们的外表、他们的所为所说,表现的不是直接(截)了当的意思,有时是相反的意思,不可照字面理解。"③ 正如夏忠宪所指出,虽然疯癫、傻瓜、骗子、小丑等形象古已有之,但在小说中也是"陌生化"文学手法之一。④ "疯癫化"成为什克洛夫斯基小说中一种重要的陌生化手法。

"疯癫"又称"疯狂""癫狂",最初是一种医学意义上的精神疾病,后来发展成一种非理性符号,在文学、心理学、社会学中得到广泛应用。法国哲学家福柯在他的《疯癫与文明》一书中反复强调"疯癫"与"体

---

① Шамшин, Л. М., Стиль и смысл культурной деятельность: Виктор Шкловский и его современники 10—20-хх годов, дис. канд., РГГУ, 1998.
② [俄]米·米·巴赫金:《巴赫金全集》(第六卷),李兆林等译,河北教育出版社1998年版,第46页。
③ [俄]米·米·巴赫金:《巴赫金全集》(第三卷),白春仁等译,河北教育出版社1998年版,第355页。
④ 夏忠宪:《巴赫金狂欢化诗学研究》,北京师范大学出版社2000年版,第123页。

验"的关系，按照福柯的论述，"疯癫"来源于人的一种"体验"。福柯的"疯癫体验说"考察了"疯癫体验"的形成、发展、转变。在福柯看来，"疯癫"是从一种精神疾病发展成为一种非理性符号"疯癫"。作为非理性符号的"疯癫"是通过理性建构出来的，正如他在此书前言中所言："建构性因素应该是那种将疯癫区分出来的行动，而不是已经完成区分并恢复了平静后精心阐释的科学。"① 从这种意义上说，福柯对疯癫的阐释具有一定的科学性，这也可以解释为何古往今来，不同作家笔下的"疯癫"形态各异。

什克洛夫斯基在文学研究中并没有对"疯癫"这一术语作专门论述，但他在《散文理论》有关堂吉诃德的一些章节里多次涉及"疯癫"一词。譬如，在《肺用于呼吸。出声的思考》中他这样写道："关于堂吉诃德，应该说他生为狂人，死为智者。"② 此外，他在探讨堂吉诃德这个人物产生的动因时也这样写道："睿智加疯癫才生出堂吉诃德这个典型。"③ 这意味着，"疯癫"不仅是一种精神疾病，其实还是一种用理性建构的非理性符号，这与福柯的"疯癫体验说"不谋而合。

在什克洛夫斯基的《感伤的旅行》中，无处不在的混乱无序正是"疯癫"行为的一种表象，它不仅表现为语言的错乱颠倒，还表现在行为的颠三倒四，以及作者或他者对人、对物、对社会的评价描写中。作品中这样的疯癫化叙事屡见不鲜，随处可见。

社会混乱是疯癫化的重要表象。这部小说仿佛成为社会各种混乱的大杂烩，整个社会都处于一种癫狂状态。混乱充斥着城市、军队，也充斥着人的行为及其思想。比如，革命前的彼得堡城市处于一片混乱之中，"整

---

① [法]福柯：《疯癫与文明：理性时代的疯癫史》，刘北成等译，生活·读书·新知三联书店2003年版，第2页。
② [俄]维·什克洛夫斯基：《散文理论》，刘宗次译，百花洲文艺出版社2010年版，第362页。
③ [俄]维·什克洛夫斯基：《动物园·第三工厂》，赵晓彬等译，四川人民出版社2016年版，第49页。

个城市变成了一座军营",士兵到处搜罗,军队不服从纪律,"市内食品供应恶化",军营变成"面包店",军队内部成员组成混乱无序,士兵死伤无数,后备营如同"砖砌的畜栏","兵营对旧制度失去信心",随时走上起义的街头。在二月革命发生过程中,大部分遇难者都是死于自己的子弹之下,前线到处都是"张皇失措"的状态,"即便在进攻的时候各团都挤在了一起,杂乱无序,一片混乱","没有遵守纪律的部队,甚至每个部队都会去抢劫","革命是在走下坡路","第一天部队挺进到了波韦利恰河工事线,并在那里设防固守阵地。我们乘车到了那里,大家情绪高昂,即便在进攻的时候各团都挤在了一起,杂乱无序,一片混乱。"(41 页)以上不胜枚举的例子都直接或间接地使用了表达"混乱无序"意义的词句,"杂乱无序""一片混乱"等现象足以说明彼时作者参加的部队里的各种混乱态势,即所谓的"癫狂"状态。不仅如此,书中还屡屡描写部队里人的行为及其思想混乱:"我有一个特别的习惯——说话的时候总是面带微笑。这会刺激听众,尤其是它正在威胁你的时候。'笑吧,豁牙子!'各团都不知道言论是自由的,他们把自己看作一个表决单位。殴打持反对意见的人。在马尔梅日团,一个电报员因护国主义言论而惨遭毒打,打得他只能爬着离开"(36 页);"在那里,在一个特别干净的庄园里坐着一伙人——觉得自己有过错、却不知错在哪里的师长,牧师,几位参谋以及似乎是工农兵代表苏维埃的几个成员,他们带着礼品来到前线,却十分惊讶地发现,这一切并非如他们所期望的那样"(36 页);"一百多人在会议上谈论进攻路径,谈论军备数量。民主讨论的原则在这里达到了荒谬的地步,但是后来我们将这种荒谬进一步深化和完善。"(26 页)

社会混乱是疯癫化的重要叙述手法。《感伤的旅行》中充满对社会丑陋和变形的描写,而这些丑陋和变形不仅仅是社会混乱的表象,作者将这种混乱表象以"疯癫"的形态呈现出来,试图给读者造成一种反常和震撼的感觉或审丑效应,其意义不仅在于展现混乱本身,而在于将混乱转化为艺术手法、处理为审美(丑)技巧,即不断转换叙述视角、打乱作品时空结构、插入故事话语等。

确切地说，疯癫化叙事主要表现为人的疯癫和行为的疯癫。社会疯癫主要显现就是人及其行为的疯癫。人的疯癫与行为疯癫是两个不同的概念。福柯认为，"疯癫与人、人的弱点、梦幻和错觉相联系。"[①] 疯癫是一种异质性的存在。人的疯癫可能是医学上的真疯子，也可能出于社会上人们的感觉体验。疯癫与所处的文化背景、时代背景和人的世界观相联系。《感伤的旅行》中这两种疯癫形态和手法都有不同程度上的呈现。

首先，《感伤的旅行》中的"我"被当成"疯子"。"我"的"疯癫"又包括两层含义：一是别人把"我"当成疯子，二是"我"把自己当成"疯子"。别人把"我"当成"疯子"发生在"我"与科尔尼洛夫之间，因为"我"曾经拒绝过科尔尼洛夫的出兵要求，后来虽然"我们"的关系有所缓和，但是他却转而把"我"当成"疯子"；而"我"把自己当成"疯子"，则是因为"我"在疯人院里住了很长一段时间，"有时候，'我'不记得为什么，'我'会睡在萨拉托夫郊外的干草垛上"；"我是一个头脑迟钝的人，我也是属于另外一个语义系列，我就像是人们用来凿钉子的茶炊"；"然而我的生活也是用自己的疯狂连接起来的，我只是不知道它的名字"（200页）；等等。

饶有兴趣的是，小说中讲述人不断讲述自己冒险活动中所发生的反常事情，在行为描述和自我写照中往往带有明显的自我揭露、自我嘲讽之意味。"疯狂自成体系，在睡梦中一切都是关联的。"（200页）也就是说，作者通过装疯卖傻的方式来进行自我否定，并以此实现对社会的批判。这种略带癫狂的形象，与巴赫金狂欢化视野中的疯癫形象、狂欢节式的傻瓜、骗子、小丑同属一类人物，但什克洛夫斯基笔下的"疯癫"具有更深层次的寓意。这种感思世界的方式，表面上看似疯癫，而实际上却可视之为一个智者的自我指涉，极其富有思想所指的智慧。讲述人的自我否定不

---

① [法]福柯：《疯癫与文明：理性时代的疯癫史》，刘北成等译，生活·读书·新知三联书店2003年版，第22页。

仅包含着对社会混乱无序的批判，也带有一种自我反思的倾向，更是一种书写风格或文学手法。这是作者对"疯癫"的一种独特的阐释。

疯癫应该具有镜子的作用。"正如缄默所起的作用一样，疯癫被迫不断地审判自己。"① 所以"疯癫逃脱了那种武断的处置，其结果却是进入了一种无休止的审判。"② 这一观点与什克洛夫斯基的阐释基本相同。什氏在回忆革命时期自己一些困惑时写道："我现在带着自己生活的断片来面对共产党员们连贯的意识。然而我的生活也是用自己的疯狂连接起来的，我只是不知道它的名字。"（200 页）众所周知，什克洛夫斯基曾因政治"站队"受到调查，这或许是其为了规避审查而追求务求新奇、疯癫化叙事的原因之一。对作者而言，文学就应该用不同寻常的方法反映世俗经验和旧的思想，让人们重新认识世界，产生新的思想。

其次，"我"（作者）把别人当成"疯子"。这里也包括两层含义：一是别人本身就是"疯子"，二是"我"的体验感知。如，在《书桌》一章出现的关于"疯子"作为一种精神疾病的描写："我"的一个朋友被关进监狱，他是死刑犯，"我们"经常通信，他患有躁狂症，这种躁狂症出于对死亡的恐惧，他害怕别人对他说："脱掉你的靴子"，因为"脱掉靴子"就意味着枪决，"在枪决时可怕的事情是从被杀者身上脱下皮靴和外套。也就是强迫他脱下来，在他死亡之前。"（155 页）再如，作者在谈自己被芬兰人拘捕时写道："往往还会有更大的痛苦，它通常产生于一个人经受长时间的折磨之后，因此他已经'震惊'，即已经'失去理智'——在用拷刑架拷问时才说'震惊'——而这个人备受折磨，周围都是寒冷干硬的木头，而行刑者或其帮凶的双手虽然并不柔软，然而却是有温度的人的双手。这个人便把脸颊靠近那双有温度的手以示亲热，而它们却是要抓住他折磨他。这是我的噩梦。"（175 页）事实上，躁狂症也好，"失去理智"

---

① ［法］福柯：《疯癫与文明》，刘北成等译，生活·读书·新知三联书店 2003 年版，第 245 页。

② 同上书，第 249 页。

也罢,都是人在身心饱受折磨之后所形成的一种病态。这种折磨造成的真疯,归根结底是社会的残酷所导致的。

至于作者的体验感知,书中更多写到的是人的病态及其不正常行为。如:在描写叶甫盖尼·德米特里耶维奇·波利万诺夫时写道:"我遇到了一个熟悉的副教授,他是个才华横溢而头脑却极不清楚的人,以前似乎在喝酒方面曾与学盟分子十分接近。他大声指挥着一群拦截马车的人。此人虽然没有喝醉,但却有失常态。"(7页)"齐纳罗夫主观上是个忠诚老实的人,但他的脑子却如此混乱";格里戈里·谢苗诺夫"是个愚钝而又适合从政的人。"(138页)"主持军事组织工作的是一个疯疯癫癫的人,他的名字我忘了,我知道他后来去了萨马拉,被高尔察克的士兵在暴动时刺杀了。"(156—157页)"曼德尔施塔姆对甜食的喜爱几近疯狂。虽然生活在非常艰难的条件下,没有靴子,忍受着寒冷的折磨,但是他仍设法养尊处优。"(261页)"人们用无情的斧头砍伤了自己。对女人已经提不起兴趣。都成了性无能的人,女人们也没有了月事。"(189页)人们的自我保护能力丧失:"散兵线比我跑得快,我落在了后面。我知道冲锋的时候不能挺直身子,可是我们已经失去了理智。对战争的仇恨、对自己的憎恶以及疲劳使人根本想不到自我保护。"(50页)

如果参照巴赫金的"疯癫和文学是受压抑的无意识妥协和变形的解构,前者是病态结构,后者是正常结构"① 这一观点,那么什克洛夫斯基关于革命时期发生在俄国的一切奇怪事情的描写都可谓"疯癫化"叙事。《感伤的旅行》堪称革命题材小说中写得最悲惨的一部,它不仅仅是死尸的大杂烩,也是一种混乱的大杂烩,而将这一切连接起来的就是对疯癫化方法的使用,一系列癫狂的表征符号幻化成人物的疯狂行为出现在作品中。

疯癫行为首先表现为"破口大骂"。破口大骂是中国古代文学中描写

---

① [俄]米·米·巴赫金:《巴赫金全集》(第六卷),李兆林等译,河北教育出版社1998年版,第46页。

疯癫形象常用的一种表征符号。由于中西文化的差异，西方文学中很少采用这种表征符号。饶有兴趣的是，在《感伤的旅行》中，作者回忆在格卢霍夫团参加会议险些被发怒士兵绞死时戏谑地指出了正是阿纳尔多维奇的谩骂解救了他。在此，作者并没有具体描写阿纳尔多维奇都骂了什么，而是写道："他用极粗野难听的话谩骂起来。"（39页）而对于这种谩骂所起的效果他写道："人们惊呆了，慢慢地坐下去。对于他这个工作了十五年的革命者来说，这些人似乎只是一群疯狂的猪；他不可怜他们，不怕他们。我难以转述这些话语；我只知道他顺口说过这样的话：'我套上绞索也会对你们说——你们都是混蛋。'"（39页）此外，在库尔德人身上、马尔—西门及弟弟身上、侦察队员身上、马车夫身上，作者都使用了这种疯癫符号，他甚至还将这种疯癫符号用在了自己身上，比如大骂特骂拉苏里纳的士兵连队，在孟什维克动员会上骂了人。总之，人们"聚拢在一块儿，抽着烟，骂着自己的上司。"（227页）。

疯癫行为还表现为语言的荒诞不经。这种荒诞不经首先表现为人物话语的不合时宜性，或是答非所问，比如，在写"我穿过冰面从俄国前往芬兰的时候，在冰面上渔民的小棚子里遇见一位女士；我们便结伴而行；我和她上了岸以后，我们被芬兰人拘捕，而她则一直夸赞着她看到的离我们大约十俄丈远的芬兰。"（174页）再如，"但是，如果当时我们被问及：'你们支持谁，卡列金、科尔尼洛夫还是布尔什维克？'我和塔斯克都会选择布尔什维克。然而，一部喜剧中的丑角在回答'你喜欢被绞死还是被分尸'这个问题的时候却说：'我喜欢汤。'"（120页）在此，作者故意使用这种颠三倒四、荒诞不经的话语表明自己的政治立场。作者的这些话语与死刑并无什么关联，但却引用喜剧典故与自己的政治立场进行对比。什克洛夫斯基在研究托尔斯泰陌生化风格时曾经指出，托尔斯泰的陌生化风格即"把事物从其环境中抽离出来看"①，而在此则是引用喜剧中丑角喜欢汤

---

① ［俄］维·什克洛夫斯基：《散文理论》，刘宗次译，百花洲文艺出版社2010年版，第16页。

的典故与"你们支持谁"来对比,从而增加了读者接受的难度,而典故中的答非所问,和前句中答即所问形成对比、互为补充,这两处都会产生陌生化效果。

荒诞不经还体现为讲述人的叙事基调上。如:"我现在就来讲讲这些事件,把自己做成可供后代观赏的标本。"(20页)"我们在预定采取行动的晚上聚集在各个住宅里,喝着茶,看着自己的左轮手枪,派传令兵去车库。我想,女人生孩子要是生到一半了,都比我们做这件事容易。在这样紧张的状态下还是苟全是极其困难的,他们通常会变质,会糜烂。"(144页)"我善于流淌,而在变化之际甚至可以成为冰块和蒸汽,能渗入进任何鞋子里。我和大家一起走着。"(182页)。这位时而是孟什维克的政委、鼓动员、地下工作者和流亡者,时而是奥波亚兹成员、进行文学创作的作家和理论家的讲述人,虽然是正常人,但是却以一种略微疯癫的语气讲述着周边所发生的荒诞事件,这一切都既具有戏谑、讽刺意味,又表达了深层的生活真谛。

也可以说,讲述人这种叙事基调属于一种"佯狂"形式,佯狂在中国文化中极其普遍,接舆之狂、竹林七贤之狂、李白之狂等众所周知。"佯狂"实则具有反讽的特征,正如朱萍所见,它或藐视世俗,或挑战权力,或责难"大我",即"那些拒绝被塑造、被同化的个体发出的声音"。[①] 凌建侯对"佯狂"也阐释道:"假疯实际上是假现实生活中真疯子的'形'来达到以假乱真的目的,其行为是一种表演性行为,真实的我让自己'扮演'疯子角色,借用疯子的眼光把世界颠倒过来。"[②] 而《感伤的旅行》中的这种佯狂风格,可谓是什克洛夫斯基认识世界的特殊感受,也可谓一种陌生化叙事手法。

疯癫行为还表现在不正常的"笑"。在《感伤的旅行》中插入了波斯士兵讲述的爆炸故事:"爆炸发生以后,士兵们被敌人包围,他们边等流

---

① 朱萍:《中西古典文学中的疯癫形象》,《中国比较文学》2005年第4期。
② 凌建侯:《从狂欢理论视角看疯癫形象》,《国外文学》2007年第3期。

动列车边做了一件事,即收拾并用碎块拼合战友们被炸碎的尸体。收拾了很久。当然,许多人的尸体的各个部位都弄混了。一个军官走到排成长长一列的尸体跟前。最边上的尸首是用剩下的身体部位拼合起来的。它的躯干是身材高大的人的。它上面却安装了一个小脑袋,胸前是一双大小不一的小手,两只手都是左手。军官凝视了许久,然后坐在地上开始哈哈大笑……哈哈大笑……哈哈大笑……"(130—131 页)这种描写场面与古埃及神话中的"爱西丝和奥西里斯"情节十分相似:神话中爱西丝用死水拼接勇士尸体,什克洛夫斯基笔下则是士兵拼合战友尸体。"艺术作品是在与其他作品联想的背景上,并通过这种联想而被感受的"①。一方面,讲述人运用双重叙述基调,即无名军官以失常的笑声回应眼前的惨境,而作者则以理性的讲述来解释这一画面;另一方面,这里支离破碎的人体部位,实际上也恰恰体现了具有戏谑色彩的狂欢化因素。这就与巴赫金的观点相同,被肢解的人体、孤立的器官等怪诞人体形象是一种夸张、一种讽刺,或是一种以讽刺为目的的否定性夸张。的确,无名军官失常的笑声带给我们一种毛骨悚然的感觉,拼接尸体的混乱场景并不可怕,可怕的是战争导致死亡带给人类的精神创伤和痛苦。从这种笑声中,读者仿佛体会到了作者对战争的抗拒。作为一种疯癫症候,这种不正常的笑恰恰体现出战争的残酷性。

疯癫还可以通过穿戴来体现。在东、西方文学中,描写人的疯癫或行为的疯癫都经常采用衣不蔽体、披头散发、蓬头垢面、肮脏邋遢等基本表征。② 这种描写在《感伤的旅行》中也随处可见。作者从自己写到他人,疯癫无处不在:如"我穿得很怪异。我穿着雨衣、水兵衫,戴着红军的帽子。"(162 页)"我的战友们说,我简直就像蹲监禁了一样。"(162 页)"一大群库尔德人几乎赤身裸体,穿着破烂衣衫,肩上披着带条纹的大衫

---

① [俄]维·什克洛夫斯基:《散文理论》,刘宗次译,百花洲文艺出版社 2010 年版,第 31 页。
② 朱萍:《中西古典文学中的疯癫形象》,《中国比较文学》2005 年第 4 期。

(一种服装样式,常常在东方能看到),冲向面包。"(305页)"我们对乞丐已经司空见惯了。所有驻地周围都有五岁左右的儿童在游荡,他们穿着一件类似衬衫的黑色破衣服;他们的眼睛溃烂化脓,叮(叮)满了苍蝇。"(99页)"一个哥萨克站在那里。他面前躺着一个赤裸的库尔德弃婴。哥萨克想要杀他,打他一下,沉思起来,再打一下,再沉思起来。"(100页)"我们上了岸。这里一片萧条,就像是在荒僻的栅栏旁。一些孩子在徘徊游荡,他们几乎是赤裸着的,穿得破烂不堪,衣衫褴褛。"(75页)等等。

朱萍认为,"赤身裸体和披头散发,都是具有强烈视觉冲击力的形象,不需要任何语言的辅助,它们就构成了对于文明和理性的反动。"[①] 疯子是肮脏和邋遢的,疯人与常人之间的区别就是肮脏隔绝了疯人与常人接近的可能。因此"仅仅通过这样的一个细节描写,读者就马上可以觉察到,他(她)和我们是不一样的了。而对吞食污物等细节的描写,更是富于戏剧效果,它在正常读者心里引起的恶心感和震动感尤其出色。"[②]

什克洛夫斯基对衣着脏乱描写明显有悖常规,不仅令叙述主体而且令读者都备感痛苦:"衣着难看令人非常痛苦"(180页)、"穿的脏兮兮地走在街上是非常痛苦的事"(180页)。作者通过穿着的疯癫表征,运用视觉冲击力的震撼效果来反映人们在战争年代所过的生活是多么的艰难。正如什氏在其《散文理论》里所阐述那样,"形象的目的不是使其意义易于为我们理解,而是制造一种对事物的特殊感受,即产生'视觉'"。[③]

疯癫还体现在烧书取暖情节。《感伤的旅行》中有许多烧书情节,比如"太冷了,人们烧书取暖。在昏暗的文艺工作者之家里躲避寒冷"(189页);"夜里我们来到了莫斯科,城市漆黑一片,火车站有人在烧书,而周围挂着一些带有金色字母的宣传画。我们夜里穿过城市。非常可怕,城市

[①] 朱萍:《中西古典文学中的疯癫形象》,《中国比较文学》2005年第4期。
[②] 同上。
[③] [俄]维·什克洛夫斯基:《散文理论》,刘宗次译,百花洲文艺出版社2010年版,第17页。

完全是空空荡荡的。"（183—184页）"我的一个朋友用藏书烧炉子。但这是一项可怕的工作。需要把书撕成散页，再一块块地烧火。"（258页）"这所公寓非常富有，是东方的建筑风格，有大理石楼梯，所有这些放在一起非常像浴池。炉子生火用的是孟什维克的图书，这是某个俱乐部留下来的。"（203页）等等。我们知道，无论是烧书取暖还是烧书照明，无论是工作者之家还是图书馆的图书被烧，这都是具有破坏力的、不可思议的、失常的事情，完全可理解为一种疯癫的行为。

总之，作者将大量的疯癫形象和疯癫行为引入作品，无不使读者产生了有悖常理的感受。就实质而言，什克洛夫斯基笔下疯癫的人并非医学上的疯子、傻子，他们只是作者用来表达反常情感的特殊的艺术手法。疯癫以混乱形态出现在什氏笔下，首先表现为社会的混乱无序，其次是作为社会主体的人之混乱，它表现为人及其行为两方面的疯癫，而这一切又都来源于人之体验和感受，可理解为作者意在使读者产生陌生化的感受，即这种疯癫化叙事体现在"我"与"他人"感受的两个层面，通过各种疯癫症候，如破口大骂、疯言疯语、衣不蔽体、脏乱不堪、失常的笑等呈现出来，给读者既造成一种视觉上的冲击，也产生一种感觉上的震撼，从而达到独特的审美效果。

如果按照福柯所说，疯癫是一门知识，所有的疯癫形象构成一种神秘玄奥的学术因素，那么可以说什克洛夫斯基笔下以混乱呈现的疯癫，就是他所执念的陌生化手法之一。这种手法通过荒谬来反映现实，比如撕书、烧书取暖就是国内战争时期资源缺乏、人民生活疾苦的反映。这与巴赫金对疯癫的理解又有所不同，巴赫金笔下的疯癫强调的是捧腹大笑之感，而什克洛夫斯基则通过混乱、恐怖等方式给人一种泫然欲泣的感觉，给人留下无限揣度的艺术空间。

四 叙事的动态化

什克洛夫斯基在研究小说情节过程中尤为热衷讨论其动态化叙事风格：在

《情节编构手法与一般风格手法的联系》（Связь приёмов сюжетосложения с общими приёмами стиля，1919）① 一文中指出，小说中细节层次的展开是无限的，其所制造的惊险也是无限的。由于这种惊险小说必须要有结语，因此"只有通过改变故事的时间范畴而'草率了解'故事，才能结束这种小说。"② 这表明，单纯的形象和简单的罗列，甚或对事件的简单描写，都不能构成小说。而在《故事和小说的结构》（Строение рассказа и романа，1921）③ 一文中，他继续强调道，"在惊险小说里，除了盗窃和侦破外，人们还常常把历经艰辛而终于实现的婚姻的细节作为基本故事。"④ 这就是说，在惊险小说中，主人公的完美婚姻通常离不开历经艰辛的人生旅程。而在《肺用于呼吸。出声的思考》（Легкие нужны для дыхания. Мысли вслух，1982）一文中，他又谈及这种冒险的人生旅行。"生活的改变改变着情节。旅行，即是生活的改变，旅行成为主人公变化的动机。"⑤ 可见，什氏非常在意故事和小说结构中细节层次的不断展开，以及主人公在空间上的不断运动，因为这样的情节分布程序或编构手法与惊险小说风格有着必然联系。这种动态化叙事观明显地体现在什氏的散文创作中。

在《感伤的旅行》中，叙述主体以作家—作者—主人公等诸多身份讲述自己历经艰难险阻而九死一生的故事，这种叙述本身具有无限的动态性，故事的时空链时断时续、变化多端。该小说的动态化叙事主要是通过叙述角色的不断转换、叙述主体在时间和空间上的不断移动、旅行、辗转奔波等情节来实现的。旅行通常是游记小说的主要叙述线索，而旅行记小说则主要是以空间移动作为标记的，作者通过旅行得以从整体思路上多层

---

① Шкловский, В. Б. и др., *Поэтика*: *Сборники по теории поэтического языка*, Петроград: 18-ая Государственная Типография. Лештуков, 13, 1919.

② ［俄］维·什克洛夫斯基等：《俄国形式主义文论选》，方珊等译，生活·读书·新知三联书店1989年版，第11页。

③ Шкловский, В. Б., *Развертывание сюжета*, Москва：ОПОЯЗ, 1921.

④ ［俄］维·什克洛夫斯基等：《俄国形式主义文论选》，方珊等译，生活·读书·新知三联书店1989年版，第11页。

⑤ ［俄］维·什克洛夫斯基：《散文理论》，刘宗次译，百花洲文艺出版社2010年版，第367页。

面地对众多地域的风土人情、地理人文，甚至文学艺术展开记叙。文学回忆录与旅行记一样，也会从空间上不断移动来进行忆叙，其叙事层面是复杂而多元的，叙述主体和客体有时较为模糊。这或许也正是什克洛夫斯基为什么将这部旅行记在封面上直接写上文学回忆录的缘由。

　　文学角色，是指聚集和连贯作品细节的一般程序，一定细节下出场的活生生的承担者。作者把细节附着在一定的角色身上，有益于吸引读者的注意。角色即为主人公，他带有浓厚且鲜明的情感色彩，能够引起读者的怜悯、同情、喜悦、痛苦等各种情感。主人公是读者所全神贯注的人物，通常被读者习惯地接受为作品中被讲述的客体，而实际上他有可能是与作者密切相关的叙述主体。作为叙述主体，既可以是某一个角色，也可以是若干个角色，因具有隐性特点而难以被察觉，故一般不易被读者接受。但叙述者的形象，的确是文学叙事中相当重要的一个方面。

　　关于"叙述主体"这一概念，俄国形式主义学者早有深入的探讨。如，Б. М. 艾亨鲍姆、В. В. 维诺格拉多夫、М. М. 巴赫金等许多学者的论著中都涉及"叙述者形象"或"作者形象"等类似的概念；而在当代文艺学界，"叙述主体"的概念也广为流传。Г. А. 古科夫斯基这样写道："艺术中各种各样的描绘不仅形成了关于被描绘者的概念，而且也形成了关于描绘者、叙述的体现者的概念……叙述者不仅是多少有点具体化的形象……而且还是某种形象的思想、言语体现者的原则和面貌，或者说，必然是某种看待被叙述者的视点，一种心理上的、思想观念上的与简直就是地理上的视点，因为不可能不从某个参照点出发而去描绘，而没有描绘者也就不可能有描绘。"① 这充分地表明，文学作品中不仅有被描写、被叙述的客体角色，还有描写者、叙述者的主体角色，即如哈利泽夫所言，"言语使用者之间，以及他们观察周围事物和看待自身的各种角度之间的相互关系和更迭替换是作品构建的一个重要方面。"② 哈利泽夫还指出："在叙事作品中具有深

---

①　Гуковский, Г. А., *Реализм Гоголя*, Москва: Художественная. Литература, 1959, С. 200.
②　[俄] 瓦·叶·哈利泽夫：《文学学导论》，周启超等译，北京大学出版社2006年版，第337页。

刻而重大意义的是叙述者的在场。这是被艺术地再现的一种颇有特色的形式。叙述者经常扮演着所展示的人物、事件的见证人和阐述者的角色，而堪称所描绘出来的世界与读者的一个中介。"①

《感伤的旅行》是一部"被艺术地再现的一种颇有特色的形式"的自传性作品。作品中的叙述者"扮演着所展示的人物、事件的见证人和阐述者"等多个角色，属于那种打破传统叙事形式的，注重叙述情节、细节、结构等技巧的艺术小说。小说所涉及的地域范围较为广阔：彼得格勒—基辅—乌克兰—哈尔科夫—阿特卡尔斯克—赫尔松等。随着故事情节的发展，事件地点的不断切换，讲述人的身份也随之变化：作为政委、鼓动员、地下工作者和流亡者的同时，他还是奥波亚兹成员、进行文学创作的作家和理论家，还是小说中的自传主人公—讲述者。从这个层面来说，叙述角色是多个的，叙述主体也是多重的。也就是说，叙述者既是作为活动家的主人公，也是不断反省自己行为、回忆、思考往事的主人公。自传主人公不断在提供有关自己的信息，并从不同角度来展示自己的内在实质。"我在自己的小说中总是在不断地写自己，并且充当自己书中的主人公。作家常常将自己分解为一个个人物，并且通过人物之口开始讲话。这一点看起来有点像是一次小小的化装打扮，它却极大地改变了作品。"②

一方面，《感伤的旅行》是以军队教官—鼓动员—军官—教官—奥波亚兹成员等多个集现实与虚拟为一体的主体身份展开叙事的。从这一角度看，叙述者形象尤为复杂，此时叙述者与作者似乎难以区分，通过地域不断移动的"旅行"方式，将不同地域的纷繁事件的讲述视角之变换有意地凸显出来，使叙事者的身份及其视角变得多层次性。如，在《战争与前线》一章中，叙述人最初的身份是军队教官："革命前我曾担任后备营的军官——处于特别受优待的军人地位。我永远不会忘记那种可怕的压抑感……我记

---

① [俄]瓦·叶·哈利泽夫：《文学学导论》，周启超等译，北京大学出版社2006年版，第367页。

② Шкловский, В. Б., *Гамбургский счёт*, Москва：Советский писатель, 1990, C. 380.

得那时八点半以后才敢偷偷摸摸地出门……"（1 页），这就使读者清楚地了解其作为革命参与者对待革命的态度，更为透彻地了解讲述人的内心世界。尔后革命尚未结束时，讲述人被派去前线担任负责的鼓动员，去动员那些疲惫的士兵进行进攻："我有一个坏习惯——说话的时候总是面带微笑。这会刺激听众，尤其是它正在威胁你的时候"（36 页）；"我的工作是一件苦差事：我必须在最糟糕的时刻出现在最糟糕的部队里。"（58 页）此时，他从鼓动员的角度评论了军队进行进攻的必要性："为什么军队发动进攻？因为它是军队。对于军队而言，进攻并不比原地不动更痛苦，从心理上并非更痛苦。进攻是比退却流血更少的事情。……进攻是可能成功的，而没有成功是由于政治形势，并非军事形势，部队已经'睡着了'。"（58 页）叙述者后来因为负伤而回到彼得堡，又以军官的身份被派到波斯，亲眼看到沿途的尸体、市场中的抢劫、衣不蔽体的库尔德人等："我们来到了别人的国家，占领了它，在它的黑暗和暴力之上添上我们的暴力，嘲笑它的法律，限制它的发展贸易，不允许它开设工厂，支持国王……这是帝国主义。而最重要的是，这是俄国的帝国主义，即愚蠢的帝国主义。"（76 页）再如，在《书桌》一章中，叙述者从波斯归来，最初是在彼得堡的装甲学校当教官："从早上七点到下午四点的时光里都是与士兵一起度过的。"（141 页）在阿特卡尔斯克逃亡时，他"通过关系得到了使用军用物资方面的代办人的职位"，住在鞋匠家里，从事各种修理活动："我已经把自己当作鞋匠了，遗忘自己是件好事。忘记自己的姓，抛弃自己的习惯。想象出一个人，觉得自己就是他。"（159 页）正是因为地点和身份频繁转变，使叙述人可以从不同的角度和视点来描绘所发生的事，同时表现讲述人本人的基本特征，向读者传达他所特有的世界观和思维方式。

另一方面，《感伤的旅行》是以真实的作家身份来叙事的，即叙述者就是作家兼文艺理论家什克洛夫斯基。作为"奥波亚兹"成员，讲述者始终在坚持从事文学方面的观点。在叙述中总会不间断地插入一些现实的作家关于文学的看法。有趣的是，什氏在自己的作品中借助主人公之口指出，小说存在着现实和潜在的读者，因此在作品中会有意提醒读者作者的存在，并通过语言变化表明作者和叙述人之间关系的变化。如，在《战争与前线》一章中这样写道："事情发生在地道的十字路口，我便跑开了。而这并不能证明我有很大的勇气。"（92页）这是什氏作为讲述人对自身行为的自我反省和自我剖析，带有轻微的自嘲自讽意味。作为作者，他不断地向读者阐明自己的写作目的："关于艾索尔人我花费如此多的笔墨，是因为我认为可以利用他们创造出力量。"（111页）"可能有人会对我说，这与本文毫无关系。可是，于我而言这是怎样的事情啊？我就应该在内心承受这一切吗？"（171页）而作为作者，他又直面读者提出问题："您认为，是我写的这行文字吗？我只是唱了它而已。"（225页）"您还记得那些坐在俄国的各个角落里拿着鞋刷的身材矮小的黑人吗？"（270页）他甚至还对政府机关直接进行吐槽："此时我开始写自己的著作《谢拉皮翁兄弟》。我与他们住在同一栋楼房里。我认为，总政治局不会因我与他们一起喝过茶而生他们的气。"（299页）此时，读者除了能直观讲述人对人物生活及其细节的描述，还能够感受到讲述人富有表现力、意味深长的内心独白。"我坐在小黑河边，写我的文章，题目是《情节编构手法与一般风格手法的联系》。我在一张小圆桌子写。把供我参考的书籍放在膝头，"（154页）"所有的插叙都建立在一种手法之上，这种手法在我的《诗学》中称之为延宕，"（198页）"在决斗前我已经完成了主要的著作《作为风格现象的情节》。它是一部分一部分地发表的，也是一个片段一个片段地写成的。但是您找不到黏合之处"（215页）等。实际上，这一切都是作者在以"奥波亚兹"的一名理论家的真实身份，在小说中对陌生化理论进行文学检验。

综上所述，《感伤的旅行》中虽然只有一个主人公，但他从事了多种职业，有着多重身份。确切地说，小说中对主要人物的描写呈现为"三位一体"的叙述模式。正是这种特殊的叙事方式，即角色的多重性，为这部文学回忆录营造了一种奇异的浪漫色彩，即本为同一个人，却以作者—叙述者—主人公等混合在一起的动态化叙事方式，以"虚拟的"和"真实的"两个层面，多重身份或不同角色，时不时地更换时空来讲述身边所发生的故事。用什克洛夫斯基自己的话说，即是"行动者只是一副纸牌，一种情节形式得以展开的借口。"① 这些不同身份的转变、不同讲话方式的切换、不同意识类型的插入，导致写作摆脱了线性的平铺直叙，形成一种动态化的叙事结构。而这种动态化叙事又非常像西欧传奇文学中冒险小说的动态叙事。所以，惊险旅行和辗转奔波就是《感伤的旅行》中的另一个动态化叙事方式。

所谓"冒险"，是指"一个事件或一系列事件主角的平凡生活过程中发生意外，通常是伴随着危险。冒险故事几乎总是迅速移动，并至少通过肢体动作为表征，设置和其他元素的创造性工作的重要情节的步伐。"② 而"冒险故事"，则"含有对未知领域进行开拓的意思，具有创新、异想天开之意。"③ 而"冒险小说"，则通常是上承欧洲骑士小说、下启近代小说，是14—18世纪欧洲文学中最为璀璨夺目的小说现象之一。

有关"冒险小说"概念的定义，学术界众说纷纭。有学者认为"冒险小说的危险是故事的焦点元素，冒险小说以英雄快节奏行动的冒险情节为重点。"④ 也有学者称之为"欧洲游历冒险小说"："直接脱胎于散文体骑士传奇，并在孕育形成过程中受到古代和中世纪一些叙事文学类型如史诗、戏剧、古希腊罗马原始小说创作的影响。"⑤ 也就是说，作家通过主人公即游历冒险人物的一连串游历冒险活动罗列、展示社会生活和时代风貌，并由此而制约生成这类小说所特有的"漫游式结构"⑥。在此，我们把这种"漫游式结构"就理解为小说的动态化结构。

---

① Шкловский, В. Б., *Развертывание сюжета*, Москва：ОПОЯЗ, 1921, С. 13.
② 张新宇：《美国西部小说评析》，吉林大学出版社2012年版，第13页。
③ 李艳丽：《晚清日语小说译介研究（1898—1911）》，上海社会科学院出版社2014年版，第113页。
④ 张新宇：《美国西部小说评析》，吉林大学出版社2012年版，第13页。
⑤ 亢西民：《欧洲游历冒险小说简论》，《山西师大学报》（社会科学版）2001年第2期。
⑥ 同上。

关于欧洲冒险小说的类型，学界也有不同的分类角度：主人公的身份、国别、风格。从主人公身份入手的学者，将"欧洲游历冒险小说"分为流浪汉小说、冒险开拓小说、游历游记类小说；从国别入手的学者，直接提出"美国西部冒险小说"概念，认为此类小说一是指冒着生命危险去淘金、闯荡世界，亦是"美国精神的重要内容"；二是指有涉险经历的一种文学体裁[①]；而从风格入手的学者则认为西方冒险小说最早可以追溯到西方小说成形的年代，"讽刺冒险小说是西方冒险小说的一个分支，其模式往往表现为单个或群体男主人公克服重重障碍和危险，完成某种具有道德意义的重要使命。但在主题方面，作者力求体现一种嘲讽，而且这种嘲讽往往与政治有关。"[②]

关于冒险小说的由来，通常认为它是由散文体骑士传奇衍化而来的，同时兼有史诗、戏剧的影响。小说主人公的游历冒险是西方文学中流浪母题的续写，由冒险而引发的时空变幻、异域风情使小说处于不断的动态发展中。在漫长的历史流变中，冒险小说衍生出许许多多的分支，时空的转变注定了冒险小说的异质特性。而分类标准不同、著者不同，又使冒险小说呈现出五花八门的体裁特点，"流浪汉冒险小说""儿童冒险小说""讽刺冒险小说""美国西部冒险小说"等提法屡见不鲜。冒险小说，因其动态性特点更能展现时代与社会风貌，反映社会的思想意识，诠释作者隐秘的观点与态度，因此备受作家青睐。

就取材而言，《感伤的旅行》显然是作者人生某段时期冒险经历的写照，但从阅读而言，读者一开始是很难将其视为冒险小说的，因为映入读者眼中的最危险的恐怖场景却被作者配上了平和、缓慢的叙事语调，就仿若一部灾难恐怖片配了一首不相协调的乡村小调，这样一来，冒险被一定程度地消解了；然而，细细品味之下，读者却可以发现书中冒险情节随处可见，死亡不断威胁着主人公，主人公又处于不断的移动冒险中，所以这

---

① 张新宇：《美国西部小说评析》，吉林大学出版社2012年版，第14页。
② 黄禄善：《美国通俗小说史》，译林出版社2003年版，第36页。

部作品既是对传统的西欧冒险小说的模仿，同时又与之有很大不同，即可视之为对传统冒险小说的一种解构。

《感伤的旅行》表达了什克洛夫斯基对自己冒险游历于革命和战争、辗转于国内外之际的切实感受。1917—1923年间，俄国历史风云诡谲，二月革命、十月革命相继席卷并涤荡着俄国社会，革命后的俄国更是千疮百孔、百废待兴，作为这场历史的亲历者、见证者，什克洛夫斯基身心经受了巨大的震撼。所以，就取材和内容的真实性而言，小说显然是可以被视为一部"冒险小说"的。书中描写的人、事、境虽然是作者对本人及其周围人所经历的社会生活现状的写实，但就写作手法或风格而言，这部小说却并非现实主义的，而是充满大量的隐喻、象征、暗示等浪漫主义格调，譬如"大海"的屡次出现，就明显与主人公冒险经历互为映衬。可以说，"大海"母题与浪漫主义的冒险小说情节建构是密不可分的。

《感伤的旅行》共有两个部分组成，每个章节中都有关于"大海"的隐喻出现。在《革命与前线》一部分中这样写道："凡是有文化的俄国人的命运就是这样，他们不幸来到一个世界，这里俄国这个大海正冒着鲜血的泡沫"（64页）；而在《书桌》这一部分中又写道："我漂浮在这寒冷的大海之中，像个救生圈"（258页）。其实，这两段关于"大海"的描写，都是对知识分子，即"有文化的俄国人"身处革命、战争这一恶劣环境下不幸命运的隐喻。这就与欧洲传统的骑士小说或冒险小说中的"大海"意蕴十分接近。

在欧洲最初的骑士小说和冒险小说中，"大海"通常是"恶"的化身，它带给人的是恐惧与彷徨，是绝望与无助，大海的无边与神秘加上西方《圣经》意识中的"灭世洪水""海中巨兽""海中风暴"等，让无数的欧洲冒险小说家将大海置于主人公游历冒险中必须经历的磨难、一定要战胜的恐惧与障碍，大海将故事推向高潮，凸显氛围的危险，又彰显主人公的勇敢；而在之后的冒险小说中，大海这一形象也随着社会的发展、历史的前进在不断的变化、演进。在《鲁滨逊漂流记》中"大海"具有了二律背反性，"大海"在充当坟墓的同时，又成为一种殖民理想，成为开拓进取的象征、时代精神的体现。在欧洲浪漫主义时代,"大海"更成为一种试图冲破传统束缚、彰显个性的象征。大海也成为诗人的钟爱,成为抒发个人理想的对象。在俄国文学中,"大海"这一形象最初出现在《伊格尔远征记》中,18、19世纪达到空前繁荣。《伊格尔远征记》中,"大海"这一自然形象具备了最初的象征意义,用"大海"来象征伊格尔的遇难:

  哦,光荣的德聂伯河啊!
  在波洛夫的土地上,
  你打穿了一座座石山!
  你一直流到科比亚克营地,
  背负着斯维亚托斯拉夫的战船!
  神啊,请把我的夫君
  送到我的身边来啊,
  好让我别在一清早
  就把眼泪洒进你的波涛,
  奔着夫君向大海流去!①

  在彼得大帝改革时期的冒险小说中,"大海"沿袭了骑士小说乃至西欧游历冒险小说的传统含义,具有了冒险、开拓的意蕴,所以"大海"既是异域时空也是报复理想,更是联系西欧与俄国的纽带、疆界的象征,而这自然离不开当时的俄罗斯国情。浪漫主义时期,"大海"也具备了一些浪漫主义的核心原则,比如,他表现出对传统理性的反叛,崇尚个性,反抗权威,成为自由的象征,是俄国作家抒发个人情感,抒写喜悦、感伤、怀旧、敬畏之情,抒发个人理想的常见主题,比如,在茹科夫斯基笔下,宇宙空间由大海与天空共同构筑而成,在与天空的对照中描写大海形象,

---

① 刘文飞、陈方:《俄国文学大花园》,湖北教育出版社2007年版,第8页。

天气的变化决定着海水的颜色，大海的命运由天空来决定，茹科夫斯基在与大海的对话中，畅谈着自己的哲学思想，大海成为他的朋友与倾诉对象，而在普希金笔下，"大海"也是作者情感的表达，可以说，"大海"在不同作家笔下、不同时空下呈现出丰富多样的色彩。什克洛夫斯基正是在欧洲和本土文学传统的沐浴下，巧妙地运用了"大海"的隐喻意义。

首先，"大海"是革命和战争年代俄国的象征。作者之所以将"大海"这一意象与当时的俄国社会情况联系在一起，是因为在他看来，俄国历史上的这场革命运动，无论是二月革命还是十月革命，都是一场具有开拓性质的冒险活动。传统的冒险小说大多以主人公的海上遇险、开拓新世界、宣传进取冒险精神为主，而对于什克洛夫斯基而言，无论是二月革命还是十月革命，都是一个阶级对另一个阶级、一种意识形态对另一种意识形态的斗争。作家在自己的理论文章《情节编构手法与一般风格手法的联系》中就曾指出，"艺术作品是在与其他作品联想的背景上，并通过这种联想而被感受的。"[①] 作家将俄国比喻成一个危险丛生的大海，而他（一个知识分子）就在这大海上冒险。如果说仅凭大海意象的出现就将小说归结是对冒险小说的模仿，实属牵强，那么从选词用字、词语组合及句子排列上我们能明显地感觉到，这就是一篇冒险小说。而作者将大海与鲜血、命运联系在一起，有其神话根源：在希腊神话中，生命起源于水，大海不仅是死亡之地，又是重生之地，而之后，正如我们前文所述，西方的很多小说都延续了这一传统。什克洛夫斯基说过，"任何语言有其独特的抽象程度和形象程度"。[②] "在这种情况下可能产生双向和逆向的分化。"[③] 在《感伤的旅行》中，作者虽没有直接抨击革命，但从情节的编构手法，语言的使用上却给我们这样一种感觉：一是作者虽然参与了革命，但他并不规避革命的破坏作用，革命带来的是鲜血与死亡，是饥恶与寒冷。多年之后，在回

---

① ［俄］维·什克洛夫斯基：《散文理论》，刘宗次译，百花洲文艺出版社2010年版，第31页。
② 同上书，第32页。
③ 同上。

顾这场革命之际，他并非是赞同的。事实上，在小说的字里行间中，读者都能感受到作者—叙述人—主人公的忧伤；而另一种可能是，作者认为自己的文学理想，即他与"奥波亚兹"成员们在那个充满不确定性的年代里向传统的语文学发起的革命挑战，也是一种冒险，就如同冒险小说一样。

其次，在情节编构上，这部小说是由系列冒险情节串联起来的动态化结构。如，作者对大海的描写采用了"阶梯式"的修辞手法，在凸显陌生化效果的同时，增加理解的难度与深度，两个修饰语"冒着鲜血的泡沫的"和"寒冷的"，一个是充满死亡与血腥的革命的俄国，一个是革命后的俄国，作者作为这场革命的亲历者与参与者，通过对战时的混乱、战后饥饿与寒冷的描写很容易使读者产生战争本就是一种犯罪的感觉。作者就这样在冒险小说中加入了惊险成分，这似乎暗示着革命和战争亦是违背人性的犯罪观。

再次，在对死亡与杀人的描写上，作者采用了不动声色的情绪表象与惊险恐怖的场景暴露相结合的陌生化手法。不动声色的表象在于：作者有意淡化死亡与杀人的表象，即对死亡的无感受性，正像作者在《散文理论》里所举的例子那样，人们对习以为常的东西缺少了感受力，因此要对之加以陌生化。小说中死亡无处不在，未知的危险充满整部作品，运动的变化性增强，但令读者感到诧异的是，作者却将最恐怖的情节写得极其平常。《感伤的旅行》一书，运用了"感伤的"一词来命名，但作品中却没有任何感伤的情绪；或者说，什氏模仿了斯特恩的感伤主义小说题目，而实际上并没有把它写成感伤主义小说。正如米尔斯基所言：小说中"那些最为恐怖的事实，如库尔德人和亚述人在尤尔米亚的相互残杀，也写得心平气和，细致入微……与当今俄国的许多作品不同，此书充满智性和清醒。它虽不感伤，却富有真诚、强烈的情感。它虽有一些不足，却仍为同类题材中最为杰出的作品。"①

《革命与前线》一章中，人的尸体被当成"饭桌"的描写令人毛骨悚

---

① ［俄］德·斯·米尔斯基：《俄国文学史》，刘文飞译，人民出版社2013年版，第210页。

然:"就在路旁的树丛下躺着一个死人,他安静地躺着,旁边平静的士兵们吃着奥地利罐头当早餐,还把白铁盒子放到尸体上。"(41页)混乱的尸体碎片拼接而成的杂乱整尸,这一切不仅给读者留下一种对尸体不敬的印象,同时也使读者发现,这种漠视的根源就是战争。作者采用反常规的手法,将死亡与杀人常规化,在凸现战争残酷的同时也是在控诉战争。

此外,小说对冒险的解构呈现出双极化的特点。如前所述,作者用大海的比喻将整部作品分出两个冒险时空,并且各个冒险时空惊险不断:一种是战争如同海洋上的风暴随时威胁着人们的生命,一种是革命后知识分子文学追求的冒险性。如果说前一种时空内冒险构成故事的基本要素,主人公也处在迅速的移动中,属于冒险小说的范畴,但是冒险的主体却非作者一人,而是处于俄国这个大海之中的所有人,这一写法也有违传统,而后一种时空内的冒险强调的则是思想意识的流动性,是一场没有暴力的战争,这与传统的冒险小说就有所不同。两个冒险时空内的冒险并不独立存在,知识分子文学理想的冒险贯穿前文,对前一个冒险时空的回顾,作者采用了当时不被接受的陌生化手法,对后一个冒险时空的回顾则是对自己作为形式主义学者在革命后俄国的生存现状的再现。

最后,小说中还存在着对冒险的解构,即淡化冒险的描写。读过这部作品的人,可能首先会把它看成是一部自传体回忆录,因为小说采用的是第一人称叙述方式,叙述语气上经常采用"我不会忘记""我记得""我不明白""我看到了""我遇见了""我觉得"等句式,叙述内容也是作者的亲身经历。也就是说,读者在阅读过程中不一定,甚至很难会把这部作品视作冒险小说。这意味着,作者对书中的冒险事件进行淡化处理,而这种对冒险的淡化描写恰是该作品的最重要特点,这或许也是什克洛夫斯基的最终目的。正如他自己所言:"艺术的目的是为了把事物提供为一种可观可见之物,而不是可认可知之物。"① 在《词使受挤迫的心灵自由》一文中

---

① [俄]维·什克洛夫斯基:《散文理论》,刘宗次译,百花洲文艺出版社2010年版,第11页。

他曾说:"革命——这是人人都会走钢丝的时代。这个时代我们都忘记了有不可能的事。"① 在这篇文章中,作者还谈到了人们对革命的看法:"关于我这一代人——往往是些不幸的人——人们说,我们是革命的牺牲品。"② 作者随后反驳道:"此话谬矣。我们是革命的制造者,革命的儿女。"③ 这样一来,作者虽一方面认识到革命本身所具有的冒险性,但另一方面却不直接批评和反对革命。与此相对应,作者在《感伤的旅行》中也是用舒缓的、平稳的语调淡化冒险与死亡的危险性、恐怖性,从而使其变得平常化、普及化,给读者以揣度作者革命观的空间,正是这种"空间"使读者感受到了作者实际是在控诉战争、控诉革命,这或许也成为该作品很长时间未能在俄国发表的原因。所以,可以说这种淡化冒险的描写恰恰是为了突出作品的冒险性。

总之,冒险旅行和辗转奔波构成了《感伤的旅行》的动态化叙事态势,行动的冒险性不仅体现在主人公多重身份中,还体现为不同身份的意识流动性及叙述视角流动性的切换。但是,与传统冒险小说不同的是,什克洛夫斯基小说中的冒险不仅体现为快节奏的行动和暴力,还体现为一种无硝烟的冒险意识(即文学理想),即所有的冒险借助语言的陌生化使其常规化,这种结构冒险所凸显的控诉效果,一定程度上又在增加惊险因素,这就使传统冒险小说中一切被解构:如"乔装改变"变成了实际生活中人物职务功能的改变,遇险的大海或风暴变成现实中的俄国与革命,冒险主人公也从传统的一人变成"一人为主多人为辅"的形象体系,冒险的目的性呈现出双极化特点,即无意识性和有意识性。无意识性——革命的混乱所造成的不受个人控制的流动性冒险,亦即第一时空的冒险——革命与前线中的冒险;有意识性——作者一贯以来坚持的陌生化文学主张,亦即贯穿于全文的冒险。

---

① [俄]维·什克洛夫斯基:《散文理论》,刘宗次译,白花洲文艺出版社 2010 年版,第 76 页。
② 同上书,第 82 页。
③ 同上。

五　叙事的延宕化

所谓"延宕"（торможение，задержание），即拖延、搁置、延缓等意思。什克洛夫斯基在阐述小说叙述结构时大量关注"延宕"这一小说中常见的手法，即小说结构的"框架程序"（обрамление）和"穿连程序"（нанизывание）这个结构手法的艺术效果。他认为，这两种结构程序都是"向日益稠密地把点缀性素材插入长篇小说本身之中的方向发展的"①。他以古希腊阿普列尤斯《金驴记》为例，指出游记作品就是由"框架"和"穿连"这两种程序组合起来的；而"游记，特别是寻找地点的游历，早已成为穿连的人人皆知的情由。"②

在什克洛夫斯基的旅行记《感伤的旅行》中，为了不断地制造"悬念"这一陌生化效果，也突出使用了"延宕"结构手法，即在讲述主人公游历中插入其他一些故事，如从别人那里听来的传说、童话故事、民间故事、民俗谚语等，这既丰富了小说的内容又使情节变得灵活多变，叙述从"本事"到"情节"，从"发现"到"突转"，从而激发读者的想象力、提高读者对所讲述内容的兴趣、引发读者的好奇心，使作品更加引人入胜。以下我们就围绕这两对概念对什氏小说加以分析和阐述。

（一）情节与本事

"情节"（сюжет；Sjiuzet）与"本事"（фабула；Fable）是什克洛夫斯基小说理论中的首要概念。什克洛夫斯基认为，"不能把情节与本事混为一谈。本事，即作品中所讲述的'内容'；而情节的特点首先在于，它是处理具有意味的材料的一种特殊的结构方式。"③

"情节"一词，在"奥波亚兹"的著作中是一个具有特定内涵的诗学术语，它表示事件在小说中被实际呈现和展开的时序。"情节作为一种建

---

① ［俄］维·什克洛夫斯基：《俄国形式主义文论选》，方珊译，生活·读书·新知三联书店1989年版，第31页。
② 同上书，第29页。
③ Шкловский, В. Б., *Гамбургский счёт*, Москва: Советский писатель, 1990, С. 229.

构，利用事件、人物、风景来压缩、延长或重构叙述时间，由此制造作者意图表达的那种可以感受和经历的场景。"① 与之相对的概念"本事"则表示小说中事件本然的时间顺序。"本事是构成情节基础的事件，包括生活上的事件、道德上的事件、历史事件以及别的事件。这个事件本身发生于现实的时间内，延续几天或几年，具有一定的思想意义和实践意义。所有这一切成为形成情节的材料。"② "本事"的含义相当于"故事"，指小说中的事件本身，它可以采用转述手法予以复述；而"情节"则是叙事中事件被安排措置的时序，表明故事在小说中被实际展开的"方式"。进一步地说，"本事"是小说中所处理的"原材料"，而"情节"则是作者对原材料的加工和操作。文学作品不是简单的事件堆砌，而是一种根据情节编构手法等规律加以"链接的迷宫"。

"链接的迷宫"一词，是托尔斯泰在1876年4月写给挚友斯特拉霍夫的信中提出的："如今出版物确实十有八九都是文艺评论，那么为了批评艺术需要这样一种人，他们既要说明在文学作品中探寻孤立的思想毫无意义，而且要在无穷尽的链接的迷宫——这也是艺术实质之所在——一直指引读者，同时也要遵循作为链接体基础的规则。"③ 什克洛夫斯基在研究托尔斯泰小说创作时再次提出来并加以深入阐述。什氏认为，"对于托尔斯泰而言，小说的重中之重就是链接的迷宫，而不是单纯的事实本身。"④ 而托尔斯泰所说的链接体是"根据一定标准将选定现象进行链接的组合"⑤，而链接的迷宫则是"链接体的统一结合"⑥。

---

① Шкловский, В. Б., *Избранное. В 2-х т*（*Том 2*），Москва：Художественная литература，1983，С. 63.
② ［俄］米·米·巴赫金：《巴赫金全集》（第二卷），白春仁等译，河北教育出版社1998年版，第251页。
③ Шкловский, В. Б., *О теории прозы*，Москва：Советский писатель，1983，С. 62.
④ Шкловский, В. Б., *Избранное. В 2-х т*（*Том 1*），Москва：Художественная литература，1983，С. 543.
⑤ Там же，С. 27.
⑥ Шкловский, В. Б., *Избранное. В 2-х т*（*Том 2*），Москва：Художественная литература，1983，С. 498.

什克洛夫斯基运用托尔斯泰提出的"链接的迷宫"这一概念,正是为了区分"情节"和"本事"的根本差异,并强调文学作品是多层次的统一体,以及手法层次在链接统一体中的重要性。"情节编构的方法与手法同音乐配器的手法相似,在原则上甚至是一样的。一部文学作品是各种声音、发音运动和思想交织的产物。"① 什克洛夫斯基在一生著述中,无论是理论研究还是散文创作,都在宣扬这样的情节观念,即作品情节的重点在于手法的应用,而内容因素,如主题、人物、思想、事件等都是在无穷尽的链接中得以实现的。应该说,什氏的小说情节观在一定程度上受到了托尔斯泰的影响。

在《感伤的旅行》中,什克洛夫斯基运用"位移"(передвижение)的手法,通过艺术地设置"本事"、有效地编织情节的方式获得阐述作品主旨内涵的陌生化效果。例如,在《革命与前线》的开篇,并不是描写1917年二月革命这一社会历史事件,而是直接切入该事件发生的原因及其当事人对这一事件的看法。当时当事人正在彼得堡一个装甲营服役,他表达了对彼得堡发生暴乱事件的看法,认为起义发生的根本原因在于城市中挤满秩序混乱的驻兵。随后又引入"有轨电车"这一母题描写电车拥挤而又特别凌乱的日常景象,还插入一个带有君主主义色彩的故事,让人联想到流行文学和民间故事中的格里高利·拉斯普京的故事,以表明在动荡不安的局势下人民大众心理的变化;接着,又谈到军队中宣传的话题:"在部队中没有人做宣传工作……我说的是党的宣传,但是,即便没有这种宣传,革命仍然是确定无疑的。"(2页)随后,讲述人自然而然地引入对军队现状的讲述,谈论俄国当前所处的危险境地。这样一来,小说叙述就从普遍的话题转到具体的、个别的话题:"'买面包'的喊叫声在营房的窗户下和大门旁响起,哨兵和值班人员已经疏于看守,让自己的战友自由出入。"(3页)这里指明基层士兵受到上级的欺压,内心骚动不安,军队内

---

① [俄]维·什克洛夫斯基:《散文理论》,刘宗次译,百花洲文艺出版社1997年版,第63页。

部已经溃散；而后谈论军队的组成人员、后备军和鼓动者的话题："那时候的彼得堡士兵都是些心怀不满的农民或者城市居民。这些人甚至还没换上灰色军大衣，匆忙中只来得及把大衣裹在身上，就已经被编成一群群、一伙伙的，并称之为后备营。究其实质而言，兵营简直成了砖砌的畜栏，任人宰割的人们如同畜群一般不断被各种新出现的红红绿绿的纸片发出的号召驱赶进来，"（4页）这一切都表明革命时期的混乱时局，无辜的群众成为战争的牺牲品。

从以上一环扣一环的描写中可以看出，作者不断地从一个故事转向另一个故事，不断地进行着情节上的"位移"，从而形成叙述特定话题的交叉点，即从各个层面、各个角度阐述革命发生的可能性和必然性；而读者也是"通过一个故事知晓另一个故事的情节"。①

接着，作者又回忆革命前夕那些日子里人们的一些具有代表性的想法："司机教官们想劫持装甲车、向警察发动攻击，但实质上他们并没有信心推翻旧制度，只是想闹闹事而已"（4页），然后引入二月革命发生前几天涅瓦大街群众袭击了巡街的哥萨克警察的事件，以及在兹纳缅斯克哥萨克人杀了殴打示威女人的警察的事件，指明国内形势的不断恶化，军队和群众之间矛盾的激化。而后由谋杀暴力事件再转入讲述军队的起义，而这个话题又被讲述那些曾真正拥护布尔什维克的人们所发生蜕变的话题所中断："委员会的最糟糕之处在于，它们迅速地脱离了自己的选民。苏维埃的代表们一连几个月不回自己的部队。士兵们完全不知道苏维埃在干些什么。"（14—15页）随着革命的结束，作者开始切入自己被派往前线的事情："我感觉自己就像一个察觉出被皮带拴住衣角拖着往前走的工人，他还在反抗，但是内心已经屈服于不可避免的死亡。"（18—19页）这段描述表明在历史洪流中个人命运的无力感。

---

① ［俄］维·什克洛夫斯基：《俄国形式主义文论选》，方珊译，生活·读书·新知三联书店1989年版，第28页。

总之，作者在事件描写中把全景描写和细节描写结合起来，从整体的画面逐渐转向单个的画面，这些画面一一呈现在读者面前。细节本身已成为叙述主体，并在作品中蕴含着特殊的寓意。此外，作者在致力于阐述主要话题的同时，还运用"节外生枝"或"故事里套故事"的手法，不断引入相关的联想和插笔，致使故事情节发生从一处向另一处"位移"，由一个未完待续的故事转而引出另一个故事。这种"延宕化"使故事结局被拖延，使叙事高潮被阻滞，使叙事内容被扩充，从而使篇幅并不宏大的作品给读者造成了阅读上的无限性，以及场面震撼的感受。

（二）发现与突转

在《感伤的旅行》中，作者将叙述中的"发现"和"突转"整合在一起，用以建构故事的新奇情节。"发现"（узнавание）和"突转"（перипетия）是其《散文理论》中涉及的又一对重要概念。文学叙事一般都会有不可或缺的、令读者备感新奇的因素，"发现"和"突转"就是可以引发读者新奇感受的重要手段之一。

关于"发现"和"突转"这对概念，早在古希腊时期先哲亚里士多德在《诗学》中就已有所阐释。"发现"指的是"从不知到知的转变"，亦即"使置身于顺达之境或败逆之中的人物认识到对方原来是自己的亲人或仇敌"[①]，它可以是主人公对自己身份或是他人的重新认知，或是对重要事实和无生命事物的发现；而"突转"则是指行动发展从一个方向转至相反方向，或剧情向相反方面突然变化。"转变"必须符合可然或必然的原则，所以一般由逆境转入顺境或由顺境转入逆境。

什克洛夫斯基秉承了亚里士多德的戏剧情节观，创建了叙事的情节理论，从根本上改变了情节在叙事文学中的地位。什氏认为"突转"是情节要素之一，是情节亮点的突然改变，是通过人物命运与内心感情的根本转变来加强戏剧性的一种手法。"作品的生命并不是从一种手稿本转

---

① ［希］亚里斯多德：《诗学》（修订本），罗念生译，中国戏剧出版社1986年版，第88页。

到另一种，而是通过描绘的更迭研究命运。""突转是悲剧性动作的突然转折。"① 作家在运用"发现"和"突转"这两种手法时，不仅要着眼于剧情的起伏跌宕，还要立足于主人公性格、语言和神态刻画，力求通过情节的合情合理的"发现"与"突转"来表现出人物剧烈的心理变化和丰富的感情活动。这些关于情节的论见在什克洛夫斯基散文创作中都得到了充分的验证。

在《感伤的旅行》中，作者经历了革命和国内战争，被迫卷入俄国对波斯的占领事件，他之前所遭受的痛苦经历影响了其思想观念，使他对国家的历史及自身的命运有了重新认知，对身边所发生的事情也都逐渐有了新的"发现"。如，在第一部分《革命与前线》中，主人公在前线受了重伤，"除伤口以外，我还出现了严重的休克，脉搏微弱。"（51页）卫生员已断定讲述人生命垂危，并且脱下他的靴子和外套。但是，随后情节却发生了"突转"：经过运送伤员的惊险和大撤退后，主人公奇迹般地活了下来。到彼得堡以后，他写道："现在我暂时不再谈论自己，来说说整个前线……俄国军队还在革命前就患有疝气。革命，用临时政府民主的极端主义武装起来的俄国革命，把军队从束缚住解放出来。军队没有了律法，甚至是没有了规则。"（57页）在此，作者突然中断对主人公伤情的讲述，转而分析起军队在前线失利的原因："第一个是我们盟国那令人愤恨、极其可恶、卑鄙而又无情的政策。"（57页）第二个则是"布尔什维克削减和粉碎了军队"，因此军队的进攻"没有成功是由于政治形势"。讲述者还揭露了战争的最大受害者是军队，是那些最优秀的人们。而在单独的一个小章节《科尔尼洛夫事件》中，作者又写道："凡是有文化的俄国人的命运就是这样，他们不幸来到一个地界，这里俄国这个大海正冒着鲜血的泡沫。"（64页）也就是说，作者通过外界接连发生的不幸事件要表达的是对知识分子在俄国革命时期悲惨命运的态度。而在该小节的结尾部分又说

---

① ［俄］维·什克洛夫斯基：《散文理论》，刘宗次译，百花洲文艺出版社2010年版，第137页。

道:"我说了什么,现在已经不记得了;我只记得,我累得要死……睡了很长时间,特别长的时间,似乎是有意不想醒来,我觉得绝望就站在床边,我只要一睁眼,它就会和我说话。"(67—68页)这表明在久经磨难和死里逃生以后,作者已经心力交瘁,只能借助于梦境来逃避现实。而在"波斯"一章的开头,作为军官驻守在波斯的主人公,作者这样写道:"我只能在夜间写作。我知道这意味着什么。这就像是灯油已经燃尽,可是到了夜里,灯油却无法抑制自己的燃烧,然而此时燃烧着的已经是灯芯了……"(108页)"我一直在描写的,除了困苦,还是困苦。对此我已经厌倦了"(116页),所有这些描写都体现了作者对眼前发生的事情已越来越麻木、越来越绝望的感受。然而,随着事态的发展,情节却不断地发生着"突转":在险象环生、逃离般地从波斯撤退以后,主人公随着其他驻军回到俄国,驶进莫斯科,却发现眼前的莫斯科已经是一幅陌生的景象:"白雪堆积如山。寒冷。寂静。无数弹孔的黑洞,墙壁上的密密麻麻的弹痕……这里安静,可怕,荒凉。"(135页)这里预示着讲述人回国后要经历的更大磨难。小说中这种从一个逆境转到更大的逆境的讲述,即为情节上的"突转"。

每当叙述人遇到磨难之际,就会回忆自己如何回到彼得堡后的生活窘迫情景。1918年初,作为社会革命党中央军事委员会委员,什克洛夫斯基参与了策划反对布尔什维克的武装暴动,在失败之后被迫开始流亡生活。秘密接头地点不断暴露,他辗转从莫斯科到萨拉托夫,长时间隐藏在疯人院里,后因身体原因,被派到阿卡尔斯克住在鞋匠家里,而小说中这样写道:"我此时犹如一根不带线的针,丝毫不留痕迹地从布上穿过。"(247页)每当敌人向他射击,密探猎取他时,他都巧妙地避开,贫困、崩溃和饥饿袭倒不了他,他敏锐机智,善于应对。后来他来到基辅,受熟人之托携带巨款前往彼得堡,在接近莫斯科时被肃反人员认出。为逃避追捕,他从行驶中的火车上跳下逃走并来到莫斯科,会见了高尔基。到莫斯科后,为了去乌克兰,主人公染了头发来进行伪装。

什克洛夫斯基《感伤的旅行》中这种从"发现"到"突转"的叙述方式的转变，即对主人公冒险经历的动态描写，显然是吸收了西欧冒险小说的写作经验，但又明显与之不同，甚至是对西欧冒险小说即传统的情节小说的突破：小说并不以写细节取胜，作者并不以描写事件始终及主人公命运为己任，而是借助一个接一个事件的间断式更迭来制造故事情节的断裂、引发读者审美上的"延宕"。每一次情节都会发生"突转"，每一次主人公都能转危为安，从逆境转向顺境，尽管他在革命和战争的席卷中变得愈加无助，他的生活变得愈加不利。

伴随着每况愈下的局势，主人公愈来愈意识到现实世界的无法接受，如，他与外界的心理冲突也愈加激烈。试看小说的第二部分《书桌》开头：在1922年5月20日时，主人公认清了自身在不断更迭而又难以揣测的历史洪流中的位置，意识到在往事中自己的作用："当然，我并不遗憾，我亲吻了，也吃了东西，还看到了太阳；遗憾的是，我走近了，想要给予些引导，然而一切都走上了正轨。遗憾的是，我在加利西亚打仗，和装甲兵一起在彼得堡四处奔忙，还在涅瓦河上战斗。我却什么都没有改变。因此，我此刻坐在窗前看着从身边经过的春天，不去过问明天会安排什么样的天气，这不需要经过我的允许，可能因为我不是本地人，我想，我本应该让革命也这样从我身边走吧。"（137页）

再如："当你像石头一样坠落的时候，你无需思考；当你思考的时候，就无需坠落了。我把这两件事混为一谈了。

驱使我的原因，与我无关。

驱使别人的原因，与他们无关。

一块坠落的同时会点燃一盏灯以便看清道路的石头。"（137—138页）

在这段描写中，主人公将自己比作在历史洪流中一块坠落同时会点燃一盏灯以便看清道路的"石头"。应该说，主人公关于自己在历史上位置的思考具有两方面意义：一方面，人的哲学思考具有一定的宿命论及历史不可逆性因素；另一方面，则体现了作者的个人意志因素、性格的冒险特质，及其对历史的参与和影响所具有的积极意义。

综上可见，作为一部故事体小说，《感伤的旅行》具有口语化、去情节化的叙事风格；而作为一部模仿西欧传奇或冒险小说的旅行记，这部小说还有着鲜明的动态化、疯癫化叙事风格；但同时，《感伤的旅行》又与情节小说有很大不同，即它不以细节取胜，在一定程度上突破西欧传统小说模式，极力营造小说叙事的陌生化效果，如大量采用情节和本事、发现和突转等有机结合的手法，实现小说叙事的"延宕化"风格。

第二节 《动物园》：元小说风格

《动物园，或不谈爱情的信札，或第三个爱洛伊斯》（Zoo，или письма без любви，или Третья Элоиза，1923）（以下简称《动物园》）是由34封情书组成，其中包含回忆、政论、文评、抒情、哲理性思索等多种体裁形式，内容丰富、手法独特。在这部作品中，作者是一位恋爱者，他与心仪女性通信、并将书信编辑成书。在书中，他讲述自己在流亡期间的单相思式爱情，及其对俄国知识分子命运的感悟。有趣的是，书中的男主人公正是现实中的俄国作家本人，而女主人公则是他所钟爱的俄裔法国女作家爱丽莎·特廖奥莱。该书的内容本是什克洛夫斯基与爱丽莎在柏林时期的私人通信，但最终二者决定以书的形式署名出版："他"的名字写在扉页上，而"她"的名字则写在献词里。什克洛夫斯基的学生Л. 金兹堡，在1928年的《记事簿》中认为该书是作家遵循形式主义方法而创作的"我们时代最温柔的一本书"。[①]

《动物园》延续了《感伤的旅行》中所做的文学实验，继续以语文体小说样式来表达作者对生活现状的无奈及其对文学前景的思虑，以语文学家特有的眼光阐释转型时期应确立的艺术理念，文学书写与理论诉求达到

---

① Гинзбург, Л. Я., *Записные книжки. Воспоминания*, Санкт-Петербург: Исккуство, 2002, С. 65.

了你中有我、我中有你的境界。该小说是一部打破写作常规和阅读习惯的另类小说。关于这一点，迪尼亚诺夫一语中的地指出，这部作品有趣之处就在于："在同一情感层面，小说、文艺评论和文学理论上的探究是同时并存的，小说、文艺评论以一种奇特的方式与文学理论紧密联系在一起。我们还不习惯阅读既是小说同时又是文学研究的图书，也同样不习惯文学理论中的'情书'和'不谈爱情的信札'。我们的文化建立在科学与艺术明确的界定之上，只有很少的时候，科学与艺术才会融为一体。"[1]

而《动物园》"不被读者习惯阅读的"根本原因就在于，作者借助对常规的模仿、对传统书信体的戏仿，试图打破常规、"暴露"普通读者不易察觉的小说技法。这类带有强烈自我指涉意图的小说，就是被学界后来称为"元小说"的非传统小说，或陌生化小说。

"元小说"（метапроза；metafiction）这一概念来源于西方学术界，其与俄国学界的"语文体小说"有相似性，但又有所区别。"语文体小说"概念更广泛，而"元小说"概念则更复杂。正如本书第一章所述，在20世纪20年代俄国文坛一度兴起一种既像文艺散文又像文学理论的过渡性体裁的文学作品，这类文学作品的创作者多为学者型作家，如什克洛夫斯基、艾亨鲍姆、金兹堡等人，但直到20世纪80年代以后学界才出现对这类体裁的研究成果，一些学者将这类小说称为"语文体小说"[2]，同时还把什克洛夫斯基视为"语文体小说"或"元小说"创作的先驱之一。什克洛夫斯基在生前既没有对"语文体小说"也没有对"元小说"这些概念进行过专门界定和论述，但他在小说理论研究中曾以英国小说家斯特恩的《项狄传》为例，颇具预见性地提出了斯特恩小说的戏仿风格，即通过模仿小说成规使小说技法本身得以暴露，使文本的自我指涉意识得以揭示，使读者对叙事世界产生类似于真实世界的幻觉或错觉。什氏在定位自己的小说

---

[1] Тынянов, Ю. Н., *Литературное сегодня*, Москва：Русский современник, 1924, С. 166.
[2] Новиков, В. И., "Филологический роман. Старый новый жанр на исходе столетия", *Новый мир*, No. 10, 1999.）；Разумова, А. О., "Филологический роман" в русской литературе XX века：Генезис, поэтика, дис. канд., РУДН, 2005.

时曾说道:"我在我的美文学作品中,总是在不断地写自己,并且充当自己书里的主人公。"①

"元小说"(metafiction),又译为"超小说"或"后设小说"。美国作家威廉·加斯在 1970 年发表的《小说和生活中的人物》中首次使用了"元小说"这一术语,其基本含义是"关于怎样写小说的小说"。帕特里夏·沃认为,"元小说指的是自觉且系统地将注意力引向自身虚构身份的小说创作,旨在对虚构与现实的关系提出疑问。元小说在评论小说自身建构方法的同时,不仅考察叙事小说的基本结构,而且还探讨小说文本以外的世界存在虚构的可能性。"② 帕特里夏·沃对元小说的界定既说明元小说的写作对象和自我意识,也让读者得以了解小说的虚构本质,从而不被情节所煽动、对文本采取更加公正的客观态度。而英国小说家兼批评家戴维·洛奇则有一个更为简洁的概括:"元小说是有关小说的小说,是关注小说的虚构身份及其创作过程的小说。"③ 我国也有人认为"元小说"就是"关于小说的小说,首先是谈这篇小说如何成为小说,即自我揭示虚构,自我戏仿,把小说艺术操作的痕迹暴露在读者面前……小说有意谈论小说是如何创造出来的,就自我点穿了叙述自己的虚构性、伪造性。小说的基本立足点就不可能再是模仿外部世界或内心世界的制造逼真性。"④

在文学发展史上,实际上"元小说"创作由来已久,小说家们都是在讲述故事的过程中有意向读者灌输自己的文学理念,文学文本建构有很大可能性成为这种理论思想的实践范本,而元小说的意义就在于:"在小说结构中体现语文学思想,在文学实践中援引文学或语言学理论并得出文艺新见解。"⑤ 而纵观学界对"元小说"的认识,可以发现,这些界定和理论

---

① Шкловский, В. Б., *Гамбургский счёт*, Москва: Советский писатель, 1990, С. 380.

② Waugh, P., *Metafiction. The Theory and Practice of Self-Conscious Fiction*, London and New York: Methuen & Co. Ltd., 1984, p. 2.

③ [英]戴维·洛奇:《小说的艺术》,王峻岩等译,作家出版社 1998 年版,第 230 页。

④ 赵毅衡:《后现代派小说的判别标准》,《外国文学评论》1993 年第 4 期。

⑤ Степанова, И. М., "Филологический роман как 'промежуточная словесность' в русской прозе конца XX века", *Вестник ТГПУ*, No. 6, 2005, С. 76.

阐述都出现在20世纪70年代以后，而什克洛夫斯基着手探讨英国小说家斯特恩和俄国小说家罗赞诺夫小说的语文性特征（可理解为元叙事特征），则始于20世纪20年代，这足以说明其有关"元小说"认识的原创性。所以可以说，"所谓元小说，是奥波亚兹诗学理论发展的必然结果。"①

张冰在谈到什克洛夫斯基这类小说的叙述特征时指出，"读过什克洛夫斯基和迪尼亚诺夫作品的人，大都能体会到其作品的自我揭示性。这类作品大抵都有两个主题，一是'讲述'或是叙事；二是'讲述'之为'讲述'"。②如果从这两个叙事主题或诗学特征来看，什克洛夫斯基笔下的《动物园》完全可以归入"元小说"之列：小说中的"讲述"是以对话形式实现的：男主人公与女主人公的对话属于表层对话；而作者和读者、作者与同时代文学家，以及编辑与读者的对话则属于深层对话。此外，该小说中的"讲述"并不限于讲述事件或"叙事"，其讲述是"为讲述而讲述的"。所以，读者也可以从以上两个视点来解读这部小说：一是"讲述或是叙事"；二是"为讲述而讲述"。前者可理解为叙述中的"加密"，后者则可以理解为叙述中的"解密"。这两种手段都以艺术的"陌生化"为旨归。"陌生化手法在实际应用中，具有两个相关向度：一是趋向于加密；二是趋向于解密……而陌生化则是这两个向度上的运动所最终追求的目标。"③

一 讲述或是叙事

美国批评家马丁认为，与传统小说相比较，"正常的叙述——认真的、提供信息的、如实的——存在于一个框架之内，这类陈述有说话者和听话者，使用一套代码（一种语言），并且必然有某种语境……如果我谈论陈述本身或它的框架，我就在语言游戏中升了一级，从而把这个陈述的正常意义悬置起来。同样，当作者在一篇叙事之内谈论这篇叙事

---

① 张冰：《陌生化诗学：俄国形式主义研究》，北京师范大学出版社2000年版，第227页。
② 同上。
③ 同上书，第216页。

时,他好象(像)是已经将它放人(入)引号之中,从而越出了这篇叙事的边界。于是这位作者立刻就成了一位理论家,正常情况下处于叙事之外的一切在它之内复制出来。"①

马丁的论述表明,相对于传统小说总是使自己的叙述保持在特定的故事情景中,"元小说"则更为侧重叙述者或人物(其实都代表了作者的声音)忽然跳出故事情景,来对故事情景指手画脚,或者插入故事情景之外的写作情景,从而打破既往的叙事框架,将作家的"意图"公开暴露给读者。这种在叙述中使读者对小说真实性产生怀疑的过程,即是叙述的"加密";而由作者出面直接暴露小说虚构性的过程,则被称之为"露迹"或"裸露手法",即是"解密"。加密和解密构成小说中陌生化叙述的两级。

《动物园》的基础线索或显性线索(即本事)是对男女主人公的爱情描写,但其深层线索或隐性线索(即情节)却是在爱情线索基础上形成的"关于小说的小说"的语文学阐述。并且,与爱情线索相比,语文学线索占据全书的核心地位,"讨论如何写小说"或"关于小说的小说"这个动因已然使文本获得了"元小说"的基本特征和诗学品格。有趣的是,该书的序言中已开诚布公地写道:"首先,我打算列举一系列柏林的俄国风貌,然后将此与某些社会主题联系起来,进而揭示其趣味性。我以《动物园》作为此书的题目,但内容却与此无关。我打算写书信体小说。创作书信体小说必须要有动机,即人们为什么要通信。通常,通信是因为爱情和离别。我的动机则在于其特殊的情况:即单相思男士给不爱他的女士的通信。由于这本书的主要素材不是爱情,所以我不能谈爱,这在副标题《不谈爱情的信札》中已经体现了出来"② 小说中这一开篇序言,显然已约定小说将会沿着两条平行线索而展开:抒发爱慕之情感与回避爱情之方法。

---

① [美]华莱士·马丁:《当代叙事学》,伍晓明译,北京大学出版社1990年版,第228—229页。

② [俄]维·什克洛夫斯基:《动物园·第三工厂》,赵晓彬等译,四川人民出版社2016年版,第3页(本小节所引例子均引自该版,文中不再一一注释,只在文中标明页码)。

用什克洛夫斯基《散文理论》中的观点则如是说:"好的小说故事或是文章的开场,要求一而二的成双重叠;戏剧里有个似乎是必不可少的规则,即主要情节线索的双双重叠,或者引出一个平行的人物,两者是一回事。"①

读者从《动物园》第一封信前面的编者注释中首先可知:这是艾丽雅写给在莫斯科的姐姐的信,即作者刻意强调"此信权当开篇"(23页)。而第二封信则是写信人写给艾丽雅的,主要谈"爱情、嫉妒、电话和爱情的各个阶段"(25页),此封信以"俄国人的步态"(26页)作为结尾,写信人直接向艾丽雅表明自己的爱意。但在第三封信中艾丽雅在开头就向他提出:"不要对我说爱。我不需要。我很累……"(27页)这一指令与全书的副标题"或不谈爱情的信札"相呼应,原因是"生活习惯将我们分开,我现在不爱你将来也不会爱你。我害怕你的爱,你的爱随时都将伤害我。不要埋怨得那样厉害,你对于我来说一直是很亲近的人。请不要吓唬我……你的爱很强大,但却并非可喜。"(27页)从前三封信已看得出,现实生活使写信人失去了向艾丽雅求爱的基础。

书中这种爱情线索的展开方式,实际上已经有了一个"否定性结局",因为"构成对比的另一方会可疑地缺席。"②与讲述线索并行的爱情线索在此似乎已经终止。"我们常常找不到比较方,而且发现小说似乎还未结束,这就是形式主义者所谓的'零位结局。'"③但小说中的叙事却仍在继续,只是从第四封信件起,写信人已不再直接表露爱情,而是开始讲述其他的事情:"我将不谈爱情,我将只讲天气"。(29页)在第五封信中,写信人转而讲述俄国作家罗赞诺夫、列米佐夫和安德烈·别雷在德国的生活境况。在第六封信中,同样避而不谈爱情,只谈自己在德国生活的苦闷和压抑。而第七封信中,竟然谈到了与男女主人公无关的人及其性格,信的开

---

① [俄]维·什克洛夫斯基:《散文理论》,刘宗次译,百花洲文艺出版社2010年版,第258页。
② 同上书,第250页。
③ 同上。

头写道:"写算什么呀!我全部的生活就是给你写信……不许谈爱。我将谈谈季诺维伊·伊萨耶维奇·格热宾——一个出版商"。(42页)写信人在评价出版商的时候也在回顾自己的生活变化:"当我不足30岁时,我还不知道孤单的滋味,不知道施普雷河比涅瓦河窄多少,也没在马赛的膳宿公寓住过,这所公寓的女主人不允许我在夜间工作之余唱歌,当生活在我面前还没有关上通往指向俄罗斯的大门,当我认为历史将要在我的膝上断裂,当我喜欢跟在有轨电车后面跑……我不会因电话声儿哆嗦。我从27岁到29岁的时候,很不喜欢格尔热宾……现在,当我知道,施普雷河比涅瓦河大约窄三分之一。当我30岁了,当我在等待着电话,却有人告诉我不再有电话的时候,当生活关上了我面前的门,当事情变得那样忙碌,以至于她都无法写信……我不会再攻击他。现在我知道,格热宾是最有价值的材料。"(43页)这段描写中运用排比和重复的手法,使"现在"和"过去"形成强烈的对比,提出"一切都已改变"的主题。

值得注意的是,从第九封信开始,写信人再次以浓缩的游戏手法展现爱情主题,借助"禁止写爱情"这一动因,将情书和评论文章这两种互不相关的因素加以勾连,营造出一种逆袭的效果:被刻意抹去的爱情主题,反以其各种不同的变奏方式反复回荡于书中,爱情就像作者所希冀"词语的复活"一样得到了复活。而读者在第十一封信的开头读到:"好吧,我就谈谈异国文化和异国女人。女人,可能不是一个十足的异国女人……女人在商店里,毫无疑问,会眉飞色舞地看着她喜欢的所有商品。这是欧洲式的心理。当然,如果一件东西不能成为令人喜欢的东西,那只能是它本身的过错。特别是长着两只手的东西。"(57—58页)写信人不再直接谈论爱情线索,一直在论述俄国侨民作家在柏林的生活境地,以及相关的文学理论,而所有这些都在间接地说明男女两人对待爱情及其各自代表的东西方文化上的差异,阐释了爱情不会成功的原因。正如同时代人爱伦堡在文学回忆录《人·岁月·生活》中所言:"我觉得,这位充满热情的人在这个世界感到的却是孤独。他在柏林也感到了孤独。……在柏林，什克洛夫斯基忧伤的眼睛显得更加忧伤；他无法融入国外的生活；就这样，他写了《动物园》……他责怪自己的女主人公太过追崇欧洲文化，竟然能够生活在俄国之外。他的感受是可以理解的：偶然现身于德国，他思乡、渴望回家。"①

读到最后，心有灵犀的读者才恍然大悟：爱情线索并没有终止，不过是从外在变成了"内在"，而文学理论则被裸露而成为"外在"。这种由外而内、再由内而外的叙述转换，就构成了"关于小说的小说"（即元小说）。由于"不许谈爱情"，索然引入爱情以外的因素，譬如：插入如何写小说的厘头、附上编辑的注释话语，甚至插入有关"讽拟""隐喻"等评论，情书应有的感性语体被偷换成"方法"的理论验证。小说化作"文论"，原本介于男女书信人之间的对话，却成为作者与读者间的对话。这种"讲述"或是"叙事"，就是"为使审美阅读受到阻延，使非美学材料转化为美学形式，变成艺术品的一种'文学游戏'"②。

二 为讲述而讲述

如上文所述，写信人在思考小说是如何写出来的（即《堂·吉诃德》是如何写出来的，《外套》是如何制定出来的）过程当中，试图建立一种抽象的元批评世界。小说中，讲述爱情等故事内容就好比一个普通语言文本，而文学评论、政论、哲学思考等内容则好比一个元语言文本。两者之间的关系看似随意而松散，但具有内在的统一性，因为它们各执一词，各行使不同的功能。形象世界体现着作者对文学感性意识，而批评世界则体现着作者的文学理性意识。作者在小说中谈论小说，使小说文本指涉于自我，聚焦于自我意识，不再像传统小说那样只由故事层次构成，而是加入作者评论层次。"一部元小说，可以称得上是在作者导演下的一

---

① Эренбург, И. И., Люди, годы, жизнь, Москва, «Советский писатель», 1990, С. 394.
② Разумова, А. О., "Путь формалистов к художественной прозе", Вопросы литературы, No. 5, 2004, С. 131–150.

场作者（批评家）和文本（形象世界）之间的对话，两者互相印证，互相说明。"①

《动物园》延续了《感伤的旅行》第二部分《书桌》中所提到的"文学实验"。在《感伤的旅行》中，作者试图找到小说艺术和现实之间新的契合点，力图维持真实事件和文本文学性之间的平衡，并以此深深地打动读者；而在《动物园》中，这种平衡得到了保持，现实事件与文学文本处于同等地位，并成为文本构造的主要原则。在对阿列克谢·列米佐夫和瓦西里·罗扎诺夫的理论进行吸收和借鉴的基础之上，作者创造了这种融日记、书信、报纸和小品文等诸多体式于一体的独特体裁，具有文学性和语文性双重特点。"元小说的作者有意识地在小说中造成叙和议的对立，不时地让叙事部分受到议论部分的监督和评价，有如给形象世界竖起了一面'艺术之镜'。"② 从深层次上来说，这种夹叙夹议，即为讲述而讲述的方式，体现了什克洛夫斯基对于表现生活的语言操作方式的艺术性思考，使创作和批评、生活和艺术置于同一层面。

《动物园》中比较引人注目的是写信人那些充满自我意识的议论，那些体现为自我对话的叙述。尤其吸引读者注意的是，小说所引用的卷首题词乃为赫列勃尼科夫写于1909年的自由诗《动物园》（«Зверинец»），该诗描绘了世界文明的宏伟蓝图，大量运用了"隐喻"的手法。而什克洛夫斯基把该诗放在作品开头，是向赫列勃尼科夫表示敬意，也是向读者说明本书构思的意图或寓意。从结构来看，卷首题词和另外29封信件一起组成一个整体，体现了什克洛夫斯基对"三位一体"结构模式的倾向性，这一点在后文有较为详尽的分析。

应该说，从构思和风格来看，《动物园》不仅受到了赫列勃尼科夫式隐喻文本的影响，而且还构成了对赫列勃尼科夫式隐喻文本的戏仿。书信人及其所结识的生活在柏林的俄国人，都像是生活在动物园中的众多不知

---

① 江宁康：《元小说：作者和文本的对话》，《外国文学评论》1994年第3期。
② 同上。

名的鸟类和野兽。如，在第四封信中，写信人竟然直接把维里米尔·赫列勃尼科夫比喻成大鸟："主人读他的诗也能理解他的诗。赫列勃尼科夫像一只生病的鸟，一只极不愿意被所有人注视得（的）到病鸟。他像一只敛起双翼的病鸟那坐着样，穿着一件旧的常礼服，望着主人的女儿。"（32页）在第六封信中则主要写了对赫列勃尼科夫《动物园》（描写柏林动物园的动物们）的联想："母狗用自己的乳汁喂养了狮子，而狮子并不知道自己高贵的出身……成年的狮子感到寂寞……美洲驼很漂亮，它们拥有一身暖和的毛呢连衣裙和轻盈的脑袋。它们和你很像……我不需要。哪怕动物园对我有双重好处。艾丽雅，猴子的身高和我差不多，但是肩膀宽、背驼、臂长。无法看出，它是坐在笼子里的……笼子不是笼子，而是监狱。"（41页）在这里，作者公开自己描写动物园只是为了形成对比，这就打破了文本的"虚构性"，以作者和文本的对话方式展开叙述，从而造成一种令人困惑的小说结构，"把读者……引入一条充满欺骗和错觉的道路"，"迫使读者参与同小说写作有关的美学问题和哲学问题的探讨"。① 总之，作者在书信中引入赫列勃尼科夫式隐喻这一叙述行为，自然可让读者联想到什克洛夫斯基本人在文学理论及批评著作中对赫列勃尼科夫诗歌的分析和评价，从而使读者领会该作品与赫列勃尼科夫《动物园》之间的关联，实现不同文本之间的互文。

在《动物园》中，一方面，回忆、政论、文评、抒情、哲学思考代替了爱情情节；而另一方面，形式主义方法在书中被人格化，成为文学书写的对象，甚至是主人公。如，在第九封信中，写信人在谈论完爱情就像是士兵站岗以后，插入对俄国象征主义者安德烈·别雷的描写："这个人叫安德烈·别雷。世俗的称谓是鲍里斯·尼古拉耶维奇·布加耶夫。一个教授的儿子。"（50页）紧接着却插入英国小说家威尔斯的写作方式：写信人认为"威尔斯总把生活写成是物驾驭人的样子。物能改变人，特别是汽

---

① David Lodge, *The Novelist at the crossroadsand Other Essays on Fiction and Criticism*, London: Routldge & Kegan Paul, 1971, pp. 22 – 23.

车。"（50页）在这里，有关威尔斯崇物主题的插入与第七封信中出版商格尔热宾的拜金主题构成重合。而随后写信人更是直接引入"方法"这一话题："曾经有过高低之分，有过时间，有过物质。现在什么都不存在。方法主宰着世界。人想出了方法。方法。方法走出家门，开始独立生活……"（51页）值得注意的是，接下来与"方法"话题相契合的正是安德烈·别雷的"方法"："安德雷·别雷的方法十分令人信服，连他本人都无法理解。我觉得安德烈·别雷是为了开玩笑而写作的。'交响曲'就是个玩笑。词与词被并排组合在一起，但是艺术家所看到的这些词却非同寻常，于是玩笑消失了，方法产生了。后来，他甚至为动因找到了一个名称。这个名称就是人智学"。（52页）这里之所以提到安德雷·别雷，或许正是出于作者验证"方法"的需要。

有趣的是，在完成这部作品之后，什克洛夫斯基另给爱丽莎的信中又写道："……艺术，有自己的法则，游戏的法则。真正的伤痛没有什么意义，但是可以利用……本书构建的原则就是不断闪烁的错觉，也就是说所给的目标有时是痛苦，有时是手法"；"在艺术中没有人需要完完全全的真实。没有人需要知道什克洛夫斯基爱爱丽莎·特廖奥莱，而她却不爱他……没有人需要 X 和 Y，也就是说完全的真实性。艺术需要闪烁的错觉，时而是完全的信任，时而有意是目标。"① 从什氏本人的生活阅历及其小说创作而言，艺术就包含着对生活的戏仿，生活因作者施加手法而具有了游戏性或虚拟性。真真假假，假假真真，小说本身就是一种被手法化或错觉化的艺术。显然，什氏已经习惯于这种将生活与艺术模糊化的创作方式。

总之，《动物园》中，"方法"已然成为文本的自我意识：一边是爱情主题的讲述，一边是小说理论或方法的叙述，爱情只是文本叙述的借口，而方法才是文本叙述的动因。如此一来，女主人公在男主人公的"方法"指导下与之通信以及后来成为现实中俄裔法籍女作家也就不难理解了。作

---

① Шкловский, В. Б., *Ещё ничего не кончилось…*, Москва：Пропаганда，2002，С. 10.

者采用这种元叙事形式,试图说明小说的故事结构和创作过程,实际上恰与现实世界的结构和组合过程有着相似性或联想性。读者知道了小说是怎么写成的,也就知道了世界是怎么组成的,展现小说本身就是展现自己对世界的认识。

三 为加密而制动

作家创作小说的目的,不仅仅是为了讲述一个好故事,小说中还可以借助引入各种其他的元素,实现叙事的曲折化。作者也不单单是向读者娓娓道来,而是对讲述施以魔法,同读者做游戏。与《感伤的旅行》一样,在《动物园》中,作者在讲述男女主人公爱情故事的同时,伺机让这个主干情节"停一停",不断采用"插笔""故事套故事""穿连"等手法,对故事加以"制动""延宕""阻碍",以此构造情节、布置悬念,即所谓的"加密"(зашифрование)。"制动"与"延宕""阻滞"等词汇几乎同义,可以理解为一个概念的不同表达形式,其俄文都为:замедление,задержание,торможение等;但"制动"相较于后几个概念更是一个复杂的概念,它可能包含着诸如"插笔""悬念"(或预述)、"离题"(或偏离)等多种手法和成分,其目的在于造成故事情节的波折、叙述的延宕化。

什克洛夫斯基在《马步》中曾写道:在艺术中"重要的任务是提供解决任务的步骤,而非答案。"① "离开难度无马戏","马戏的手法就是难度","马戏整个就是建立在难度之上"。② 通过"加密",使读者克服自动化、艺术地延长对作品的感受时间,从而能细细品味艺术中的每个细节,领略艺术作品的独特美学价值。"作者在玩弄读者的耐心时,总是不断在向他提醒那个被我们暂时丢弃的人物,但即使是在插笔以后,也不立刻转而叙述那个人物,而只是提醒,在此起到一种加强期待的作用。在作品中,一个新引进的人物,一段景物描写,一篇与骨干情节无关的插笔……

---

① Шкловский, В. Б., *Ход коня*, Москва: Геликон, 1923, С. 171.
② Там же, С. 140.

都可以起到'制动'行动的作用。"①

插笔（отступление）是什克洛夫斯基最为偏爱的"加密"手法之一。情节不但包括对故事材料的艺术安排和布局，而且还涵盖讲故事过程中采用的所有方法，其中包含与叙事无关的审美结构，如插笔、闪回、回忆……"插笔"手法古来有之，早在亚里士多德时期就有所解释："情节无论采用现成的，或由自己编造，都应当先把它简化成一个大纲，然后按上述法则加以穿插，把它拉长。"② 而什克洛夫斯基在《散文理论》中更是反复阐释了这一概念："插笔是一种阻缓手法。"③ 插笔的作用一般有三种："第一种作用是使得向小说中引入新材料成为可能。如，堂吉诃德的话语使得塞万提斯得以向小说输入各类批评、哲学一类的材料；第二种作用具有更大的意义——制动（задержание）和阻滞（торможение）；第三个作用则是构成对比。"④ "如果说情节是对自然事件序列的一种偏离和错位，如从故事的中段或结尾开始叙事，经常出现的回溯性的闪回，或在行为的若干层次间交替跳跃……的话，那么，离题、迂回、插笔等手法，则更是对骨干情节的一种偏离。"⑤

《动物园》中运用了大量的"插笔"，以偏离叙事上的常规、制造情节上的"悬念"等形式，使小说叙述线索被不断阻滞或延宕，这一"为加密而制动"之举，造成了读者接受上的"艰深"或"难化"。在男主人公给女主人公的书信中，读者最关切的本来是对爱情故事线索的期待，而书信人却一再用一些离题性的插笔打断，并维持读者的这种期待。在自白、抒情之后引入大量关于科学研究的语文学讨论，运用引文、隐喻和讽拟等手法，逐渐丰富着小说叙事含量。例如，在第九封信中作者写道："你吩咐

---

① Шкловский, В. Б., *Гамбургский счёт*, Москва：Советский писатель，1990，C. 124.
② ［希］亚里士多德：《诗学》（修订本），罗念生译，中国戏剧出版社1986年版，第37页。
③ ［俄］维·什克洛夫斯基：《散文理论》，刘宗次译，百花洲文艺出版社2010年版，第60页。
④ Шкловский, В. Б., *Гамбургский счёт*, Москва：Советский писатель，1990，C. 123.
⑤ 张冰：《陌生化诗学：俄国形式主义研究》，北京师范大学出版社2000年版，第244页。

我两件事：第一，不要给你打电话；第二，不能见你。现在我可是个忙人。我还要做第三件事：不要想起你。但是你没有让我做这件事。你有时会亲自问我：'你爱我吗？'那时我就知道，你是在进行查岗。我像一个不熟悉警备条令的工程兵……"（48页）并且，作者还自我嘲讽地回应女主人公："职责：爱、不见面、不写信，并记住，堂吉诃德是怎样造出来的。"（49页）插入这些看似毫无关系的内容，读者会很好奇：爱情和《堂吉诃德》之间有什么关系？随后写信人说："我正在电话旁边站岗，正在用手摸着电话，仿若猫用爪子去碰滚烫的热牛奶。我就要给我的堂吉诃德嘴里再塞进一段精彩的演讲。"（50页）结尾处呼应前文："可我站岗的期限是多长呢？没有期限，我已沿着服役的路一直走下去了。"（53页）不难读出，写信人把爱比作站岗服役，他仿若堂吉诃德，在站岗时以自己的方式创造着精彩的演讲。"用自己的话语来安慰自己：忍着吧，想点别的事，想想其他名人和不幸的人。爱情中没有委屈。可能明天派岗员又要来查岗。"（53页）

除了插入文学性评论，书信中还引入圣经故事、童话、戏剧等片段来丰富小说的内容。例如，在第十封信中，编者在注释中指明："谈柏林的水灾；整封信主要采用了隐喻的手法：信中作者试图成为一个轻松愉快的人，但是我敢肯定，下一封信中，他又将失去自控力。"（54页）尽管作者、编辑者、书信人的各自叙述功能精彩纷呈，但是这里的编者注释显然可以理解为：作者在充当编者角色对书信中的隐喻手法进行预判和评价。

第十封信中的插笔意蕴颇为深刻。在这封信中插入的洪水故事，明显是对元文本的戏仿。什克洛夫斯基笔下的彼得堡的洪灾与《圣经·创世纪》中"大洪水、诺亚造方舟"的故事产生神话联想，同时又与普希金笔下彼得堡大洪水构成互文：《圣经·创世纪》的"大洪水"母题喻指上帝对人类所犯罪恶的惩罚、昭示惩恶扬善的思想主旨，而《动物园》里的"洪灾"有着同样的喻意。"艾丽雅，在这样的大风天，彼得堡涨水了。这些日子里。彼得罗巴甫洛夫斯克要塞的自鸣钟每15分钟都要响起，但没有人去听。人们都在数炮弹。炮弹发射：一、一、二！一、二、三……11发。是洪水警报。"（54页）这段洪灾描写既可以使读者联想到《圣经·创世纪》里的洪水故事，同时也可视为对《青铜骑士》"大洪水"的戏仿："炮弹发射"很容易让读者联想到一百年前普希金时代彼得保罗要塞的洪水警报。这种戏仿引出的乃是知识分子命运与历史的互文关系。

更为有趣的是，而后书信甚至还插入艾丽雅房间受灾戏剧性场景："水深11英尺，已经蔓延到了你的房间里。水静静地淹进了阿莉克的房间：楼梯上的水无处可去，但在房间里，水淹到了阿莉克的鞋子，于是戏剧性的一幕上演了。"（55页）于是在洪水和鞋子之间展开了戏剧性的对话：

"鞋子：你为什么要进来？阿莉克正在睡觉！（他们也喜欢你）。

洪水（平静的声音）：11英尺深呢，"鞋女士！整个柏林就是一个浮在水面上的白肚皮，大量的货币在波浪里翻卷。我们就是隐喻的实施者。请告诉艾丽雅，她要重新回到岛上，她的房子已被奥波亚兹包围。

鞋子：不要开玩笑！艾丽雅正在睡觉，愚蠢的大水！艾丽雅累了，她需要的不是鲜花，而是鲜花的芬芳，因为爱她需要的只是爱的芬芳和温柔，她的双肩再也承受不住任何负重了。"（55页）

这封信的末尾又这样写道："上帝订立彩虹之约来纪念'大洪水'。"（56页）

这些插笔看似是偏离了爱情的主题，却充满戏剧性地揭露了作品中一些事物的设置只是为了构成"隐喻"。也就是说，小说中谈论的话题由爱情转到小说文本自身，揭露的是小说文本的写作方法，"方法"主题取代了爱情叙事，实现了方法的自我裸露。

而第十七封信则直接是以艾丽雅的信件内容为开始，转述了她对横渡大西洋的轮船的评价，谈到了甲板上的舞会等，随后谈论了俄国作家鲍里斯·帕斯捷尔纳克，以及身处柏林的俄国侨民作家的命运：

"在柏林，帕斯捷尔纳克忧心忡忡。他是一个属于西方的人物，至少他懂得西方文化,以前他曾经在德国生活过,如今有年轻、漂亮的妻子与他相伴,他还是忧心忡忡……我们是逃难者,不,我们不是逃难者,我们是逃脱者,而今又成了被困的囚犯。

情况暂时如此。

俄国人在柏林毫无出路。他们没有前途。

没有任何牵引力。

我是多么清楚地感受到这一点。"(81页)

在这里,写信人已经直接表明,他作为侨居在柏林的俄国人具有浓郁的东方文化基因,随后他又说:"或许,吸引你的是异邦人,英国人,美国人,或许,和我们待在一起你觉得寂寞无聊……那些人有机械牵引力,有横渡大西洋的轮船的牵引力,在船的甲板上跳舞很舒服。我们正在失去自己的女人。所以需要考虑自己了。我们这些男人是内燃机,我们的事业是拉纤。"(81页)可以判断,作者在此运用"插笔"主要是为了形成"对比":男女主人公分别代表两种完全不同的文化符号,以此暗示这是他们爱情失败的根本原因。

就这样,作者通过连续不断的转换、相互补充的"插笔"和"偏离"手法,从一个暗喻层面转到另一个暗喻层面,从一个联想跳转到另一个联想,由一个事件"偏离"到另一个事件,从一篇文章生发出另一篇文章,不断对作品进行加密和难化,使叙事达到了"陌生化"这一目的。

"悬念"(саспенс;suspense)是《动物园》另一个常见的加密手法。"叙事是一种交流,一种传达,叙事作品写出来,就是为了供人阅读,为了被阅读,它就要使自己能够被读者理解,从这个方面来看,它必须千方百计地提高自身的可理解性。但在另一方面,为了确保自身的存在,为了使读者能够耐心地看到最后一页,它又必须延长读者的理解,如果它过早地被理解了,它也就过早地结束了自己的生命,我们都厌弃那种看了开头就知道结局的小说,为了达到后面这个目的,叙述者又必须有意识地在读者的阅读过程中设置种种困难和障碍,这也是叙事中一个无法摆脱的悖论。"① 这里讲的"在读者的阅读过程中设置种种困难和障碍"就是为了制动而巧设的"悬念"。

"陌生化",究其实质,是针对读者逆反心理发出挑逗而获得的"加密"效果,因此叙事必然会令读者产生惊奇、感受到悬念。而悬念"比任何其他元素都能影响作品即时的阅读体验,它是构成作品的本质,也是对其他元素完美的补偿"。② 虽然小说不等同于"猜谜",但不能否认:它包含着"猜谜"的成分。什克洛夫斯基认为"每部艺术作品中都含有制动的成分。而悬念就是制动手法之一。"③ 在《动物园》中,什克洛夫斯基利用爱情的张力,制造最为强烈的悬念来支撑整部作品,同时还引入其他文学插笔加以补充说明,从而提高了读者阅读的吸引力。小说中仿佛总是预示着未来事件,并在叙事中不断强化着各种细节。所以"悬念"在读者那里造成急切期待的心理状态,并反映社会上一切事物发展的必然规律。

"悬念"大致有三种情况。顾仲彝先生在遗作中指出:"第一种是观众什么也不知道,但愿意明确究竟;另一种是观众知道一点信息,愿意肯定更多或更详尽的细节;再一种是观众知道得很多,但常常用欣赏和恐惧的态度期待着事态的发展。"④《动物园》中一以贯之的悬念就是:男主人公和艾丽雅这对儿"恋人"的爱情命运最终会如何?虽然从小说的副标题"不谈爱情的信札"已有大致预判,但也一直用欣赏和紧张的态度期待着事态的发展。

产生"悬念"需要有两个条件:一是造成悬念的前提,即全文的规定情境必须揭示清楚;二是必须引起观众的同情。《动物园》序言中已说明

---

① 罗钢:《叙事学导论》,云南人民出版社1994年版,第55页。
② [美]诺亚·卢克曼:《情节!情节!》,唐奇等译,中国人民大学出版社2012年版,第89页。
③ Шкловский, В. Б., *Гамбургский счёт*, Москва: Советский писатель, 1990, С. 148.
④ 郑喜林:《悬念—冲突——谈席勒〈阴谋与爱情〉的写作技巧》,《渤海学刊》1995年第3期。

作品构思和人物关系，而且这一切并不是静止、消极地为交代而交代，而是在尖锐的矛盾中、在积极的行动中铺展开的。不成功的爱情在小说一开头便被预述，而写信人随后所解释的不过是在分析造成这一结局的原因。所以，悬念始终存在，并没有随着叙述的展开而得以破解。"比赛就开始了，哪里有爱，哪里有书，我已经不知道。"（82页）书中通过大量的排比句表达创作与生活的同等重要性，创作和爱情的界限被模糊，"爱情"始终处于悬置状态："我有许多话，有力气，但是我要对她说话的那个人是个外国女人。"（87页）"而我将不谈爱。你瞧，我一直在谈论文学"（90页）。然而，尽管写信人不能谈爱情，只能谈文学家，谈方法，谈东西方文化差异，但他又控制不住谈爱情。这种"能"与"不能"的焦灼叙述牵引着读者、激发着读者的好奇心。"这种爱情产生两重性。肯定——否定，相互交替。结局——另一个人不爱你。我爱得更深。我仍在受到威胁。闯入的两重性——这是等于肯定的否定。嫉妒总是温柔的。"① 这种通过否定来肯定的叙述方式营造出强烈的悬念，使文本引人入胜。

　　需要说明的是，与这种"悬念"密切相关的乃是"预述"。如果说"悬念"是把后面将要表述的内容，先在前面做个暗示，但又不是马上披露，故意留下空白，给读者留下欲知下文的迫切心理，那么与悬念形成对应的就是"预述"。"预述"是事先讲述或预先提及一下后面的叙述内容。通常情况下，中、西方小说各自有着不同的叙述常规。西方传统小说中一般较为罕见这种"预述"，相反，中国叙事传统中"预述"则向来是巧设悬念的重要手段，它使"悬念"反而变得更加奇妙，让隐含的作者、人物和读者之间的情况变得更加错综复杂。不过，最早提出"预述"概念的恰是西方叙述学家热奈特，他在《叙事话语·新叙事话语》一文中表示：具有叙述"悬念"构思特点的古典小说不适合于做预述，其情节发展一般都是可以预见的。"小说（广义而言，其重心不如说在19世纪）'古典'所

---

① ［俄］维·什克洛夫斯基：《散文理论》，刘宗次译，百花洲文艺出版社2010年版，第98页。

特有的对叙述悬念的关心很难适应这种做法，同样也难以适应叙述者传统的虚构，它应当看上去好像在讲述故事的同时发现故事。"① 不过，众所周知，与西方古典小说叙事模式有所不同，东方文学，特别是中国古典小说中，预述和悬念并不冲突，预述本身甚至具有引起和解决悬念的功能。

在《动物园》中，每封信开头都有编者对信件内容进行概述，有时也伴有其个人的看法等，而这些信首的编辑语，实际上就是一种对后面书信内容的"预述"，当读者读到编者事先讲述和提及的内容时，就会提前预知每封信的大致内容，心里所产生的悬念也就愈发强烈。如第十封信编辑写道："……信中作者试图成为一个轻松愉快的人，但是我敢肯定，下一封信中，他有将失去自控力"（54页）在这里，编辑已经事先指出了写信人在下一封信里表现的不利行为；而第十八封信中编辑写道："该结局中的必然性和预见性……"这句话也预述了此信中的内容："书信体小说的悲剧性结局，最起码要使人心碎。"（82页）；再看第二十二封信的编辑语："在我看来，意料之外的一封信完全是多余的。这封信的内容，显然是从写信人的另一本书中截取来的，但是，或许编书者觉得为了作品多样性有必要收入这封信。这封信和谈塔希提岛的那封信完全不同。"（100页）在上述简短的注释中，编者提前透露了后文要讲述的内容，指出这封信与艾丽雅的信没有共同话题，但其实这一"透露"还是给读者留下了"悬念"。

《动物园》中的"预述"还表现在作者在书信中不断引入作者关于艺术的看法，如：在第十八封信的注释中写道："信中接着谈了寄托作者全部思想的圆圈，还谈到了12座铁桥下面的夜路和相遇，谈到了一些毫无意义的话。"（82页）编者通过注释是想提醒读者提前领会下文书信中所用的手法及其写作主旨。再如第二十二封信中写道："对待艺术有两种态度。第一种态度的特点是：作品被视为通向世界的窗口。艺术家们希望通过言

---

① ［法］热拉尔·热奈特：《叙事话语·新叙事话语》，王文融译，中国社会科学出版社1990年版，第38页。

语和形象来传达言语形象背后的东西。此类艺术家配得上翻译家的称号。第二种对待艺术的态度是：将艺术视为独立存在之物的世界。词语，词语之间的相互关系、思想、思想的嘲弄，上述诸方面互不吻合就构成了艺术的内容。"（101 页）在这段关于艺术看法的"预述"中显然也提前指明了写该书的目的，即是为了达到一种爱情的讽拟："写这本书时我感到了身体上的痛苦"（103 页）。总之，书信中插入内容所制造的"悬念"，都吸引着读者对后文内容的尽情期待。

四 为解密而裸露

传统小说的构建通常是为了隐藏创作机制，倾向于创建艺术的幻想。为了达到这一目的，通常其所运用的创作规范无外乎有两种：一种是作者力图使作品客观地展现人物情节和故事，尽量不掺杂个人情感，不发表个人的观点。什克洛夫斯基将这种方法称为"画框法"，也就是说，作者仅仅是解说员，仅仅是向观众讲述画面上的人物和故事；① 另一种则是作者不断打破叙述的框架，任意地派遣作品中所塑造的人物，有时甚至是跳出作品本身，结合文本进行分析，出面来告诉读者，所有的这些只不过都是"游戏"而已。"元小说"作家就多青睐于后一种手法。什克洛夫斯基对后一种手法颇为欣赏。他在《动物园》中故意裸露方法，采用"讽拟"或"戏仿"来暴露作品的创作意图和技巧，以达到破坏文学作品的"假定性"之目的。

"方法"是假定和虚无的，一旦在叙述中加以裸露，作者所述故事的真实性也就被"解密"（расшифрование）。所以"方法的裸露"（обнажение приёма）是指"已被认识的画面不再寻求任何的解释或说明，而是自足地要求自己采用新的构形法和新的材料。"② 也就是说，小说家在其作品中不

---

① Шкловский, В. Б., *Избранное. В 2-х т*（*Том 1*），Москва：Художественная литература，1983，С. 131.

② Якобсон, Р. О., *Работы по поэтике*，Москва：Прогресс，1987，С. 415.

再有意运用手法使读者认假为真,反而将一切手法坦诚地暴露出来,从本质上改变读者与作品的关系。裸露方法是一种对文学自动化的叛逆,它是通向文学激情、文学陌生化的革新之路,也是对"文学终结"(曼德尔什塔姆语)的克服。因此,尽管《动物园》中书信自始至终弥漫着一种感伤基调,但这种感伤基调只是叙事的表层意义,那些标志性的"方法的裸露"才更具深层的诗学寓意。

"方法的裸露"是元小说的标识性特征之一,也是什克洛夫斯基小说中最常用的解密手法之一。《动物园》中运用较多的裸露手法就是讽拟或戏仿。讽拟是小说家常用的一种叙事策略或者语言技巧。小说家为了达到某种独特的艺术效果,对前人创作出的一些经典文本情节结构及其叙事成规所进行的模拟,尤其是针对经典文本的情节结构,对其进行歪曲、变异、颠覆甚至是嘲弄,而有时候又利用传统的文本结构,对故事情节和主题进行改写并加以肆意夸大,从而创作出完全不同的主题内容,生成一个新的小说文本。进一步地说,讽拟就是在保留原有作品形式基础上用截然不同的主题和内容去代替原作品,模仿者尽可能细密地在风格、措辞、韵律、节奏和词汇上对原作品中传统的写作方法进行模仿或削弱。如果说前人的文本创作本身就是虚构,那么对小说文本的"讽拟"则是对虚构的内容再度进行虚构。

什克洛夫斯基指出,"艺术中最为需要的乃是保持一种讥讽态度,不要让作品将自己束缚住,必须对自己的材料保持一种讥讽的态度,必须不让材料靠近自己,就像在拳击和击剑那样。"[①] 在《动物园》序言中作者甚至直接提出"讽拟"概念并对其功能进行言说:"讽拟会吃掉好话的。讽拟是需要的,它是一种克服描绘事物困难的最简单方法。用滑稽的话语描绘世界是最容易的。"(14 页)这里的"讽拟会吃掉好话""用滑稽的话语描绘世界"作为一种"预述",其目的是提前制造"悬念",而"预述"

---

① Шкловский, В. Б., *Гамбургский счёт*, Москва: Советский писатель, 1990, С. 218.

"讽拟"的目的就是打破传统叙事中读者认假为真的自动化模式，从根本上改变读者与作品的关系。

《动物园》由34封男女主人公之间的通信组成，作者采用书信体小说变体将《第一版作者序》作为小说开头就印证了这一点。"我以'动物园'作为此书的题目，但内容却与此无关。我打算写书信体小说之类的东西"（3页），这就传达着该作品就是对传统书信体小说的模拟，并自认为是对这类体裁的新的诠释。小说融回忆、政论、文评、抒情、哲学思索于一体，记录作者侨居柏林时的生活和心迹。从作品的题名《动物园，或不谈爱情的信札，或第三个爱洛伊丝》也论证了作者的这一意图。一方面，从外在形式来看，通过书名结构表现出对书信体小说传统的回响，三部分彼此之间通过关联词"或者"（или）连接，这一语法结构起源于古典书信体小说的标题形式；另一方面，"不谈爱情的信札"是对第一部分"动物园"的解释，使读者在看到书名时以为自己了解了小说的主题，但在看完整部小说以后才会恍然大悟，书名实质是对作品主旨的"预述"；而第二、第三部分双重或递进式注解的形式，实际上是对传统的书信体小说的讽拟；"第三个爱洛伊丝"（Третья Элоиза）是书中女主人名字 Эльза Триоля 的字母换位，表明这个题目与欧洲文学传统有相关性。以上均表明《动物园》是对法国作家卢梭书信体小说《尤丽雅，或新爱洛伊斯》的戏仿。

《动物园》的文本骨架是由男女主人公书信组成的，但在内容和形式上却有别于传统书信小说。如：在第一封信中女主人公写道："他每天都为我写一两封信，并亲自送来，乖乖地坐在我旁边等着我读完。"（23页）看得出，在信中对人物并没有明确的界定，书信伴随着他们之间的联系：信件的开头是对艾丽雅的劝告、是对当时所发生的事件以及对所谈论某事的回应。男人的30封信是小说的主要内容，女人的回信仅有4封，因此书信的交际上是单向的。但这并不意味着书信没有意义，相反，通过书信男人表达了口头形式所无法表示的内容（即心声）。

在书信中，通过写信人的语气词表现了其性格特点：信中的每个句子都是直接、坦诚的,是自白,是口述,这种"自白式的语调"是实现直接交流的有效形式。所以小说中多数信件缺乏书信体的传统要素。如,在两个人的第一封信中,开头都使用了问候语"Дорогая Аля""Милый, родной",也就是说,两个人的书信中使用的都是非正式的问候语,可在随后的所有信件中,却都有意忘记这一形式,即两个人之间的关系实则非亲密关系。这或许体现了作者对传统书信体格式的模拟。同时,30 封信件的主题各不相同,每封信的开头部分内容都貌似是之前思想的延续,每封信也就是小说的一部分:书信中的句子相互连接形成超句子统一体,而信与信相互衔接构成小说的统一体,这实际上也是对传统书信体小说的模拟。这一书写方式,一方面,揭示写信人意向的稳定性,即使爱情已经遭遇失败,也依然无法改变他对这个异国女人的心意;另一方面,则表明写信人认为艾丽雅是特殊的收信人,已无须多余的称呼和问候。

与此相平行,男主人公除了给艾丽雅写信以外,还在信中与自己进行"对话":他多次思考、谈论过去自己在俄罗斯的生活,使俄罗斯过去的自己与现在身处柏林生活的自己产生对比。例如:在第二封信中写道:"我们俄国人的步态沉重。但在俄国我是硬汉,而在这里开始哭泣。"(26 页)讲述从书信体转向回忆录和日记体,书信实际内容被拓宽、变得更为丰富。"当时我没有钱,决定写一本关于流亡柏林人们的书。"[①] 从书信内容来看,本意是只写给自己所钟爱的女人,但实际上却是针对不同的人在进行叙述,叙述代词、动词时态的变化,均表明了收信人的变化:他不仅给女人写信,同时也是在给公众写信。通过"多人定址"的方式,写信人可以在信中谈论文学、当代人、俄国侨民的命运等不同主题,进行细致的文学理论的分析和演说,从而使小说具有政论、科学语体(即语文体)的风格。"多人定址"也使主人公的语言能力得到显著拓展,具有多重的身份:他是坠入爱河的人,是思想家、文学批评家,还是随笔作家和演说家。

---

① [俄]维·什克洛夫斯基:《散文理论》,刘宗次译,百花洲文艺出版社 2010 年版,第 88 页。

此外，男主人公在心中较多使用人称代词"мы"，话语有亲近的意味。如，写信人说道："俄罗斯文学传统不好。俄罗斯文学描写失败的恋情。在法国小说中，主人公就是占有者。我们的文学，从男人的视角看，就是一本连续的批评簿。"（88页）随后，写信人谈到叶甫盖尼·奥涅金、毕巧林，以及托尔斯泰笔下的主人公，以此来对之前的俄国知识分子的命运母题进行讽拟。而后，又引入马在交配时首先用一匹矮种马作为"试情畜"来引诱母马的故事："第一匹公马被称作'试情畜'，在俄罗斯文学中，它还得益于我们之后谈到的几个高尚的词。试情畜的工作繁重，有时它会神经错乱而自杀。俄罗斯知识分子的命运就是这样。俄罗斯小说中的主人公就是试情畜……我们在试情畜的革命中起国作用。"（90页）写信人是俄国知识分子群体中的一员，也是漂泊在柏林的俄国人中的一员，他在讲述俄国侨民、俄国知识分子的命运时，也是在讲述自己的命运，讲述自己悲剧性的爱情。再看第二十二封信中所写道："我现在写的这本书是一个非常有意思的现象。我把它取名叫《动物园》、《不谈爱情的信札》或《第三个爱洛伊丝》；书中各个独立的片段都通过一个男人对一个女人的爱情联结在一起。这本书是我为摆脱长篇小说的框架的一次尝试。"（103页）

《动物园》中，无论是情节编织还是语言表述，都包含着写信人（作者或编者）—收信人—读者之间的文学"游戏"。如，在第十八封信中写道："我时而活在书里，时而又活在生活中，完全乱了……爱情有自己方法和逻辑，不是我们能左右得了的。我说出了'爱'这个字，然后就任其发展。比赛就开始了，哪里有爱，哪里有书，我已不知道。比赛还在发展，在第三或第四页上我陷入了困境。开始就已经输了，这是都不可能扭转的结局。悲剧性结局，至少——书信体小说已经预言了破碎的心。"（82页）这段描写表明作者对爱情的阐述实际上是其设置的一种游戏，正是因为爱情的戛然而止，才得以引入其他的内容，从而使其他的故事情节得以展开。然而，信件的结尾处却又这样揭示全文的思想主旨："我很苦闷，侨民的爱情和一百六十四路电车将我带到了这里。我长时间漫步在十字路口的立交桥上，所有的道路都在这里交叉，就像通过一个圆圈织起的披巾线一样。这个圆圈就是柏林。我思想的圆圈就是你的名字。"（86页）在这里，写信人显然是在指明自己目前所做所想的一切都是因为自己所钟爱的女人，显然这又隐晦地表明了自己的爱意心声。

　　写信人—艾丽雅—读者之间的游戏。本书序言中已预先指出，写信的对象是一个拥有异文化面貌的女人。读者由此可知：艾丽雅是作者为了达到隐喻效果而塑造的文学形象，就连她的名字都是卢梭笔下的"第三个新爱洛伊丝"的字母换位，所以《动物园》的书名本身就是对传统小说人物名字的戏仿。对于艾丽雅形象的讽拟，在小说最后一封信中得到了更为直接的表现："艾丽雅只是隐喻的结果。"（133页）最后一封信竟然是男主人公写给全俄中央执行委员会的申请书，也是写信人对于艾丽雅形象所作的了结："我杜撰这个女人和爱情是为了写这本关于隔阂、关于异邦、关于异国土地的书"。（134页）这就指明了设置艾丽雅这一形象完全是为了与男主人公形成"对位"：艾丽雅代表拥有欧洲文化的人，男主人公则代表富有东方文化的俄国知识分子。这种讽拟写法在这部小说中比比皆是，再看第十九封信的序言：在序言开头编辑这样写道："序言中详细地阐释了为何不需要读艾丽雅写的这封信。"（91页）第十九封信是艾丽雅写的信，而第十九封信的序言本应该是写信人（或作者）插入的信，但在这个序言开头还是像别的信件一样附有编辑的注释，由编辑之口预述"不需要读艾丽雅的信"即第十九封信，而序言正文里却又把艾丽雅的信放在了后面，这一结构布局的目的就是制造更为强烈的"悬念"；与此同时，写信人（实际上即为作者）在作为序言的这封信里表明：艾丽雅的这封信之所以被放进书里就是为了结构布局的阐释。在此，作者通过对写信人和编者的话语加以错和的方式，使读者对艾丽雅信件可信度产生分歧。而写信人在序言中写的内容就有可能指向读者而不是艾丽雅："请说一说，你需要哪种特点的结构布局？如果需要，就读吧！对于讽拟作品来说，所述事件具有双重谜底是必需的，通常用不如以前的方法就能够弄懂它，比如说，在《叶普盖尼·奥涅金》中就有这样一句：'还是一本滑稽之书，细语连篇？'在这本书中我指出了女人的双重谜底，也给出了我本人的双重谜底。我是个聋子。如果你相信我关于结构布局的阐释，那么你势必相信，艾丽雅的信是我本人写的。"（92页）至于第十九封信，即艾丽雅的信的开头，编辑再次说道："不应该读这封信。这是艾丽雅在生病时写的信……"（93页）更可以看出，这就是写信人在直接与读者进行对话，而不是写给艾丽雅的，这就进一步点明艾丽雅这一形象的讽拟意义，也可以看出作为"聋子"的作者在与读者进行"游戏"。

写信人和编者之间的游戏。尤为有趣的是，小说中年轻的书信人就是后来年老的编者。起初，为了使读者明白这是两个不同的人，编者在序言中把自己与写信人有意区分开来，以此来表示由于年龄差异所致的世界观之别。比如，编者把写信人比喻为被发配到岛上的水手，强调两人的距离感。而在后文中，编者又把男主人公看作"另外一个人"，称之为"你"；同时再隐晦地表示彼此之分：我这个编者已高龄，而女主人公早已离世，"艾丽雅死了，而我已经80岁了，我还没有见过她的墓碑。"（8页）年龄的不同，决定了编者和书信人对信件内容的不同理解：编者直接表明了自己不能像书信人那样仔细而感性地领悟书信的内容："本书要比这篇序言严肃得多。"（15页）

值得注意的是，每封信前面都有编者所作的文首注释，并简要地概括书信的主要内容。由于信件具有多主题性，所以编者会有对诸主题的简单罗列及注释，而且这些注释更像是对信件主题的概述。这就显得十分荒诞、可笑，这也构成编者对男主人公信件内容的讽刺性理解："谈谈爱情、嫉妒、电话和爱情的各个阶段。此信以评论俄国人的步态结尾。"（25页）"这是艾丽雅的第二封信。信中艾丽雅请求不要对她谈爱。字里行间充满了倦怠。"（27页）这种修辞手法类似于民间故事，注释里有编者对写信人所运用的手法、信件内容的评价，同时也是从读者的角度对小说内容的一种理解。

　　随后，这种刻意区分人物和编者的做法在小说中渐渐发生了变化。例如，在注释中出现了代词"我""我们"，表明编者在不断地靠近男主人公："这封信是《俄国知识分子史》中必不可少的一章。信中有一个词'试情畜'。整封信有失体面，因此我希望它没有被寄出"（88页），表明了编者对写信人的担忧；"这是艾丽雅的最后一封信。信中艾丽雅谈到了爱情书信应该怎么写。这封信结尾语句充满愤怒……本书作者真诚希望自己的读者永远不要收到这样的信。"（131页）编者直接以本书作者的身份发表意见，甚至在信件中直接把自己和男主人公融为一体："我还从理论上论述了作为艺术素材的个性因素的作用。"（35页）在第八封信的序言中，编者甚至公开承认自己和男主人公就是同一个人：无论是在世界观上，还是语言的表达方式上，二者都具有相似点。他们都用符号形式来直接看待世界，而在描写感情时则使用直称，把个人的感情和文学现状结合起来。

　　在编者所写的序言中有大量明显的隐喻，这是写信人常用手法之一。小说中的34封信件按照编码排列，组成完整的书信体小说，但究竟是谁完成了这一工作，是传统意义上负责编辑的编者，还是作品中的写信人呢？实质上，编者的前言、序言部分，与男主人公的开场信，具有相同的作用。编者和男主人公意图完全一致，第一种说法是对第二种说法的回应。文中所运用的一系列手法，如在注释和序言中均有对信件内容的直接援引，也有对书信中语言手法、风格，以及把信件编辑成小说所依据的文艺学理论的诠释等。编者和书信人共存强化了作家的"双声部"思想。编者与写信人，时而有意相区分时而有意相融合。这种双声叙述模式，一是为了强调双方观点的异同，二是为了突出作家自己的思想变化。此外，编者—写信人—艾丽雅又构成了什克洛夫斯基一直情有独钟的三重或"三位一体"叙述模式。

　　迪尼亚诺夫指出，"在书信中可以找到最易变最简单和最需要的现象，它们以非凡的力量表现出新的结构原则……""这种必须（需）的材料超乎于文学之外，存在于日常生活中。于是，信件由日常生活的公文上升到文学的最中心。""这一文学事实使'文学书信'独立为规范的体裁，同时又使它在自我纯粹的形式中成为文学事实。"①

总而言之，《动物园》这部书信体小说，融回忆、政论、文评、抒情、哲理思索于一体，前文所提及的露迹、自我指涉、互文、裸露手法、戏仿、游戏等种种元叙述特征充分说明了这部小说具有鲜明的"元小说"风格。作者以双重和三重视角为叙述模式，用私人信件作为创作材料，构成了这部独一无二的元叙事作品。这种手法不仅使现实中的艾丽雅更加富有诗意，也使得艺术文本中的作家个性更为鲜明。在小说中，什克洛夫斯基运用一系列加密和解密的手法，向我们展示艺术家是如何创作的，如何使艺术呈现为一种"元"（мета；meta）存在方式。通过分析《动物园》的元小说特性，我们可以窥见什克洛夫斯基在小说创作和文学理论层面的先锋性和前瞻性。

第三节 《第三工厂》：隐喻性小说风格

《第三工厂》（Третья фабрика，1927）是什克洛夫斯基结束柏林侨居生活回到苏俄之后创作的自传体回忆录。小说中，作者回顾了一去不返的童年和青年时光、"奥波亚兹"小组成员的生活状况和科学经历、在国家第三电影制片厂的电影工作境遇，以及个人的文学理论思考。什克洛夫斯基认为《第三工厂》"是一本不可思议的书"，因为该书"让作者离开了他本来的意图"。② 从他自己对该书的评价来看，该书的隐喻写作效果已可见端倪。作者原本是要写自己前半生的生活经历，即一般意义上的"文学回忆录"（литературный мемуар），并且该书的扉页上也确实是这样写着的，

---

① ［俄］尤里·迪尼亚诺夫：《文学事实》，张冰译，《国外文学》1996年第4期。
② Шкловский, В. Б., *Гамбургский счёт*, Москва: Советский писатель, 1990, С. 64.

但在创作过程中却"离开了原来的意图"而写成了与前两部一样融艺术散文、文论、回忆、日记乃至书信于一体的"语文体小说",甚至是比前两本书更显示为一部颇具隐秘性编码的作品。

对于读者而言,这的确是一本晦涩难懂的书。"回忆录"也是一种传记,通常是指记述自己或别人过去的生活经历和社会活动的文体形式。但它与"传记"有所不同的是,传记侧重于对自己或他人的成长经历的记录,而回忆录则主要记录作者所目睹过的人物和事件。但有时作家对回忆录内涵的界定会有个性化现象,比如什克洛夫斯基的《感伤的旅行》《往事》《第三工厂》等一般被学界称为自传体小说,而什氏自己却有意称之为"文学回忆录"。其实,什氏的自传三部曲,特别是《第三工厂》与传统意义上的文学回忆录有着很大不同。它不仅仅是对作者所目睹过的人物和事件的记录,而是"离开了作者本来的意图",其中所书写的内容比常规的回忆录更为深奥,思想内涵更富寓意,叙述风格更具张力。这部回忆录几乎是由隐喻手法穿连而成的,叙述人、情节设计、结构安排都完全超出常规的叙述模式,超出读者的阅读期待。因此我们尝试称之为"隐喻性小说"。

如果说小说是作者依托自身精神和心理所创造的独特世界,那么隐喻则是为了给读者留下感知空间而建构相似关系的意向。什克洛夫斯基非常擅于将这个独特世界的意义贯穿始终,并且惯以将其建立在某种相似性关系之上。小说通常具有局部性和整体性两种隐喻结构。《第三工厂》通篇充满着隐喻手法,属于整体意义上的隐喻,类似于西方所谓的"通篇性讽刺"[1]。什氏小说中的叙事、议论和感悟是融合在一起的,具体表现为在回忆状态下发表各种评论和感慨,并完成对所目睹的人和事件的叙述。作品通过叙述向读者展示作者对往事的记忆和反思,并通过感慨和议论对读者产生某种暗示和引导,从而表现其隐喻特征。此外,作者还依托一系列母

---

[1] [美]艾布拉姆斯:《欧美文学术语词典》,朱金鹏、朱荔译,北京大学出版社1990年版,第160页。

题意象来表达作品的隐含意义。《第三工厂》中的陌生化叙事风格主要体现在大量使用"语义的转移""蒙太奇""假定性"等艺术手法。

一 语义的转移

一般情况下，文学中所谓的"陌生化"对象，首先应该是作为一种客体被展示，然后再以陌生化姿态形成于读者脑海，因此陌生化对象必然是以具体的语言形式体现出来的。所以，陌生化对象不仅包括具体的客体形象，还包括抽象的话语形象。也就是说，作者在塑造某一新奇的形象时，与之打交道的不是表现该形象的常规语义系列，而是在表现该形象时所实施的"语义的转移"。所谓"语义的转移"，可理解为一种大的"比喻"（троп）。比喻，按着什克洛夫斯基的解释，就是"将通常用以表达一定概念的词语转用于与之截然不同的另一个概念。"[①] 比如，他在讨论托尔斯泰笔下这种"语义的转移"时，就发现了其作品中大量使用类似的"比喻"手法。我国学者张冰在研究什克洛夫斯基陌生化诗学时将这一概念解释为："将表现客体移置于'新的感受域'中，而这种经由比喻而实施的'语义的转移'，是诗之所以为诗的根本所在。"[②] 同理，小说一旦实现了"语义的转移"，也便使读者具有了"新的感受"。

实际上，这里讨论的"比喻"概念，并不是指修辞学领域中狭义的"明喻"（сравнение），而是一个宏观的、广义上的文学"寓意"或"隐喻"（метафора），它不是指将事物与同一系列的事物进行比较，而是将某一事物与另外的事物进行比较，用什克洛夫斯基惯用的表述即：在不似中建构相似性。而"隐喻"，则是话语联想的最为常见的一种类型，是人类思维、艺术创造的至关重要的形式，是艺术家深入事物本质的途径，通常被"看作艺术才能和游戏特征的表露，看作将假定性语言符号转换成圣像

[①] Шкловский，В. Б.，*Избранное. В 2-х т*（Том 1），Москва：Художественная литература，1983，C. 172.

[②] 张冰：《陌生化诗学：俄国形式主义研究》，北京师范大学出版社2000年版，第168页。

（神像）符号的方式。"①

《第三工厂》中运用暗示、双关、指代、逆喻、挪揄等一系列广义的比喻即隐喻手法，来实现话语形象的陌生化效果，通过置换某一表述通常被运用的语境，使得读者在新奇的感受下重新认知它的含义，从而达到"语义的转移"这一艺术效果。陌生化叙述的本质操作就在于完成"语义的转移"，也可以说是制造一种文本话语的"错位"。作者将文本中的词语和形象进行艺术加工和变形，使其与现实生活中的普遍体现产生距离感，让这些概念名词不再结合它们惯常搭配的语义，而是迫使语义发生转移，使读者感到新鲜的同时又有所深思。

"隐喻"是什克洛夫斯基采用陌生化叙述中最为常用的手法之一。如果说隐喻是将对象移置于新的系列之中，那么意象所隐喻的则是事物非同寻常的名称，也就是说，"用异乎寻常的名称来指称事物。这种方法的目的在于将对象置于新的语义系列或另一概念系列。"② 作者运用"隐喻"从"不似中的相似性"出发来表现事物；而无处不在的"隐喻"也证明"陌生化"的无所不在。如什克洛夫斯基自己所说："我个人以为，几乎在有形象的地方，就有陌生化"。③

什克洛夫斯基在1923年底回到苏联，随后被调到莫斯科国家第三电影制造厂工作，其任务就是根据"社会订货"编写"应时"的电影脚本。从1924年到1925年间，俄国形式主义的方法论受到严格审查，苏联官方开始对文学界的思想进行统一。在这种社会背景下，俄国形式主义者也开始对其方法论进行反思。此时的什克洛夫斯基，一方面想跟上时代的步伐，另一方面又颇不情愿地放弃其形式主义理论初衷。在人生的十字路口，他不知该何去何从；在艺术与生活两者之间，他不知该如何选择。因此在苦闷和无奈中试图超越形式主义立场，在与"社会订货"保持表面上一致的

---

① ［俄］瓦·叶·哈利泽夫：《文学学导论》，周启超等译，北京大学出版社2006年版，第289页。
② Шкловский, В. Б., *Гамбургский счёт*, Москва: Советский писатель, 1990, С. 136–137.
③ Там же, С. 345.

前提下，创作了《第三工厂》这部回忆录。该作品借助大量的"隐喻"手法，如"沙哑的声音""被晾晒的亚麻""被击打的鱼"等多种母题形象来暗示自己所处的环境。

实际上，什克洛夫斯基在《动物园，或不谈爱情的信札，或第三个爱洛伊丝》的副标题中就已暗示在三年以后开始创作《第三工厂》；此外，他还在《动物园》最后一封写给苏维埃的信件中写道："……我举起手又放下。请批准我和我全部简单的行李……进入俄国吧。"（134页）无论是受到假投降或是真抗争的背景影响，《第三工厂》都与前两部作品一起构成紧密联系的三部曲，而且还延续了《动物园》中所进行的文学实验方法。

在开篇《我的续说》中写道："我在用沙哑的声音说话，沙哑是因为沉默以及讽刺短文。我就从久置于书桌上的文字片断［段］着手写吧。就像电影那样，在开头要粘贴一段跑光的底片，或是其他什么胶片。而我粘贴的却是一些理论文本片段。士兵在部队渡河时通常会端起自己的枪支。"① 这里可以理解为：无论是之前在历史上的政治错误，还是回国以后延续的形式主义立场，都冒着随时被揪"大辫子"之风险，因此"沙哑的声音"实际上是对话语权的一种隐喻，暗示他在思想和政治批判的危险情形下失去自由说话的权利，而为了保全自己不得不选择沉默这一生活现实。

另外，《第三工厂》写到了《动物园》结局篇章第29封信中作者提出请求回国的母题和"高举右手的士兵"——这一"双关语"。用作者书中的话说，"何谓一语双关呢？这就是在同一个话语符号中两个观点的交叉，在不平等的意义的感知中形成游戏。"（227页）"举手并投降"和"渡河时举起自己的枪支"是完全不同的概念，而且动作本身的性质完全不同。"渡河时举起自己的枪支"实则是隐喻自己在回到莫斯科以后所选择的生

---

① ［俄］维·什克洛夫斯基：《动物园·第三工厂》，赵晓彬等译，四川人民出版社2016年版，第134页。（本小节所引例子均引自该版，文中不再一一注释，只在文中标明页码）

活方式：看似是放下武器，向苏联当局投降，实际上只是一次战略上的撤退，一切开始转入隐秘的发展。实际上，什克洛夫斯基本人回国以后的确过着隐忍的生活，从"奥波亚兹"文学理论创作阶段转入纪实文学、电影、剧本、回忆录和报道等创作。

试看什克洛夫斯基在《第三工厂》中"半成品的声音"里所写道："我们是亚麻摊晾场上的亚麻。晾晒亚麻的场地，可以这样称呼。我们呈扁平行列被晾晒。太阳和细菌加工着我们，它们叫什么来着？……亚麻不会在揉麻机里喊叫。"（167页）在这里，作者把自己和其他有着同样命运的艺术家们比作"晾晒场上的亚麻"。随后在"关于艺术的自由"里又写道："如果亚麻会说话，那么它一定会在加工时叫喊出来。人们通常扯着它的顶部，从地里拽出。连根拔起。人们大量地播种亚麻，却为了挤压它，所以它长得萎蔫少枝。亚麻受尽压迫。人们扯拉它。在地上铺开（在同一些地方）并在水坑和小河里沤着。用来洗亚麻的那条小河——肮脏不堪，里面不再有鱼类。然后，亚麻被折弯，揉来揉去。"（208页）在这段里，作者详细描写了亚麻从种植到加工过程和方法，而正是对亚麻的这一加工过程致使读者无不产生新奇的感受：无论是生长时"因挤压而萎蔫少枝的亚麻"、成熟之际被"连根拔起的亚麻"，还是加工时"被沤泡、拉扯和揉搓的亚麻"，以及最终"被烈日暴晒的亚麻"都会使读者联想到在苏联当局的压迫、制裁之下的作者本人的坎坷经历，因此亚麻形象正是对其生活状态的一种隐喻。但亚麻形象并不具有明显的结构意义，它只是在文中重复出现的偶然形象，却不是推进情节发展的材料。作者在像亚麻一样遭受"仪式性的杀害"时并没有消沉，譬如在"半成品之声"的中间部分又写道："事情不在于我们是否被晒在摊晾场，而在于我们是痛苦还是快乐。关键在于磨刀上，在于艺术……我需要命运、痛苦和沉重，就像是红色的珊瑚一样……"（168页）这意味着，正是遭受到这些命运的磨难之后，作者对生活才有了更为深刻的理解，对历史洪流中艺术永不衰败的生命才有了新的认识，因此他才会觉得"晒在摊晾场，就像在别墅里。"（168

页）在这里，什克洛夫斯基所代表的"一代人"的生活观和艺术观了然于纸上。

在"嫉妒的海湾"一部分的开篇，作者以平静的语气讲述了"旧教徒们在冬天的佩依普斯湖泊旁"捕鱼的方法："用棒子击打打捞出来的鱼的头部。"这样做的目的据说是因为"在这种情况下，鱼才能张开鱼鳃，于是被冻死，并且在销售时样子看上去会好看一些。"（230页）紧接着又写道："我快冻死了，索洛维伊，——但你可知道，我在销售时将会是什么样子呢？"（230页）在此。作者表面上是写捕鱼的过程：捕捞上岸—用棒子击打鱼的头部—鱼张开鱼鳃—鱼被冻死，实际上这是在写同时代一些异见知识分子被当局政府所迫害的过程。就这样，作者把"被棒子击打后张开鱼鳃的鱼"与遭受摧残和压迫的人进行联想，让读者去体会这种"不谐调"所产生的新奇感。

张冰指出，"形式主义美学家肯定差异、对比和不谐调，以此与古典主义美学理论形成对立。他们认为反讽、悖论、反差、不谐调，而不是平衡、对称、谐调、怡悦等，给文章注入了生气和蓬勃运行的动力。"[①]《第三工厂》中，作者通过这些看似怪异的形象，使我们已钝化的感知敏感起来，提高了作品被感知的可能性。所以，作品中所采用的"隐喻"和"双关语"，与其说是为了表意或传达，不如说是为了造成"陌生化"效果的"语义的转移"。

在什克洛夫斯基回到苏联后，社会意识形态已不像革命时期"非红即白"那样界限分明，"二元对立"形态逐渐让位于更为复杂的"三位一体"形态，社会意识形态的这种变化也在什克洛夫斯基的创作中有所体现。其实，在什克洛夫斯基早期创作中，已有过关于"三位一体"形态的阐述：如，在《感伤的旅行》中，除了"革命与前线"和"书桌"以外，他还隐设第三部分内容为"三年"；而在书信体小说《动物园》"三位一体"

---

① 张冰：《陌生化诗学：俄国形式主义研究》，北京师范大学出版社2000年版，第171页。

同样体现为具有隐喻意义的三段式标题和 30 封信件的结构设置（在《动物园》的开头部分，所引用的题词引文是赫列勃尼科夫写于 1909 年的自由诗《动物园》，这一部分和后面的 29 封信件一起构成全文，也即本书共有 30 封信件）。因此，作为自传三部曲的终结篇《第三工厂》，无论是书名、结构布局还是人物关系等设置上，都具有非常明显的"三位一体"形态。在作品中，作者采用大量的"暗示"（намек）手段，不断地引导读者也进入这种"三位一体"的阅读态势："我在电影制片厂工作，在中央亚麻生产合作社任职。纤维是不宜被弄破的，它在我 33 岁时盘成生活的线团"（197 页），等等。

值得关注的是，作者还有意阐述了该书"三位一体"叙述结构，提前预述（交代）三座工厂的象征意义："首先，我任职于国家第三电影制片厂。其次，解释这个名称并不难。第一工厂对我来说是家庭和学校。第二工厂是奥波亚兹。而第三工厂——现在锻造我的地方。"（143 页）从这段交代中读者可理解为："第一工厂"主要是对童年、少年和青年时期的往事的回溯；"第二工厂"主要阐述"奥波亚兹"成员的艺术观念，大量引入其写给其他成员的信件，插入了对其他人物的介绍；而"第三工厂"则主要侧重于对"现在"生活的展现。从整体上看，《第三工厂》是一部思考"一代人"生活史实、追索艺术真谛，既类似于作者本人的记事簿，同时还充满各种"比喻"的文学回忆录。表面上看，三座"工厂"代表三段人生经历，但把作品分为三个部分，三座"工厂"并列存在，就如同用两道栅栏隔开的一个房间，彼此间并没有历史性关联，时空逻辑性被打乱。追溯"往事"的目的是感悟"现时"的生活真谛。将"过去"与"现在"连接在一起，这就使"过去"生活得以复现，使"现在"生活被充分展露，且后者更为重要。作者把"第三条道路"命名为"第三工厂"，也暗示着这种"三位一体"形态的独特探索。第三条道路，就是放弃行为上的直接反抗，放弃斗争和革命，沉寂于世俗生活，在个人生活中寻求安身立命之所。"现在有两条路可走。离开，躲避起来，不靠文学谋生，在家为自己而写作。还有一条路——去描写生活，并且认真地探寻新的生活方式和规范的世界观。没有第三条路。可这却是应该走的一条路。艺术家不应沿着铺好的无轨电车线路行进。第三条路——就是在报社工作，在杂志社工作，日复一日地，不爱惜自己，而珍惜工作，同时改变自己，与材料相融合，然后重新改变，再与材料相融合，重新加工它，文学油然而生。"（210页）因此，三座"工厂"就喻指三条"道路"，作者就是这样借助"比喻"手法暗示"一代人"的人生命运。

在人物关系设置上，作者同样运用"比喻"手法暗示了"奥波亚兹"时期作者与布里克、马雅可夫斯基构成的"三人同盟"关系。比如，在"第二工厂"中共有三个讲述奥波亚兹成员布里克的篇章："奥西普·马克西莫维奇·布里克""布里克继续缺席""在布里克家的那些夜晚"。三个篇章中讲述了作者曾与布里克和马雅可夫斯基共度时光的场景："布里克是一个善于出现又善于规避的人"（185页）；"布里克很轻松地就掌握了语文学方面的材料。那时他就已经开始自己的主要研究：韵律"（188页）；"马雅可夫斯基也来过这里"；"如果关注马雅可夫斯基那结实的纤维，就会发现，他对待生活是名副其实的"（187页）。特别值得注意的是，在"在布里克家的那些夜晚"一篇中，作者着重提到一些食物的细节："尤其是，我还记得桌上有：1. 无花果，2. 一大块奶酪，3. 猪肝酱。"（191页）这是一个极为巧妙的"三位一体"的隐喻：通常"无花果"是指女人，而"一大块的奶酪"和"猪肝酱"则喻指其周围刚强的男人和软弱的男人。而事实上，这里暗示布里克和马雅可夫斯基所结成的同盟关系，也暗示同盟中力量的分布："布里克是一个善于出现又善于规避的人"，而马雅可夫斯基则是一个"高等级的亚麻""获得尊敬的人"（187页）。

而在随后的"致罗曼·雅可布逊——苏联驻捷克斯洛伐克全权代表处的翻译"一部分的开头，作者更是进一步说明："你和我，我们，像是在同一个气缸里的两个活塞似的。在生活中，两个火车头也会有相遇。你像一个器皿被拧下来，置于布拉格。"（193页）接着又从一个小女孩的认知视角插入一段表述:"一个两岁女孩关于所有不在场的人说道:'在外散步呢。'他只有两种认知范畴:'在这里'和'在外散步'。"(195 页)小女孩的这种表述喻指了当时离开俄国、侨居国外的雅各布森的近况。作者将自己"在这里"与故友"在外散步"相对照,讽刺自己就是"浸麻场上晾晒的亚麻"。如果说前文尚采用隐晦的暗示,那么这里则非常明显地表明作者和雅各布森两人之间亲密又分道扬镳的生活事实。"三人联盟"的主题,在什克洛夫斯基后来的电影中体现得非常明显,我们在此暂不做细述。

接着,作者还指明两人由于文学观念上的差异,"三人同盟"的关系遭到破坏:雅各布森滞留在布拉格。信中首先由梦话引入雅各布森,回忆两人一起在布拉格度过的时光,"罗曼,为什么你不给我写信呢?我记得布拉格。记得我们熄灭的那些灯笼。记得连过桥费都不曾收取的那座桥。还有伏尔塔瓦河,一条被精心拦截的河流,河中充满了游泳的捷克人……我们在沙发靠背上做着梦……要知道,这可不是吵架。鸟儿即使睡觉时也会抓住树枝,需要这样互相支撑。"(194 页)此处暗示两人在艺术创作中像树枝和鸟儿一样相互依存,相互慰藉,相互支撑。"爸爸在外散步"暗示的就是雅各布森的缺席。有意思的是,当小女孩回答"苍蝇在外散步"之后,叙述者却补充道:"苍蝇爪朝上趴在玻璃窗扇之间。"(195 页)这则进一步暗示留在国内的人就是像苍蝇一样生活在"夹缝"中,在苏联当局的条条框框下寻求狭窄的生存空间,而情感上的不满足也讽刺地反映了理想的精神状态的无法实现。在"我会成为什么样的人"的开头部分讲述者说:"我的生活并不好。日子过的乏味单调,像是在安全套里。在莫斯科没有工作。夜里做着噩梦,我没有时间写书……生活成为偶然。我的生活可能已经毁掉。没有力量向时间反抗,可能也不应反抗。也许时间是对的。它正按自己的方式改造我。"(218 页)这些都表达作者的萎靡不振和妥协的心态,使这一章节在整体结构上具有消极的特点。

由上可见,什克洛夫斯基 20 世纪 20 年代创作的包括《第三工厂》在内的自传三部曲，在叙事模式上已打破二元对立模式，而走上更侧重如何展现复杂的三位一体模式的道路。自传主人公既是文学理论的革新者，新型的学者，同时又是作品中具有浪漫主义情怀的主人公、经历过种种离奇经历的天才、个人主义者、离经叛道之人，甚至还是弗洛伊德学说的忠实信徒。叙述者形象在什克洛夫斯基的自传作品中被展现得淋漓尽致。从德国回国后，作为"失宠的"知识生产者的代表，他以揶揄方式为"科学"发声，暗示文学生活的停滞令人郁闷。这种形象反映了叙述者对革命的矛盾态度，也表明奥波亚兹学派日渐式微、走向消极的状态。对于作者而言，文学作品就如同一道屏障，它能隔离那些未解而令人痛苦的问题。书中流露出人们在逐渐习惯战争所带来的死亡和损失，就如同一直以来适应大自然一样。"我说过，一个作家不可能拥有双重心灵，而他却同时属于若干种文学线索。"①

二 蒙太奇手法

"蒙太奇"（монтаж），是法文"montage"的音译，可以理解为电影镜头的剪辑与组合，也可以说是镜头的组接。20 世纪 20 年代，苏联电影制造呈现出生机勃勃的景象，在电影探索中也表现出世界级水平。著名的苏联导演爱森斯坦（С. М. Эйзенштейн，1898—1948）几乎与美国导演格里菲斯（Griffith）同时提出了"蒙太奇"的概念。格里菲斯最早在电影中运用了"蒙太奇"手法，而爱森斯坦则是"蒙太奇"理论的先行者。当时出现的颇有世界影响力的苏联蒙太奇学派（Советская школа монтажа）主要代表人物，如库列绍夫（Лев Кулешов）、普多夫金（Всеволод Пудовкин）、爱森斯坦（Сергей Эйзенштейн）、维尔托夫（Дзига Вертов）等电影导演和理论家，开创了蒙太奇手法并丰富了蒙太奇手法类型。爱森斯坦在《左翼艺术战线》（1922）上发表的《杂耍蒙太奇》（Монтаж

---

① Шкловский, В. Б., *Гамбургский счёт*, Москва: Советский писатель, 1990, С. 382.

аттракционов），阐述了具有纲领性意义的蒙太奇学说；普多夫金在《电影导演和电影素材》（Кинорежиссёр и киноматериал，1926）、《电影剧本·剧本理论》（Киносценарий. Теория сценария，1926）等电影理论探索中将剧本和表演中的蒙太奇划分为结构蒙太奇、对比蒙太奇（其中又分为对比、平行、隐喻、交替、复调等）和抒情蒙太奇，等等。①

如前所说，20年代苏联电影学这一繁荣景象是与俄国形式主义文论兴起密不可分的。"俄国形式主义对于早期苏联电影理论的最大贡献，就在于帮助他们形成了电影特殊的表意符号学—蒙太奇—电影叙事和抒情所采用的特殊的语言。"②这就意味着，"奥波亚兹"初期的创造性假说——陌生化学说，对于电影人有着重大的启发。也就是说，理论界先有什克洛夫斯基的"陌生化"学说，然后才有了电影界的"蒙太奇"理论。

我们以为，无论谁先出现，但至少二者是同一时代背景下的理论产物。"奥波亚兹和爱森斯坦、陌生化和蒙太奇几乎是同时诞生的：滋生它们的，是同一个语境、同一个时代和同一个运动。"③所以也可以说，20世纪20年代的电影理论对什克洛夫斯基文学创作产生了很大的影响，这一影响在什克洛夫斯基20世纪20年代以及后来发表的许多理论著述和文学作品中都有充分的印证。至于60年代什克洛夫斯基发表的《爱森斯坦传》（1963）一书则更进一步印证了这一事实。什克洛夫斯基1925年前后正在国家第三电影制片厂工作，他与爱森斯坦、卢那察尔斯基、阿·托尔斯泰等人从事电影剧本的撰写工作，所以他对电影语言的探索与其形式主义文论研究会自然而然地结合在一起。

蒙太奇在电影中表现各异，学界对其分类也莫衷一是，但大体上可将蒙太奇分为叙述性和表现性两种类型。叙述性蒙太奇（повествовательный монтаж），顾名思义，就是按照故事的脉络一步一步地拼接需要的镜头，简单地

---

① 张冰：《陌生化与蒙太奇：俄国形式主义电影美学述评》，《俄罗斯文艺》2013年第2期。
② 同上。
③ 同上。

说，就是看图说话，这是最常规的方法；而表现性蒙太奇（изобразительный монтаж），则更为复杂，其中又可细分很多，简单地说，就是不按照故事逻辑，而按照画面的元素和符号来表现实际的发展状态。20世纪20年代以前的电影拍摄手法一般为"叙述性蒙太奇"，而苏联电影人通过把各个镜头画面重新排列组合所创造出新艺术品的手法则为"表现蒙太奇"。在电影中，蒙太奇手法远比镜头中对象材料的意义更为重要，而蒙太奇在文学作品中的含义则更为丰富多彩，其往往以不连续性或离散性描写为主，因此蒙太奇与先锋主义美学有着密切联系，其功能表现为：不承认人与物体之间的自然联系，而表现为事实之间的偶然的、不和谐的关联性。无论是电影还是文学都有蒙太奇手法，也都有叙述性蒙太奇和表现性蒙太奇。

什克洛夫斯基在文学理论研究中多次论及"蒙太奇"这个在当时颇为前沿性的术语，尤其关注过同时代电影人的蒙太奇理论。他在《散文理论》一书中阐述了自己在电影制片厂的摄制工作，特别是对"蒙太奇"手法的理解："我，什克洛夫斯基，是个老电影工作者。偶然的机会使我从文学进入了电影。于是我写下这些并不连贯的意见。"①"蒙太奇——剪辑，这不是联结固定不动的材料……蒙太奇——是摄影师的事。他们拿上自己的相机。自己的暗箱，开始寻找拍摄的视点：从上往下拍，侧面拍，在活动中拍……是不同的视点摄取的片段……"②③ 可见，什克洛夫斯基深谙电影中蒙太奇的使用规则，他认为电影蒙太奇不仅仅是将蒙太奇看作一种简单拼凑或是艺术炫技，"电影中的蒙太奇并非只是两个片段的拼接，爱森斯坦曾经说过，两个片段根据剧情的进展、光线、含义或者拍摄事物的轮廓进行剪辑。在使用蒙太奇时必须牢记使用该手法的目的。"由此可看出，

---

① ［俄］维·什克洛夫斯基：《散文理论》，刘宗次译，百花洲文艺出版社2010年版，第277页。
② 同上。
③ Шкловский, В. Б., *Избранное. В 2-х т*（*Том 2*），Москва：Художественная литература，1983，С. 408.

什克洛夫斯基的陌生化理论与同时代电影人的蒙太奇理论是相互关联、互为支撑的。

《第三工厂》就应用了这种类似于蒙太奇理论的手法，这是一部极具碎片化和智能化特征的小说之一。该作品基本就是以话语替代摄影机镜头的文学叙事。在该小说话语叙事中不时地出现电影画面般的效果，语言叙事与电影叙事并存于同一个文本中。小说的叙述过程非常明显地呈现为非连续性，整个文本被分割成一个个相对独立的片段，又被进行了蒙太奇式画面的组合，并在组合过程中体现作者的构思意图。这种"分割"和"组合"即为电影蒙太奇。仔细研读《第三工厂》后我们发现，该作品中蒙太奇表现最为明显的就是对比性和平行性两种类型。

所谓"对比蒙太奇"（сравнительный монтаж），是通过镜头、场面或段落之间在内容和形式上的强烈反差，产生相互冲突的作用，以表达创作者的某种寓意或强化所表现的内容、思想和情绪。如在《第三工厂》第一部分"我的叙说"的开头，作者就熟练地借用摄影机运动方式及切、化等剪辑技巧，构成了典型的对比蒙太奇："就像电影开头粘贴的一段跑光了的底片，或是其他什么胶片。而我粘贴的却是一些理论文本片段。"（137页）再如在第二部分"关于红色的小象"的开篇写道："红色的小象，我儿子的玩具，我的书里首先提到你，目的是为了其他人都别忘乎所以。红色的小象在尖声叫着，所有的橡胶玩具都在尖声叫着，要不然它们拿什么来呼吸呢……我也在高耸于阿尔巴特大街的巢穴里沙哑地叫着。那些稀有的鸟类飞到我这里并不感到呼吸困难。我在自己的巢穴里已忘了深呼吸的习惯。"（140页）在这里，"红色小象尖声叫"和"我沙哑地叫着"是一组对比蒙太奇。第一段的镜头展现的是"红色的小象"尖声、大声地叫着，大口地呼吸，接下来镜头一转，受到限制的作者也像动物一样蜷缩在自己的巢穴之中，小心翼翼、沙哑地叫着。大声而响亮的尖叫声和唯唯诺诺、沙哑的声音构成了典型的对比蒙太奇。而且，"沙哑的声音"和"尖叫声"等形象还机械性地反复出现。可以理解为：在当时意识形态的严酷监管下,作者本人没有任何自由。"这就是我在用自己的而非小象的声音所诉说的"(143页);"我是一个不能自由写作的作家。我适应着不自由,就像适应着体操器械一样……让我不断发出声音吧,就像带有窟窿的喇叭一样,而我发出的声音的大地——是自己的。"(194页)

在"中学之后的那个夏天"一章中,作者则在开头部分回忆了中学时期在涅伊什洛特的一个城堡中度过的夏天,描绘了那里的山水景色以及和弟弟的一起玩耍的情景;而后又回忆起国内战争时期在同一地点所发生的事情,再转到"现在"的情境。这种情景或镜头的切换就是蒙太奇手法。试看:

"闪烁的灯火看上去比平常要深远。支流环绕城堡而流淌,簇拥着小船,并掀翻它。我和弟弟一起玩耍着——绕城堡跑着。由于水流在石桥下翻滚,所以波浪在此发生拥堵。

桥上站着警察,在抓鱼。旁边有一个售货亭,里面有碳酐矿泉水和桦树皮小筐装的野生草莓。

后来,过了多年,我去了芬兰。

就像商店里被抢光的箱子一样,别墅也横七竖八地座(坐)落着。

变得比较开阔,因为森林被砍光。"(165页)

在这里,作者对这一片段的第一组镜头进行了剪辑,对周围的景色进行了细致的展现。他回忆了中学时期和弟弟在涅伊什洛特所度过的那个夏天,对卖野生草莓的售货亭和抓鱼的警察做了特写,营造了一幅幸福而安宁的图景;而随后镜头转换到"现在"——涅伊什洛特已经划入芬兰,森林也已被砍伐殆尽,此刻就连坐落着的别墅,也"像商店里被抢光的箱子一样",显得凌乱不堪。"现在"凌乱的一切与"过去"世外桃源般的宁静祥和形成了巨大的反差。正如什克洛夫斯基在《散文理论》中写道:"虚构——就是蒙太奇,剪接。"[①]

[①] [俄]维·什克洛夫斯基:《散文理论》,刘宗次译,百花洲文艺出版社2010年版,第287页。

随后，作者又写道："正是在此，国内战争期间，人们互相杀戮。大家都在打仗。在战争期间，男人杀死了女人，情妇杀死了男人。杀人前，把人放到院子里，挨着排发射，子弹横飞。

白军杀戮红军，通过喉咙挖掉他们的舌头，而红军杀戮要简单。

现在，这里树木被砍光，林中万籁寂静。芬兰，被看不到的漫长的俄国边境所遮蔽。就像一位不专业的演员想要隔断自己与观众的联系一样。双腿被迫弯曲，但不见落幕，而观众大厅就像一个陷坑。在涅伊什洛特的一个桥上，警察在用钓竿钓鱼。"（166 页）

这是第二组典型的对比蒙太奇。在同一地点，作者回忆了国内战争时期，这里所发生的惨烈杀戮事件，但却只是把这些画面直接地展现在读者面前，没有添加任何修饰语，更没有附加任何带有个人意识的议论，只是平静地讲述"男人杀死了女人，情妇杀死了男人"的故事。而正是通过表面疏落、实则经过锤炼的文字，读者才能真正领悟所见情境的实质。也正是这么客观而冷静的描述，更让人感到毛骨悚然。镜头后来又再次转换到了"现在"：经过数年以后，这里又回归到了宁静，"树木被砍光，林中万籁寂静"。在此，芬兰像个"双腿被迫弯曲的演员"，被俄国边境所遮蔽，体现了对比蒙太奇的手法，"惨烈"与"宁静"形成巨大落差。而在这两组对比中，唯一不变的就是"站在桥上，或抓鱼或用钓竿钓鱼的警察"。

爱森斯坦说过，"两个蒙太奇镜头的对列，不是二数之和，而是二数之积"。① 而《第三工厂》中运用蒙太奇剪辑手法所勾勒出的一个又一个画面，就如同电影中的一个个镜头，从读者面前一一闪过。在作品中，从"中学时期"—"现在"—"国内战争时期"—"现在"—"中学时期"—"十五年以后的现在"，作者所讲述的事情不断地进行时空的转换，在一个画面逐渐隐去的同时，另一个画面逐渐显露出来，这就使一个情景徐徐过渡到另一个情景，造成前后相互联系的错觉。作者在艺术散文

---

① ［俄］爱森斯坦：《蒙太奇论》，富澜译，中国电影出版社 1999 年版，第 265 页。

中就是这样巧妙地使本应平淡无聊的往事回忆与现实刻画产生奇特的审美效果。

"平行蒙太奇"（параллельный монтаж），属于蒙太奇的又一种剪辑方法，是把不同时间段内、不同空间中展开的两条以上的情节线索并行出现，分别进行论述，最后统一到一个完整的情节结构中，或两个以上的事件相互穿插出现，揭示一个统一的主题或情节。在《第三工厂》中，什克洛夫斯基主要是写对童年、少年和青年时期往事的回忆，以及现在国家第三电影制片厂的工作和个人的生活。由于书中回忆的主要是人物的意识活动，所以其内涵就比较丰富。小说实际上分为实与虚两条线索：实线写的是主人公在莫斯科国家电影制片厂工作的活动，虚线写的则是主人公的意识活动，即他回想起的过去的各种记忆。这两部分内容交叉剪接，如果处理得不好，就会使结构松散，前后不能很好地统一起来。而作者利用蒙太奇技巧，不断进行画面的剪辑和切换，使两条线索同时展开。匈牙利电影理论家贝拉·巴拉兹说："上下镜头一经连接，原来潜藏在各个镜头里异常丰富的含义便像火花似的发射出来。"① 爱森斯坦认为：蒙太奇是基于一种审美期待被另一种与之全然不同的符号所急遽打断的基础之上，"从一种表现方式跳到另一种方式，同时把两种表现方式出乎意料地组合在一起，创造了'实际作为'与'画面意象'的新的综合形式"。② 而什克洛夫斯基则通过平行蒙太奇，将书中各个章节内部及各章节之间都衔接得非常紧密、浑然天成，这实际上也是什克洛夫斯基所探寻第三条道路的一个成功例证。

在《第三工厂》中，作者把叙事眼光放在作为讲述人的"我"的视点上，把对"过去"时刻的回忆始终限制在主人公"现在"的脑海中，这样在时间上就获得了统一。例如，在"博杜安·德·库尔特奈·勃洛克·雅

---

① ［匈］贝拉·巴拉兹：《电影美学》，何力译，中国电影出版社1982年版，第103页。
② Eagle Herbert, *Russian Formalism Film Theory*, Ann Arbor: Michigan Slavic Publication, 1981, p. 35.

库宾斯基"一章中:"我来到教授摆着书架的房间。这些书架靠墙排列,并凸到房间中部。书架上放着图书。各民族的图书。

后来啊,这些书架在伟大的革命期间被烧毁,而教授的图书则散落各处。

除了图书,房间里还有退化的家具。

我侧着身子坐到放在桌旁的椅子上。

………

我度过了第二工厂,或是,正如所说的,思考着被加工的对象,检验着关于自由的想法。

现在我思考的就是自由的界限、材料的变形问题。

我要改变。

害怕可恶的不自由。"(179—180 页)

这里首先描述了"我"在奥波亚兹时期的回忆,讲述了和博杜安·德·库尔特奈的会面。而后镜头则迅速转到教授书房里的摆着"各民族的图书"的书柜,以快镜头的方式来实现对时间的压缩。作者用慢镜头来描述:"这些书架靠墙排列,并凸到房间中部",拉长了读者对时间的感受。通过特写来展现逐渐放大的空间,渐显渐隐对时空的转换。随后则写道:"这些书架在伟大的革命期间被烧毁,而教授的图书则散落各处",而这是相对于最初回忆时间的"未来"。而后则转到"现在"——那些被烧毁的书正"被一些新公司重新影印"。在结尾部分,作者说:"现在我思考的就是自由的界限、材料的变形问题",与奥波亚兹时期"理解艺术是一个独立的体系",形成一个时间上的跨度,表明了作者本身思想上的变化。

迪尼亚诺夫认为:蒙太奇的作用不仅在于"组合"和"建构",而且更在于"区别性位移"(differential replacement)。每个镜头都与此前的镜头相关,与之形成对比或与之区别。在交替展现主客观场面时,小说总是用相似的细节"书柜""理论观念"等来作为过渡,很自然地进行切换,从回忆到"现在",使"过去"和"现在"这两条平行线索同时得以展开,从而展开非单线性叙述过程。这种借助类似的细节,通过类似于电影剪接式方法,使上下文获得平衡感,从而使切换显得流畅而自然。"活动中的人物,变换地方的人物,相互容易混淆,即使加上文字说明:谁说了什么,谁怎么想的,这个问题,我们也是靠蒙太奇解决的。"①

此外,《第三工厂》的篇幅,实际上只接近一个中篇,但全书分为三个部分。"第一工厂"分为10个小部分,"第二工厂"分为15个小部分,"第三工厂"则包括18个小部分,并且各个部分都有一个小标题。所运用的标题或是具体某一事物,或是作者的心理状态,或是作者所回忆的某个阶段,或评述写这部分内容的心境,或者是作者所写的某一作家的信件等,例如"关于红色的小象""我在写:存在决定意识,而良心安排得不善""种类各异的中学""我用手心拍打水面""春天和一段夏天""岁月按照自己的路线流逝""给迪尼亚诺夫的信""给鲍里斯·艾亨鲍姆的信"等,这些标题实际上均表明了各个片段的时间和跨度。这些片段有时是按照顺序写在一起,例如在"第二工厂"中对布里克进行描写时分了三个章节,标题分别是"奥西普·马克西莫维奇·布里克"、"布里克继续缺席"和"在布里克家的那些夜晚"三个片段。从标题上来说,三个部分看似内容是统一的,实则点明了时间的变化,表明作者观察视点的变化和分析角度的变化。文中一个个片段所描述的场景,就像是一系列的画面描写,像经平行蒙太奇组合而成的"语言"电影,尽管它无法以直观的屏幕来展示画面,然而却可让读者借助想象达到这一目的。

三 假定性手法

文学艺术是对生活的反映,但并非等同于对生活的简单摹写,其中必然会有主观想象的介入和情感的渗透,因而也必然会在不同程度上脱离生活的原有形态,对生活进行"变形"等加工处理。哈利泽夫指出,"从文

---

① [俄]维·什克洛夫斯基:《散文理论》,刘宗次译,百花洲文艺出版社2010年版,第280页。

学创作角度来说，艺术的形象性存在两种倾向，其一是用假定性来表示的（作者强调其所描绘出来的物象同现实的形式之间的不等同甚至相对立）；其二是用逼真性来表示的（消除上述两者之间的差异，制造出一种艺术与生活同一的）。"[1] 其实，从广义上看，一切文学艺术都是虚构的，这种虚构方式是艺术的基本特征，也符合艺术的基本规律。那么，何为假定性？何为艺术的假定性？什克洛夫斯基在散文创作中又是如何体现这种艺术假定性的？

所谓"假定性"，又称"规约性"（условность；convention），这一概念早已有之，但学界在提到艺术之假定性时，理解却不尽统一：有人称其为一种文学现象，有人视之为一种思维方式，有人则把它当作表现手段的总称。每一种解释都有其依据和道理。"作家在进行形象思维时借助于假定性，它自然是一种思维方式；这种作品大量出现，又形成了一种文学现象；假定性手段包容了象征、变形、怪诞、拟人、梦幻、神话传说等多种内涵，因此，说它是多种艺术技巧的总称也符合实际。"[2] 用张冰的话说，"假定性的本义，是指艺术掌握现实的一种惯用方式、定式，它强调艺术的反映方式多多少少是一种'约定俗成'的程序、定式"。[3]

我们知道，什克洛夫斯基的文学生涯伴随着对艺术形式的膜拜，所以在文学创作中自然很推崇假定性手法。当然，他也确信艺术假定性并不是毫无限制的，并认为假定性具有自己的规则，正如他在《马步》一文中所写道："马的步法之所以奇特的原因有多种，而主要在于——艺术的假定性……马并不自由——它之所以侧着身子行走，是因为直行不被允许。"[4] 这段描述就十分形象地表达了艺术假定性的必要性及其约定性。

什克洛夫斯基《散文理论》中这样写道："取得虚构的准确性，或者

---

[1] [俄] 瓦·叶·哈利泽夫：《文学学导论》，周启超等译，北京大学出版社 2006 年版，第 123 页。
[2] 黎皓智：《当代苏联小说中的假定性艺术》，《苏联文学》1990 年第 3 期。
[3] 张冰：《陌生化诗学：俄国形式主义研究》，北京师范大学出版社 2000 年版，第 223 页。
[4] Шкловский, В. Б., *Гамбургский счёт*, Москва: Советский писатель, 1990, С. 58.

感到虚构是一种新的符号，这是艺术和科学中最重要的东西。"① 这里所说的"虚构取得的准确性""虚构是一种新的符号"即可理解为假定性情景的设计。假定性情境（условная ситуация）是当代电影和现代小说中惯用的手法之一。通常情况下，想象是假定性情境设计的原动力，所以在艺术创作中，想象力愈丰富就愈符合情理，假定性情境设计也就愈令人信服。在假定性情境所表现的现实中可能会有却未必会有、不必真正去探寻的"真实"，所以艺术"真实"可以通过假定性情境来加以表现，其中必然包含着作者对社会生活内蕴的认识和感悟。

什克洛夫斯基文学创作中充满大量梦幻、怪诞、变形、讽拟、寓言故事等假定性手法，这些手法都是为了达到陌生化叙事效果，并服务于其小说的隐喻叙事。

《第三工厂》中常常借用各种儿童式思维及话语模式构建假定性情景。经常出现以故事形式或抒情形式随意插笔现象，不时迅速切换画面，出乎意料地对某人某事某物加以强调；叙述风格随着叙述态度的变化不断发生改变，时而凝重时而戏谑，时而抒情时而伤感；大量运用孩童式语气和说话方式，充斥着简单的句子、简短的段落，并且不断重复、补充；结构上和意义上相互矛盾的语句屡见不鲜，运用"хотя"引出的句子实际上并没有具体的意义。例如，作品开篇写道："红色的小象，我儿子的玩具……我的儿子爱笑。当他第一次看见马时，就笑了起来，他以为马长了四条腿和长嘴巴是在开玩笑。"（140 页）在回忆自己童年时光时，作者像小孩在说话，用后一句话来对前一句话进行重复和补充。通过简单戏谑的语气，表明已 33 岁的他和童年时期小男孩的时间距离很近，借以缩短读者对时间的感受。"家人用拼图方块教我识字，没有画片，拼图木块洒向各个角落，记得拼图上有字母 A。即便现在，恐怕我还会认得它。"（146 页）这里，"即便是现在，恐怕我还会认得它"这一儿童语气与"带有字母 A"的拼

---

① ［俄］维·什克洛夫斯基：《散文理论》，刘宗次译，百花洲文艺出版社 2010 年版，第 284 页。

图,牢牢地印刻并浮现于脑海,打破着儿童与成年、过去与现在的时间屏障。随后,他继续回忆道:"现在我已成熟。当我还是一个孩子的时候,我曾摔倒在有轨马车之下"。(145 页)"现在我已成熟"的这一语气,实际上反而流露出"我现在还是一个孩子"。我们知道,幼稚的成年人,或聪明的傻瓜,这通常都是一种大智若愚的才华表现。"返老还童"和"重生",在现实生活中是不可能实现的事情,但在文学作品中却可以通过假定的艺术形式得以复现。再如:在"我在写关于接吻的事"一章里,作者在回忆一段感情经历时说道:"因为睡眠不足,我有时出现了昏厥。我喜欢女人和她的帽子,12 年了,我一直还记得她,或者 15 年了——这很好。"(159 页)在这段讲述里,同样运用了儿童的说话方式,假意记不清确切的时间,实则是刻意在营造虚虚实实的情境。

其次,梦境也是假定性情景的表现手段之一。梦是人在睡眠时的一种极为特殊的心理活动,是现实生活经过心灵折射的一种扭曲或变形的反映。什克洛夫斯基认为:"梦是(某)些片段的组合。梦是剪辑而成的,如诗歌的结构。梦境和石板上的画,是最早延续人的生命的东西。这些东西不仅给人感觉,还能够由人体验。"① 在《第三工厂》中的"一个人的童年,以后写得很少"一章的开头部分,就是直接由梦境切入:"像往常一样,我在房间里寻找对手,哭泣。一整夜的梦魇过去了,早晨开始了。"(145 页)梦境,是一个虚无缥缈、变幻莫测的世界,人们在现实生活中难以实现的理想、愿望、追求,或者难以直言不讳的心理活动。人之所以寄托于梦幻,就是因为人在现实生活中被压抑,在虚幻的梦境中才体现为紧张而又不尽的斗争。再如,在"致罗曼·雅可布逊——苏联驻捷克斯洛伐克全权代表处的翻译"一章中,梦境成为小说最典型的假定性手法。作者以梦话引入曾经的友人——雅各布森:"你还记得自己在患伤寒时说过的胡话吗?你在说梦话,说你丢了脑袋。伤寒患者总以此为是。你梦魇中

---

① [俄]维·什克洛夫斯基:《散文理论》,刘宗次译,百花洲文艺出版社 2010 年版,第 256—257 页。

说，因为你改变了科学而受到审判……你继续梦语道：罗曼·雅可布逊死了，取而代之的是偏远小站的一个小男孩。小男孩不懂什么知识，可他还是罗曼。雅可布逊的手稿被烧毁。小男孩却不能去莫斯科挽救它们。你住在布拉格，罗曼·雅可布逊。"（193页）"……罗姆卡，疼痛将我叫醒。我醒来了。"（195页）在这两段描述中，作者运用梦境，对"我"的心理描写做一种补充，以此表达因为朋友离开而心情难过、气氛忧伤。梦境这种心理现象，既是一种无意识、非理性的，同时也渗透着理性成分。这种理性和非理性的结合，给人以扑朔迷离、若真似幻之感，含蓄地表现出朦胧模糊的美。梦境反映出作者对过去生活的怀念、对现实生活的思虑。梦境使作品结构变得十分零散、跳跃，也使作品营造特定的抒情性和象征性。梦到故友雅各布森这一假定性情境与真实生活交织在一起，达到契合无间的程度。虽然叙述中带有一定的讽刺性色彩，但由梦境营造出的艺术假定性与现实生活形式是大体一致的，在戏谑中又自然地渗透着真正的理智、冷峻的剖析，以此讽喻当时苏联政府对待艺术的不合理政策。

此外，作者还借助叙述视点的变化，即假定性视点（условная точка зрения），表达对生活观察态度的变化。什克洛夫斯基指出："表现电影的假定性，同表现讲述者其人结合了起来。不过讲述者并非马上出现。要知道短篇故事的诞生，同时马上产生出一位讲述者，还常常是位聪明的讲述者。讲述者叙事时间与现实时间，同时存在并携手并进。"①《第三工厂》首先是以第一人称"我"的角度展开叙述，作者不断回忆自己的生平经历，但回忆录里的生平并不是按照时间先后顺序展开，而是通过对时间的"变形"来表现观察生活的视点和分析角度的变化。黎皓智也指出，"作品中出现的艺术形象，改变了对象原形的自然形态，艺术中的变形，是对常规艺术方法的突破，用'再现生活'的通常标尺无法衡量变形艺术的价值。一般在使用通常的艺术方法不足以表达在特定情境和势态下人物的思

---

① ［俄］维·什克洛夫斯基：《散文理论》，刘宗次译，百花洲文艺出版社2010年版，第219页。

绪、体验、情感时,才诉诸变形手段。"① 从这个层面来说,通过"变形"来对现实现象的"变形化处理",也必然体现出特定情境下人物思想的变化,以及作者的叙述视点的变化。

《第三工厂》中的"变形"主要表现在人和事物在颜色、形态、比例等原形上的改变,这是一种突破常规的超自然形态。作者在描写人物肖像时,经常抓住其精神特征来予以"变形"处理。例如,在"民主与科学"一章介绍未来主义同僚时写道:"达维特·布尔柳克,眉毛高耸,克鲁乔内赫、尼古拉·布尔柳克穿着常礼服,弗拉基米尔·马雅可夫斯基还穿了件黑色天鹅绒短外套,不是黄色的。"(173页)这段话末尾"不是黄色的",看似是对前面"黑色天鹅绒外套"多余的解释,但明显是以服饰的不同来暗示思想观点的不同。再如,在"一个人的童年以后写得很少"一章中:"我们在库兹明和捷米扬教堂旁的街心公园漫步。被叫做'库兹明和猴子'操场后面是粮仓。那里住着,用我们的话说,猴子。"(猴子的俄文 Обезьян,与捷米扬的俄文 Демьян 发音近似。猴子,指爱做鬼脸的人)作者通过"变形"方式,借助于亦人亦虫、亦人亦兽的混合物,来表现当时生活状态之下人的某种精神畸变,这一点在《动物园》中也有很多描写。再如,在"奥西普·马克西莫维奇·布里克"一部分中,什克洛夫斯基形容"布里克是一个善出现又规避的人……布里克不可能只做一件事——从一处搬到另一处。那样的话,他就会成了一个小数点。"(185—186页)可以看出,"小数点"成为人的代名词,其喻指人由于时间的变化而被无奈地矮化,人被改变了形态,从这种"变形"描写中足以窥见其中的隐含意义。而在描述马雅可夫斯基的生活态度时,同样采用"变形"的方式:"如果关注马雅可夫斯基那结实的纤维,就会发现,他对待生活是名副其实的。他善待生活,就像在街上开坏了的摩托车一样,他不会注意路人的目光。"(187页)在这段描述中,将马雅可夫斯基比作"结实的纤维",

---

① 黎皓智:《当代苏联小说中的假定性艺术》,《苏联文学》1990年第3期。

以及对马雅可夫斯基像"开坏了的摩托车"的描写,暗示原本有着健康精神的马雅可夫斯基在受到打压、折磨后变得狼狈不堪的精神面貌。而在"嫉妒的海湾"一章中写道,"扎克是一个才华横溢的、能干的人,但却没有固定的工作。他是一个不稳定的、忘我的人——就是那种,无处躲藏的自我牺牲的人。"(232页)在作者看来,这些与他志同道合的兄弟们,随着时间的改变而被改变,这种被无情的"变形"已失去他们应有的样子。这种"变形"虽然与人们的生活习惯相悖,却又与情理相通。其目的就是,借助变形后的外壳衬托人物性格特点,从而体现出一种潜在的叙述视点,即作者对待这些人物的态度。

此外,作者还从视觉和味觉角度对时间和事物进行"变形"描写。视觉,通常体现在色彩描写。不同的色彩可以唤起人相应的精神和心理变化。俄罗斯抽象艺术家康定斯基指出,"色彩是可以用来直接对精神发生作用的手段。色彩是琴键;眼睛是键锤;精神是多位的钢琴。画家是手,一只以某种琴键为中介相应地使人的精神发生震颤的手。"① 这意味着,艺术家只有借助"色彩和形式的和谐"才能触及人类的灵魂,色彩对于艺术家而言是艺术的必要原则。"颜色是一种反映感知意象的内心情感的表达方式,它是一种手段,可传达出凝视者在注视意象的过程所产生的心理感受。"② 在《第三工厂》中,作者尤为注重不同颜色的细微差别。在一些片段或是章节中,通过相同或相近的色调以渲染全篇的基调。颜色的选择被意象所统辖,每一个场景、人物或心理变化所包容的特殊情感内涵,都参与并决定了颜色形容词的选用,色彩因此成为一种心理暗示的手段。譬如,在"种类各异的中学"中写道:"寒冷的彼得堡,灰色的早晨。中学。"(150页)"……我从一所学校被赶到另一所学校。结果是,灰色大衣不得不染成黑色并缝上猫皮领子。外套就是这样做成的。"(151页)而

---

① [俄]瓦·康定斯基:《艺术中的精神》,李政文等译,云南人民出版社1999年版,第35页。
② 陈倩:《文学中的蒙太奇——论巴别尔小说中的电影性》,硕士学位论文,华东师范大学,2010年,第4页。

在随后的章节"毕业考试"一章中又写道:"我们喝了少许,坐在灰蒙蒙的班级里(喝着花楸露酒,再把玻璃酒瓶抛到炉后),再(在)课桌下玩一种叫'二十一'的游戏。"(154 页)在这些章节里,"灰色的"运用不仅加深了读者对文本的现实印象,也埋下了失望与悲伤的潜在基调。中学时期本应呈现出快乐与活力,但在这里却通过"灰色",表现中学生活的暗淡无光,暗示对旧俄教育制度的失望和批判态度。

此外,小说中还有通过味觉表达心情的描写段落。例如,在"岁月按照自己的路线流逝"一章:"妻子怀孕了。这个冬天充满着烟雾和橙子的味道。"(205 页)这一段中通过对"烟雾"和"橙子"的描写,传达出对怀孕妻子身体利弊的寓意:"烟雾"喻指怀孕妻子需要不冒烟的炉子,而"橙子"则表达妻子怀孕后的口味喜好;再如,在"我所获得的经验"一章写道:"工厂的剪辑间里散发着一种水果糖的味道。所以需要稍微地改变一下胶片的命运。水果糖的味道是来自于梨树香精,要把它粘到胶片上,由女装配工来粘贴。这是一种有害的生产工作。人们往倒片器上缠着胶片,它运行起来,闪动着镜头,就像去阿尔丹途中闪过的松树。"(221 页)在这一段描写中,将拍片时把有害物质"梨树香精"粘贴到胶片上用来替代"水果糖"的情景则喻指自己对生活"变形"的颓丧心情,胶片"变形"的命运隐喻人生被迫改变的命运。

综上可知,《第三工厂》中作者运用"语义的转移""蒙太奇""假定性"等多种手法,通过对往事的回忆与现实生活的讲述,富有隐喻地把"过去"与"现在"艺术地连接在一起。书中除了对他个人生活的回忆,还直接引用其写给多位友人的信件、有关文学理论的随笔、对电影理论的研究,使文学与非文学因素巧妙地勾连起来,形成叙述节奏上的极大张力和叙述内涵上的深刻寓意。

俄罗斯侨民文学批评家格奥尔吉·阿达莫维奇指出,《第三工厂》是早期苏联文学中最具有悲剧性意义的作品。"这是一本非常忧郁的书,极端的忧郁。我们读到了什克洛夫斯基的勇敢坚韧,他的激情与蛮横。书中总有一种'叶尼塞式的心情'。但是什克洛夫斯基的心胸比叶尼塞河更宽广更凛冽，他把生活处理得更悲怆⋯⋯"①

总之，什克洛夫斯基在对经典文学富有个性意义的"英雄们"的缅怀中，打破了自传主人公的传统塑造的窠臼，富有创新地书写了新时代个体知识分子的内心，并以独具特色的散文体小说向世人宣布长篇小说的末日。

---

① Галушкин, А. И., "Приговоренный смотреть", в кн.: В. Б. Шкловский, *Ещё ничего не кончилось...*, Москва: Пропаганда, 2002, С. 12.

第四章

什克洛夫斯基散文创作的文学史意义

　　什克洛夫斯基不仅在诗学理论史上成绩斐然，同时在散文创作史中也颇有建树。他是俄国形式主义学派的领军人物，也是俄国散文体小说创作流派——"语文体小说"的先驱之一，堪称俄国同时代人及嗣后语文学者、作家的精神导师。什克洛夫斯基的散文创作一度成为"年轻一代"学者和文学创作者效仿的典型，其本人甚至还成为一些文学家笔下的主人公、人物或角色。苏联著名文学团体"谢拉皮翁兄弟"中的一些成员、出身于形式主义的女作家、语文学者金兹堡等作家，都受到过什克洛夫斯基的文学理论及创作的影响。卡维林的语文体小说《爱吵架的人，或瓦西里耶夫岛上晚会》就是受什克洛夫斯基小说诗学启发的作品之一，该小说在风格上仿效什氏自传体小说的纪实性，在内容上将其陌生化理论付诸实践且不失深刻诠释；此外，得益于什克洛夫斯基的语文体小说的启示，金兹堡也开始专心从事日记和随笔类作品创作，走上适合自己的文学之路。正像张冰在《白银悲歌》中对什克洛夫斯基的文学影响力所感叹的那样："他是那样一些罕见的天才人物之一，他们善于用自己的思想影响别人，从而引发一连串的新发现、新成果、甚至一个新的流派。他的学术思想，已被输入世界学术思想的造血库。"[①]

[①] 张冰：《白银悲歌》，中国电影出版社1998年版，第130页。

第一节　什克洛夫斯基与"谢拉皮翁兄弟"①

成立于1921年的"谢拉皮翁兄弟"是苏联时期非常著名的文学团体。该团体名称取自霍夫曼的同名中篇小说集。与当时的其他文学团体不同，谢拉皮翁兄弟是"一个较为松散的文学团体，是一个与别的流派争论最少、其成员最潜心于文学创作的团体。"② 没有任何成立的宣言，也缺乏统一的章程纲领，甚至连领导的主席和书记都不曾设立，他们只有一个取得相对共识的创作倾向，即主张"文学超然于政治和革命之外，排斥任何的倾向。"③ 团体成立之后迫于官方文艺政策及意识形态的掣肘，面临巨大政治压力的"谢拉皮翁兄弟"只存在了短短六年，便草草宣告解体。但是，团体的成员却都成了苏联时期的大作家。在俄国文学史中，什克洛夫斯基对"谢拉皮翁兄弟"的影响有目共睹，波隆斯基就曾在诗作中评价过二者的亲密关系："他们（指谢拉皮翁兄弟）有文学之母么？这个问题是这样的晦暗不清，但是他们完全可以称呼两个人为父亲——什克洛夫斯基与扎米亚京"。④

实际上，"谢拉皮翁兄弟"的成立，与什克洛夫斯基有着千丝万缕的联系。1919年，高尔基出于培养精英翻译人才的考虑，在彼得格勒创立了世界文学出版社下属的翻译培训班，邀请什克洛夫斯基与扎米亚京等学者出任导师，教习青年学生翻译技巧，但很快学员们的兴趣便从翻译转向了写作。1920年初，什克洛夫斯基与这些学员中的活跃分子经常聚会，形成了一个小圈子，其成员包括左琴科（М. М. Зощенко）、吉洪诺夫（Н. С. Тихонов）、

---

① 本小节的部分内容由笔者和刘淼文合作发表在《俄罗斯文艺》2017年第2期。此处有所修订。
② 刘文飞、陈方：《俄国文学大花园》，湖北教育出版社2007年版，第156页。
③ 同上书，第157页。
④ Васильев, В. Е. *Русская литература XX века, Школы направления методы творчество работы*, Москва：Высшая школа，2002, С. 173.

隆茨（Л. Л. Лунц）、叶莉扎维塔（П. Г. Елизавета）等人，而后，费定（К. А. Федин）、尼基京（Н. Н. Никитин）、伊凡诺夫（В. В. Иванов）、斯洛尼姆斯基（М. Л. Слонимский）和什克洛夫斯基引荐的卡维林（В. А. Каверин）也加入了进来，他们每周六聚集在斯洛尼姆斯基在艺术之家的小房间里朗诵并研读文学经典和兄弟们的最新作品，随后便萌生组建一个文学团体的想法，1921年"谢拉皮翁兄弟"在彼得格勒艺术之家成立。高尔基等人对这一团体也颇为关注。

什克洛夫斯基与"谢拉皮翁兄弟"的密切关系，还表现在他既是导师又是成员的双重身份上。美国著名俄裔美籍文学史家马克·斯洛宁在《现代俄国文学史》一书中指出，什克洛夫斯基是"谢拉皮翁兄弟"成员[①]；关于这一身份，俄国学者鲍里斯·弗雷金斯基在《谢拉皮翁兄弟命运》（2003）一书中列举了六大论据证明什克洛夫斯基是"兄弟"的成员之一[②]；另一位学者别列金在《什克洛夫斯基传》中也指出了什克洛夫斯基这一身份的特殊性，即"他既是成员也是导师"。"尽管他可能并不是所有人的导师，但他的思维方式早已吸引了所有人。"[③] 下面我们将具体阐释什克洛夫斯基与"谢拉皮翁兄弟"之间的复杂关系。

一　革新与自由：共同的创作诉求

20世纪俄国现代主义文学的最显著特征是对艺术创作的革新和实验。众所周知，白银时代文学以诗歌繁荣而著称，但到了20年代，诗歌逐步式微，叙事小说开始迎头赶上。"谢拉皮翁兄弟"正是在这一文学背景下应运而生的小说团体。

"谢拉皮翁兄弟"与什克洛夫斯基之间的共性，首先表现在二者对文学创作的革新主张上。什克洛夫斯基对散文创作的革新成就是毋庸置疑

[①] ［美］马克·斯洛宁：《现代俄国文学史》，汤新楣译，人民文学出版社2001年版，第307页。

[②] Березин, В. С., *Виктор Шкловский*, Москва: Молодая гвардия, 2014, С. 129.

[③] Там же.

的，而他对文学的革新成就，主要体现在他对小说艺术的大胆实验上。如前所述，什克洛夫斯基试图通过散文创作验证自己关于文学创作的理论学说。"兄弟"作为著名的苏联文学团体，苏联小说革新的倡导者，其主要贡献在于对新文体的幻想，及其对人和事物的独特的表现方式上。这个团体大部分成员都在复杂的情节、故事结构以及新颖的结局上做过实验。①

如果从小说的角度看，所谓"实验小说"，是指带有探索小说科学目的而进行的创作，且其进行创作时有类似于实验大纲之类的指导理论。因为所有的实验都是为认识事物规律而做的。而什克洛夫斯基的散文体小说创作正是带有验证其小说理论之目的，将探索小说的新模式奉为圭臬。美国女作家玛丽·麦克锡曾用纳博科夫的《微暗的火》反驳过当时美国流行所谓的小说形式危机论。这说明，无论是小说艺术形式还是小说理论学说，都在不断地发展和变化，而发展和变化的动力便是小说作家在不断地进行实验与创新。

应该说，"兄弟"的小说创作，在很大程度上借鉴了俄国形式主义及西欧浪漫主义的小说理论。作为"兄弟"的导师，扎米亚京与什克洛夫斯基的小说理论成为团体成员创作的重要理论依据。1924年"兄弟"成立三周年庆典之际，波隆茨卡娅就曾作诗道贺："它可曾有母亲/问题可疑又不明/但它有两个父亲/什克洛夫斯基与扎米亚京！"② 所以，无论是创作理念还是创作实践，什克洛夫斯基都给予"兄弟"很大的影响。

首先，什克洛夫斯基极力主张艺术创作的自由。在他看来，艺术是自由的、假定的，而非政治的、意识形态的。艺术领域独立于其他诸如宗教、政治宣传等意识形态范畴之外，因为艺术有其特殊的内部规律。如，什克洛夫斯基在《马步》一书的前言中开门见山地提出：象棋中的马为什么只能走"日"字？而在谈到艺术的本质性问题时他又用"马步"形象地

---

① [美] 马克·斯洛宁：《苏维埃俄罗斯文学 (1917—1977)》，浦立民等译，上海译文出版社1983年版，第103页。

② Березина, А. М.《Русская литература 20 века: школы, направления, методы творческой работы》, Санкт-Петербург: LOGOS, 2002, С. 173.

回答道："马步之所以显得奇特，原因有很多种，但主要的是因为——艺术的假定性……第二个原因是——马之所以侧身前进，原因在于直线前进在他来说是受禁止的。"① 假定性是什克洛夫斯基强调艺术与现实不同的标志之一，"我们发现了时间的假定性，即文学作品中的时间，戏剧中的时间与大街上的时间，城市大钟上的时间是不同的。"② 什克洛夫斯基意识到艺术与现实的差异性，因此他极力反对用现实手段人为干涉艺术的行为，特别是意识形态问题对艺术创作的压制，主张给予艺术更多的自由。他的那句经典名言"艺术从来都是独立于生活之外的，它的颜色从未反映过城堡上空旗帜的色彩"③ 正是出于这一文学创作理念。

值得注意的是，"兄弟们"对于什克洛夫斯基关于文学自由的主张持有肯定态度，这一点在1922年发表于《文学纪事》的自传中可以清晰地表现出来。如，斯洛尼姆斯基说："大家最怕的是丧失独立性，担心突然变成'教育人民委员部所属谢拉皮翁兄弟社'，或附属于任何其他机关"④；卡维林也郑重其事地宣布："俄国作家之中我最喜欢霍夫曼和斯蒂文森"⑤；而隆茨的自传《为什么我们是谢拉皮翁兄弟？》一文则旗帜鲜明地表达了其崇尚自由精神："我们决定聚集在一起，不订章程，不推主席，不搞选举和表决……我们就不提新的口号，不发表宣言和纲领。"⑥ 隆茨和尼基丁也对什克洛夫斯基的观点赞许道："维克多·什克洛夫斯基言之有理，他宣称'当代最大的不幸，就在于尽管我们不了解艺术是什么，却要对他加以管辖……'。"⑦ 毫无疑问，"兄弟们"与什克洛夫斯基的艺术主张是一脉相承的。

---

① Шкловский，В. Б.，*Гамбургский счёт*，Москва：Советский писатель，1990，C. 58.
② ［俄］维·什克洛夫斯基：《散文理论》，刘宗次译，百花洲文艺出版社2010年版，第83页。
③ Шкловский В. Б.，*Гамбургский счёт*，Москва：Советский писатель，1990，C. 79.
④ ［俄］斯洛尼姆斯基：《"谢拉皮翁兄弟"自传》，大鹏译，张捷校，《苏联文学》1986年第6期。
⑤ ［俄］卡维林：《"谢拉皮翁兄弟"自传》，大鹏译，张捷校，《苏联文学》1986年第6期。
⑥ ［俄］隆茨：《"谢拉皮翁兄弟"自传》，大鹏译，张捷校，《苏联文学》1986年第4期。
⑦ Шкловский，В. Б.，*Гамбургский счёт*，Москва：Советский писатель，1990，C. 76.

"兄弟们"追求艺术自由的观点，在当时评论界曾掀起了长达半年之久的争论，他们的创作一度被打上了"为艺术而艺术"的标签，受到过卡冈、托洛茨基、普列汉诺夫等马克思主义批评家的严厉指责。彼得格勒市机关报《红报》的星期六文学专栏，1922年8月到12月间曾连续发表了7篇文章评论"兄弟"。而托洛茨基在《文学与革命》（1923）一书中也将"谢拉皮翁兄弟"称为"同路人"作家。

由于"兄弟们"在创作诉求上与什克洛夫斯基是共通的，所以他们的命运也是相似的。正是这种共通性使"兄弟们"与俄国形式主义在20年代的命运几乎如出一辙。形式主义一度成为俄国文艺批评的主要潮流，却在20年代末悄然落幕。"兄弟们"与形式主义一样经历高潮和低谷，最后名存实亡直至解散。而什克洛夫斯基本人在1929年之后就罕有文章发表，而导致他们共同命运的，也正是他们对创作自由的不合时宜的共同诉求。

二 什克洛夫斯基的小说理论与"谢拉皮翁兄弟"的小说实验

"谢拉皮翁兄弟"寻求创作上的自由、专注于小说技术的革新，可以说，在很大程度上正是来自形式主义的影响，其中对其影响最大的莫过于什克洛夫斯基。什克洛夫斯基作为奥波亚兹的创始人，在小说理论上独有见地。在1919年彼得格勒世界文学杂志下开设的翻译讲习班里，什克洛夫斯基受高尔基的邀请给培训班讲一些诗学理论与艺术小说创作的课程。在什氏等人的影响下，培训班成员即兄弟们的兴趣很快便转到了创作上，并直接受到其小说理论的启发。

我们仅以小说的"时间"范畴为例：时间性是什克洛夫斯基"陌生化"小说理论中的核心概念。按照什克洛夫斯基的说法——艺术家对待时间的态度，比题材重要。[①] 在什克洛夫斯基看来，时间性内涵有二：一是指人的主观感受、思维作为一个内时间意识所具有的诸如开始、伸展、延

---

① 张冰：《陌生化诗学：俄国形式主义研究》，北京师范大学出版社2000年版，第243页。

续、停滞、延缓乃至终结等时间属性；二是指内时间意识作为一个积极的价值寻求与实现过程，具有兴发着、涌动着的绽出特性……①为了获取时间的延滞，延长审美过程，艺术技巧的作用才凸显出来。通过审美意图"分裂化法则"把整体炸成碎片，以在读者艺术接受重组中获得美感。对于什克洛夫斯基来说，小说的结构与布局乃是获取时间延滞的一大利器，是艺术技巧中的动机或铺垫，要比反映现实生活更为重要。所以，在他看来，文学作品中常用"位移""突转""发现"等手法来营造结构的延宕效果；此外，环形结构、阶梯式结构、插笔、迁移情节等也都是小说结构布局的重要方式。而这些创作技巧也被"兄弟们"全盘吸收。

  而在小说创作上，什克洛夫斯基专注于解读文学内部规律、屏蔽政治现实等外部因素的主张被"谢拉皮翁兄弟"所继承发展。沿循什克洛夫斯基的形式主义指导方针，"兄弟们"的成员们尽力规避外部意识形态的干扰，专心打磨文本创作技巧，旨在掌握加工新素材的手法、探索新的艺术体裁和叙事形式。在"谢拉皮翁兄弟"作品中，效仿导师的痕迹显而易见，如费定、卡维林、隆茨等作家的小说创作都具有鲜明的实验特色；尼基京、左琴科等人也试图将民间文学的暗语融入散文中进行情节再创造，这承袭了什克洛夫斯基小说语体的多样化特征；伊万诺夫小说中则运用大量的陌生化手法，值得注意的是，后者还与什克洛夫斯基一起创作了科学性散文《芥子气》（Иприт，1925）。下面，我们就以费定、卡维林和隆茨三位代表性成员的创作为例，看"谢拉皮翁兄弟"创作与什克洛夫斯基的勾连。

  康士坦丁·亚历山大罗维奇·费定（К. А. Федин，1892—1977）是"谢拉皮翁兄弟"最年长的成员。费定在《作者自传》中曾这样写道："1922年至1924年，我写了一部长篇《城与年》……这部长篇的形式（特别是它的结构），反映了当时文学上革新的尖锐斗争。"② 在费定看来，

---

① 刘彦顺：《涌动着的意义：论什克洛夫斯基文学思想中的时间性问题》，《文艺理论研究》2014年第5期。

② ［俄］费定：《城与年》，曹靖华译，人民文学出版社2007年版，第393、396页。

这种斗争是"兄弟们"对于形式主义的追随,即不把文学作为对现实生活与社会斗争的反映,而是看成各种文体的总汇。① 事实上,在《城与年》的创作中,特别是结构布局上明显地烙上形式主义的印记。我们知道,《城与年》作为他第一部获得世界性声誉的小说,其成功就在于作者赋予小说一种相对精巧的结构布局,而这种独特的小说艺术,可以说,在某种程度上是对什克洛夫斯基小说理论的进一步阐释,具有较高的"文学性"或艺术性。

从叙事时间上看,小说一开始便来到故事收场的1921年。这一章直接交代了主人公安德烈被库尔特枪杀,而委员会竟得出"该同志所采取方式正当,本案不做记录,速记稿销毁"的结论,② 这就营造了一种阅读阻滞和悬念的效果,使人产生一种去探究安德烈究竟为何许人的强烈好奇心。接着,小说回到1919年的彼得堡(彼得格勒),这同样悬念迭起,让人疑问丛生:安德烈带着一封奇怪的信来到陌生人家中,并留宿替他出工;施泰因的出现又让安德烈慌乱不已;安德烈在十字街头碰到自己的妻子……然后小说跳到1914年德国小城埃朗根,从这里才开始按照正常的时间顺序叙事,情节也悄然铺开。小说最后又回到1921年。从时间布局看,这乃一个环形结构。故事的发生地点也不断变换:彼得堡、埃朗根、纽伦堡、塞米多尔、莫斯科……这种章目倒叙,时间地点跳跃变化,正是运用什克洛夫斯基提出的回环、阻滞手法,足以看出作者进行文本实验的目的在于追求小说结构的突破与创新。

此外,小说中书信、日记、庭审发言、诗歌引言、演讲等插笔随处可见,这种似"无关性"成分的引入,造成了制动与阻滞的效果,延长了读者感受时间,获得了陌生化效果。正像什克洛夫斯基所断言,小说在形式上具有很大的自由度,它可以容纳感情分析、描写、旅行记、爱情故事及

---

① [美]高尔基等:《苏联作家谈创作经验》,曹靖华等译,中国青年出版社1956年版,第74页。
② [俄]费定:《城与年》,曹靖华译,人民文学出版社2007年版,第6页。

历史事件等。① 可以说，费定对小说中插笔的处理方式明显与什克洛夫斯基小说理论异曲同工。高尔基在回答费定关于怎么写作的问题时谈到《城与年》一书，并说他已经接近解决这个问题了。② 这说明《城与年》在艺术技巧上达到了较高的水平。费定曾直言："在整个团体中占主要影响地位思想的是形式主义思想。这个学派的宗旨被我们在聚会上反复的引用和探讨。"③

韦尼阿明·亚历山大罗维奇·卡维林（В. А. Каверин，1902—1989）是一位资深作家，自20世纪20年代初发表作品以来，笔耕不辍，其创作生涯长达六十余年，作品《船长与大尉》（Два капитана，1944）深受广大读者喜爱，还曾获得斯大林文学奖。当时，卡维林的短篇小说在彼得格勒青年征文比赛中独占鳌头，这颗文坛的未来之星吸引了什克洛夫斯基的关注。后来在什克洛夫斯基的鼎力举荐下，年仅19岁的卡维林便成为"谢拉皮翁兄弟"中的一员。卡维林创作生涯初期的作品以浪漫主义小说为主，借助跌宕起伏的情节和抽象异化的角色，意在营造一种高深莫测的距离感。其他团体成员戏称他为"毫无条理的浪漫主义小说家"④。20年代末，随着苏联社会主义建设进程的深入发展，卡维林认识到了作家对社会时代的责任，他的创作开始向现实主义转变。《爱吵架的人，或瓦西里耶夫岛上的晚会》（以下简称《爱吵架的人》）是卡维林现实主义小说的开山之作。作品以彼得格勒大学为背景，描写了知识分子们的日常生活和学术界新旧两种势力的斗争，是形式主义学派所推崇的"共时性"语文体小说的代表作。

什克洛夫斯基小说大多表现一些发生在文学艺术界的事件，以及自己

---

① 张冰：《陌生化诗学：俄国形式主义研究》，北京师范大学出版社2000年版，第257页。
② 中国社会科学院外国文学研究所苏联文学研究室编：《苏联文学史论文集》，外语教学与研究出版社1982年版，第282页。
③ Васильев, В. Е., *Русская литература XX века, Школы направления методы творчества работы*, Москва：Высшая школа，2002，С. 174.
④ 郑海凌：《卡维林及其小说创作》，《俄罗斯文学》1990年第4期。

与各类学者的日常来往，卡维林曾夸赞什克洛夫斯基小说人物的逼真性："他小说里的人物性格是那样的鲜明……现实的人物自己就身处于小说里。"①《爱吵架的人》与什克洛夫斯基自传性作品一样，都是以真实的人物经历为素材，以札记体裁为载体，通过平静细致的文字表达自我创作的诗学理念。形式主义学者们被隐去姓名，逐一在小说中登场，什克洛夫斯基的形象被幻化成为主人公涅克雷洛夫、语言学家波利瓦诺夫被冠以德拉格马诺夫的名字出场、诗歌语言研究会的成员亚库宾斯克是主人公克拉索夫的原型、甚至连大学里叫不出名字的博士研究生们，都是以学生金兹堡和布赫施塔博为蓝本衍生的。其实，在书中重要的"并不是那些可以透过情节辨认出来的学者原型，而是那些由不同人物带来的文学创作思想的碰撞。"②与什克洛夫斯基的散文体小说一样，为了最大化的镌刻人物的个性，还原客观的生活，卡维林也常大量引用原型的观点、理论乃至作品进行文学铺陈。以主人公涅克雷洛夫（什克洛夫斯基）为例，卡维林大量撷取什克洛夫斯基的《第三工厂》《汉堡纪事》里面的语句来塑造的什克洛夫斯基的基本形象，有时候是以讽拟的手法将原文进行衍化，有时候是一字不差地直接摘录原句，甚至对涅克雷洛夫的舞步的描写，都要引用什克洛夫斯基的语句"我不是在卖弄，我跳的是科学的舞步。"③

除了以上列举对什克洛夫斯基纪实文风的仿效，卡维林在书中对"陌生化"理论的关注，也值得探究。在《爱吵架的人》中，着力刻画了新旧两派文人之间的争斗，这种争斗的焦点在于——"陌生化"和"自动化"，以涅克雷洛夫代表的新晋学者们，以陌生化的理论来抗衡维谢洛夫斯基等守旧文人的学院派僵化思维，认为守旧的写作原则是一种缺乏审美的过程

---

① Разумова, А. О. и Свердлов, М. И., "Зеркало и микроскоп: Шкловский-персонаж в перипетиях жанровой борьбы", *Вопросы литературы*, No. 5, 2005, С. 293.

② Разумова, А. О., "Филологический роман" в русской литературе XX века: Генезис, поэтика, дис. канд., РУДН, 2005.

③ Чудакова, М. О. и Тоддес, Е., "Прототипы одного романа", в кн.: Е. И. Осетров, *Альманах библиофила*, Москва: Книга, 1981, С. 181.

的自动化感知。卡维林在书中将自动化隐喻为"死亡"和"消逝",认为旧势力的代表人物罗日金等人被永远地困在了高墙之中,与之相反,陌生化代表的是一种"重建"和"复苏"。值得注意的是,卡维林并不只是在书中借由众多人物之口,进行纯粹的陌生化理论介绍,而是效仿什克洛夫斯基的方法,将文学与理论相结合,用陌生化的手法来实践小说的创作。譬如,书中的守旧人物洛日金推崇学院派的经典,"整日的漫不经心的看着维谢洛夫斯基的画像"①,维谢洛夫斯基的画像其实隐喻的是传统的写作理论,代表的是自动化的感知方法,而关键性词语"漫不经心"则代表一种难以感知的,机械接受的惯性行为;又如,卡维林常常赋予没有生命力的物品人格化的特征,而将有生命力的人物化,读者被物化为"放在长方形上的手枪"②、普通的蓝绿色的灯罩被拟人成了"静默着指挥阅览室现实存在的统领"③;还用强迫与老鼠对视的事件来暗示主人公德拉格马诺夫陷入文学上死胡同的窘境。

不过,尽管《爱吵架的人》一书在体裁上、创作手法上对什克洛夫斯基进行了各种继承和模仿,但实际上作者卡维林并不完全赞同什克洛夫斯基的形式主义理论,他所赞赏推崇的却是另一位形式主义巨头迪尼亚诺夫的文学史观。作者认为什克洛夫斯基那种"没有艺术虚构散文"是没有出路的,它不过是"将科学与文学搅在一起"④,随意的移动和改变原则并不能产生新的东西,文学演变的表象和实质都应该是迪尼亚诺夫所描述的非线性的"位移",即体裁的演化过程是"从中心位移于周边,新的现象则从文学零碎、从它的荒僻和低级之处跃上中心的位置"⑤。此外,在卡维林

---

① Каверин, В. А., *Избранные произведения*(Том 1),Москва:Художественная литература,1977,С. 265.

② Там же, С. 252.

③ Там же.

④ Разумова, А. О. и Свердлов, М. И., "Зеркало и микроскоп:Шкловский-персонаж в перипетиях жанровой борьбы", *Вопросы литературы*, No. 5, 2005, С. 45.

⑤ 张冰:《迪尼亚诺夫的动态语言结构文学观——〈文学事实〉评述》,《国外文学》2008年第 3 期。

看来,"每一个小时世界都在变换着位置……每一个小时对于形式主义学者们来说都是极其珍贵"。① 而在该书中,作者形容涅克雷洛夫像坐在一辆疾驰的火车上,但文学并不应该是开到指定地点就停下来的火车,批评理论也不应该作为文学车站的站长,主人公失去了一种感知到文学体裁"位移""替代"的嗅觉。涅克雷洛夫在这辆飞驰的火车上从中心莫斯科驶向外省列宁格勒,即作者眼中的什克洛夫斯基,仿佛已从体裁中心"位移"出来。

新文学体裁的出路究竟在哪儿?书中写道,"世界被撕碎成片,斗争永远无法消解"②,卡维林并没有在书中给读者一个明确的答案。但他将自己幻化成了小说中的配角——年轻的不起眼的小人物诺金,而诺金在书中正沿着曲线的道路,全副武装地从外省彼得格勒走向中心城市莫斯科。也许,卡维林认为新的文学体裁的出路就在自己、与自己一样的年轻一代作家的实践中。

隆茨(Л. Н. Лунц,1901—1924)是"谢拉皮翁兄弟"最年轻的一位成员。隆茨的创作在很大程度上也受到了什克洛夫斯基的影响。在《为什么我们是谢拉皮翁兄弟》(Почему мы Серапионовы братья,1922)的宣言中,隆茨表达了与什克洛夫斯基近似的文学主张:"……文学的幻想是特殊的真实,我们不要功利主义……艺术像生活一样是真实的,同时它也像生活本身一样,没有目的,没有意义,它之所以存在,因为不能不存在。"③ 隆茨不仅在文学主张上与什克洛夫斯基相近,在创作方法上也力争陌生化,如大量使用隐喻、讽拟等手法。

《在沙漠中》(1922)描写的是《圣经》中《出埃及记》中的故事。《圣经·出埃及记》是一部犹太史诗,讲述了摩西带领以色列人出走西奈

---

① Разумова, А. О. и Свердлов, М. И., "Зеркало и микроскоп: Шкловский-персонаж в перипетиях жанровой борьбы", Вопросы литературы, No. 5, 2005, С. 293.

② Там же, С. 46.

③ Васильев, В. Е., Русская литература XX века, Школы направления методы творческой работы, Москва: Высшая школа, 2002, С. 171.

半岛的圣事。隆茨截取了出埃及第六天到第十天之间发生的故事，在茫茫大沙漠中，天热得可怕，缺衣少食，人们开始了偷盗、抢劫、杀戮、淫乱，怀疑出埃及的举动。隆茨通过《圣经》语言与现代语言的相互融合，表现犹太人出埃及之后摩西立法之前的混乱状态，暗喻十月革命之后苏维埃俄国混乱的社会秩序。小说利用了传统的圣经语言，大量圣经式叙事与句式融入现代语言之中，对故事情节进行改写与夸张，以此来隐喻不同的主题，从而形成一个新文本。

鲁迅在"《在沙漠上》译者附识"中指出："这篇的取材，上半虽在《出埃及记》，但后来所用的是《民数记》……"[①] 实质上，这部小说更像一部断代伪经。无论是《出埃及记》也好，《民数记》也罢，作者想要叙述的不是摩西如何领众人走出埃及，而是借古讽今、暗喻当代，这也是该小说最为有趣之处。不难看出，隆茨这种对讽拟的娴熟运用，就是什克洛夫斯基强调的"陌生化"或"克服描绘事物困难的最有效方法"之一。什克洛夫斯基对于"谢拉皮翁兄弟"成员的影响还表现在隆茨的《真实城》《不受法律约束》《猴子走了》等一系列戏剧中动态情节的使用技巧、尼基丁与左琴科具有民间文学色彩的小说情节的加工、弗谢·伊万诺夫的人物塑造及叙事心理等方面。我们暂不做详细论述。

概而观之，什克洛夫斯基与"谢拉皮翁兄弟"有着共同的审美诉求。对于"兄弟们"来说，自由是艺术自身存在的必要条件以及艺术创作的必要环境，革新就是进行小说实验，同时革新也是艺术发展与自由的保障；而对于什克洛夫斯基来说，革新与自由同样是客观研究与认知真理的必要条件。什克洛夫斯基对"兄弟们"的审美定位给予重大影响，他以自己的小说理论最直接地影响了"兄弟们"的小说创作。什克洛夫斯基与"兄弟们"一道在诗歌衰落的 20 年代举起小说的大旗，开启了它的复兴之路。作为 20 年代文学的主要参与者，什氏与"兄弟"在共同的诉求下走到一

---

① 鲁迅：《译文序跋集》，人民文学出版社 2006 年版，第 390 页。

起，为苏联文学开辟了一条有着深厚俄罗斯文学传统的新小说创作路线。

第二节　什克洛夫斯基与金兹堡

利季娅·雅科夫列夫·金兹堡（Л. Я. Гинзбург，1902—1990）是一位直接受到形式主义影响同时又向形式主义发出挑战的著名的俄国女作家。从辈分看，金兹堡是形式主义的学生。早在彼得格勒大学就读期间，金兹堡就踊跃参加各种文学团体活动，同科瓦维尔斯基、斯捷潘诺夫等年轻学者并肩进行文学创作，他们一度被冠以"年轻的形式主义学者"（Младоформалисты）的名号。此外，金兹堡还与马雅可夫斯基、艾亨鲍姆、什克洛夫斯基、迪尼亚诺夫、阿赫玛托娃等文学巨匠有过密切的学术交流，并且获益匪浅。金兹堡的创作十分独特，特别是在体裁方面十分新颖、富有个性，与什克洛夫斯基的散文创作有着相似性，即接近于"语文体小说"，如《关于抒情的论述》（О лирике 1964，1974，1997）、《书桌旁的人》（Человек за письменным столом，1989）、《记事簿》（Записные книжки，1999）等著名散文作品。她的创作风格具有纪实性倾向，往往以时间为线索，通过碎片式记录来反映真实的生活事件。

什克洛夫斯基作为老一代形式主义者，不仅是20年代"谢拉皮翁兄弟"的文学导师，还是新一代形式主义者的精神领袖，他在文坛的每一次发声，都会引发众多年轻学者的关注与思考。年轻的形式主义者不仅细致研读什克洛夫斯基的文学理论，甚至将什克洛夫斯基作为主人公写入自己的文学作品，其文学形象往往不乏虚拟加工或是纪实再现，金兹堡自然也不例外。

金兹堡的《记事簿》《书桌旁的人》等代表性作品，都是以细腻的笔触，描摹20—50年代形式主义学派发展历史的同时，也记录作者如何在各派理论洪流中探寻自我的创作意识。透过细密绵长的文字，似乎在女作家实实在在的作品里，通过大量引用什克洛夫斯基的观点，对什克洛夫斯基作品的深入评析，以及与他的数次会面，来完整勾勒什克洛夫斯基的真实形象和作者所受到的思想启蒙，因此，我们不妨以时间为线索，结合论著实例，追溯什克洛夫斯基对她创作的影响轨迹。

一　师长与追随者

　　在创作早期，金兹堡算是什克洛夫斯基的拥趸者。也就是说，形式主义诗学和美学是金兹堡创作的重要源泉之一。在《记事簿》等作品所描绘的 20 年代的事件中，基本主题只有一个——"教师与学生"，也就是说，早期的记叙是以一个文学流派的新晋成员、一位形式主义先驱的学生视野展开的。但是，这种观察的立场性并非单一，它既充满着对形式主义学派本身的继承与笃信，又不乏一种自我的思辨，从而由稚嫩走向成熟。

　　初入文坛的金兹堡，虽然稍显稚嫩，却善于思考，从未因所处的文学环境而放弃自我的理想。她进入诗歌语言研究会的文学圈子之初，就试图"将对形式主义文章的倾向转移到自然的、逻辑性较强的记事类文学上来"①。她敏锐地发现，在圈内创作环境影响下，个人的选择机会远少于集体性的选择。她在《书桌旁的人》中曾遗憾地说过："年轻的形式主义者似乎生来就注定成为捍卫自己学派的文学家……诗歌语言研究会的学生被认定一定是最接近现代文学的……其实有人和我说过，每个形式主义学者差不多是个不成功的作家，这不是一种历史的怪现象，而是一种病态的历史。"②虽然存在着疑惑，但羽翼未丰的作家起初还是选择遵从什克洛夫斯基等老一辈形式主义学者的建议，缓慢地摸索自我认同的创作道路。于是，在书中记叙 20 年代的个人研究成果时，出现向迪尼亚诺夫的权威言论看齐的倾向，并以普希金时代的人物作为自己的研究对象，对维亚泽姆斯基的书进行整理再出版，通过记录词语、句子、对话、场景等零碎的细节

---

　　① Разумова, А. О. и Свердлов, М. И.，"Зеркало и микроскоп: Шкловский-персонаж в перипетиях жанровой борьбы"，Вопросы литературы, No. 5，2005，С. 78.
　　② Гинзбург, Л. Я.，Человек за письменным столом，Москва: Совестский писатель，1989，С. 22.

来填构文章的经验之谈。

  20 年代中期以后,"师长一辈"的形式主义者们对体裁的探索研究日趋成熟,什克洛夫斯基认为新的体裁可能存在于"罗赞诺夫似的、或者是作者记录类型的体裁里"①,这一切启迪了年轻的金兹堡,她开始对回忆录、随笔类的体裁萌发了兴趣。在尝试写作的阶段,又是什克洛夫斯基给予了她坚持的勇气,女作家在书中记录下了他们之间的谈话:"对于什克洛夫斯基而言,我的文章过于学院派。他问我,'你这样一个有才华的人,为什么总是写这些废话呢?''为什么您说我是个有才华的人?'我问道。因为可以从我写的东西里看出,我是个不怎么样的作家,他却回复说,'你的讽刺短诗和回忆随笔写得非常好,你完全理解什么是文学,但是太遗憾啦,你却不按照这样写下去!'"② 实际上,什克洛夫斯基是鼓励金兹堡发散思维,将"纯粹的文学位移到语文学上来,将语文学位移到文学上去"③,不要拘泥于僵化的学院派模式。于是,在什克洛夫斯基的鼓励下,女作家开始尝试撰写什克洛夫斯基所提倡的那种回忆录随记类型的作品:《书桌旁的人》《记事簿》等就是由此开始构思酝酿的随笔、记事类小说,这些作品以回忆为线索将情节串联组合,各色人物交杂着客观的历史事实逐一登场,犹如一部部形式主义学派的编年史。难以想象,如果没有什克洛夫斯基早期的启蒙与鼓励,金兹堡该如何快速地确立自我的文学创作的方向,或许她还要在既定化的框架中徘徊许久,踌躇不前。

  除了写作体裁,什克洛夫斯基的风格化与讽拟手法对金兹堡的文体风格也有所渗透。在形式主义学派的艺术探索过程中,风格化与讽拟都是重要的文学法则,作家们往往汲取文学前辈们的优秀经验,并将其运用于新

---

  ① Разумова, А. О. и Свердлов, М. И.,"Зеркало и микроскоп: Шкловский-персонаж в перипетиях жанровой борьбы", *Вопросы литературы*, No. 5, 2005, С. 79.

  ② Гинзбург, Л. Я., *Человек за письменным столом*, Москва: Совестский писатель, 1989, С. 35.

  ③ Разумова, А. О. и Свердлов, М. И.,"Зеркало и микроскоп: Шкловский-персонаж в перипетиях жанровой борьбы", *Вопросы литературы*, No. 5, 2005, С. 79.

的材料，以彰显艺术创造的独特性。比如，迪尼亚诺夫在研究丘赫尔别凯尔的同时将自己的文章与其风格关联，什克洛夫斯基写关于罗赞诺夫的论著时延续了罗赞诺夫的文学体裁观，在评析斯特恩的作品时巧妙地将斯特恩式的写作手法应用到自己的散文里。金兹堡也敏锐洞悉到这一延伸策略，她对什克洛夫斯基的作品和维亚泽姆斯基的"旧式随记型小说"加以讽拟。如，在《书桌旁的人》一书中，女作家带着崇敬之情引用了什克洛夫斯基的"心理小说是以离奇的悖论开始的"①名言，并由此发散思维，在心理小说的探索之路上走得更加深远。她逐渐发现离奇的悖论不但是心理小说的创作基础，更是刻画人物心理的基础，并以此为准则斥责卡维林作品的人物塑造堆砌过满，没有留给读者以想象的空间。近似于什克洛夫斯基《感伤的旅行》和《往事》两部作品的回忆性风格，金兹堡的《记事簿》等作品都是以"历史的视角看待与记录生活的日常"②，她逐一地记录了 20—50 年代风云奇诡的政治动荡带给文坛的波澜变幻，在细碎事件的记叙过程中以抒情插笔探寻合乎胸臆的创作理念："我所持的理论观点使得我与别人争论不休，别人已经公开叫我唯心主义者了……"③，"规则和我们……存在着我们，也存在着规则，但这种现象似乎是对立矛盾的。"④

在金兹堡的散文小说里，动态的事件行进时不时地与静态的文艺理论交互，针对日常生活中一则电话留言，也能通过分析得出"在语言中词汇的本体意识是不稳定的，它的用法总是因情景而轻易改变"⑤的语言学理论。这些其实都是对什克洛夫斯基较为含蓄的讽拟，都可以在什克洛夫斯

---

① Шкловский, В. Б., *Гамбургский счёт*, Москва：Советский писатель, 1990, С. 191.

② Разумова, А. О. и Свердлов, М. И., "Зеркало и микроскоп：Шкловский-персонаж в перипетиях жанровой борьбы", *Вопросы литературы*, No. 5, 2005, С. 81.

③ Гинзбург, Л. Я., *Записные книжки. Воспоминания*, Санкт-Петербург：Искусство, 2002, С. 106.

④ Там же, С. 374.

⑤ Гинзбург, Л. Я., *Человек за письменным столом*, Москва：Совестский писатель, 1989, С. 38.

基的原作中追溯根源。而对于维亚泽姆斯基的"旧式随记型小说",金兹堡则直接学习其见微知著的本领,尝试从零散的生活小物什、语言片段中提炼史学的本质,强化创作中"生活中细微之物"(Дроби жизни)的理念。可以说,在20年代上半期,金兹堡一直遵从各位前辈导师的指导和建议,"在什克洛夫斯基与维亚泽姆斯基的两条驿路间蹒跚而行"①,为之后的蜕变做积淀。

二 继承与超越

20世纪20年代末至30年代,文坛的政治氛围愈来愈浓,非马克思主义的异端思想逐渐失去赖以生存的土壤,开始进入一个隐形发展的近似解体的阶段,而这一时期,也成了金兹堡创作生涯的一个转变季候期,即使先贤们的功绩仍卓著,但逐影随波并不是金兹堡的性格,她开始强调自己的创作个性,与"师长一辈"分流,这种分流,具体体现在作家开始对创作手法的弱化上。

形式主义学派对创作手法十分推崇,尤其在早期,创作手法的应用几乎成了小说作品文学性高低与否的评判标准。对于什克洛夫斯基等人来说,"艺术技巧是比创作心理学更为坚实的一块儿地基"②,与传统文学重内容而轻形式不同,他们更关注的是文学的构成,是艺术手法的运用,虽然他们并不否认生活存在本身,但将文学归结为加工素材的技巧,而不是注重自我表达和情感的坦露。30年代的金兹堡开始认真地关注作品的内容,形式主义的创作手法与写作技巧在她那里开始变得不那么重要,她排斥在文学作品里与读者周旋游戏,她认为这样的手段是毫无前途、没有意义的。

金兹堡的心路历程、转变历程在其作品里也有着相应的记录:在什

---

① Разумова, А. О. и Свердлов, М. И., "Зеркало и микроскоп: Шкловский-персонаж в перипетиях жанровой борьбы", *Вопросы литературы*, No. 5, 2005, С. 300.

② 张冰:《陌生化诗学:俄国形式主义研究》,北京师范大学出版社2000年版,第93页。

克洛夫斯基与马克思主义官方文学派别政治斗争失败后，金兹堡表达了对什克洛夫斯基颓势的同情与无奈："他几乎被压垮了……虽然他仍旧很强大和杰出……但是就像一台汽车为了不停下而按着毫不自然的速率前进一样。"① 在这段文字记录之后，什克洛夫斯基在书中的每次出场都不再如以往那样意气风发，他在作者的眼中，已从过去的那个代表正确方向的精神导师，变为一个值得去辩证对待的人物。虽然仍旧坚持着回忆体、记录体的原定体裁，但作者不再醉心于通过种种手法与读者做着陌生化的游戏，她甚至坦言"什克洛夫斯基留给我们的显露创作手法的时代已经过去，现在应该将手法藏匿的越深越好……"②

成熟时期的金兹堡，创作上参考的对象发生了变化，不再是什克洛夫斯基的记事体、回忆体，以及该体裁的引领作者罗赞诺夫，而是转向了文学本身，如作品更加纯粹的作家勃洛克，她从勃洛克那里得到了一种"人物内在的启示"③。

于是，金兹堡越来越看重作品的内容，并推崇创作手法的简明和直接。有趣的是，金兹堡《记事簿》一书中对此还穿插一段与什克洛夫斯基1934年的谈话，什克洛夫斯基希望女作家在作品里能用幽默诙谐的语言来表达愤怒的情绪，作家对他回答道："您可能要失望了，当我很严肃的创作时，我就是把人物写得如常，而不是以相反的手法，因为理解能力代替了那种所谓的幽默感。"④

比较金兹堡和什克洛夫斯基，我们发现，什克洛夫斯基一直推崇陌生化的创作手法，认为手法决定了材料，有时会将对话的、描写的主题思想游戏化，与上下文隔离，描写的语言常常从另一种相反的思绪出发，并不

---

① Разумова, А. О. и Свердлов, М. И., "Зеркало и микроскоп: Шкловский-персонаж в перипетиях жанровой борьбы", *Вопросы литературы*, No. 5, 2005, С. 86.

② Гинзбург, Л. Я., *Человек за письменным столом*, Москва: Совестский писатель, 1989, С. 59.

③ Там же, С. 92.

④ Там же, С. 148.

直接挑明，让读者去反复思考、感知作者的本意，以此与感受自动化相抗衡。但在金兹堡的眼里，对抗感受自动化的并不是陌生化的手法，也不是行文中反复与读者进行追逐游戏，而是"理解力的加深——恢复对他人，对其他事物的深层次理解能力"①。也就是说，并不是用陌生化手法模糊主题意义，使感受过程变得艰深，而是努力地拓宽、扩深原本单纯的主题，使得读者在感受过程中克服对事物本身的固有的思维局限，更广泛、深入地汲取主题意义。在《记事簿》一书中，这种"理解力的加深"运用得最为明显：在形式主义文学圈子里，金兹堡曾以出色的幽默能力著称，双关语、讽刺语、笑话趣闻在她的早期作品里时有闪现。后来，这种幽默反讽手法逐渐消失，直到《记事簿》一书中"被理解的内在过程完全取代"②。总之，金兹堡曾在什克洛夫斯基的启迪下确立自己的创作方向，于 20 世纪 20 年代中期开始进行记录和随笔类作品的创作，但在 20 世纪 30 年代后期，她又逐渐淡化了自身对创作手法的关注，转而注重作品内容本身，开始挖掘创作主题的内部深意。

综上所述，什克洛夫斯基的散文创作给予同时代及后来年轻一代文学家很大的影响。我们有理由说，"谢拉皮翁兄弟"在很大程度上都受到过什克洛夫斯基的影响，许多团体成员在创作中都承袭了什克洛夫斯基散文体小说的特质，虽然卡维林最终以迪尼亚诺夫的文学体裁演化理论为准则，开始放弃什克洛夫斯基的混合化小说文体；而出身于形式主义学者的金兹堡，直接受到形式主义的熏陶，并在什克洛夫斯基的启迪下开始创作记录和随笔类作品，虽然伴随着文学环境的变化及其个人思想的成熟，她逐渐摒除了形式主义过于重视创作手法的旧习，而将作品的重心转移到了拓宽主题意义上。

---

① Разумова, А. О. и Свердлов, М. И., "Зеркало и микроскоп: Шкловский-персонаж в перипетиях жанровой борьбы", *Вопросы литературы*, No. 5, 2005, С. 19.

② Там же, С. 109.

第三节 什克洛夫斯基与纳博科夫[①]

纳博科夫（В. В. Набоков，1899—1977）是俄裔美籍作家、翻译家和批评家，他的文学创作经历了德国、美国和瑞士三个阶段，其中在柏林就生活了 15 年（1922—1937），是真正意义上的俄侨作家；而什克洛夫斯基（В. Б. Шкловский，1893—1984）是俄国形式主义理论家、批评家兼作家，在十月革命及战争期间迫于政治压力流亡柏林，但仅逗留一年（1922—1923）便因对异国风土人情的不适以及强烈的思乡情怀而选择回国，因此被称为"同路人"作家。纳博科夫和什克洛夫斯基作为同一时期迁居柏林的文学家，他们在柏林相似的际遇和文学活动经常被联系在一起进行比较，成为西方与俄国学界关注的重点。

国内学界有关纳博科夫的研究已经日趋成熟，对于什克洛夫斯基的文学理论研究也取得了一系列成果，但关于二者的比较研究却有待深入挖掘。众所周知，通过比较作家之间的生平经历及其文学创作，不仅有利于深刻剖析他们的文学观念和诗学纲领，而且对于更精确地考察作家群体内部的文学关联性、进一步明晰他们之间的文学承接性和创新性大有裨益。

一 什克洛夫斯基与纳博科夫在柏林

20 世纪 20 年代的柏林属于俄侨的聚集地。当时旅居柏林的俄国公民不在少数，他们大致分为两个群体：一部分属于真正意义上的俄侨；而另一部分只能算作寄居者，因为当时俄国与西方的来往通道尚未完全关闭，这些流亡者仍心存回国希冀，所以只是在柏林这处"旅站"短暂停留。当时在柏林居住且从事文学创作的俄侨作家有阿·托尔斯泰、爱伦堡、别雷、高尔基、列米佐夫、什克洛夫斯基和纳博科夫等。这些作家，虽然车

[①] 本小节内容由笔者发表在《外国文学研究》2017 年第 1 期，在此稍有改动。

同轨书同文，但并非都能殊路同归。

在柏林生活一年之后，什克洛夫斯基向苏维埃俄国递交回国申请，其回归迫切之心正如他在《动物园》中所写："请允许我回到俄国，放过我的没有什么隐秘的行囊吧。"① 但在柏林期间，他也像生活"在两个国境之间"的其他俄侨一样，经常沿着柏林动物园附近的菩提树大街散步，思考一些类似于"将低俗艺术改造为新形式"的文学问题，因此当有学者在回忆柏林时期的什克洛夫斯基时认为他更接近于当下②。在柏林，他可以见到罗曼·雅各布森和爱丽莎·特廖奥莱（什克洛夫斯基在柏林的书信情人，艾丽雅·布里克的妹妹），也会同爱伦堡、别雷等人聚集在俄侨出版社"赫利空"附近；而纳博科夫则在柏林的俄侨报纸"舵"上发表自己的作品③，但与什克洛夫斯基不同的是，他后来又在美国、瑞士等地定居，终生未归故土。1962 年 7 月，纳博科夫接受 BBC 电视台记者采访时回答"有一天你会回俄国吗？"这一问题时曾言："我永远也不会回去了。理由很简单，俄罗斯的一切我都带着了。文学、语言和我在俄罗斯度过的童年。我永远也不再返乡，我永远也不投降。"④

20 年代的柏林，堪称俄侨心中的文学首都。当时，俄侨作家与苏俄"同路人"作家之间虽进行着异质文化的对话，但他们彼此并非标同伐异。正如柏林俄侨杂志《俄国的书》的发行者，纳博科夫于 1921 年杂志首刊中在阐述柏林的俄国出版物的新纲领时所说的那样："对于我们来说，图书领域没有对苏俄和俄侨进行划分。俄国书和俄国文学在两岸是一样的。我们希冀该杂志在俄国也能获得发行。为了以更好的方式达到这一目的，我们将保持处于任何的政治斗争及任何的政党以外。"⑤

---

① Тынянов, Ю. Н., Шкловский, В. Б., *Проза*, Москва: СЛОВО, 2007, С. 269.
② Сорокина, В. В., *Русский Берлин*, Москва: МГУ, 2003, С. 50.
③ Там же, С. 50.
④ [美] 弗·纳博科夫：《固执己见》，潘小松译，时代文艺出版社 1998 年版，第 11 页。
⑤ Ященко, А. С., "Русская книга: Ежемесячный критико-библиографический журнал", *Берлин*, No. 1, 1921, С. 398–400.

咖啡厅是 20 年代柏林艺术交际圈的一道亮丽风景线。俄国学者 H. 别尔别罗娃在回忆 20 年代初期的柏林咖啡厅时，就曾提及什克洛夫斯基和一众俄侨文学家时常光顾的"兰德格拉弗"（Ландграф）咖啡厅。在这文学氛围浓厚的一隅，作家们通常就艺术、诗歌、革命甚至最细微的叙事技巧等问题展开精彩激烈的辩论；什克洛夫斯基在这里不仅举办过书信体小说《动物园，或不谈爱情的信札，或第三个爱洛伊丝》的首发式；还召开过所做题为"文学和电影""新时期的俄国文学"的报告会。虽然什克洛夫斯基早有打算回到那个被侨民们称为"工农兵代表苏维埃"的俄国，但他仍然不遗余力地"宣传形式主义方法的独特性"[1]。1921 年 10 月"柏林艺术之家"正式成立（其前身是"彼得堡艺术之家"）。每逢周六，什克洛夫斯基、爱伦堡、帕斯捷尔纳克等作家都会来此飨用精神食粮。尽管柏林对于什克洛夫斯基和帕斯捷尔纳克来说都算异国他乡，但在这里他们都沉浸于远离政治纷扰的文学世界。不过，在文化差异的影响下，一部分人很难适应国外的生存环境，思乡的情绪不时围绕着那些丧失归属感的流亡者。关于什克洛夫斯基在柏林时期的情况，爱伦堡这样回忆道："我觉得，这位充满热情的人在这个世界上感到孤独。他在柏林也感到孤独。他在那里写完了在我看来是最出色的一部书《感伤的旅行》……什克洛夫斯基描写了俄国可怕的年代和自己内心的消沉……在柏林，什克洛夫斯基忧伤的眼神显得更加忧伤；他无法融入国外的生活；就这样，他写了《动物园》……在《动物园》里，什克洛夫斯基诘责自己的女主人公太过追宠欧洲文化，竟能生活在俄国之外。维克多·鲍里索维奇的感受是可以理解的：偶然现身于德国，他思乡、渴望回家。"[2]

纳博科夫（笔名"西林"）在 20 年代初作为柏林的俄国记者和文学家联盟成员，在联盟会议上发表演讲、出席历次纪念俄罗斯作家（勃洛克、

---

[1] Сорокина, В. В., *Русский Берлин*, Москва: МГУ, 2003, С. 75, 88.
[2] Эренбург, И. Г., *Люди, годы, жизнь. Кн.* 1., Москва: Советский писатель, 1961, С. 394 – 395.

涅克拉索夫、托尔斯泰等）的晚会和文学沙龙对他而言已是家常便饭。纳博科夫凭借强大的适应能力很快融入了柏林丰富的文化生活，当时柏林的众多文学团体活动都能寻见纳博科夫进行各种诗歌朗诵和学术演讲的背影。1922 年，纳博科夫加入侨民作家、画家、音乐家联合会——"轴"（Веретено），并在首发晚会上朗读自己的诗歌。后来因政治缘故被迫离开联合会，西林和其他六位年轻柏林文学家旋即又成立了自己的秘密小组——"圆桌兄弟会"（Братство Круглого Стола）。1923 年，纳博科夫还参加了由 65 位观点不一的作家组成的"作家俱乐部"。在这里，年轻的纳博科夫获得了与别雷、帕斯捷尔纳克、爱伦堡、恰扬诺夫、霍达谢耶维奇和什克洛夫斯基等文学家一并讨论文学艺术的机会。后来，柏林爆发经济危机，俄侨圈也备受打击日渐荒凉，在"舵"杂志常务观察家 Ю. 艾亨瓦里特的引领下，一些著名文学批评家重新组建了一个文学小组。纳博科夫在该小组多次发表演讲，在一次关于"人与物"的报告中针对文学的物象问题展开讨论。他认为，任何事物都有类人性，都是人之意识的反应，事物不可能独立于人的意识之外而存在。这一观点直接构成了纳氏的小说诗学基础，也体现了纳氏关于物质和意识、内容与形式的统一认识思想。俄国学者毕麒麟指出："没有谁能如此全面地解决艺术的根本任务之一，即对肉体与灵魂的无条件的相互依赖性的再现。"[①] 根据这位学者的观察，纳博科夫通常善于多层面地描写事物，在一系列上下文中习惯运用双重辞格，即换喻和隐喻并存。对于纳氏而言，换喻是为创造者自己的世界所做的辩护，而隐喻则是为再现对事物的意识而从中捕捉到的某些意外的相似现象。

那么，纳博科夫的小说艺术与什克洛夫斯基的形式主义诗学究竟是相通的还是相悖的，是单纯的承接还是呼应的对话？下面我们就通过厘定学界对二者创作关系的论述，及我们对二者文学作品的比较分析加以思考。

[①] Бицилли, П. М., "Жизнь и литература", *Современные записки*, No. 5, 1933, C. 279.

二 什克洛夫斯基与纳博科夫的创作渊源

俄侨诗人、批评家霍达谢耶维奇（В. Ф. Ходсевич，1886—1939）是最早将纳氏与什克洛夫斯基进行对比研究的学者。在《论西林》（1937）一文中，他首先就纳博科夫小说作品的独特之处进行说明，目光独到地发掘了纳氏创作中的"艺术家的生命与手法的生命"（жизнь художника и жизнь приема）主题关系，点明纳氏与陀思妥耶夫斯基等其他作家不同之处在于他更像是一个手法"魔术师"："经仔细观察，西林是一位追求形式的艺术家、讲究手法的作家……西林之所以不遮掩写作手法，是因为其创作主旨就是裸露手法。"① 他认为纳博科夫小说创作的主要任务之一就是向读者展示"手法是如何存在和运作的"②。他在分析纳博科夫小说中这种手法（即形式主义学派所强调的"手法的裸露化"）的同时还提到形式主义的另一著名概念，即手法的"陌生化"。实际上，这是两个相对应的概念："陌生化"是指对手法的加密，而"裸露化"是指对手法的解密。霍达谢耶维奇还认为，纳博科夫在长篇小说《天赋》中提出的"艺术是马步"（Искусство—ход коня）的说法，似乎是对什克洛夫斯基1923年发表于柏林的《马步》（Ход коня）一文的巧妙呼应。不过，霍达谢耶维奇这一评价观点并没得到纳博科夫本人的认可。在回答美国翻译家迈克尔·斯卡梅尔（Michael Scammell）于1962年4月19日的一封信中询问纳博科夫作品中是否与什克洛夫斯基"作为手法的艺术"（Искусство как приём）有关系时，纳博科夫给出了否定的答案。③ 当然，介于身为美籍的纳博科夫与侨居一年便回归祖国的什克洛夫斯基之间是否存在身份认可的芥蒂，纳博

---

① Аверин, Б. В., *В. В. Набоков: pro et contra: Личность и творчество Владимира Набокова в оценке рус. и зарубеж. мыслителей и исследователей: Антология*, Санкт-Петербург: Русский Христианский Гуманитарный Институт, 2001, С. 249.

② Там же, С. 247.

③ Скаммелл Майкл, "Переводя Набокова, или сотрудничество по переписке", *Иностранная литература*, No. 7, 2000, С. 278.

科夫是否碍于意识形态或政治因素而刻意拒绝回应此类文学联系，我们无从证实。但应当清楚的是，要想确认纳博科夫创作是否受到什克洛夫斯基的影响，仅通过本人的一次官方回应来下定论并不够科学严谨。我们知道，20—30年代的苏俄作家们都面临一种病态的、甚至影响其文学立场选择之樊篱。应该说，霍达谢耶维奇首次对纳博科夫与什克洛夫斯基文学关系的翔实探讨，已成为后人研究该问题的着眼点或重要依据。

除了霍达谢耶维奇，一些西方学者也专门研究过纳博科夫和什克洛夫斯基之间的创作关联，如美国斯拉夫学语文学者欧姆瑞·罗恩（Omry Ronen）就曾对比过纳博科夫和什克洛夫斯基的创作特色。罗恩在《"柏林指南"中什克洛夫斯基之路径》一文中，分析了纳博科夫短篇小说《柏林指南》中的艺术形式、作家的手法及其创新性，作者从纳氏青睐于艺术的形式，尤其是从纳氏广泛应用什克洛夫斯基关于方法的"陌生化"和"裸露化"等概念方面揭示了二者的呼应关系。这位研究者写道："鉴于西林对柏林的描写，最为重要的就是方法被'陌生化'和'裸露化'。在他的比喻中，能指和所指间的关系是双重性的，而西林的《柏林指南》和出自维克多·什克洛夫斯基的潜文本（指《动物园》——我们注）之间展现的则是一种艺术的竞争关系，即纳博科夫文本间的空间，作为一种'反戏仿'所具有的有意地使文本间逐渐消除自己文本中带有其他文本瑕疵的典型特点。"[①] 罗恩的揭示可为我们研究纳氏和什克洛夫斯基的文学关系问题提供一些启示。

俄裔美籍文艺学家马克西姆·施莱尔（Maxim D. Shrayer）对欧姆瑞·罗恩的观点表示赞同，同时在其研究之上进行补充与完善。他指出，纳博科夫研究者应该对其文本中的代码、象征意义等进行阐释：第一个代码，就是模仿但丁《神曲》的母题和结构；第二个代码则是对待艺术的视点

---

① Ронен Омри, "Пути Шкловского в «Путеводителе по Берлину»", *Звезда*, No. 4, 1999, С. 168 – 169.

(尤其是空间艺术视点),即来自对什克洛夫斯基陌生化的非此即彼的选择。① 应该说,施莱尔对纳博科夫和什克洛夫斯基文本的比较研究更具深层的诗学意义。

学界亦有一些学者对纳博科夫与什克洛夫斯基在文学创作中存在关联这一问题提出异议。俄国学者马丽娜·格里莎科娃(Марина Гришакова)就不赞同欧姆瑞·罗恩的观点。在《关于纳博科夫的两种观点》一文中,她借用奥地利学者汉森—廖维(Ханзен-Лёве)《论俄国形式主义》中的观点,认为纳博科夫对艺术手法的"陌生化"和"裸露化"都比形式主义的更为宽泛。"位移"手法作为一种读者感受层次的去自动化,属于密切关注形式手法的现代主义诗学的研究范畴,纳博科夫也不例外。因此,她认为如果从文学手法的验证和熟练掌握情况看,欧姆瑞·罗恩关于纳氏与什克洛夫斯基之竞争论述有待深入,还需要讨论纳博科夫文学创作的文学史根基。而象棋,包括"马步"的隐喻,本来就一直存在于纳氏的小说里,这不能证明是对什克洛夫斯基的借用。②

综上所述,有关纳博科夫与什克洛夫斯基文学联系的问题,西方和俄国学界基本上形成了以下两种观点:一是认为二者之间存在一定程度的关联,承认纳博科夫创作与形式主义诗学方法的渊源;二是不认同二者在艺术形式、创作手法,特别是关于艺术陌生化主题方面存在共识乃至承接,不承认纳博科夫作品中存在对什克洛夫斯基文学观念的回应与对话,且纳博科夫小说创作手法并非是对什克洛夫斯基文学理论的具体实践,而认定纳博科夫的研究视角要比什克洛夫斯基更为深远,已经实现了对形式主义诗学理念的超越。我们认为,对于纳博科夫与什克洛夫斯基的文学联系,无论是肯定还是否定,其实都是基于两位作家生平的表层阐述,而如果从文学作品自身或深入文本内诗学层面,就不难看出,二者之间既存在呼应

---

① Шраер, М. Д., *Темы и вариации*, Санкт-Петербург: Академический проект, 2000, С. 54.
② Гришакова, М. Н., "Две заметки о В. Набокове", *Труды по русской и славянской филологии. Новая серия, Литературоведение*, No. 4, 2001, С. 247 – 259.

也存在对话关系。

三 《柏林指南》与《动物园》的对话关系

首先，从文学史角度，即什克洛夫斯基的《动物园》和纳博科夫的《柏林指南》（Набоков，"Путеводитель по Берлину."Берлин，1925）的发表背景来看，二者之间存在一定的呼应关系。因为什克洛夫斯基的《动物园》于1923年发表于柏林的"赫利空"（Геликон）出版社，不能不引起纳博科夫的注意，纳氏当时一直在关注着这个侨民出版社。什克洛夫斯基在《动物园》的结尾处表达了早日归国的心愿，而纳博科夫于1925年在柏林一个重要的报纸"舵"（Руль）上发表的《柏林指南》很像是对这个想法迟来的回应。要明白，尽管当时什克洛夫斯基在柏林生活面临着复杂的局势，他在书中公开表达请求回国的做法，对于终身拒绝回到苏俄的纳博科夫来说，在情感上是难以接受的。但《柏林指南》和《动物园》之间更为本质性的联系，应该是纳博科夫与什克洛夫斯基"陌生化"原则的对话。

我们知道，什克洛夫斯基的小说是由三部分组成："动物园"、"不谈爱情的信札"和"第三个爱洛伊丝"。而书中各个独立的片段都通过一个男人对一个女人的爱情联结在一起。该书对于作家自己而言具有文本实验意义——"是为摆脱一般小说框架所做的一次尝试"①。什克洛夫斯基早期在《作为手法的艺术》（又译《艺术即手法》，1914）一文中提出的"陌生化"手法，在其柏林时期创作的自传体小说《感伤的旅行》（1923）中已有所验证，而书信体小说《动物园》一书则是对现代小说的这一新手法，即"把艺术视为独立存在的物质世界"②的进一步阐释。在什克洛夫斯基看来，一切都可以书写，但重要的是书写的方式，因此必须通过更新读者感知各种日常事物的角度和模式，以此来激发新奇的感受和充分的联

---

① Тынянов，Ю. Н.，Шкловский，В. Б.，*Проза*，Москва：СЛОВО，2007，C. 684.
② Там же，C. 683.

想。什克洛夫斯基认为，以往只把艺术看作通往世界的窗口、试图用词语和形象表达其隐含意义的做法是不利于加强艺术联想的，而艺术重心转到话语上的时代已经到来。"话语、话语关系、意义、意义的讽拟，话语同思想的不符都可谓艺术内容。如果将艺术比作窗口，那它乃是已绘成的窗口。"① 关于艺术的"陌生化"原则，在什克洛夫斯基后来的《散文理论》一书中也得到过反复的论说。

纳博科夫也是一位"艺术家的气质和科学家的特点巧妙而和谐地结合在一起"② 的作家、批评家。他曾在《文学讲稿》中的《文学艺术与常识》一节中写道："所有的小说创作应该建立在某种有光彩的生理体验上。特别的气质和天赋有多少，最初的冲动就能分解成多少部分。它或许是一系列实在而无意识的惊诧情绪的累积，或者可能是没有任何确定的物理背景的一些抽象观念受灵感启示而得到的联想。"③ 显然，纳博科夫在阐述小说艺术时所提出的"生理体验""诧异情绪""灵感启示""联想"等文学术语，是与什克洛夫斯基所主张的小说创作的"陌生化"认识一脉相承的，甚至可以看作对什克洛夫斯基"陌生化"艺术原则或手法的文学承接。而纳博科夫的许多小说创作实践也是这样引导读者进入这样的生理体验、诧异情绪、灵感启示和联想的，即进入"陌生化"叙事空间的。譬如，《柏林指南》在挑选旅游景点方面采用的就是一种特殊的原则：讲述者是一位漫步于柏林的俄侨，而讲述者的朋友根本无法领会这一原则，无法理解讲述者为何在旅行中挑选诸如烟筒、电车、劳动、伊甸园、酒馆等类似材料。

当代文艺学家阿·兹韦列夫在谈到纳博科夫小说中这一"陌生化"手法时指出，小说所观察到的一切仿佛都来自21世纪：有轨电车，篷顶箱子及装着许多空瓶子的货运汽车，拖着袋子并把信件从邮箱倒出的邮递员，

---

① Тынянов，Ю. Н.，Шкловский，В. Б.，*Проза*，Москва：СЛОВО，2007，С. 683.
② ［美］弗·纳博科夫：《文学讲稿》，申慧辉等译，上海三联书店2005年版，第2页。
③ 同上书，第335页。

扛到肩上、略有驼背、穿着围裙的人，这些在如今看来完全是司空见惯的事物，但在当时却统统都是难以概括、相信的现象。小说中蒙太奇式的粘贴原则、话语关系、思想的讽拟——这一切描写手法都极为新颖，令人感到生疏。再如，给旅店起的悦耳的名字——伊甸园，即天堂，而其对面则是柏林的动物园！这种具有思辨性的、寓意深刻的手法，在什克洛夫斯基关于柏林生活的《动物园》一书中已初露端倪。什克洛夫斯基笔下"动物园"的隐喻——传达的是失去自由生活的侨居状态，是一种十分新奇的隐喻；而纳博科夫的《柏林指南》中并未提到与侨民日常生活相关的比喻。什克洛夫斯基不仅仅是在纯粹地反映柏林的旅居生活，而是在表达文本背后的撰写人采取何种视角观察世界，即作者的诗学态度。①

从什克洛夫斯基的文学演化来看，艺术家应该执行艺术的转变、分化、扭曲等特殊的功能。作家不是翻译家而是艺术家，但"人们愿意用话语和形象来表达其背后的东西。这种艺术家只配得上翻译家的称号。"② 而艺术创作的目的在于赋予事物奇特、新颖、强烈的可感性，而不只是简单模仿或认知现实世界。"形象的目的不是使其意义易于为我们理解，而是制造一种对事物的特殊感受，即产生'视觉'，而非'认知'"③；艺术是一种感知事物的方法，只有把事物陌生化或复杂化，才可以加大理解的难度，延长感受的过程。值得注意的是，这一文学理念在纳博科夫的文学批评中也有类似的体现：如在一篇随笔《关于优秀读者和优秀作家》中，纳博科夫曾经告诫读者，要对身边环境和艺术品中的现实对照物保持新鲜感和好奇心："我们应当时刻记住，没有一件艺术品不是独创一个新天地的，所以我们读书的时候第一件事就是要研究这个新天地，研究得越周密越好。我们要把它当作一件同我们所了解的世界没有任何明显联系的崭新的

---

① Зверев, А. М., *Набоков. Серия «Жизнь замечательных людей»*, Москва：Молодая гвардия, 2001, С. 120 - 121.

② Тынянов, Ю. Н., Шкловский, В. Б., *Проза*, Москва：СЛОВО, 2007, С. 683.

③ [俄] 维·什克洛夫斯基：《散文理论》，刘宗次译，百花洲文艺出版社 2010 年版，第 16 页。

东西来对待。我们只有仔细了解了这个新天地之后,才能来研究它跟其他世界以及其他知识领域之间的联系。"① 纳博科夫《文学讲稿》的中文译者申慧辉在《中译本序言》中对纳博科夫的艺术观进行过如下概括:"在文学创作中,艺术高于一切,语言、结构、文体等创作手段和表现方式,要比作品的思想性和故事性更重要。"② 我们不难发现,这种艺术观在纳博科夫的小说中得到了充分的体现:与此相呼应,纳博科夫的《柏林指南》似乎在有意地执行什克洛夫斯基已确立的艺术任务,这就是使事物从一连串的习以为常的联想中摆脱出来。所以,如果说纳博科夫小说是在同什克洛夫斯基进行对话,那么他所涉及的问题就是什克洛夫斯基所说的,即艺术家以何种方式来描绘他所理解的客体,包括纳博科夫笔下的空间。在《柏林指南》的第三部分里,当讲述者乘坐电车时,作者得出这样的结论:"我想,作家的创作意义就在于此:描绘日常事物,像是对未来时间的镜像反映,我们的后代将会纪念事物中存在的美好的温柔,在未来一切琐碎的事情将会成为美好的事情;当人们穿上今天看来最为普通的衣服时,也都是在为高雅舞会而进行装扮。"③ 很显然,纳博科夫在对具有未来时间意义的现时事物进行穿越描写时所运用的就是对事物的陌生化处理手法。

  不过,必须强调的是,纳博科夫与什克洛夫斯基对待艺术的"陌生化"原则的态度或出发点有所不同:对于什克洛夫斯基来说,陌生化手段已然成为作家的根本创作原则。也就是说,作家是借助过去的文化时代来考量自己的诗学创新;而对于《柏林指南》的作者纳博科夫来说,陌生化手段只是一种时间叙事问题,而非艺术家本人意识问题,即 20 世纪 20 年代的柏林,作为一种被陌生化的空间客体,只是时间赋予它以陌生化的本质。"未来时间的温柔镜像"是纳博科夫最好的助手,因为他在绘制叙述空间之时所付出的努力,将来会由后辈去评价。这一"陌生化"原则更为

---

  ① [美]弗·纳博科夫:《文学讲稿》,申慧辉等译,上海三联书店 2005 年版,第 1 页。
  ② 同上。
  ③ Набоков, В. В., "Путеводитель по Берлину", в кн.: В. В. Набоков, *Собрание сочинений в 4-х томах.* (Том 1), Москва: Правда, 1990, С. 338.

抽象地反映在该小说最后一节《酒吧》中。在小说的结尾处，读者通过一个小男孩的视角来观察酒吧里的内景："但我知道一点：无论他在生活中发生什么，他都会记住每天从房间里看到的一个画面。"[①] 值得注意的是，在小说的英文译本最后一节中"温柔的镜像"重新出现：讲述者提到悬挂在孩子头上的一面镜子。根据这一结论，俄国学者 M. 什拉耶夫指出："头部——人类记忆的核心，是小说结尾段落的预示。根据什克洛夫斯基的陌生化原则，以孩子的视角来观察酒吧，这似乎是在以一个稚嫩的小男孩对所描绘客体的新鲜接受的视角，来代替成年的酒馆造访者的平常视野。"[②] 听者对于讲述者为什么对酒吧内景备感兴趣而迷惑不解："我不明白您在那里看见了什么"，但讲述者不是直接回答而是转向读者："如何才能让读者明白我无意中看到了未来人要回忆的东西呢？"很显然，纳博科夫对于时间问题有着独到而又深刻的理解，他"不接受传统的那种先后顺序的、可用计时仪记录的时间观……他重新定义了时间"。[③]

由此看出，纳博科夫的《柏林指南》是借助细节刻画加深对时空印象的独特构思：这是一种模拟未来对当下现实环境的回忆，也是一种借助未来的时空视角来进行本体陌生化的对位描写。通过有关时间的陌生化手段来增强空间描述的表现力，成为纳博科夫现代小说注重细节化描写的独特艺术方式之一。纳博科夫小说形式层面所囊括的手法是出于艺术表达和感染力的考虑，是为了解读文本世界之下蕴含着更为深刻的人生哲思，旨在将文学形式与作者思想融会贯通，这与什克洛夫斯基的形式主义文论的出发点——"作为手法的艺术"，即手法作为艺术创作者的关注重点有所不同，但也不完全矛盾。纳博科夫的创作，从表面上看确实与什克洛夫斯基的"陌生化"原则相呼应，但可以说，这种呼应也是纳博科夫通过小说创作有意地同什克洛夫斯基进行的对话，或是对形式主义理论的文学修正。

---

① Набоков, В. В., "Путеводитель по Берлину", в кн.: В. В. Набоков, *Собрание сочинений в 4-х томах.*（Том 1），Москва: Правда, 1990, С. 340.
② Шраер, М. Д., *Темы и вариации*, Санкт-Петербург: Академический проект, 2000, С. 55.
③ 汪小玲：《纳博科夫小说艺术研究》，上海外语教育出版社 2008 年版，第 50 页。

纳博科夫与什克洛夫斯基同为20世纪20年代的柏林俄侨作家，虽然纳氏在那里的侨居时间更长，并永久地成为欧洲俄侨，什克洛夫斯基因不适应于那里的文化生活而很快回到苏联，但诞生于柏林期间的纳氏的《柏林指南》和什克洛夫斯基的《动物园》，无论从生活和创作的文学史背景，还是从文学创作的文本内在诗学来看，都有一定的呼应和对话关系。俄国形式主义方法论的最有价值的层面之一就是关于文学的普遍的假定性及解读文学文本的艰深性，这一点令纳博科夫肃然起敬。正如一次采访中记者问及纳博科夫对待俄国及俄国文学的态度时他本人所回答的那样："我感觉自己是俄国人。我的俄文作品，各种小说、诗歌和短篇小说是对俄国表示的一种敬意，我可以把它们说成是逝去的童年时代俄国所引起的震动的震波。"① 而如果再用俄国学者多利宁的话说，纳博科夫的小说诗学就是建立于"他同继什克洛夫斯基传统之后现代小说各种流派'为建立新的形式而斗争'所进行的论辩之中"②。纳博科夫与什克洛夫斯基之间的联系其实主要体现在文本中潜在的文学对话与交流。纳博科夫细致缜密的心理观察和别出机杼的语言游戏，以及别出心裁的小说时空和情节结构，都体现出他对于文学创作实验性和革新性的强烈追求，这与什克洛夫斯基要求文学形式创新意愿不谋而合，但同时应该说，纳博科夫创作也是对什克洛夫斯基的形式诗学的继承性超越。

第四节　什克洛夫斯基与普拉东诺夫③

什克洛夫斯基与普拉东诺夫的关系研究，在当今俄罗斯文艺学界并不是新鲜话题，早在20世纪90年代就有俄罗斯学者探讨过二者的生平与创

---

① Шраер, М. Д., *Темы и вариации*, Санкт-Петербург: Академический проект, 2000, С. 15.
② Аверин, Б. В., *В. В. Набоков: pro et contra: Личность и творчество Владимира Набокова в оценке рус. и зарубеж. мыслителей и исследователей: Антология*, Санкт-Петербург: Русский Христианский Гуманитарный Институт, 2001, С. 728.
③ 本小节内容由笔者发表在《俄罗斯文艺》2020年第2期，在此稍作改动。

作关系问题。在我国,关于普拉东诺夫学有相对成熟的研究成果,而关于什克洛夫斯基学也有近20年的研究历程。我们在研究中发现,普拉东诺夫和什克洛夫斯基之间有着非同一般的关系,二者在生活中有过特定时空的相遇,在创作上有过隔空的对话,甚至是某一方对另一方的戏仿和批判,但二者在创作上的这种对话关系却并非学界所熟悉。

什克洛夫斯基与普拉东诺夫相识于沃罗涅日,普拉东诺夫研究者多次涉及二者生平与创作关系,如什克洛夫斯基和普拉东诺夫研究专家 А. Ю. 加鲁什金根据当年档案记录情况及什克洛夫斯基写过的"被遗忘了的"文献资料,专门撰写过有关两位大师的个人和创作关系史的文章,尝试确立二者的生平及文学对话关系。该文梳理了普拉东诺夫20年代中期的生平佐证材料,并参照什克洛夫斯基后来的回忆录,尝试重构这些文献资料的文学价值。探讨普拉东诺夫和什克洛夫斯基之间的关系,对于理解两位同时代作家创作观念、思想艺术及其所面临的时代背景、社会文化、意识形态等大有裨益,对于国内外学界无论是"普学"还是"什学"研究都会有一些启发。正如普拉东诺夫传记作者瓦尔拉莫夫所说:两位作家见面时,32岁的什克洛夫斯基侨居柏林回国后在文学界已赫赫有名,26岁的普拉东诺夫则拥有不同的、也不亚于什克洛夫斯基的深厚的生活阅历。①

一 沃罗涅日:什克洛夫斯基与普拉东诺夫生平关系的缘起

什克洛夫斯基在1925年曾以记者身份进行一次大范围旅行,并在考察沃罗涅日省之际认识了当时年轻的作家普拉东诺夫。什克洛夫斯基当时乘坐"面向农村"②,所到之处正是普拉东诺夫大规模土壤改良的地方:沃罗涅日——罗加乔夫卡——博布罗夫。什克洛夫斯基在这些地方参观了普拉东诺夫设计的灌溉机械设备和发电厂,针对此次旅行撰写了《飞行和着

---

① Варламов, А. Н., *Андрей Платонов*, Москва: Православная художественная литература, 2017, С. 52.

② "面向农村"是用于宣传的飞机,为了宣传党在1925年春天提出的新空军口号。

陆》(Полет и посадка) 一文；此外，在考察过程中什克洛夫斯基对农村干旱缺水、贫苦落后的场景深感震惊，为此还专门撰写了《沃罗涅日随笔》系列，记录了他如何与一位"共产主义者""土壤改良家"——普拉东诺夫相遇的情景，其中最引人瞩目的就是写于旅行第二天并很快以"维克多"的笔名发表在《真理报》(Правда) 上的随笔《水与土》(Вода и земля)，该文中描写了沃罗涅日省因缺水而导致的旱灾和饥荒，流露出"水与土"对人民的迫切性："沃罗涅日河不复存在。草原上有名的和无名的河流都被一片片吞没。周围是一望无际的草原，还有 30 俄里外的一个个大村庄。人们要在干涸的山谷里或稀有的水井旁挤在一起生活。没有水！没有水！……在草原上看见湖是件多么不可思议的事！……村里人忍饥挨饿。现在他们吃的是草汤。"① 作者肯定在这里进行土壤改良的重要意义："人们……建造池塘，用水坝把沟渠围起来……"；"最近一年里增加了很多湖。这个县城有 1200 处正在进行改良活动"；"沃罗涅日省有 754 个池塘，325 口井。……这些池塘有宏大的，也有一俄里长的。……没落的静松河正在恢复。可以挽救沃罗涅日。"② 从以上随笔描写中我们可看出什克洛夫斯基对 20 年代沃罗涅日省的自然环境低劣、人民生活贫困、农业技术落后等农村状况的忧虑；同时也感受到作者对正处于文学创作低谷期、暂时"远离文学"的年轻作家普拉东诺夫服务于农村的敬重。

　　什克洛夫斯基另一篇随笔《热点追踪》("По горячим следам") 一文中也有与普拉东诺夫作品相近似的记载内容或有出自普拉东诺夫主人公之口的表述，有学者认为该文数据或许正是什克洛夫斯基当年在乡村采访普拉东诺夫时获取的，因为这些数据接近于 1923 年 5 月至 1926 年 5 月普拉东诺夫进行土壤改良工作的官方记录。这或许意味着，普拉东诺夫有意地通过什克洛夫斯基使自己土壤改良方案获得在《真理报》上发表的机会。而

---

① Галушкин, А. Ю., "К истории личных и творческих взаимоотношений А. П. Платонова и В. Б. Шкловского", в кн.: Н. В. Корниенко, *Андрей Платонов: Воспоминания современников: Материалы к биографии*, Москва: Современный писатель, 1994, С. 172–182.

② Там же.

从文学角度看，同样是基于对沃罗涅日考察感想，尤其是与普拉东诺夫近距离的接触，才引发什克洛夫斯基对于现代俄罗斯乡村环境、乡村文学及其语言问题的思考。1984年，年迈的什克洛夫斯基，在接受 А. Ю. 加鲁什金采访、谈及沃罗涅日之旅时颇为感慨地说道："农村需要的是记录大事件、城市般的科技……的杂志。它显然不需要务农性的文学。对于作家来说，农村也无需（须）现在这个样子（具有模仿腔调的）"① 由此什克洛夫斯基还道出：对于人民语言的运用才是艺术的语言，列斯科夫创造的"人民的"语言都是为人民而生的。

1927年，普拉东诺夫从沃罗涅日来到莫斯科全心从事文学。彼时对于一个年轻的作家来说，求得知遇过的名人的帮助是完全合乎情理的。但一些迹象却表明普拉东诺夫和什克洛夫斯基在莫斯科实际上往来并不多。当然，这绝不说明他们在文学上没有什么关联，相反，他们在文学创作上存在着不容小觑的对话关系。据说，普拉东诺夫几乎收藏了什克洛夫斯基的全部著述，如《斯特恩分项狄传"及小说理论》(1921)，《尾声》(1922)，《动物园》(1924)，《第三工厂》(1926) 等②。这表明什克洛夫斯基对于普拉东诺夫来说确实是一位较为熟悉的作家、批评家。

什克洛夫斯基与普拉东诺夫在"沃罗涅日"之缘，以及两人日后对彼此文学创作的关注，确实影响到各自对文学观念与创作方法的认识。从二者创作生涯中我们可以发现什克洛夫斯基作品中很大成分上带有"沃罗涅日"时期的印记；而普拉东诺夫文学观念及其手法中也明显带有与什克洛夫斯基的对话成分，其作品中还有与什克洛夫斯基本人相类似即原型人物的塑造，他甚至还针对什克洛夫斯基的《关于马雅可夫斯基》一书专门写

---

① Галушкин, А. Ю., "К истории личных и творческих взаимоотношений А. П. Платонова и В. Б. Шкловского", в кн.: Н. В. Корниенко, *Андрей Платонов: Воспоминания современников: Материалы к биографии*, Москва: Современный писатель, 1994, С. 172 – 182.

② Корниенко, Н. В., *Андрей Платонов: Воспоминания современников: Материалы к биографии. Сборник.*, Москва: Современный писатель, 1994, С. 313.

过一篇书评①。不过，从普拉东诺夫作品中对什克洛夫斯基的"回应"来看，二者之间的关系似乎又有明显的身份距离乃至对立思想倾向。有学者分析，在 1926—1927 年间，当普拉东诺夫的小说集《叶皮凡水闸》需要当时的什克洛夫斯基给予支持之际，什克洛夫斯基却不知何故没能伸出援助之手，正像他后来所承认的那样："我想，我在他面前亏欠太多，关于他我什么都没写成。"② 这或许是因为形式主义思潮在 20 世纪 20 年代后半期受到批判而自身难保的缘故。据说，30 年代初什克洛夫斯基为保护普拉东诺夫免遭意识形态的批评也曾提醒过作家。如同 Л. 古米列夫斯基所说："你们想改造普拉东诺夫吗？你们无法改造他，因为普拉东诺夫是独一无二的作家"，接着他又解释道："这当然是一种汉堡记分法——不只为了公众，而是为了自己。"③ 不过，普拉东诺夫研究者 B. 别尔辛却针对什克洛夫斯基写给普拉东诺夫的一篇未曾发表的信函揭示了什克洛夫斯基后来（1935）已服从苏联作家协会政治领导人管控并等候答复的事实，即将普拉东诺夫引到"符合共同的标准"之上④，但普拉东诺夫却"继续以内在自由的方式创作并将政治的正确性置于生活真理之上"⑤，因而其作品才遭到后来的全面封杀。当然，这已超出"作家与作家"的关系问题，而属于"人与时代"的冲突范畴。

二 什克洛夫斯基关于普拉东诺夫的形象"定位"

什克洛夫斯基对普拉东诺夫的关注始于 1926 年的回忆录《第三工

---

① Человеков, Ф., "'О Маяковском'", *Литературное обозрение*, No. 17, 1940, С. 53 – 56.

② Шкловский, В. Б., "Об Андрее Платонове", в кн.: Н. В. Корниенко, *Андрей Платонов: Воспоминания современников: Материалы к биографии*, Москва: Современный писатель, 1994, С. 183.

③ Гумилевский, Л. И., "Судьба и жизнь", в кн.: Н. В. Корниенко, *Андрей Платонов: Воспоминания современников: Материалы к биографии*, Москва: Современный писатель, 1994, С. 52.

④ Перхин, В. В., "Андрей Платонов весной 1935 года (По поводу письма В. Шкловского к писателю)", в кн.: Н. В. Корниенко, *«Страна философов» Андрея Платонова: Проблемы творчества. Вып. 8. Андрей Платонов и его современники. Исследования и материалы.*, Москва: ИМЛИ РАН, 2017, С. 448.

⑤ Там же, С. 450.

厂》。《第三工厂》中什克洛夫斯基以大量篇幅讲述了自己与普拉东诺夫首次见面的场景,将之前在沃罗涅日所见所闻融入自己的创作之中。在《第三工厂》中,作者不止一次地提到"土壤改良家"普拉东诺夫的名字,还对普拉东诺夫的创作给予很高的评价。

  从什克洛夫斯基的随笔以及回忆录《第三工厂》来看,什克洛夫斯基与这位"土壤改良家"的接触不仅限于"谈论沟谷",他们自然还谈到了文学。普拉东诺夫早在1920年《无产阶级文化》一文中就多次提到过罗赞诺夫的名字,而什克洛夫斯基则在1921年创作了关于《罗赞诺夫》一文,并在1923—1924年间写的一些关于现代文学事实的文章中都屡次提到过罗赞诺夫。也就是说,罗赞诺夫是普拉东诺夫和什克洛夫斯基最感兴趣的思想家,是他们之间谈话的共同话题。而回忆录《第三工厂》对于普拉东诺夫形象的"定位",正是什克洛夫斯基和普拉东诺夫对话的开始。可以说,回忆录中"沃罗涅日"诸篇章被什克洛夫斯基用于建构复杂的思想形象之中,而普拉东诺夫形象也被赋予一种特殊的思想艺术功能。

  我们知道,《第三工厂》中主要冲突之一就是"人与时代"的冲突。值得注意的是,无论写自己的童年、大学生活,还是写在奥波亚兹时期的工作或者文学理论研究,这本书章节的设置,就像破碎的镜子一样,反映20世纪20年代中期复杂矛盾的社会文化及文学环境,作家的自决问题即"关系着生活安置的特殊性"。对于什克洛夫斯基来说,1923年末回国后面临的乃是积极寻找新的社会现实。"我想和自己的岁月对话,想明白它的声音。"① "我并不否认自己的时代。我只是想了解它,它需要我做什么,以及它对于我的工作来说又意味着什么。这就是生活。"(197页)作品中"人与时代"关系主题,反映出什克洛夫斯基对回国后社会现实及文学生活的不安和质疑:如,隐晦地指责布里克随波逐流,批评艾亨鲍姆的新作品,不满于雅库宾斯基转到官方学校,以及雅各布森流亡在外,与志同道

---

  ① [俄]维·什克洛夫斯基:《动物园·第三工厂》,赵晓彬等译,四川人民出版社2016年版,第143页。(本节涉及该书例子均引自该译本,页码只在文中标注)

合的人逐渐疏远等。而书中主人公本身就是一个被迫从事电影兼职工作的文学理论家，他"热爱自己的时代，却不懂他们"。此外，书中有关普拉东诺夫的篇章也反映出作者关于当代农村命运和文化现状的思考："我不想用村子的故事来填补间歇。村子——这是我们的命运。一个没有烧炉子的房子无法烧暖物资。我们的文化是资本家的，他像铁制炉子那样烧暖过屋子。而在荒芜的、没有照明的村子里，木柴和铁器都在变得冷却。用毛毯将无助于阻挡门风。"（244 页）

什克洛夫斯基对于农村和城市文化的落差颇为感慨。他在《沃罗涅日随笔》中就写道："那里的生活开始了，或者现在就开始。旧文化甚至没有留下任何东西"；"周围的人很穷。好像根本就没有文化……而从猛犸时代到昨天，文化将取代野蛮、无知的需求。"（248 页）什克洛夫斯基赞赏普拉东诺夫的科技精神和实干行为，从他身上看到了解决农村危机的唯一途径，那就是对农村技术的改良。"普拉东诺夫清理着河流。普拉东诺夫同志坐的是一个被当做汽车的勇往直前的木盆。"（246 页）如果说《第三工厂》中所有主人公都属于"没有定位的人们"（люди не на своём месте），那么普拉东诺夫形象则与其他主人公们有所不同，甚至与他们相对应，因为他几乎是书中唯一"有自己定位的人"（люди на своём месте）：这位土壤改良技师"非常繁忙"（247 页），他十分"了解农村"（250 页）。26 岁的普拉东诺夫充当的是"生活"的代表，而这恰好是 33 岁的什克洛夫斯基所极力追寻的。"人们是从那场革命来到这儿的，渴望有个人的命运。"（251 页）"我的个人命运没能写到这本小册子里，它从童年起就结束了。"（253 页）其言外之意就是，沃罗涅日并不是什克洛夫斯基的天堂，如"田野不需要我的讽刺"；"我也不需要田野，而需要做现实的事。如果我看不到这些事，那么我就会死去。"（251 页）而"现实的事"就是从事其所热爱的创作。只有创作自由才是作者梦寐以求的事。在《第三工厂》中，普拉东诺夫的活动被纳入作者思考当代农村命运及其整个文化背景之下。在"患上了自闭症""不参与讨论"（251 页）的村庄里，"普拉东诺夫谈论着文学,谈到了罗赞诺夫,谈到了无法写落日,无法写短篇小说。"(248页)毫无疑问,与普拉东诺夫在沃罗涅日的相遇,一定程度上启发了什克洛夫斯基关于当代俄罗斯乡村文化、文学及农民语言规范的思考。

三 普拉东诺夫对什克洛夫斯基的戏仿与批评

《第三工厂》出版后一度在报刊上引发了强烈争议。有趣的是,1926年底普拉东诺夫在一部题为《反性电磁设备》(Антисексус)的短篇小说中也对什克洛夫斯基《第三工厂》做出了回应。文中对西方发明的一种为了在人世间只保留纯友谊、消除性因素的神奇机器表示不解并进行了讥讽,作者戏谑地列举了一些当时闻名的西方人物名字(如,穆罕默德·甘地、贝尼托·墨索里尼、亨利·福特查尔斯·卓别林等)。更有趣的是,作者把什克洛夫斯基与这些"名人"并列,还发布了一些极为怪异的名人题词,而在什克洛夫斯基名下作者竟然写道:"女人们像十字军东征一样走过。反性电磁设备,就像不可避免的清晨一样与我们相遇。但一切显而易见:问题在于形式,在于自动化时代,完全不在于不存在的本质。世界有一种东西是不够的,那就是存在。甜蜜的耻辱成为国家的习俗,保留了甜蜜。生活可以不再像在安全套里那样沉闷。维克多·什克洛夫斯基。"[①]

熟悉《第三工厂》的读者都能看得出,上面这段话中"生活可以不再像在安全套里那样沉闷"这句话模仿的是什克洛夫斯基的《第三工厂》:"我的生活并不好。日子过得乏味单调,像是在安全套里。"(218页)而"问题在于形式,在于自动化时代,完全不在于不存在的本质"这句话则构成对什克洛夫斯基形式主义理论的戏仿。原来,什克洛夫斯基于1924年曾在《列夫》杂志上发表过一篇题为《长篇小说奥秘的技巧》的

---

① Платонов, А. П., *Усомнившийся Макар: рассказы 1920-х: Стихотворения*, Москва: Время, 2011, С. 149.

文章，其中有这么一句话："……问题在于形式，在于体裁，……完全不在于本质……"①显然，普拉东诺夫并不赞同什克洛夫斯基的论见。其实，在《反性电磁设备》一文的前言《译者的话》中普拉东诺夫就已开门见山地讽刺了形式主义理论方法体系，直言只有形式主义方法才需要这些谬论。②而《反性电磁设备》中的这种讽刺性叙述风格很难使人联想到这是出自普拉东诺夫之手，文中对于什克洛夫斯基的那条题词也不能不令读者感到诧异，这一题词与二者有过知遇之交的生平现状完全不符。毋庸置疑，这篇作品是普拉东诺夫对《第三工厂》中描写自己形象篇幅的回应，这或许是因为普拉东诺夫对什克洛夫斯基笔下自己形象的"定位"有所不满，抑或是因为这位年轻作家曾感受到了某种"侮辱"。总之，普拉东诺夫就是以这样的自由"评价"方式回应了《第三工厂》作者与自己的谈话。③

实际上，从《反性电磁设备》一文中也能看得出普拉东诺夫描写内容的迥异性及其行文的奇异化风格。我们知道，普拉东诺夫的创作惯以简洁又带有象征、暗讽、戏谑等方式表达自己对现代科技、革命、人与自然冲突等复杂而深邃的思考，而 20 年代创作的《反性电磁设备》一文就颇具现代意味，其叙述话语明显带有一种奇异化格调。不过，普氏的奇异化与什克洛夫斯基的奇异化是根本不同的，普拉东诺夫的奇异化风格，似乎是有意排斥形式化而造成的一种无意识的奇异化。针对此，俄罗斯学者俄罗斯学者 O. 梅耶尔松④和 E. 普罗斯库丽娜⑤都认为普拉东诺夫创造的实际

---

① 参见 A. Ю. 加鲁什金文章中的注解：1924 年《十月》杂志上发表过署名为"A. 普拉东诺夫"的《长篇小说奥秘的技巧》一文，该文是对什克洛夫斯基的负面评价。

② Платонов А. П., Усомнившийся Макар: рассказы 1920-х: Стихотворения, Москва: Время, 2011, С. 138.

③ 很可能在《第三工厂》中讲述了关于"便宜的发动机"，什克洛夫斯基多次讽刺地使用这一词。

④ Меерсон, О., «Свободная вещь»: Поэтика-остранения у Андрея Платонова, Новосибирск: наука, 2001, С. 10.

⑤ Перхин, В. В., "Андрей Платонов весной 1935 года（По поводу письма В. Шкловского к писателю）", в кн.: Н. В. Корниенко, «Страна философов» Андрея Платонова: Проблемы творчества. Вып. 8. Андрей Платонов и его современники. Исследования и материалы., Москва: ИМЛИ РАН, 2017, С. 448.

上是一种"非奇异化诗学"（поэтика неостранения）。这一概念显然也是与什克洛夫斯基的"奇异化"或称"陌生化"（остранение）相对应的。

众所周知，什克洛夫斯基在20世纪初就提出"奇异化"这一文学概念，此后其毕生都未放弃过这一诗学理念并始终在文学创作中予以检验。依他之见，"奇异化"就是把事物从无意识的理解中摆脱出来，为此选择为人熟知的表述作为鲜有听闻的表述。而这种状态的论据是由作者完成的，论据是在同一的世界观基础上产生的，所以就为论据系统化提供了可能。什克洛夫斯基在《作为手法的艺术》（1917）一文中探索的第一个对象是托尔斯泰的风格，当然，奇异化手法的使用古已有之，只是后来的理论家如布莱希特和什克洛夫斯基等将其理论化。多年来，一谈到"奇异化"概念，人们通常都会将托尔斯泰风格（如"迷宫""迷惑的力量"等说法）与此概念联系在一起，并一直视此为中心，其实围绕此中心的还有很多支脉或边缘论说，而讨论普拉东诺夫创作风格，就难以绕开"奇异化"这一概念。

梅耶尔松在研究安德烈·普拉东诺夫的非奇异化诗学之际，把"非奇异化"概念视为普拉东诺夫的艺术基础，将"非奇异化"诗学解释为一种故意反对什克洛夫斯基奇异化手法的定理。其实，梅耶尔松在自己论著中几乎没有提到奇异化手法，而是直接把非奇异化定理作为研究普拉东诺夫的出发点。在书中，作者从艺术文本的交际立场出发探讨非奇异化的功能，试图以一种极为特殊的方法解决问题。在他看来，普拉东诺夫创作中的这种叙述定理本身作为一种方法"吸引着读者，让他们对小说里发生的情节，包括主人公的思想和行为负有道德责任感，也就是对读者本人负责，读者认为这很正常，这样一来就被吸引陷入其中。"[①] 而这种吸引读者的言语动作又是和行为的话语相关的，这种话语是"吸引受话人进入迫切

[①] Шкловский, В. Б., "Об Андрее Платонове", в кн.: Н. В. Корниенко, *Андрей Платонов: Воспоминания современников: Материалы к биографии*, Москва: Современный писатель, 1994, С. 183.

的交际事件",同时继承"魔力词汇的功能",而魔力词汇的功能在很大程度上恰好符合普拉东诺夫的诗学观念。

由此看来,"非奇异化"对于普拉东诺夫来说,并不是简单的或纯粹的形式方法,而是一种更复杂的诗学原则。如果我们从普遍社交立场出发确定作者对待世界和人类的态度,那么普拉东诺夫此为,即用突破物质现实进入精神现实的方法,从而使其作品叙事和非叙事方法混为一体。普拉东诺夫的"非奇异化"诗学也就具有了更深刻的实质,它仿佛走出形式主义方法的概念界定,具有了哲学方面的言外之意。而作为形式主义方法的标志性人物,什克洛夫斯基的名字作为对立面出现在普拉东诺夫的作品中也就并不意外了。在普拉东诺夫的讽刺小说《反性电磁设备》中,什克洛夫斯基被描写为一个新发明仪器的使用者,普拉东诺夫对形式主义方法的质疑是显而易见的,作者对小说中什克洛夫斯基关于新发明的看法的讽刺态度也同样不言自明。普拉东诺夫有意去反对奇异化手法,这无意间反映出他关于艺术创作的另一种奇异化观点,只是普氏更为重视的是艺术的实质而非形式,这与什克洛夫斯基的奇异化艺术立场构成对比性辩论。

值得注意的是,普拉东诺夫不仅在文学作品中借助戏仿讽刺了什克洛夫斯基的形式主义方法,还专门针对什克洛夫斯基的《关于马雅可夫斯基》一书,用笔名"切洛维科夫"(Ф. Человеков)在《文学观察》(Литературное обозрение)杂志上发表了题为《关于马雅可夫斯基》的评论文章。① 而这篇书评又可谓是两位作家持续15年的对话总结。

首先,普拉东诺夫承认什克洛夫斯基的主要贡献在于创造一种新的体裁,这种文学体裁只有他自己和少数与他志同道合的人才能自由掌握(但这些志同道合的人从未达到什克洛夫斯基的水平),因为"体裁"具有发明者的独特性,这种独特性无法传递也无法继承。普拉东诺夫还指出,这种新体裁的修辞特点就在于其政论性,即什克洛夫斯基创造的小说是政论

---

① Человеков, Ф., "О Маяковском", *Литературное обозрение*, No. 17, 1940, C. 53-56.

体小说（деловая проза），它算不上隐喻，却惯有一些非凡的比喻。书中"为了朋友的复仇"——纪念马雅可夫斯基的一章尤为出色。然而，普拉东诺夫对什克洛夫斯基一书的正面评价也仅此而已。接下来的却尽是普拉东诺夫对该书不足方面的公开批评：如"马雅可夫斯基的形象并没有创造出任何的复活能量"；书中有着如此之多的插笔或"支脉"，以至于几乎掩盖了诗人的个性；作者"并没有把自己的才能全部献给马雅可夫斯基，而是玩弄起自己的智慧"；诗人的形象由于受到"过于浓墨重彩的环境"的影响，而被作者"淡化"；"作者应出面使读者感受到对诗人心灵上的眷顾，而不是以对外部世界一些写生画般细节描写方式淡化之"；"只有那样，什克洛夫斯基所描绘的世界才会热情洋溢并由主人公形象构成统一体，而不是断裂为若干片段"；等等。普拉东诺夫认为该书作者的文艺方法取代了主人公的形象塑造，也就是说，作者并没有尽力从环境转到人的描写，或从外部环境描写转到内在形象创造。"当你写书的时候，应该热爱……所选出的这个题目，确切地说，这才是作家把全部努力所付诸的那个人。"①

从普拉东诺夫对什克洛夫斯基的书评看，这位评论家并不赞许什克洛夫斯基审美至上的创作伦理。普拉东诺夫撰写这篇书评之际，正值什克洛夫斯基主要散文小说（如《感伤的旅行》《动物园，或不谈爱情的信札，或第三个爱洛伊丝》《第三工厂》等）创作十余年之际。作为一名作家，普拉东诺夫不可能不熟悉什克洛夫斯基的创作体裁风格。普拉东诺夫一方面肯定什克洛夫斯基新的体裁风格，另一方面则对其评价负面居多。他对什克洛夫斯基从主观意识上的对立是显而易见的。当然，普拉东诺夫评价所起到的不过是作为一个作家的批评而不是文艺学家的批评。有趣的是，普拉东诺夫在 1940 年对什克洛夫斯基这本书的指责，却成为什克洛夫斯基小说研究者于九十年以来所热衷称道之处，即称其继承了英国斯特恩小说

---

① Человеков, Ф., "О Маяковском", *Литературное обозрение*, No. 17, 1940, C. 53-56.

传统的"进退结构"原则；还确定了什克洛夫斯基创作具有罗赞诺夫式随笔风格，肯定其创建了俄罗斯语文体小说或元小说的体裁模式。①

四　普拉东诺夫与什克洛夫斯基笔下人物的呼应

众所周知，早年什克洛夫斯基的真实面貌，在布尔加科夫的《白卫军》（1925）、卡维林的《爱吵架的人，或者瓦西里耶夫岛之夜》（1928）、福尔什的《疯狂的船》（1930）等作品中都有过鲜明的塑造，而普拉东诺夫的《切文古尔镇》（1929）中也有类似的描写，即什克洛夫斯基也成为普拉东诺夫作品中的原型人物。

什克洛夫斯基作为普拉东诺夫《切文古尔镇》中的原型，是借助一个新闻工作者谢尔比诺夫形象体现的。谢尔比诺夫是从莫斯科来到切文古尔镇的，是一个自视为可怜的、孤独的人："一辈子都没有一个人跟他在一起，任何人的友谊都没变成牢固的亲属关系。"②他的孤独感主要表现在不理解自己的时代，为自己的命运所困惑，"他是在深深地瓦解着，而且感觉不到自己是一个正在引起普遍好感的时代的幸运儿，他只感受到一己的强烈悲痛"。（361页）从这一角度看，谢尔比诺夫是不幸的、值得同情的；但是，谢尔比诺夫又"有一颗易受影响的、朝三暮四的心，还有一个玩世不恭的头脑"。（361页）"他爱女人和未来，却不爱站在责任重大的岗位上全神贯注，从权力中捞好处。"（361页）从这一点来看，他又是一个可悲的、不值得信赖的人，其命运也是注定不幸的。谢尔比诺夫在《切文古尔镇》中并不是主要人物，但这个人物的出现却有着其特定的审美意旨，在一定程度上体现出作者的立场，即讽刺态度。

值得注意的是，普拉东诺夫有关谢尔比诺夫命运的描写，与什克洛夫斯基的《感伤的旅行》和《第三工厂》中主人公的命运描写颇有相似之

---

① 关于什克洛夫斯基对斯特恩小说的继承及其罗赞诺夫式随笔风格，我们在前面已做过详细阐述。

② ［俄］普拉东诺夫：《切文古尔镇》，古杨译，漓江出版社1997年版，第391页。（以下《切文古尔镇》译文均摘自该译本）。

处，而后者两部作品中的主人公恰是什克洛夫斯基本人。这就使谢尔比诺夫这个人物形象带有戏仿色彩，具有讽拟意味。

首先，谢尔比诺夫与《感伤的旅行》中主人公有所类似。"谢尔比诺夫不喜欢有成就的或幸运的人，因为他们总是走向生活中那些新鲜而遥远的地方，撇下自己的亲人不管，使他们孤孤单单的。已经有很多朋友离开了谢尔比诺夫，这使他很早以前就与布尔什维克取得了联系——由于害怕落在大家后面，但是这也无济于事：谢尔比诺夫的朋友们继续背着他充分地花钱，谢尔比诺夫还没来得及从他们的感情中为自己积累任何东西，他们就已经丢下他各奔前程了。"（372页）在这段描写里，"不喜欢""走向遥远的地方""撇下""各奔前程"等表述充分表达了"失去朋友""与友人分手""与身边人不和谐"的主题，而这一主题完全契合了《感伤的旅行》作者兼主人公的政治生平：1918年什克洛夫斯基是中央战斗组织中积极的一员，1922年他逃亡国外，1923年他在苏联大赦后归国。关于什克洛夫斯基这些政治生活事实，普拉东诺夫很可能是从《感伤的旅行》中读到的（1923年出版于柏林，1924年一些部分在列宁格勒再版）。我们知道，20年代初什克洛夫斯基因不接受国内政治形态而流亡柏林。他在回忆录《感伤的旅行》（1923）中曾直言不讳地写过："他们①想输掉如今的日子，输掉传记，赢得历史的赌注"；"不要试图创造历史，要创作传记。"② 而回国后创作的《第三工厂》（1926）一书中也隐晦地写道："地震结束了。打开盖子，汤已煮好，分发汤勺，喝吧！"③ 这些话都是什克洛夫斯基本人的自述，都或明或暗地表明了作者对那个特定时代政治形态的不解及其命运的感叹。而普拉东诺夫笔下的谢尔比诺夫说出的"历史早已结束，现在只有人与人之间的倾轧"（372页）同样表达了该人物对自己特定时代的社会

---

① 指布尔什维克。
② ［俄］维·什克洛夫斯基：《感伤的旅行》，杨玉波译，敦煌文艺出版社2014年版，第205页。
③ ［俄］维·什克洛夫斯基：《动物园·第三工厂》，赵晓彬等译，四川人民出版社2016年版，第190页。

政治意义及其命运的不解，所不同的是，什克洛夫斯基笔下的是自传性主人公，而普拉东诺夫笔下的是戏仿性人物。两位作家所描写人物的思想状况近似，但作者立场及审美功能有所不同。

此外，两位作家笔下都有对"石头"的描写，都将人物命运与"石头"联系了起来。在《切文古尔镇》中，作者对谢尔比诺夫的命运描写伴随着革命主题的理解："谢尔比诺夫一向认为革命比自己强。他认为自己犹如河中的一块石头，革命从它身上流过，而它留在河底，由于自己对自己的依恋而变得沉重了。"（393页）这里实际上表达的是作者对待谢尔比诺夫自视清高的讽刺态度：虽然革命不断冲刷着谢尔比诺夫，但并未让他移动分毫，因为他对革命没有任何兴趣，他来到切文古尔镇不是为了追求人生理想，只是为了应付了事而已。他如同"石头"那样，由于过于"自恋"才变得越加沉重。值得注意的是，普拉东诺夫把谢尔比诺夫放在小说靠后才出现，这足以说明这个人物在那个特定历史时代中并非"时代的英雄"，也就是说，作家并不十分待见他这样的"石头"。而什克洛夫斯基在《感伤的旅行》中也把主人公（亦即什克洛夫斯基自己）比作"石头"，以此暗示自己是一个不易改变初衷的人："我——只是一块落下的石头。"①"我是———块正在落下的石头。"（247页）至于《第三工厂》中更是多次出现过"石头"形象。如："那些使我们变锋利的石头，它们是为了另一种事情，取决于另外的方式……如果说我爱上了石头，爱上了风，如果我现在不需要刀呢？"② 等，而什克洛夫斯基笔下的这种"石头"形象，乃是作者对那个特定历史时代下不惟主流命运的自我写照。

如此一来，普拉东诺夫与什克洛夫斯基笔下的"石头"形象，都象征着不易改悔而跌入低谷的人生命运。从创作时间来看，普拉东诺夫毫无疑问是在模仿什克洛夫斯基，而"石头"形象在二者笔下都可理解为人生命

---

① ［俄］维·什克洛夫斯基：《感伤的旅行》，杨玉波译，敦煌文艺出版社2014年版，第138页。
② ［俄］维·什克洛夫斯基：《动物园·第三工厂》，赵晓彬等译，四川人民出版社2016年版，第168页。

运的象征和寓意，但二者作品中的作者立场却各自不同。

1984年夏，90岁高龄的什克洛夫斯基口授道："普拉东诺夫一直坚守在文学中……这是一位强烈向往真正现实主义的作家，一个友善、不解为什么自己不被祖国需要的人……普拉东诺夫是一位没有被人发现的伟大的作家，这是因为他没有被束之于文学的高阁……通往理解俄罗斯之路是艰辛的。普拉东诺夫知道此路上的所有石头和转弯处。我们都有愧于他"①。关于什克洛夫斯基和普拉东诺夫的生平、创作及对话关系的研究还限于初步尝试，很多不确定、疑惑不解的问题有待深入探讨。

---

① Шкловский, В. Б., "Об Андрее Платонове", в кн.: Н. В. Корниенко, *Андрей Платонов: Воспоминания современников: Материалы к биографии*, Москва: Современный писатель, 1994, С. 183.

结　语

什克洛夫斯基一生笔耕七十余载，基本围绕文艺理论与艺术散文两个方面展开创作活动，并且在这两个方面都卓有贡献、颇有影响力。什克洛夫斯基以斯拉夫民族特有的深厚思想和高超的文学感知力撰写出一系列介于文论和散文之间的文学作品。这两方面的创作始终是你中有我、我中有你，因此作为文学理论家和作家，他堪称一位兼具理论创新与文学实践的语文学者。俄国学者伊拉克利·安德罗尼科夫在什氏三卷本文集的出版序言中指出，"什克洛夫斯基有着非凡的才干，他是我们这一世纪最不同寻常的、最具有独创性的作家之一。"[①] 我国学者刘宗次在《散文理论》译著前言中也说过："什克洛夫斯基的思想在艺术的迷宫里漫游时，更喜欢不时发出耀眼的闪光，而不愿成为能照亮某种坦途的明灯。"[②]

在20世纪20年代的苏俄文坛中传记文学一度蔚然成风，传记文学研究也占据主导地位。一些形式主义文论家转向传记文学和回忆录文学的写作。什克洛夫斯基的传记文学创作恰好顺应了20世纪20年代苏俄文坛一度掀起的传记文学热潮或趋势，反映出一些形式主义理论家遭到批判后借以传记表达理论诉求的境遇。什克洛夫斯基的《感伤的旅行》、《动物园，或不谈爱情的信札，或第三个爱洛伊丝》和《第三工厂》，艾亨鲍姆的《涅克拉索夫》、《安娜·阿赫玛托娃》和《莱蒙托夫》，以及迪尼亚

[①] Андроников, И. Л., "Шкловский", в кн.: И. Л. Андроников, *Избранные произведения в двух томах（Том 2）*, Москва: Художественная литература, 1975, С. 125.

[②] [俄] 维·什克洛夫斯基：《散文理论》，刘宗次译，百花洲文艺出版社2010年版，第7页。

诺夫的《普希金》、《秋赫利亚》等均为出现在这一时期的代表性传记作品。其中，什克洛夫斯基的自传体小说、历史传记和人物传记等散文作品引起过学界广泛的关注。

纵观什克洛夫斯基一生的创作，其文学创作繁杂多样，但传记文学几乎占其总创作量的四分之一。其中，20世纪20年代创作的自传体小说就是其传记文学的最重要的体裁之一。故事体小说《感伤的旅行》在有限时空内通过回忆的主线，将作品评述、文学理论、报刊政论、书信札记融合为一体；书信体小说《动物园》在"不谈爱情"的主题下，以书信为载体，运用陌生化或奇异化手法将文艺评论、政治新闻、理论思辨等相黏合；隐喻性小说《第三工厂》以大量的暗喻手法表达了作者对童年、奥波亚兹、流亡及返回苏俄后三个阶段中生活和艺术的思想感悟；而理论文集《马步》则是什克洛夫斯基创作的颇具杂糅性的文艺散文。

20世纪30年代以后，什克洛夫斯基还创作了一系列诸如历史传记小说、作家和艺术家传记等散文作品。其中，历史传记小说《马可·波罗传》，以马可·波罗的身世及其亚洲之旅为叙事重点，塑造了一个伟大的旅行家形象。小说的题材和内容与东方和中国文化历史密切相关，所以作品中充满了大量神秘的中国元素。作者采用史料纪实与传说故事相结合的方法，真实而又生动地再现了马可·波罗的人生历程、13世纪横跨欧亚大陆的古代丝绸之路以及中国各地的一些历史状况，可谓对马可·波罗游记做出了独特的文学注解，从而也使该历史人物传记颇具可信度。

20世纪60年代创作的《列夫·托尔斯泰传》则是一部关于文学家的生平与创作的传记。在什克洛夫斯基之前，俄国文坛已经出版过托尔斯泰的传记，但与其他版本的《列夫·托尔斯泰传》不同的是，什克洛夫斯基为这部传记作品做了大量的去伪存真的工作，传记书写不仅仅结合托尔斯泰的书信、日记等大量生活史料和文学事实描写了托尔斯泰伟大而矛盾的一生、真实地还原了托尔斯泰作为一名艺术家的思想成长史，而且还对托尔斯泰的一系列代表著作进行了翔实而深刻的分析，从而使该传记也更具考据性。什克洛夫斯基对于传记文学情有独钟,这成为他对自己心路历程和社会历史文化变迁的真实记录。

由于什克洛夫斯基的散文,特别是 20 世纪 20 年代的散文,在很大程度上是对其先前提出的陌生化理论的创作检验,所以颇具陌生化叙事风格。这些作品表面上写的是流亡生活、爱情隐喻、回国后被迫改行的感悟,而实际上却是检验完善自己的理论诉求。

首先,故事体小说《感伤的旅行》借助讲故事的形式,将读者注意力引向作者的"自我"形象、声音、个性化语调,形象而生动地表达"我"所经历的生活和创作上的惊险环境或冒险行为,不失时机地表现"我"作为一个理论家对艺术创作的理论思考。在讲述过程中,一方面"我"的身份不断在发生变化,这意味着不同讲话方式的切换、不同意识类型的转换,以及不同叙述视角的嬗变;另一方面讲述人本身似乎具有狂欢化身份,体现了对西方传统小说中骗子、傻瓜、疯癫等形象的继承和超越。而在情节构建上,作者更多地采用"发现"、"突转"、"联想"和"插笔"等手法,进行时间和意义上的"位移",从而使故事情节跌宕起伏,获得滞缓或推迟高潮的效果,从而使所讲述内容变得艰深而更富有悬念。

其次,书信体小说《动物园》是一种典型的"元小说",作者通过精心编织的叙事织体来阐释自己的理论思考,构成一种"现身说法",使叙述之于叙述,使小说为小说而生,小说由此获得自我指涉性。这种小说在结构设置上采用"延宕""阻断""阶梯或框架式"等手法来构造情节、设置悬念,不断地插入其他内容的阐述,对叙事进行"加密",以引起读者的好奇心;与此同时,作者又运用"方法的裸露"、"讽拟"和"游戏"手法来对叙事进行"解密"。通过这些加密和解密的艺术方式,使小说中的现实人物更富诗意,也使作家的艺术个性更为鲜明。

此外,在隐喻性小说《第三工厂》中,什克洛夫斯基为了表现艺术中非文学因素的审美张力,大量地运用"隐喻""暗示""蒙太奇""假定性"等手法,对日常生活事实及其意象进行艺术"变形",把这些概念从其惯常所处的语义系列中释放出来，使语义发生转移，赋予其更为深厚的意蕴。同时，作者还把电影理论引入小说创作中，以语句替代摄影机镜头进行叙述，注重小说叙事过程的非连续性，从而把小说文本分割成一个个相对独立的片段，然后加以随意的"蒙太奇式"画面组合，在组合中体现出构思意图。此外，作者还采用"变形""梦幻""怪诞""寓言故事"等多种手段来营造"假定性情境"和"假定性视点"，以此表达复杂而又深刻的思想主旨及内涵。毫无疑问，什克洛夫斯基散文体小说中"情节与风格相互作用"有着其内在的诗学奥秘，其在体裁上的创新成为这种先锋小说的一种尝试。

通过研究什克洛夫斯基的艺术散文，我们进一步了解和认识到他早期创作中陌生化诗学理论的建构过程。什克洛夫斯基确实以其早期的"陌生化"诗学理论闻名于苏俄文坛，并一度为西方文论界所推崇，而他在侨民时期乃至苏联时期所创作的极富个性化的散文也同样令人叹为观止，其独具特色的自传体小说，关于文学家、艺术家和历史人物等的艺术散文，早已载入苏联文学史册，丰富着苏联文学宝库，成为苏联文学发展史上不可或缺的艺术品。他笔下的"语文体小说""元小说"对于嗣后学术界有关文艺体裁的研究具有启示性意义。研究证明，什克洛夫斯基给予许多同时代乃至后来时期苏联作家很多影响：他作为"谢拉皮翁兄弟"的文学导师对于后者的影响是极其深远的；他的散文体小说、随笔、杂文等艺术散文启发了其学生金兹堡的记录性文学创作，而其陌生化手法也一定程度地影响了纳博科夫小说创作技巧；此外，什克洛夫斯基与普拉东诺夫在生活与创作上也有着很深的渊源。什克洛夫斯基在20世纪俄国文学史上的意义是不容小觑的。

再进一步说，作为俄国形式主义学派的开创人，什克洛夫斯基对20世纪世界文学理论及批评史也产生过重要的影响。继形式主义之后，20世纪中后期所出现的结构主义叙事学、符号学、接受美学乃至新历史主义理论批评等，或多或少地受到"陌生化"诗学的影响。就连诞生于20世纪80

年代西方的新历史主义也不免得益于形式主义启发。新历史主义同形式主义一样,也是逐渐由文艺学派演变为一种批评方法。众所周知,传统的历史主义要求必须真实客观地反映人类历史发展的全貌,不允许掺杂任何的虚构成分,而新历史主义则对此提出质疑,史学家们对历史的研究无法避免时空不同所造成的文化和思维的差异性,而且历史作为史料被文字记载流传,由于文字自身的表现力和记录者的主观性,客观地再现历史并不现实。新历史主义者强调文本的历史性和历史的文本性,其中历史的文本性一说主要是指历史撰写由于受到意识形态和史学家个体性的影响,会有所侧重并具有某种修饰性,因此"历史的深层结构是诗性的,是充满虚构想象加工的。"① 据此可以看到,新历史主义与俄国形式主义所说的艺术假定性达成了一定程度的共识,也就是都承认艺术文本的虚构性,但二者得出这种结论的出发角度有所不同,前者是依据文本还原现实的局限性,而后者则是考虑到艺术应与现实保持距离并留有创作加工的余地。实际上,正是在 20 世纪初"俄国形式主义的走俏使文艺理论越出'历史'的轨迹而划入'形式'的漩(旋)涡"②,而传统的历史主义受到研究文本主体和形式手法风潮的冲击,从而催生了新历史主义萌芽的生发。

---

① 朱立元主编:《当代西方文艺理论》,华东师范大学出版社 2014 年第 3 版,第 358 页。
② [俄] 维·什克洛夫斯基:《散文理论》,刘宗次译,百花洲文艺出版社 2010 年版,第 287 页。

参考文献

一 中文部分

（一）著作类

[美]艾布拉姆斯：《文学术语词典》，吴松江译，北京大学出版社2009年第7版。

[俄]爱森斯坦：《蒙太奇论》，富澜译，中国电影出版社1999年版。

[匈]贝拉·巴拉兹：《电影美学》，何力译，中国电影出版社1982年第2版。

曹靖华：《俄国文学史》（上卷），北京大学出版社2007年版。

曹靖华：《俄苏文学史》，河南教育出版社1992年版。

曹文轩：《小说门》，作家出版社2002年版。

陈建华：《中国俄苏文学研究史论》，重庆出版社2007年版。

程正民：《20世纪俄苏文论》，百花文艺出版社1994年版。

[法]茨维坦·托多罗夫编选：《俄苏形式主义文论选》，蔡鸿滨译，中国社会科学出版社1989年版。

崔宝衡、王立新编译：《世界散文精品大观·家园篇·温馨的摇篮》，花山文艺出版社1995年第2版。

[英]戴维·洛奇：《小说的艺术》，王峻岩等译，作家出版社1998年版。

[俄]德·斯·米尔斯基：《俄国文学史》，刘文飞译，人民出版社2013

年版。

方珊：《形式主义文论》，山东教育出版社1999年版。

[俄] 费定：《城与年》，曹靖华译，人民文学出版社2007年版。

[美] 弗·纳博科夫：《固执己见》，潘小松译，时代文艺出版社1998年版。

[美] 弗·纳博科夫：《文学讲稿》，申慧辉等译，上海三联书店2005年版。

[俄] 符·维·阿格诺索夫主编：《20世纪俄罗斯文学》，凌建侯等译，中国人民大学出版社2001年版。

[法] 福柯：《疯癫与文明》，刘北成等译，生活·读书·新知三联书店2003年第2版。

[美] 高尔基等：《苏联作家谈创作经验》，曹靖华等译，中国青年出版社1956年版。

格非：《小说叙事研究》，清华大学出版社2002年版。

谷云义等主编：《中国古典文学辞典》，教育出版社1990年版。

[俄] 米·赫拉普钦科：《作家的创作个性和文学的发展》，满涛等译，上海译文出版社1987年版。

胡经之、王岳川：《文艺学美学方法论》，北京大学出版社1994年版。

胡经之：《西方文艺理论名著教程》（下），北京大学出版社1989年版。

胡亚敏：《叙事学》，华中师范大学出版社2004年版。

[美] 华莱士·马丁：《当代叙事学》，伍晓明译，北京大学出版社1990年版。

黄禄善：《美国通俗小说史》，译林出版社2003年版。

金紫千主编：《简明文学手册》，人民出版社1982年版。

[俄] 瓦·康定斯基：《艺术中的精神》，李政文等译，云南人民出版社1999年版。

[英] 劳伦斯·斯特恩：《多情客游记》，石永礼译，人民文学出版社1990年版。

[美] 雷纳·韦勒克：《近代文学批评史》，杨自伍译，上海译文出版社2005

年版。

［美］勒内·韦勒克等：《文学理论》，刘象愚等译，江苏教育出版社2005年版。

李艳丽：《晚清日语小说译介研究（1898—1911）》，上海社会科学院出版社2014年版。

林骧华主编：《西方文学批评术语辞典》，上海社会科学出版社1989年版。

刘宁：《俄国文学批评史》，上海译文出版社1999年版。

刘万勇：《西方形式主义溯源》，昆仑出版社2006年版。

刘文飞、陈方：《俄国文学大花园》，湖北教育出版社2007年版。

［俄］卢那察尔斯基：《论文学》，蒋路译，人民文学出版社1983年第2版。

鲁迅：《译文序跋集》，人民文学出版社2006年版。

罗钢：《叙事学导论》，云南人民出版社1994年版。

［美］马克·斯洛宁：《苏维埃俄罗斯文学（1917—1977）》，浦立民等译，上海译文出版社1983年版。

［美］马克·斯洛宁：《现代俄国文学史》，汤新楣译，人民文学出版社2001年版。

［俄］米·米·巴赫金：《巴赫金全集》（第二卷），白春仁等译，河北教育出版社1998年版。

［俄］米·米·巴赫金：《巴赫金全集》（第三卷），白春仁等译，河北教育出版社1998年版。

［俄］米·米·巴赫金：《巴赫金全集》（第六卷），李兆林等译，河北教育出版社1998年版。

［俄］米·米·巴赫金：《文艺学中的形式主义方法》，李辉凡等译，漓江出版社1989年版。

［荷］米克·巴尔：《叙述学—叙事理论导论》，谭君强译，中国社会科学出版社2003年第2版。

木心口述，陈丹青笔录：《文学回忆录：1989—1994》，广西师范大学出版社 2013 年版。

［美］诺亚·卢克曼：《情节！情节！》，唐奇等译，中国人民大学出版社 2012 年版。

［俄］普拉东诺夫：《切文古尔镇》，古杨译，漓江出版社 1997 年版。

［俄］普希金：《普希金诗集》，刘文飞译，译林出版社 2016 年版。

［法］热拉尔·热奈特：《叙事话语·新叙事话语》，王文融译，中国社会科学出版社 1990 年版。

任光宣：《俄罗斯文学简史》，北京大学出版社 2006 年版。

［俄］什克洛夫斯基：《列夫·托尔斯泰传》，安国梁等译，海燕出版社 2005 年版。

沙叶新：《精神家园》，上海人民出版社 1995 年版。

［俄］维·什克洛夫斯基：《列夫·托尔斯泰传》，安国梁等译，海燕出版社 2005 年版。

［俄］维·什克洛夫斯基：《马可·波罗》，杨玉波译，四川人民出版社 2016 年版。

［英］特伦斯·霍克斯：《结构主义和符号学》，瞿铁鹏译，上海译文出版社 1987 年版。

［俄］瓦·叶·哈利泽夫：《文学学导论》，周启超等译，北京大学出版社 2006 年版。

汪小玲：《纳博科夫小说艺术研究》，上海外语教育出版社 2008 年版。

王加兴等：《俄罗斯文学修辞理论研究》，黑龙江人民出版社 2009 年版。

王家新、汪剑钊编译：《灵魂的边界：外国思想者随笔经典》，云南人民出版社 1996 年版。

［俄］维·什克洛夫斯基：《动物园·第三工厂》，赵晓彬等译，四川人民出版社 2016 年版。

［俄］维·什克洛夫斯基等：《俄国形式主义文论选》，方珊等译，生活·读书·新知三联书店 1989 年版。

［俄］维·什克洛夫斯基:《感伤的旅行》,杨玉波译,敦煌文艺出版社 2014 年版。

［俄］维·什克洛夫斯基:《散文理论》,刘宗次译,百花洲文艺出版社 2010 年第 2 版。

夏忠宪:《巴赫金狂欢化诗学研究》,北京师范大学出版社 2000 年版。

《现代汉语大词典》编委会:《现代汉语大词典》,汉语大词典出版社 2000 年版。

徐葆耕:《西方文学之旅》,河北教育出版社 2003 年版。

［俄］亚·波波夫金:《列夫·托尔斯泰传:俄苏文学家传记丛书》,李未青等译,黑龙江人民出版社 1986 年版。

［希］亚里斯多德:《诗学》(修订本),罗念生译,中国戏剧出版社 1986 年版。

严永兴编选:《世界散文随笔精品文库》(俄罗斯卷),中国社会科学出版社 1993 年版。

阎景翰主编:《写作艺术大辞典》,陕西人民出版社 1990 年版。

杨向荣:《西方诗学话语中的陌生化》,中国社会科学出版社 2016 年版。

杨燕:《什克洛夫斯基诗学研究》,社会科学文献出版社 2016 年版。

杨哲等主编:《文学百科辞典》,知识出版社 1991 年版。

［法］伊夫·塔迪埃:《20 世纪的文学批评》,史忠义译,百花文艺出版社 1998 年版。

［俄］特尼扬诺夫:《公使之死》,朱志顺译,辽宁教育出版社 2001 年版。

俞汝捷主编:《中国古典文艺实用辞典》,中国青年出版社 1991 年版。

张冰:《白银悲歌》,中国电影出版社 1998 年版。

张冰:《白银时代:俄国文学思潮与流派》,人民文学出版社 2006 年版。

张冰:《陌生化诗学:俄国形式主义研究》,北京师范大学出版社 2000 年版。

张鹤:《虚构的真迹》,人民文学出版社 2006 年版。

张杰、汪介之：《20世纪俄罗斯文学批评史》，译林出版社2000年版。

张新宇：《美国西部小说评析》，吉林大学出版社2012年版。

赵白生：《传记文学理论》，北京大学出版社2003年版。

周红兴主编：《简明文学词典》，作家出版社1987年版。

朱立元主编：《当代西方文艺理论》，华东师范大学出版社2014年第3版。

中国社会科学院外国文学研究所苏联文学研究室编：《苏联文学史论文集》，外语教学与研究出版社1982年版。

（二）论文类

毕研韬、周永秀：《解读什克洛夫斯基的批评理论》，《沈阳农业大学学报》2000年第4期。

曹保明：《丝绸之路文化身份的多元价值——关于东北亚丝绸之路的思考》，《中国艺术报》2014年第4期。

陈倩：《文学中的蒙太奇——论巴别尔小说中的电影性》，硕士学位论文，华东师范大学，2010年。

程军：《什克洛夫斯基论"戏仿"》，《理学界》2009年第5期。

程正民：《巴赫金的体裁诗学》，《清华大学学报》2009年第2期。

邓建英：《论果戈里短篇小说中陌生化手法的翻译再现》，《外国语文》（双月刊）2011年第4期。

邓志勇、徐显静：《修辞学视域下的体裁观》，《外国语文》2013年第3期。

［俄］尤里·迪尼亚诺夫：《文学事实》，张冰译，《国外文学》1996年第4期。

丁国旗：《"奇异化"与"时间"——什克洛夫斯基后期思想的两个重要概念》，《黄河科技大学学报》2002年第12期。

丁国旗：《什克洛夫斯基后期文艺思想探源》，《石河子大学学报》（哲学社会科学版）2003年第3期。

丁国旗：《走出形式主义的牢笼——什克洛夫斯基后期文艺思想探讨》，《黄河科技大学学报》2000年第4期。

丁建新：《体裁分析的传统与前沿》，《外语研究》2007年第6期。

董国炎：《丝绸之路研究要强调民族、文学融合》，《中国社会科学报》2013年第6期。

范方俊：《"陌生化"的旅程——从什克洛夫斯基到布莱希特》，《中国比较文学》1989年第4期。

冯毓云：《艺术即陌生化——论俄国形式主义陌生化的审美价值》，《北方论丛》2004年第1期。

侯佳希：《论〈动物园，或不谈爱情的信札，或第三个爱洛伊丝〉中对传统书信体小说的颠覆》，《山西师大学报》2014年第11期。

黄梅：《〈项狄传〉与叙述的游戏》，《外国文学评论》2002年第2期。

江宁康：《元小说：作者和文本的对话》，《外国文学评论》1994年第3期。

［俄］卡维林：《"谢拉皮翁兄弟"自传》，大鹏译，张捷校，《苏联文学》1986年第6期。

亢西民：《欧洲游历冒险小说简论》，《山西师大学报》（社会科学版）2001年第2期。

蓝英年：《得意的谢拉皮翁兄弟》，《鲁迅研究月刊》2003年第9期。

黎保荣：《论"作者的读者身份"》，《山西师大学报》2007年第5期。

黎皓智：《当代苏联小说中的假定性艺术》，《俄罗斯文艺》1990年第3期。

李冬梅：《艾亨鲍姆：俄苏"形式论"诗学的创建者、守卫者和超越者》，《俄罗斯文艺》2012年第2期。

李冬梅：《艾亨鲍姆研究现状述评》，《外国文学动态》2006年第1期。

李冬梅：《浪漫主义文学传统规范的破坏者——艾亨鲍姆论青年托尔斯泰》，《俄罗斯文艺》2006年第2期。

李洁平、赵红岩：《论〈乞力马扎罗的雪〉中的陌生化表现手法》，《鲁东大学学报》2009年第5期。

李裴：《"历史"与"小说"——对"历史小说"概念的一种理解》，《文艺理论研究》1992年第1期。

李文慧：《陌生化理论：从俄国形式主义到新批评》，硕士学位论文，华中师范大学，2014年。

梁文花、秦洪武：《我国近十年"体裁理论"研究概观》，《外语教学》2009年第1期。

凌建侯：《从狂欢理论视角看疯癫形象》，《国外文学》2007年第3期。

刘涵之：《"文学系列"与文学现代性——读严家炎主编〈二十世纪中国文学史〉》，《中国大学教学》2011年第11期。

刘明明：《书信体小说的独特叙事魅力》，《安徽工业大学学报》2011年第6期。

刘秀杰、马玉红：《〈宠儿〉中的陌生化手法——解读叙事视角和言语策略》，《佳木斯大学社会科学学报》2005年第2期。

刘彦顺：《涌动着的意义：论什克洛夫斯基文学思想中的时间性问题》，《文艺理论研究》2014年第5期。

刘志友：《艺术：思维形式还是语言形式——论什克洛夫斯基形式主义艺术本质论》，《新疆师范大学学报》1991年第3期。

刘志友：《怎样写使事物陌生化，使形式难化——略论什克洛夫斯基形式主义艺术"创作论"》，《新疆师范大学学报》1992年第2期。

［俄］隆茨：《"谢拉皮翁兄弟"自传》，大鹏译，张捷校，《苏联文学》1986年第4期。

马生龙：《俄国形式主义"文学性"概念之反思》，《晋阳学刊》2005年第1期。

马振方：《历史小说三论》，《北京大学学报》（哲学社会科学版）2004年第4期。

牛刚、吕培：《〈尘埃落定〉中的"陌生化"表现手法》，《成都大学学报》（社会科学版）2011年第4期。

钱念孙：《论日记和日记体文学》，《学术界》2002年第3期。

秦桂敏：《论文学创作中的读者创造》，《邢台学院学报》2004年第4期。

［俄］维·什克洛夫斯基：《评〈名人传记〉丛书》，《旗》1959年第3期。

史加辉:《论现代文学史上日记体小说的文体特征》,《北华大学学报》2004年第5期。

史忠义:《"文学性"的定义之我见》,《中国比较文学》2000年第3期。

[俄]斯洛尼姆斯基:《"谢拉皮翁兄弟"自传》,大鹏译,张捷校,《苏联文学》1986年第6期。

宋大图:《评什克洛夫斯基的"陌生化"和形式主义文学观》,《文艺理论与批评》1987年第4期。

孙继红、王晓澜:《西方日记体小说的形成及其发展走势》,《辽宁师范大学学报》2008年第2期。

陶徽希:《陌生化:形式对内容的审美建构》,《淮南师范学院学报》2006年第3期。

田雨泽:《列夫·托尔斯泰文学创作中的矛盾成因探讨》,《十堰职业技术学院学报》1994年第1期。

汪介之:《俄国形式主义在中国的接受》,《中国比较文学》2005年第3期。

王昌凤:《布莱希特"间离效果"与什克洛夫斯基陌生化理论的比较》,《黑龙江社会科学》2004年第4期。

王维维、赵文艳:《小说的非线性叙事结构分析》,《文史研究》2014年第3期。

魏艳辉:《斯特恩式协商——18世纪中叶英国文学场中的劳伦斯·斯特恩小说研究》,博士学位论文,北京外国语大学,2013年。

魏艳辉:《〈项狄传〉形式研究趋向及展望》,《国外文学》2013年第2期。

吴琼:《罗赞诺夫的"手稿性"书写探析》,《俄罗斯文艺》2013年第1期。

吴晓都:《诗学的"散文"——什克洛夫斯基的〈散文理论〉》,《外国文学动态》1997年第6期。

吴源:《第一人称叙事:书信体与非书信体》,硕士学位论文,黑龙江大学,2004年。

辛斌:《体裁互文性的社会语用学分析》,《外语学刊》2002年第17期。

辛禄高：《对俄国形式主义及其陌生化理论的再评价》，《抚州师专学报》
　　　2003 年第 6 期。

徐林：《故事本事的非线性叙事结构》，硕士学位论文，山西师范大学，2014 年。

徐鹏：《浅谈艺术个性》，《理论界》2009 年第 3 期。

杨冬：《从理论诗学到文学史研究——关于俄国形式主义的再思考》，《北
　　　华大学学报》2009 年第 4 期。

杨建刚：《陌生化理论的旅行与变异》，《江海学刊》2012 年第 4 期。

杨向荣、姜文君：《陌生化与语言的牢笼——詹姆逊对俄国形式主义的批
　　　判与超越》，《探求》2009 年第 3 期。

杨向荣、熊沐清：《陌生与熟悉——什克洛夫斯基与布莱希特"陌生化"
　　　对读》，《钦州师范高等专科学校学报》2003 年第 3 期。

杨秀琴：《卡维林和他的〈船长与大尉〉》，《宁夏大学学报》1983 年第 4 期。

杨燕：《〈这是一片神奇的土地〉的陌生化叙事》，《唐都学刊》2013 年
　　　第 1 期。

杨燕：《什克洛夫斯基"陌生化"理论新探》，《俄罗斯文艺》2012 年第
　　　2 期。

杨荫浒：《论作者的读者意识》，《东北师大学报》（哲学社会科学版）1988
　　　年第 6 期。

［俄］叶·德米特里耶娃：《20 世纪初的俄罗斯故事体小说》，周启超译，
　　　《俄罗斯文艺》1998 年第 1 期。

［俄］尤里·迪尼亚诺夫：《论文学的演变——致艾亨鲍姆》，孙烨译，《社
　　　会科学战线》2019 年第 5 期。

余士雄：《〈马可·波罗游记〉与中西文化交流》，《欧洲》1993 年第 4 期。

余一中：《苏联的传记文学》，《当代外国文学》1994 年第 4 期。

喻敏良：《寻求"自律"论与"他律"论的结合——评迪尼亚诺夫文学史
　　　观与巴赫金文学史观》，硕士学位论文，湖南师范大学，2006 年。

张冰：《迪尼亚诺夫的动态语言结构文学观——〈文学事实〉评述》，《国

外文学》2008 年第 3 期。

张冰：《论"无意义语（诗）"的外延和内涵》，《外国文学评论》1996 年第 3 期。

张冰：《陌生化与蒙太奇：俄国形式主义电影美学述评》，《俄罗斯文艺》2013 年第 2 期。

张冰：《雅各布逊和他的语言学诗学》，《文艺理论与批评》1997 年第 5 期。

张德明：《英国旅行文学与现代"情感结构"的形成》，《浙江大学学报》2011 年第 2 期。

张辉：《论叙事结构和叙事话语》，《南京大学学报》1996 年第 2 期。

赵晓彬、侯佳希：《〈感伤的旅行〉：什克洛夫斯基"语文体小说"初探》，《外语与外语教学》2015 年第 2 期。

赵晓彬：《什克洛夫斯基散文体小说的陌生化叙事》，《俄罗斯文艺》2015 年第 2 期。

赵晓彬：《雅可布逊的神话诗学研究管窥》，《俄罗斯文艺》2010 年第 3 期。

赵毅衡：《后现代派小说的判别标准》，《外国文学评论》1993 年第 4 期。

郑春仙：《小说〈献给艾米莉的玫瑰〉中的陌生化手法分析》，《赣南师范学院学报》2007 年第 2 期。

郑海凌：《卡维林及其小说创作》，《俄罗斯文学》1990 年第 4 期。

郑述谱：《"语文学"求解》，《外语研究》2003 年第 2 期。

郑喜林：《悬念—冲突——谈席勒〈阴谋与爱情〉的写作技巧》，《渤海学刊》1995 年第 3 期。

周启超：《理念上的"对接"与视界上的"超越"——什克洛夫斯基与穆卡若夫斯基的文论之比较》，《外国文学评论》2005 年第 4 期。

朱萍：《中西古典文学中的疯癫形象》，《中国比较文学》2002 年第 4 期。

朱述超：《小说叙事视角转换的陌生化效果》，《乐山师范学院学报》2005 年第 10 期。

朱卫红：《〈情客游记〉与感伤主义小说的伦理价值》，《外国文学研究》

2007 年第 5 期。

邹元江:《偏离历史与陌生化》,《戏剧:中央戏剧学院学报》2003 年第 1 期。

二 外文部分

(一) 著作类

Abrams, M. H., *A Glossary of Literary Terms*, New York: Holt, Rinehart and Winston, 1971.

Boyd, B., *Vladimir Nabokov: The American Years*, Princeton: Princeton University Press, 1993.

Britt, A., *The Great Biographers*, New York: Whittlesey House, 1936.

David, Lodge, *The Novelist at the crossroadsand Other Essays on Fiction and Criticism*, London: Routldge & Kegan Paul, 1971.

Eagle, Herbert, *Russian Formalism Film Theory*, Ann Arbor: Michigan Slavic Publication, 1981.

Elbaz, R., *The Changing Nature of the Self: A Critical Study of the Autobiographical Discourse*, London: Croom Helm, 1988.

Guddon, J. A., *A Dictionary of Literary Terms*, Revised Edition, Harmondsworth: Penguin Books, 1979.

Waugh, P., *Metafiction. The Theory and Practice of Self-Conscious Fiction*, London and New York: Methuen & Co. Ltd., 1984.

Авксентьев, Н. Д. и др., *Совремменные записки*, Парижъ: Русская типография Е. А. Гутенова, 1923, С. 411.

Аверин, Б. В., *В. В. Набоков: pro et contra: Личность и творчество Владимира Набокова в оценке рус. и зарубеж. мыслителей и исследователей: Антология*, Санкт-Петербург: Русский Христианный Гуманитарный Институт, 2001, С. 249. 247.

Алексеев, М. П., *Сибирь в известиях западноевропейских путешественников и писателей (XIII—XVII вв.)*, Новосибирск: Наука, 2006, С. 24.

Бахтин, М. М., *Формальный метод в литературоведении*, Москва: Лабиринт, 2003.

Березин, В. С., *Виктор Шкловский*, Москва: Молодая гвардия, 2014, С. 194, 129.

Березина, А. М., *Русская литература 20 века: школы, направления, методы творческой работы*, Санкт-Петербург: LOGOS, 2002, С. 173.

Варламов, А. Н., *Андрей Платонов*, Москва: Православная художественная литература, 2017, С. 386, 52.

Васильев, В. Е., *Русская литература XX века, Школы направления методы творчествой работы*, Москва: Высшая школа, 2002, С. 173 – 174.

Вяземский, П. А., *Эстетика и литературная критика*, Москва: Искусство, 1984.

Гинзбург, Л. Я., *Человек за письменным столом*, Москва: Совесткий писатель, 1989, С. 38.

Гинзбург, Л. Я., *Записные книжки. Воспоминания*, Санкт-Петербург: Исккуство, 2002, С. 65, 106, 374.

Гинзбург, Л. Я., *Литература в поисках реальности*, Москва: Советский писатель, 1987, С. 65.

Гуковский, Г. А., *Реализм Гоголя*, Москва: Художественная. Литература, 1959, С. 200.

Зверев, А. М., *Набоков. Серия «Жизнь замечательных людей»*, Москва: Молодая гвардия, 2001, С. 120 – 121.

Иванов, Г. В., *Собрание сочинений в трёх томах*, Москва: Согласие, 1993, С. 496.

Каверин, В. А., *Воспоминания о Ю. Тынянове. Портреты и встречи*, Москва:

Советский писатель, 1983, С. 52.

Каверин, В. А., *Избранные произведения* (Том 1), Москва: Художественная литература, 1977, С. 225 – 265.

Каверин, В. А., *Новое зрение: Книга о Юрии Тынянове*, Москва: Книга, 1988, С. 143, 234, 292.

Корниенко, Н. В., *Андрей Платонов: Воспоминания современников: Материалы к биографии. Сборник.*, Москва: Современный писатель, 1994, С. 313.

Кузнецов, С. А., *Современный толковый словарь русского языка*, Санкт-Петербург: Норинт, 2007, С. 892.

Левченко, Я. С., *Другая наука—Русские формалисты в поисках биографии*, Москва: Высшая школа экономики, 2012, С. 131, 86, 80 – 165.

Лейдерман, Н. Л. и Липовецкий, М. Н., *Современная русская литература. 1950-е-1990-е годы* (Том 1), Москва: Академия, 2003, С. 10.

Меерсон, О., *«Свободная вещь»: Поэтика-остранения у Андрея Платонова*, Новосибирск: наука, 2001, С. 10.

Ожегов, С. И. и Шведова Н. Ю., *Толковый словарь русского языка*, Москва: Росийская академия наук институт русского языка, 2002, С. 852.

Платонов, А. П., *Усомнившийся Макар: рассказы 1920-х: Стихотворения*, Москва: Время, 2011, С. 656, 149.

Розанов, В. В., *В повествовательном ландшафте Виктора Шкловскиогв*, Санкт-Петербург: ЕУСПБ, 2013, С. 426.

Розанов, В. В., *Сочинения. Том 2. уединённое*, Москва: Правда, 1990, С. 125, 162, 27.

Скороспелова, Е. Б., *Русская проза XX века: от А. Белого («Петербург») до Б. Пастернака («Доктор Живаго»)*, Москва: ТЕИС, 2003, С. 51, 181.

Сорокина, В. В., *Русский Берлин*, Москва: МГУ, 2003, С. 50, 75, 88.

Тынянов, Ю. Н., *Литературное сегодня*, Москва: Русский современник, 1924, С. 166 – 168, 305.

Тынянов, Ю. Н., *Пушкин*, Москва: Книга, 1984, С. 387, 61.

Тынянов, Ю. Н., Шкловский В. Б. *Проза*, Москва: СЛОВО, 2007, С. 269, 684, 683.

Фоминична, Л. О., *Фиологический роман как явление историко-литературного процесса XX века*, Москва: Северодвинск, 2009, С. 123 – 166.

Ханзен-Лёве, О. А., *Русский формализм*, Москва: Языки русской культуры, 2001, С. 514.

Чудакова, М. О., *Судьба «самоотчета-исповеди» в литературе советского времени* (1920-е—конец 1930-х годов. Избранные работы. Том 1: *Литература советского прошлого*, Москва: Языки русской культуры, 2001, С. 49 – 50.

Шкловский, В. Б., Евгений Онегин (Пушкин и Стерн), в кн: В. Б. Шкловский, *Очерки по поэтике Пушкина*, Берлин: Эпоха, 1923, С. 199 – 220.

Шкловский, В. Б., *Избранное. В 2-х т* (Том 1), Москва: Художественная литература, 1983, С. 78 – 98, 164, 131, 172.

Шкловский, В. Б., *Избранное. В 2-х т* (Том 2), Москва: Художественная литература, 1983, С. 195, 45, 63, 408.

Шкловский, В. Б., *Гамбургский счёт*, Москва: Советский писатель, 1990, С. 380, 193, 124, 125, 302, 220, 76, 518.

Шкловский, В. Б., *Ещё ничего не кончилось···*, Москва: Пропаганда, 2002, С. 10, 76, 141, 227.

Шкловский, В. Б., *За и против*, Москва: Советский писатель, 1957, С. 9 – 11.

Шкловский, В. Б., *Развертывание сюжета*, Москва: ОПОЯЗ, 1921, С. 4,

13.

Шкловский, В. Б., *Собрание сочинений*（Том 1）, Москва: Художественная литература, 1973, С. 5, 698, 733, 452.

Шкловский, В. Б., *Ход коня*, Москва: Геликон, 1923, С. 367, 28.

Шкловский, В. Б., *Художественная проза: размышления и разборы*, Москва: Советский писатель, 1959, С. 3 – 7.

Шраер, М. Д., *Темы и вариации*, Санкт-Петербург: Академический проект, 2000, С. 54, 55, 15.

Эйхенбаум, Б. М., *О литературе. Работы разных лет*, Москва: Советский писатель, 1987, С. 443, 465, 36, 419, 246.

Эренбург, И. Г., *Люди, годы, жизнь. Кн.* 1., Москва: Советский писатель, 1961, С. 394 – 395.

Якобсон, Р. О., *Работы по поэтике*, Москва: Прогресс, 1987, С. 415.

（二）论文类

Strachey, L., "A New History of Rome", *Spectator*, No. 102, 1909.

Андроников, И. Л., "Шкловский", в кн.: И. Л. Андроников, *Избранные произведения в двух томах*（Том 2）, Москва: Художественная литература, 1975, С. 125.

Бахрах, А. В., "Шах конем", в кн.: В. Б. Шкловский, *Гамбургский счёт*, Москва: Советский писатель, 1990, С. 139.

Бескин, О. М., "Кустарная мастерская литературной реакции", в кн.: В. Б. Шкловский, *Гамбургский счёт*, Москва: Советский писатель, 1990, С. 529, 518.

Бицилли, П. М., "Жизнь и литература", *Современные записки*, No. 5, 1933, С. 279.

Брагинская, Н. В., "Филологический роман. Предварение к запискам Ольги Фрейденберг", Человек: *иллюстрированный общественно-политический и научно-популярный журнал*, No. 3, 1991, С. 1 – 21.

Волков, К. А., Биография писателя в творчестве Владимира Набокова 1930-х-начала 1940-х гг.: "Дар", "Истинная жизнь Себастьяна Найта", "Николай Гоголь", дис. канд., РГГУ, 2013.

Галушкин, А. И., "Литературные мемуары. Комментарии", в кн.: В. Б. Шкловский, *Ещё ничего не кончилось...*, Москва: Пропаганда, 2002, С. 460.

Галушкин, А. И., "Приговоренный смотреть", в кн.: В. Б. Шкловский, *Ещё ничего не кончилось...*, Москва: Пропаганда, 2002, С. 1, 283, 76, 141, 227, 11 – 12.

Галушкин, А. Ю., "К истории личных и творческих взаимоотношений А. П. Платонова и В. Б. Шкловского", в кн.: Н. В. Корниенко, *Андрей Платонов: Воспоминания современников: Материалы к биографии*, Москва: Современный писатель, 1994, С. 172 – 182.

Ганс, Г., "Остранение – Брехт и Шкловский", *Русская литература*, No. 2, 2009, С. 59 – 66.

Гришакова, М. Н., "Две заметки о В. Набокове", Труды по русской и славянской филологии. Новая серия, *Литературоведение*, No. 4, 2001, С. 247 – 259.

Громов-Колли, А. В., Проза Виктора Шкловского 1920-х годов, дис. канд., Московский педагогический государственный унтверситет, 2004.

Гумилевский, Л. И., "Судьба и жизнь", в кн.: Н. В. Корниенко, *Андрей Платонов: Воспоминания современников: Материалы к биографии*, Москва: Современный писатель, 1994, С. 52.

Елина, Е. Г., "В. Б. Шкловский и современное литературоведение", *Russkai*, No. 5, 2000, С. 68 – 70.

Захариева, С. И., "Идеи раннего Виктора Шкловского и исторического русского формализма", *Opera Slavica. Slavistice Rozhiedy (Brno)*, No. 1,

2003.

Зенкин, С. Н., "Критика. Приключения теоретика. Автобиографическая проза Виктора Шкловского", *Дружба народов*, No. 12, 2003, С. 22, 170 – 183.

Зенкин, С. Н., "Наука и жизнь", http://dlib.eastview.com/browse/doc/274595670.

Иванова, Н. Б., "По ту сторону вымысла", *Знамя*, No. 11, 2005, С. 3 – 8.

Калмыкова, В. В., "Мандельштам и Шкловский: об отношениях литературных и человеческих", *Литературная учеба*, No. 2, 2006.

Котельникова, О. К., "Сюжет как явление стиля", *Мысль*, No. 2, 1922, С. 121.

Ладохина, О. Ф., "Диалог автора филологического романа и читателя-эрудита", *Русская словесность*, No. 1, 2009, С. 43 – 44.

Ладохина, О. Ф., Филологический роман как явление историко-литературного процесса XX века, Дис. канд., МГУ, 2009.

Левченко, Я. С., "Послевкусие формализма. Пролиферация теории в текстах Виктора Шкловского 1930-х годов", *Новое литературное обозрение*, No. 4, 2014, С. 134.

Левченко, Я. С., "Тень Василия Розанова в повествовательном ландшафте Виктора Шкловского", в кн.: А. А. Долинин, (*Не*) *музыкальное приношение, или Allegro affettuoso: сборник статей к 65-летию Бориса Ароновича Каца.*, Санкт-Петербург: Издательство Европейского университета в Санкт-Петербурге, 2013, С. 426.

Лекмонов, О. А., "Свердлов М. И. Малый филологический жанр: от 'комментария' к 'мемуару'", *Вопросы литературы*, No. 5, 2005, С. 33 – 52.

Лифшиц, В. А., "В шутку и всерьез. Пародии. Эмиграммы. Фельетоны.

Устный Шкловский", http://www.ebiblioteka.ru/browse/doc/6756239.

Логунова, Н. В., ""Zoo, или Письма не о любви, или Третья Элоиза» В. Шкловского как филологический эпистолярный роман", *Известия РГПУ им. А. И. Герцена*, No. 101, 2009, С. 115.

Львов, В. С., Литературная критика формальной школы, Дис. канд., МГУ, 2014.

Набоков, В. В., "Путеводитель по Берлину", в кн.: В. В. Набоков, *Собрание сочинений в 4-х томах (Том 1)*, Москва: Правда, 1990, С. 338, 340

Новиков, В. И., "Филологический роман. Старый новый жанр на исходе столетия", *Новый мир*, No. 10, 1999, С. 193 – 205.

Панкратова, М. Н., Онирический мотив: структура и особенности функционирования («Огненный Ангел» В. Я. Брюсова), дис. канд., МГУ, 2016.

Парамонов, Б. М., "Формализм: метод или мировоззрение?", *Новое литературное обозрение*, No. 14, 1995, С. 35 – 51, 5 – 35.

Перхин, В. В., "Андрей Платонов весной 1935 года (По поводу письма В. Шкловского к писателю)", в кн.: Н. В. Корниенко, *«Страна философов» Андрея Платонова: Проблемы творчества. Вып. 8. Андрей Платонов и его современники. Исследования и материалы.*, Москва: ИМЛИ РАН, 2017, С. 448 – 454.

Поварцов, Б. М., "Сюжет о Шкловском", *Вопросы литературы*, No. 5, 2001, С. 4 – 5.

Разумова, А. О., "Путь формалистов к художественной прозе", *Вопросы литературы*, No. 5, 2004, С. 131 – 150.

Разумова, А. О., "Филологический роман" в русской литературе XX века: Генезис, поэтика, дис. канд., РУДН, 2005.

Разумова, А. О. , "Шкловский-персонаж в прозе В. Каверина и Л. Гинзбург", *Вопросы литературы*, No. 5, 2005, С. 34 – 35.

Разумова, А. О. и Свердлов, М. И. , "Зеркало и микроскоп: Шкловский-персонаж в перипетиях жанровой борьбы", *Вопросы литературы*, No. 5, 2005, С. 294, 298, 33 – 52, 293, 300.

Ронен, Омри, "Пути Шкловского в？Путеводителе по Берлину", *Звезда*, No. 4, 1999, С. 168 – 169.

Скаммелл, Майкл, "Переводя Набокова, или сотрудничество по переписке", *Иностранная литература*, No. 7, 2000, С. 278.

Сорокина, В. В. , "Жанр романа с ключом в русской литературе 20-х годов XX века. ", *Ярославский педагогический вестник*, No. 3, 2006, С. 75.

Сорокина, С. В. , "Жанр романа с ключом в русской литературе 20-х годов XX века", *Новые исследования*, No. 3, 2006, С. 75.

Степанова, И. М. , "Филологический Роман Как 'Промежуточная Словесность' в Русской Прозе Конца XX Века", *Вестник ТГПУ*, No. 6, 2005, С. 76.

Томашевский, Б. В. , "Литература и биография", *Книга и революция*, No. 4, 1923, С. 6 – 9.

Ханзен-Лёве, О. А. , "Русский формализм: методологическая реконструкция развития на основе принципа остранения", *Новая Русская Книга*, No. 6, 2001.

Хмельницкая, Т. Ю. , "Неопубликованная статья о В. Шкловском", *Вопросы литературы*, No. 5, 2005, С. 25, 24.

Хмельницкая, Т. Ю. , "Филология в лицах. Виктор Шкловский", *Вопросы литературы*, No. 5, 2005, С. 11 – 32.

Человеков, Ф. , " 'О Маяковском' ", *Литературное обозрение*, No. 17, 1940, С. 53 – 56.

Черкасов, В. А., "Проблема биографической значимости художественных произведений в советской науке 1920—1930-х годов", *Проблемы филологии, культурологии и искусствоведения*, No. 4, 2008, С. 66 – 72.

Чудаков, А. П., "Спрашивая Шкловского", *Литературное обозрение*, No. 6, 1990.

Чудакова, М. О. и Тоддес, Е., "Прототипы одного романа", в кн.: Е. И. Осетров, *Альманах библиофила*, Москва: Книга, 1981, С. 181.

Шамшин, Л. М., Стиль и смысл культурной деятельность: Виктор Шкловский и его современники 10—20-хх годов, дис. канд., РГГУ, 1998.

Шиндин, С. Г., "Мандельштам и Шкловский: фрагменты диалога", в кн.: М. О. Чудакова, *Двенадцатые-Тринадцатые-Четырнадцатые Тыняновские чтения: исследования, материалы (Вып.* 13), Москва: Водолей, 2008, С. 358.

Шкловский, В. Б., "Буду писать письмо. Фильма подождет", *Новый Мир*, No. 11, 2012, С. 157, 152.

Шкловский, В. Б., "Об Андрее Платонове", в кн.: Н. В. Корниенко, *Андрей Платонов: Воспоминания современников: Материалы к биографии*, Москва: Современный писатель, 1994, С. 183.

Шкловский, В. Б., "Перечитывая свою старую книгу", *Вопросы литературы*, No. 11, 1983, С. 138 – 155.

Шкловский, В. Б. и др., *Поэтика: Сборники по теории поэтического языка*, Петроград: 18-ая Государственная Типография. Лештуков, 13, 1919.

Шкловский, В. Б., "Последняя повесть Л. Толстого", *Вопросы литературы*, No. 7, 1959, С. 121 – 146.

Шкловский, В. Б., "Разнообразие форм, или свое другое", *Вопросы* литературы, No. 1, 1968, С. 175 – 177.

Шкловский, В. Б., "Современный литературный процесс и критика", *Вопросы литературы*, No. 8, 1981, С. 303 – 310.

Шкловский, В. Б., "Стерн и Локк, или остроумие и рассудительность", в кн.: В. Б. Шкловский, *Избранное в двух томах．（Том 1）*, Москва: Художественная литература, 1983, С. 126, 128, 156.

Шкловский, В. Б., "Якобсон Р. О. 'Переписки'", в кн.: С. И. Гиндин и Н. П. Гринцер и Е. П. Шумилова, *Материалы международного конгресса «100 лет Р. О. Якобсону»*, Москва: Российск. гос. гуманит. ун-т, 1996, С. 121.

Шкловский, В. Б., "Жанры и разрешение конфликтов", *Вопросы литературы*, No. 8, 1965, С. 91 – 101.

Эйхенбаум, Б. М., "О Викторе Шкловском", в кн.: Б. М. Эйхенбаум, *"Мой временник..." Художественная проза избранные статьи 20—30-х годов*, Санкт-Петербург: Инапресс, 2001, С. 135.

Эйхенбаум, Б. М., "Теория 'формального метода'", в кн.: Б. М. Эйхенбаум, *О литературе: Работы разных лет*, Москва: Советский писатель, 1987.

Ямпольский, М. Б., "История культуры как история духа и естественная история", *Новое литературное обозрение*, No. 59, 2003, С. 46.

后　记

　　维克多·什克洛夫斯基是俄罗斯文学史中颇具争议的人物之一。他是世界著名的文艺理论家、诗歌语言研究会（奥波亚兹）的创始人，同时也是"描写革命和内战的最优秀的作品之一《感伤的旅行》和名著《动物园，或不谈爱情的信札，或第三个爱洛伊丝》的作者"；他参加过第一次世界大战并因英勇善战而获得乔治铁十字勋章，但在革命期间却参与基辅暴动并为逃避契卡（肃反委员会）追捕而跳过火车；他因参与社会革命党而被旧案重提、铤而走险地横跨芬兰湾冰面出逃国外、辗转到德国柏林流亡一年，但却因无法忍受侨居国外的窘迫生活而重新回到苏联俄国；他早年曾经勇敢、公正、不畏生死，但却在流亡归国后而怯懦、畏缩、不再发声。他的文学人生仿佛就是"一部惊心动魄的冒险小说"。

　　什克洛夫斯基在文学创作中崇尚形式上的别具一格。他一生都在同旧的艺术观念作斗争，乐见于对西欧经典小说的戏仿，崇尚18世纪英国小说家斯特恩并致力于把斯特恩的创作技巧融入自己的小说创作中。《感伤的旅行》在题材和体裁上都受到了斯特恩的影响，充分融合了"斯特恩风格"；《动物园，或不谈爱情的信札，或第三个爱洛伊丝》是对理查德森书信体小说体裁的一次尝试；而《伊普里特》则是对菲尔丁的流浪汉小说的重新改编。

　　什克洛夫斯基是一个彻底的文学形式的改革者，其文学见解极具革新性、颇富挑战性，他的许多言辞都饱含争议。但必须承认的是，他非常擅长将生活现象迁移到文学审美之中，或理论阐述之中，将生活的事实转换成文学的事实。他所创造的许多文学术语（如，"艺术即手法""陌生化""汉堡计分法""马步""链接的迷宫"等）都引发学界广泛关注并进入文学理论及文学批评词典。

什克洛夫斯基才思敏捷、口才超群，善于使用各种笑话、故事揶揄并调侃别人。同时也正是由于他善辩、好"吵架"，拥有极具个性的人生阅历，他常常被同时代或后来作家写入小说中，如布尔加科夫小说《白卫军》、奥尔加·福尔什的《疯狂的轮船》、纳博科夫的《天赋》、尤里·安年科夫的《关于一些琐碎事的故事》以及卡维林的《爱吵架的人》等都有他的影子。他不仅是一个作家，还常常成为20世纪20年代文学家笔下的原型式人物。

相对于文学理论家的什克洛夫斯基，关于作家的什克洛夫斯基的研究，似乎并非什克洛夫斯基学研究的主流，但通过研究其独具特色的艺术散文之后，在我们面前俨然出现了一位以文学创作为表、理论构建为里，表里如一且精彩纷呈的文学大师。在一个极富冒险式人生背后，令读者无尽震撼的不仅是他对陌生化文学理念的执着坚守，而且还有其充满隐喻、戏仿和调侃的艺术魅力。俗话说，人生如戏，或戏如人生，什克洛夫斯基的人生充满戏剧式的变幻，而他的文学作品更是对其游戏式人生的艺术展露。所以，解读他的作品必然要读懂他的人生，抑或反之。

鉴于本课题研究的宗旨是结合什克洛夫斯基形式主义诗学理论，主要是陌生化理论，解读其不同阶段散文创作的诗学和美学特征，故以文本分析为主、将理论与散文并行探索是本书的主要特色，但研究中亦存在明显的不足，即是：只分析、解读了什克洛夫斯基的部分代表性艺术散文，未广泛涉猎什克洛夫斯基的其他散文创作；也未深入评价什克洛夫斯基及其形式主义诗学理论的内涵及其优劣性。至于什克洛夫斯基的文学理论及其对俄罗斯经典作家作品、欧美经典作家作品、东方文学作品等更为广泛的文学批评遗产，我们在近几年来也有所发现和探究，暂留给未来沿此路径继续跋涉。

本书的撰写过程中参考了不少中外文资料，在此向所有的文献作者、作品译者表示感谢。我们在着手研究什克洛夫斯基艺术散文过程中也翻译并出版了他的自传三部曲《感伤的旅行》、《动物园，或不谈爱情的信札，或第三个爱洛伊丝》《第三工厂》及《马可·波罗传》等散文作品，在此要特别感谢阿穆尔共青城师范大学罗曼诺娃教授（Г. Р. Романова）在收集资料、译介作品过程中提供的帮助；同时要感谢哈尔滨师范大学杨玉波副教授（博士）和绥化师范学院郑艳红副教授（博士）在课题研究中参与作品译介和部分内容的撰写；感谢莫斯科大学刘淼文博士在本课题研究过程中的大力协助，以及侯佳希、焦洋、韩静帆等同学在文献调研、课题研究过程中所付出的努力、取得的阶段性成果。

最后，我们以什克洛夫斯基《第三工厂》的简短的《后记》来结束这本书：

"请接受我吧，生活的第三工厂！

只是不要混淆我的车间。

就这样吧，为了保险起见：——暂时我的心脏还能承受没写完的事情，我是健康的。

它没有被击碎，也没有变得舒展起来。"

2020 年仲夏